霍金归来

张前——著

（下）

浙江工商大学出版社
ZHEJIANG GONGSHANG UNIVERSITY PRESS

目录

CONTENTS

第六十六章　突然袭击 …………………… 241

第六十七章　突遇怪物 …………………… 245

第六十八章　木锋出世 …………………… 249

第六十九章　拯救彭祖 …………………… 253

第七十章　　霍金还魂 …………………… 257

第七十一章　卡卡失踪 …………………… 263

第七十二章　失踪之谜 …………………… 266

第七十三章　奇书的秘密 ………………… 270

第七十四章　曲率飞船 …………………… 274

第七十五章　闪电再现 …………………… 279

第七十六章　神秘来信 …………………… 284

第七十七章　沉默的霍金 ………………… 289

第七十八章　追赶声音 …………………… 293

第七十九章　卡卡醒来 …………………… 296

第八十章　　湮灭效应 …………………… 300

第八十一章　巨大"蚕茧" ………………… 306

第八十二章　反物质宇宙 ………………… 310

第八十三章　超级武器 …………………… 316

第八十四章　　遍地钻石　⋯⋯⋯⋯⋯⋯⋯　322

第八十五章　　三千心脏　⋯⋯⋯⋯⋯⋯⋯　328

第八十六章　　彭祖的师父　⋯⋯⋯⋯⋯⋯　331

第八十七章　　全速前进　⋯⋯⋯⋯⋯⋯⋯　339

第八十八章　　靠近开普勒 452b　⋯⋯⋯⋯　344

第八十九章　　到达开普勒 452b　⋯⋯⋯⋯　355

第九十章　　　神奇洞穴　⋯⋯⋯⋯⋯⋯⋯　359

第九十一章　　进入绝情谷　⋯⋯⋯⋯⋯⋯　363

第九十二章　　进入平行宇宙　⋯⋯⋯⋯⋯　370

第九十三章　　岩壁上的信　⋯⋯⋯⋯⋯⋯　375

第九十四章　　前往灵息之泉　⋯⋯⋯⋯⋯　380

第九十五章　　进入灵息之泉　⋯⋯⋯⋯⋯　385

第九十六章　　寻找药方　⋯⋯⋯⋯⋯⋯⋯　389

第九十七章　　复原卡卡·威尔　⋯⋯⋯⋯　395

第九十八章　　卡卡·威尔的密室　⋯⋯⋯　401

第九十九章　　飞回天王星　⋯⋯⋯⋯⋯⋯　405

第一百章　　　暗冷世界　⋯⋯⋯⋯⋯⋯⋯　409

第一○一章　　丽贝卡的愤怒　⋯⋯⋯⋯⋯　412

第一○二章　　破碎的水晶盒子　⋯⋯⋯⋯　416

第一○三章　　意外之喜　⋯⋯⋯⋯⋯⋯⋯　421

第一○四章　　宇宙交锋　⋯⋯⋯⋯⋯⋯⋯　426

第一○五章　　卡卡·威尔复活　⋯⋯⋯⋯　430

第一○六章　　煞费苦心　⋯⋯⋯⋯⋯⋯⋯　434

第一○七章　　落败归来　⋯⋯⋯⋯⋯⋯⋯　440

第一○八章　　超级物理武器　⋯⋯⋯⋯⋯　444

第一○九章　　摧毁天蝎星球　⋯⋯⋯⋯⋯　449

第一一○章　　霍金醒来　⋯⋯⋯⋯⋯⋯⋯　454

第六十六章　突然袭击

看样子，天空中那几个黑影儿来者不善，怀特不敢大意，急忙命令大家隐蔽在一个沙丘后面。

然而，等那几个黑影儿越来越近，怀特才发现只是虚惊一场。

那几个黑影不是别人，正是金锋他们。

"情况怎么样？"当金锋率领大家降落到地面上的时候，怀特匆忙问道。

金锋无奈地摇了摇头，说："当我们就要追上18号天蝎人飞碟的时候，他们只是派出了几只子飞行器跟我们交战，母飞行器却乘机逃脱了。"

"嗯，这个情况比较糟糕，我们失去了追踪的目标，接下来的事情将举步维艰。"怀特皱着眉头说。

"怀特，不用担心，你忘了飞天流萤了吗？"月娃说。

"对呀！你不说我还真忘了。你赶快看一看，18号天蝎人现在什么位置。"怀特说。

月娃抬起手腕看了一眼，顿时大惊失色。原来，那飞天流萤信号接收器在深空一号撞向这颗星球时，恰好碰在一块石头上，已经被撞破了。

月娃使劲摇晃着手腕，试图用这种最原始的办法恢复飞天流萤信号接收器的功能。但是，月娃的努力毫无效果。

"连接收器都摔坏了，难道你的手腕就没事吗?"青甲关切地问月娃。

"我是吃沙子长大的，骨骼坚硬无比，这点小小的撞击当然对我没有影响。唉!都怪我太大意了，追踪不到飞天流萤信号发射器的信号，我们可要彻底完蛋了!"月娃为接收器的损坏感到无比痛心。

"月娃，不要沮丧。一切都是可以改变的!"怀特斩钉截铁地说。

怀特这句话的后半句是拿破仑的经典名言。怀特随口说出了这句话，说明拿破仑的思想已经渐渐融合到怀特的脑袋里。

"怀特，我们接下来怎么办?"看到怀特一副志在必得的样子，青甲忍不住问道。

怀特摸着下巴沉思片刻，把头转向金锋，问:"那几只子飞行器呢?"

"那几只子飞行器不是我们的对手，已经被我们干掉了!"金锋回答。

"好!也许我们的突破口就在这几只子飞行器里!"怀特兴奋地说:"走!我们去看看!"

金锋招呼怀特、月娃和青甲上了大蜘蛛。土锋、火锋和水锋各自骑着自己的坐骑跟在后面，一行人急匆匆地往一个巨大的沙丘爬去。据金锋说，被他们击毁的那几只子飞行器就在这个大沙丘后面。

大蜘蛛体型巨大，八条长腿密切协作，一步就有上百米的距离，因此，跨越一个沙丘对它来说根本不在话下。9头巨蛇、土龙、凤凰也是行路的高手，它们跟在大蜘蛛后面毫不示弱。因此，一行人很快就跨越了那个巨大的沙丘，来到了子飞行器坠落的地点。

像深空一号一样，几只子飞行器都斜斜地插在沙子里，正往外冒着浓浓的黑烟。

金锋他们面朝4个不同的方向，担负起警戒任务，以防止遭到18号天蝎人的攻击。

怀特带领月娃、青甲依次进入几只子飞行器，细细检查里面的一切。

看起来，18号天蝎人的子飞行器内部的损坏并不是十分严重，许多机器的指示灯还在一闪一闪地亮着。

前两只子飞行器很快就检查完了，怀特他们没有发现任何有价值的东西。接下来，他们进入第三只子飞行器。

刚刚进入那只飞行器的驾驶舱，一只奇怪的石匣突然出现在怀特的眼前。怀特正要走过去看看那只石匣里有什么，突然听到外面一阵厮杀声传来。

怀特透过那只子飞行器的舷窗往外一看，见大蜘蛛、9头巨蛇、凤凰、土龙正把几个18号天蝎人围在中间，金锋、土锋等四兄弟则一起发力，展开对18号天蝎人的猛烈进攻。那18号天蝎人也不甘示弱，他们手中的激光武器猛烈地往外发射着。

18号天蝎人一边跟金锋他们交手，一边向几只子飞行器这边靠拢。

怀特猛然意识到18号天蝎人是冲着他们的子飞行器来的。

眼前的情况十分危急，怀特把那石匣揣在怀里，带着月娃、青甲偷偷溜了出去，并躲藏到了附近一个沙丘的后面。

金锋他们许是也看出了18号天蝎人的意图，他们迅速转移到飞行器这边，一字儿排开，把几只子飞行器护在了自己身后。

大蜘蛛猛烈往外喷着蛛丝，9头巨蛇喷出一阵阵凶猛的火焰，凤凰和土龙也各自使出自己的绝招儿，金锋他们则变幻着不同的兵器对着18号天蝎人猛烈地刺去。18号天蝎人节节败退，眼看就失去了抵挡能力。

就在即将把几个18号天蝎人生吞活剥的当儿，两个黑影突然从天而降。

就在那黑影快撞到地面的时候，怀特看到掉下来的不是别人，而是彭祖和霍金教授。

"快救彭祖和霍金教授！"怀特一下子从沙丘后冲出来，对着金锋他们大喊。

说时迟那时快，金锋一个箭步朝着黑影冲过去。

彭祖和霍金教授被金锋稳稳地接在手里。但是，为了救彭祖和霍金教授，金锋的退出让18号天蝎人一下子找到了突围的缺口。几个18号天蝎人闪电般冲过来，迅速占领了几只子飞行器。

接下来，还没等金锋他们反应过来是怎么回事儿，几只冒着黑烟的子飞行器重新起飞，瞬间就消失得无影无踪。

"他们果然是冲着这几只飞行器来的！亏了我们及时从飞行器里撤出，不然，我们就成为他们的俘虏了。"怀特心有余悸地说。

"为了几只飞行器，他们不惜把彭祖和霍金教授丢掉，那飞行器里一定有什么重要的东西！"青甲说。

"哦！对了，我们快去看看彭祖和霍金教授怎么样了。"怀特一边说，一边快速跑到金锋面前。

"看起来，彭祖先生和霍金教授的情况不太妙！"金锋摇着头说，此刻，他已经把彭祖和霍金教授放在了地面上，并蹲着身子查看着他们的情况。

"彭祖先生……霍金教授……"怀特蹲下来轻声地呼唤着。

然而，彭祖和霍金教授都紧闭着双眼，一点反应都没有。

"怎么办？"月娃使劲搓着双手，这突如其来的情况一下子让他不知所措。

"要不，试试紫薰草吧。"沉思片刻，怀特做出了决定。

火锋主动请缨，带上青甲骑着9头巨蛇往山丘那边急匆匆地去取紫薰草了。

第六十七章 突遇怪物

　　青甲刚刚离开，月娃突然发现了一个情况，他看到 18 号天蝎人的飞碟正闪着七彩光芒向着天空飞去。

　　"怀特，18 号天蝎人要走了！"月娃拽了拽正在焦虑地呼唤着彭祖和霍金教授的怀特。

　　"哦，是吗？"怀特头也没抬。

　　"是的，他们已经起飞，马上就要消失在我们的视线里了！"月娃紧张地说。

　　"没关系！"怀特轻蔑地一笑。

　　接着，怀特从上衣口袋里摸出那个宜居星球搜索器遥控爆炸装置，把手指按在那个红色按钮上。

　　"你要干吗？"月娃猛地按住怀特的手。当初，卡卡要炸毁宜居星球搜索器的时候，霍金教授也这样阻止了他。

　　"现在，已经跟当初的情况完全不同了。"怀特一边说，一边重重地按下了那个红色按钮。

　　"18 号天蝎人，见鬼去吧！"怀特咬着牙齿说。

　　由于卡卡在那个搜索器里设置的只是一个微型的

爆炸装置,所以,它只能摧毁搜索器里的一个关键部件,让搜索器失去作用,而不会对 18 号天蝎人的飞碟造成损坏。

当然,那个微型爆炸装置的爆炸暂时也不会引起 18 号天蝎人的注意。由于 18 号天蝎人的飞碟速度极快,当他们发现这一情况时,应该已经进入深空。到那时,18 号天蝎人由于不能找到要去的目标,必将陷入进退两难中。

这是怀特的如意算盘。

怀特按完遥控器的红色按钮后,就随手把那个遥控器往远处掷去。

让人没想到的是,就在那个遥控器落地的一刹那,一个"咝咝"的奇怪的声音传来。

"一定是砸到什么东西了!"月娃急忙循着那个声音奔过去。

月娃的猜测没错,在遥控器落下的那片沙地里,有一只看起来像地球上的章鱼的奇怪动物正用它的两条触手抓着那只遥控器费力地往嘴里送。看起来,这只怪物饿极了!

"怀特,这里有个怪物!快来看啊!"月娃向怀特这边使劲招手。

怀特留下水锋照看霍金教授和彭祖。

"月娃,在没弄清那是个什么东西前,千万不要动它!"怀特一边提示月娃,一边率领其他人来到跟前。

见一下子围上来这么多人,那只怪物许是被吓到了,渐渐停止了往嘴中送东西的动作,开始非常警惕地注视着怀特他们。

这只怪物的颜色跟周围的沙子一样,不仔细看你是发现不了它的。

"大家注意,它有保护色!"怀特提醒大家。

"这是什么逻辑?你是让我们注意它的保护色吗?"月娃不解地问。

"不。它身上的保护色并不可怕。问题是,它为什么有保护色?"怀特说。

"为什么呢?"月娃问。

"因为它有天敌,所以,它要用保护色来保护自己!"怀特说。

怀特的话不无道理,就像地球上的动物一样,凡是具有完美保护色的动物,都是容易遭到更强大的动物袭击的弱小动物。如果它们足够强大,干吗还要费尽心机来保护自己呢?

"它看起来好饥饿的样子，一定是很长时间没吃东西了。"月娃说，"可是，这里到处是沙漠，也没见有什么可吃的东西啊。"

"你平常吃什么？"怀特反问月娃。

"沙子啊。"月娃回答。

"既然如此，你就不要用审视地球生物的视角来看待眼前这只怪物，说不定，这只怪物比你还奇葩，是靠吸取宇宙射线或者其他什么来生存的。"怀特笑着说。

就在大家津津有味地谈论着眼前这只怪物的时候，一条细长而透明的管状物正从众人身后弯弯曲曲地、悄悄地向这边伸过来。

在那管状物就要到达怀特身后的时候，"章鱼"突然"呦呦"地叫了起来。

怀特一惊，急忙抽身后退，却一下子跌入那管状物中。

接下来，怀特感到了一阵巨大的吸力，瞬间就被吸到了管子里面。

过了好久，怀特才迷迷糊糊地睁开眼睛。周围一片漆黑，只感觉黏糊糊的。怀特把手放在鼻子底下嗅了嗅，一股腥臭的味道。侧耳细听，是一声声有节奏的巨大的"嘭嘭"的声音。

"像是心跳的声音！"怀特自言自语。

"怀特，是你吗？"接着，怀特听到一个熟悉的声音。是月娃的声音。

怀特循着声音摸过去，他摸到了一只毛茸茸的手。

"月娃，你也进来了？"怀特吃惊地问。

"是啊，不光我进来了，金锋、土锋他们，还有那只章鱼，可能都进来了。"月娃说。

"大蜘蛛和凤凰也进来了？"怀特疑惑地问。

怀特话音未落，只见不远处一道火光亮起。借着火光一看，怀特看到那凤凰正在喷射火焰。凤凰的身边是大蜘蛛，它也在挥动着一双巨大的铁钳正对着一面巨大的墙似的东西撞去。

"怀特，我想我们一定是被一只巨大的外星生物吞到了肚子里。"月娃惊恐地说，"连大蜘蛛都被它吞下了，这该是一只多么巨大的外星生物啊？"

"不怕，再大的生物也有它的弱点，让我来想想办法。"此刻，怀特倒是出奇冷静。

"金锋、土锋。"过了片刻，怀特叫道。

"怀特，你有什么吩咐?"金锋他们听到怀特的招呼，异口同声地应声道。

"你们不是能变大自己的身体吗？现在大家一起变大，看能不能将这个怪物的肚子撑破?"怀特说。

"得令!"金锋他们一起说。

接下来，金锋、土锋以及大蜘蛛一起将自己的身体变大，变大，再变大。

怀特和月娃感到空间越来越小，最后，被金锋他们巨大的身体挤到一个小角落里快要喘不过气来了。但是，那怪物却好像丝毫没有感觉。它既不动弹，也不吼叫，就那样静静地待在原地。

金锋他们的身体已经达到极限了。再撑下去看来毫无意义，他们准备缩小身体了。

然而，就在这时，"噗——"外面突然传来一声巨大的声音。接着，怀特他们眼前一亮，无边的沙漠竟然重新呈现在了眼前。

第六十八章 | 木锋出世

　　不远处，火锋和青甲正骑着九头巨蛇站在跟前。看见怀特他们出来了，九头巨蛇一个箭步冲了过来。

　　"火锋、青甲，你们来得真是太及时了，谢谢你们救了我们！"月娃一边不停地往下剥着身上的黏液，一边感激地说。

　　"哦，不要谢我们，凭我和九头巨蛇，还真不是这怪物的对手，要谢的话，你们应该谢木锋。"火锋说。

　　"木锋？"月娃和怀特他们立即停下手中的动作，向四周搜寻着。

　　"他在那里呢！"火锋指指不远处，那边，有一个身着木纹铠甲的英俊少年正拿着一把尖刀使劲剖着那怪物的肚子。

　　这时，怀特他们已经将身上的黏液弄干净，一起来到木锋的跟前。

　　看到怀特他们过来了，木锋从那巨大的怪物身上纵身一跳，就落到了地面上。

木锋把一颗金光闪闪的大珠子轻轻放在地上，然后抱拳——向大家施礼。

"怀特、月娃、青甲以及诸位兄弟，小弟来晚了，害你们受苦了！"木锋一边给大家施礼，一边抱歉地说。

"是哦，是哦，你要是早来一些的话，也许我们就不会被这大怪物吞进肚子里了。"月娃心直口快，嘟着嘴说。

"其实我早已经通过金锋等兄弟们的心灵感应，得到你们被困在这颗闪电星球的消息。只是，我制造的宇宙飞行器尚未完工，没有办法及时赶过来。"木锋向大家解释。

"等等，你刚才这句话我有两点不明白：首先，你说我们现在落脚的这颗星球叫闪电星球？其次，你说你在制造什么宇宙飞行器？"怀特问木锋。

"是啊。首先，咱们的深空一号撞上的这颗星球的确叫闪电星球。闪电星球也是一颗宜居星球。是18号天蝎人引导你们来到这颗星球的。"木锋说。

"这颗星球为什么叫闪电星球呢？是不是因为这里有很多闪电？可是，自从我们来到这里，也没发现有闪电呀？"青甲问。

"闪电星球平时的确是一颗电闪雷鸣不断的星球，这颗星球上生存着许多以吸取闪电的能量为生的动物，比如这只巨大的水母。"木锋踹了一脚身旁的那只怪物。

"可是，我们在这里待了有一段时间了，怎么没看见有什么闪电呢？"青甲问。

"闪电的不复存在，也许是因为18号天蝎人取走了闪电星球的地心之火吧？没有了地心之火，闪电星球不再释放正电荷，闪电自然就消失了。其实，你们应该感到幸运才对，如果闪电星球仍旧是电闪雷鸣的，你们不知会被闪电击中多少次呢。不过，这消失的闪电，对这颗星球上的生物造成了极大的破坏。由于不能吸取到闪电中的能量，饥饿的'章鱼'只好从沙子当中钻了出来，发出痛苦的'嗞嗞'的尖叫。由于不能吸取到闪电中的能量，这巨大的水母不能在天空中飞行，就跌到了地上，把它那又粗又长的吸盘四处伸展着试图发现些什么吃的东西。闪电星球上的水母平时以吸取大气中的闪电为生，不过，偶尔也到地面打打牙祭。这种生存在沙子里面的'章鱼'正是水母最喜欢吃的食物。"木锋说。

"哦，原来如此，刚才的事情一定是我们在查看那大'章鱼'的时候，恰好被这只水母的吸盘吸到造成的。"青甲说。

"是的。应该是这样。没有了闪电，饥饿的大水母只好到地面寻找食物。它现在饥不择食，碰到什么吸什么，你们被它发现，当然逃不出它的吸盘。"木锋说。

"它不仅吸盘厉害，肚子也厉害，我让大蜘蛛和金锋他们使劲撑它的肚子都没撑破！"怀特说。

"别说是一只大蜘蛛，就是十只大蜘蛛都无法撑开大水母的肚子！"木锋笑着说。

"这水母的肚子是由一种特殊的物质做成的，它虽然看起来像一只巨大的肥皂泡儿那样不堪一击，但是柔韧性极强，就连宇宙中最坚硬、最锋利的东西也刺不破它。当然，除了我这把小刀。"木锋举着他那把金光闪闪的小刀子说，"这把刀子是一位长着金色大手的人送给我的。他说这刀子是用宇宙大爆炸之初的高密度金属制成的，别看它小，重量却大得很。"

"又是长着金色大手的人！"怀特禁不住叫出声来。

"怎么，你认识这个人？"木锋惊讶地问。

"他除了有一双金色的大手，是不是还有龟壳脊背？"青甲问。

木锋点了点头。

"这就对了，是一直在暗中帮助我们的那个人！"青甲对怀特说。

"是的。"怀特点了点头。

"不仅如此，那个人在送给我这把刀子之前，还教会了我怎样制造更加高级的宇宙飞行器。他说，我们的深空一号坠毁了，需要一台更加完美的飞行器。"木锋说。

"的确是这样。看来，我们的一切都在那个人的掌握之中。可是，他为什么只在暗中帮助我们，而不直接现身呢？"怀特疑惑地问。

"这里面一定有原因。"青甲说。

怀特点了点头。

在青甲、怀特跟木锋讨论"金色大手"的时候，月娃却一直盯着木锋手中的那把小刀在仔细研究。

"你对它感兴趣?"木锋笑着问月娃。

"它果真有你说的那么重吗?看起来,这不过是一把普通的小刀。"月娃皱着眉头说。

"要不要试一试?"木锋把小刀递给月娃。

月娃虽有思想准备,但是,接过刀子的一刹那,手腕还是被巨大的重量压了下去。不仅如此,他的身子也被手腕带着往地面弯曲。要不是木锋及时将那刀子抢过来,月娃一定会栽在地面上弄个"狗吃屎"。

"现在信了?"怀特笑着问。

月娃脸色煞白地点了点头。

"嗯,这把刀子果然厉害,怪不得能轻而易举地剖开大水母的肚子!"月娃说,"那么,你从这大水母肚子里取出来的那个金光闪闪的珠子是什么?"

"是好东西,闪电珍珠!正好可以用在我们即将完工的飞船上。"木锋说。

"对了,你刚才就说到新做了一艘飞船,它现在在哪里呢?"月娃问。

"我把它藏在了前面不远的一个谷地里。不过,到那里之前,我还要做一些其他工作。"木锋说,"我要把这只巨型水母的皮割下来,把它做成我们那艘飞船的一个非常重要的部件。这样,我们那艘飞船就能在宇宙中畅行无阻了。"

"我们目前要做的事情实在太多了。这样吧,月娃、金锋、火锋留下来协助木锋继续完成飞船的制造。其他人先跟我们来救活彭祖和霍金教授。"怀特说。

于是,在场的一班人立即兵分两路,各自忙活自己的事情去了。

第六十九章　拯救彭祖

怀特、青甲和土锋很快就和水锋会合了。此刻，水锋正让凤凰张开巨大的翅膀为霍金教授和彭祖遮着强烈的光线。

"怀特，霍金教授和彭祖先生的情况很不好，我们必须立即采取措施！"水锋着急地说。

"好吧。青甲你抓紧研磨紫薰草。土锋，你抓紧弄些水来。"怀特吩咐道。

听到怀特的命令，青甲立即带上紫薰草，来到一块平整的大石头跟前。青甲把紫薰草放在那块大石头上面，立即来了个前空翻。青甲的身子正好压在紫薰草上面。接着，青甲一发力，身子快速旋转起来。一眨眼的工夫，紫薰草就研磨好了。

紫薰草研磨好了，但是，去找水的土锋却犯了难。这偌大一个闪电星球，到处是荒芜的沙漠，走到哪里才能找到水源呢？

"你在干吗呢？土锋，看你眉头皱得紧紧的，一副不开心的样子。"正在费力割着水母皮的木锋突然看见了站在不远处的土锋。

"霍金教授和彭祖先生要吃药，怀特让我去找水，可是我看这周围全是沙漠，到哪里才能找到水呢？"土锋愁眉苦脸地说。

"咳！这还不容易，眼前不就有一些水吗？"木锋说。

"哪里？"土锋疑惑地四处张望着。

看到土锋一副傻呵呵的样子，木锋笑了："你看哪里？水在大水母肚子里呢！"

"大水母肚子里？"土锋问。

"是啊，大水母肚子里有很多水，不过，要想达到饮用的标准，我们还要费一点小工夫。"木锋一边说，一边把一块刚割下的水母皮铺在地上。然后，木锋又在上面堆了一些沙子。接下来，木锋从大水母肚子里取了一些黏液放在那堆沙子的一端。

木锋把那张水母皮倾斜着提起来，然后对土锋说："好了，你到另一端去取水吧。"

土锋疑惑地走到水母皮的另一端，果然发现一些清澈的液体正从那堆沙子里流出来。土锋取了一些，一转身就高高兴兴地回到了怀特他们那边。

怀特亲自给霍金教授和彭祖喂下药，然后，和青甲他们一起，静静地等待着他们醒过来。

过了一会儿，彭祖渐渐睁开了眼睛。

"师父……师父……"最先发现彭祖睁开眼睛的是他的徒弟青甲。

"放开我！放开我！你们别费劲儿了，就算打死我也不会替你们做事的！"睁开眼睛的一刹那，彭祖老人猛地坐了起来，并手舞足蹈地大声叫喊着。

"彭祖先生，你怎么了？是我们呀！"土锋一个箭步冲过来，他和青甲一起，按住了彭祖疯狂扭动的胳膊。

"你们？"彭祖渐渐安静下来，"你们不是18号天蝎人？"

"师父，我是青甲，他是土锋，我们不是18号天蝎人！"青甲大声对彭祖说。

"哦，青甲……土锋？我这是在哪里？"

"你在闪电星球上，那帮 18 号天蝎坏蛋已经跑了。"青甲回答。

"哦，这就好，这就好……"彭祖彻底安静下来，他小声地不停嘀咕着。

"师父，看样子你是受了一些惊吓，18 号天蝎人把你抓去做什么了？"过了一段时间，青甲看彭祖老人彻底恢复了，关心地问道。

"啊，18 号天蝎人把我抓去是为了让我翻译一本书，他们说，那本书里藏着破解什么 3000 奇兵的密码。你想，我堂堂彭祖怎么能为了活命就去干这种投敌背叛的营生？那样做岂不辱没了我快 4000 年的名声？所以，他们就变着法儿地打我，打得我遍体鳞伤。想我彭祖活了快 4000 年了，何曾受过这样的皮肉之苦？呜呜呜呜——"彭祖越说越委屈，最后，竟然像个孩子一样哭泣起来。

"啊，现在好了，18 号天蝎人已经走了，而且，短时间内他们也不会找到我们了。"青甲把师父彭祖紧紧地抱在怀里，不住地安慰他。

"那他们后来又抓霍金教授去干什么了呢？"等彭祖停止了哭泣，青甲继续问道。

"18 号天蝎人见从我嘴中得不到想要的东西，就把霍金教授掳了去。他们威胁我说，如果我不告诉他们那书中记载的什么狗屁 3000 奇兵的密码，就把霍金教授杀死。"

"可是，最后，他们怎么又把你们丢了出来呢？"青甲问。

"他们拿霍金教授威胁我，我真的坚持不住了。无奈之下，我就读了那本书，破译了那书中的密码并告诉了霍金教授。可是，就在我准备跟 18 号天蝎人妥协的时候，18 号天蝎人突然遭到了金锋他们的攻击。仓促之间，18 号天蝎人夺下我手中的那本书丢进了一只子飞行器，然后，驾驶着飞碟向远处飞去。18 号天蝎人把那本书丢进了子飞行器，是为了更好地保护那本书。18 号天蝎人的想法本来是要诱使金锋他们去追踪飞碟，让金锋他们放弃次要目标——子飞行器。没想到，金锋他们没有追赶飞碟，而是对那几只无人驾驶的子飞行器展开了攻击，并最终击落了它们。18 号天蝎人偷鸡不成蚀把米，最想保护的书不幸落到了被我们击落的子飞行器里。这当然不是他们想看到的结果。所以，18 号天蝎人转了一大圈后，又回到了闪电星球。这一次的目标很明确，18 号天蝎人要抢回子飞行器，因为，

18号天蝎人的那本狗屁书籍还在那只子飞行器里。然而，这时18号天蝎人正好发现了你们在搜索子飞行器，为了不让你们发现那本书，无奈之下就丢下了我们以分散你们的注意力。"彭祖先生将在18号天蝎人飞碟里的情况简要陈述了一遍。

"哦，对了，霍金教授呢？他还好吗？"接着，彭祖问青甲。

"嗯，我们已经给霍金教授服下紫薰草，但他还没有醒来。"青甲说。

"什么？你们给霍金教授服了紫薰草？"彭祖一下子挣脱了青甲的怀抱，一个箭步冲到霍金教授跟前。

第七十章　霍金还魂

　　看到师父闻听霍金教授服下紫薰草后的异常表现，青甲匆匆跟了过去。

　　"这有什么不妥吗，师父？"青甲问。

　　"当然不妥！这紫薰草乃是亿万年来不断吸取月球精华凝成的神物，很小的一点就蕴藏着巨大的能量。霍金教授肉体凡胎，怎么消受得起这灵药？"彭祖面色凝重地说。

　　"那为什么你和金锋他们服用了都没有问题呢？"青甲继续问。

　　"我在地球上生存了800多年，特别是在月球上生存了3000年，早已不是肉体凡胎，体内产生了只有外星生物才有的所谓的千年凝魄，自然消受得起这灵药。青甲和金锋他们就更别说了，他们都是宇宙形成的独特灵物，服用紫薰草只会恢复他们的身体，强健他们的体魄，对他们的健康是绝对造不成什么破坏的。"彭祖老人回答。

　　"唉，都怪我。那接下来我们该怎么办呢？"正抱着霍金教授的怀特这时已经听到彭祖和青甲的对话，他在弄明白了事情的原委后，非常后悔自己当初擅自做出用紫薰草医治霍金教授的决定。

"事到如今，后悔已经没用了，走一步看一步吧。"彭祖一边说，一边用拇指按了一下霍金教授的人中穴。

"嗯，看起来，霍金教授气息尚存，紫薰草虽然因药效过大会给他的肌体造成一些损伤，但还不至于要了他的命。"彭祖沉思了一会儿后说。

正说着，怀特发现霍金教授的嘴角儿轻轻地抖动了一下。这一发现让怀特惊喜不已，他急忙伏在霍金教授的耳朵边。

"教授……教授……"怀特轻声地呼唤着。

良久，霍金教授没有一丝反应。

彭祖先生等得有些不耐烦了，他一把将怀特推在一边，把霍金教授揽在自己怀里。

"霍金教授，丽贝卡被18号天蝎人掠走了！"彭祖突然趴在霍金教授耳边这样大喊一声。

这一招儿果然奏效，彭祖先生话音儿未落，霍金教授一下子睁大了眼睛。

"丽贝卡……丽贝卡……"霍金教授不停地叫着。

彭祖也不答话，任凭霍金教授声嘶力竭地吼叫。

在霍金教授睁开眼睛的时候，怀特安排土锋从撞坏的深空一号里取来霍金教授的轮椅。还好，那个电动轮椅没有一点损伤。

接下来，众人一起把霍金教授放在轮椅里。

"丽贝卡……丽贝卡……"都过了好长时间了，霍金教授的呼唤一点停止的意思也没有。不过，他呼唤的声音明显地弱了下来。

如果说，霍金教授刚开始呼唤丽贝卡是因为刚醒来意识不清醒，到了现在，都过去这么长时间了，他还在不停地呼唤，那就说明有问题了。

"问题看起来有些严重了！"彭祖一边皱着眉头望着霍金教授，一边轻轻抓过他的手放在自己的膝盖上。接下来，彭祖用另一只手的食指和中指按在霍金教授的手腕上，然后，微闭着眼睛，凝神静气地思索着什么。

"彭祖先生，你这是做什么呢？"怀特不解地问。

"这叫把脉，又称为切脉，是我们中国的医生用来诊断病人病情的一种方法。人体大致有 28 种脉象，每一种脉象都是对人体机能的反映，都有所对应的病症范围。脉象是一种生物信息传递现象，是从外部测量到的关于循环系统的一个信号。"彭祖闭着眼睛小声地说。

"哦，把脉我听说过。据说，中国在公元前 11 世纪，就出现了这种诊断病情的方法，现在，把脉诊断流传到了地球上的许多国家。"怀特说。

"真的吗？把脉诊断的方法现在还在用？"彭祖惊讶地问怀特。

怀特点了点头。

"啊，外星人的科技真是太发达了，他们在 3000 多年前教给我的办法竟然还没落伍?!"

"什么？把脉和外星人还有关系？"怀特对彭祖的话感到非常惊讶。

"是的，我在地球上生活时，曾经有幸认识了一位来自巨树星的长老，是他教给了我把脉的诊断方法。当时，中国的巫术很盛行，人们得了病都靠巫术来治疗。但是，巫术治病很不靠谱，很多人因此丢了性命。于是，我就将把脉这种诊断方法教给周围的其他人，然而，很多人认为我教给他们的办法是异端邪说，后来，官府知道了这件事，甚至还把我关进了牢房。"彭祖说。

"师父，你说的那位长老可是一位长着长长胡子的银色小人？"听彭祖这样说，青甲立即凑过来答话。

"是啊！你也认识那位长老？"青甲能准确描述出 3000 多年前他见过的那位长老，这让彭祖也感到吃惊。

于是，师徒两个大眼瞪小眼，都被这不可思议的巧合惊呆了。

"师父，这件事说起来其实有点遗憾，你被 18 号天蝎人绑架的时候，我们的深空一号恰好经过巨树星，我们不仅拯救了那颗星球，而且在即将离开它的时候，还见到了你所说的那位长老。"青甲说。

"哦，那可真是有点遗憾呢！你要知道我们都 3000 多年没见面了。他还好吗？他可曾提起过我？"彭祖问。

"是的，巨树星的长老看起来很好。不过，由于 18 号天蝎人取走了巨树星的地心之火，巨树星遭到了严重破坏，那位长老无法跟我们同行。我们在一起时，他的确提起了你，还提起了 3000 多年前你们的那次相遇。"

"是的，如果没有 3000 多年前的那次相遇，也许我就不会活生生地站在这里了。你想，一个普通地球人的寿命不足百岁，而我现在活了快4000岁了还活蹦乱跳的，如果没有一些独到的养生保健的秘诀，怎么可能？说实话，我非常感谢巨树星的长老，正是由于他的帮助，我才能成为一个老不死的家伙，正是我老而不死，才得以研究这茫茫宇宙中的奇门遁学，著书立说，成就自己。"彭祖说最后这句话的时候，开心地笑了一下。

"对了，你不说书，我倒是忘记了。我们离开巨树星的时候，你那位老朋友还让我给你捎来一本书。"青甲忽然想起离开巨树星时，那个白胡子老头送给他的那本藏在一块古怪石头里的线装古书。

"一本书？快拿来我看！"彭祖先生一辈子跟书打交道，嗜书如命。所以，当他听到徒弟青甲说老朋友捎给他一本书后，他的眼睛立即变得闪亮闪亮的。

看到师父如此迫切的样子，青甲笑了笑，立即一路小跑着去拿那本书了。

青甲走后，彭祖继续专心致志地给霍金教授把脉。他不仅为霍金教授把了腕脉，而且还把了颈脉、背脉。

把颈脉、背脉是一种古老的把脉手法，它们能够跟腕脉相互佐证，从而让把脉的人得出更精确的结论。不过，这种手法在现今世界已经失传了。彭祖是上古时代的人，把脉诊断也是他第一个传下来的，他当然深谙这其中的奥妙。不仅如此，在几千年的时间里，彭祖不断探讨把脉的技巧，已经将此诊断手法研究到精髓里面去了。

忙活完这一切，彭祖非常严肃地告诉怀特，霍金教授因服用紫薰草，奇经八脉已经受到严重的损伤。

"我不懂什么叫奇经八脉，你就简单地说一下，霍金教授受到损伤以后会怎么样吧？"怀特焦急地问。

"奇经八脉一旦损伤，大脑里的信息传递不出，那些信息就会纠缠在一起，导致人的思维混乱。"彭祖解释说。

彭祖这样解释，怀特倒是听明白了一些。不过，对于一个毫无中医知识的人来说，要准确理解这段话包含的意思还颇有难度。

"你说得很对！看起来霍金教授的思维是混乱了，那么，既然他思维混乱了，为什么口中还一直在不停地叫着丽贝卡的名字呢？"怀特问。

"你这个问题问得很好，一开始我也没搞明白这个问题。所以，我又把了霍金教授的颈脉、背脉，终于搞清楚了其中的原因。"彭祖回答。

"那这个原因是什么呢？"怀特迫不及待地问。

"其实这个原因很简单：每个人的脑海深处总有一两件烙印最深的事情，就像孩子总不会忘记自己的妈妈一样。这一两件事情为什么烙印那么深？原因很简单，是因为这一两件事情产生的脑电波最强。也就是说，这一两股最强的脑电波不管怎么和其他脑电波纠缠在一起，在大脑的主人需要的时候，都能最清晰地显现出来。我这样解释，你能明白吗？"彭祖对怀特说。

"哦，多少还有一点迷糊，不过，大体意思我总算弄明白了，也就是说，霍金教授活了这一辈子，最挂心的不是他钟爱的宇宙理论，不是生他养他的父母，而是他少年时期偶然遇到的来自开普勒452b的丽贝卡！"怀特说。

"是的，来自遥远星球的丽贝卡是霍金教授脑海中最深最深的烙印！他对丽贝卡的爱超越了一切！甚至超越了他的生命！"彭祖感叹地说。

"彭祖先生，你说这一点，让我想起了在地球上的一些事情。霍金教授在21岁那年查出患有肌肉萎缩性侧索硬化症（ALS）时，剑桥大学曾经公布过一份残酷的预测报告，说他至多还有5年的生命。以当时的医学水平来说，这个预测是很现实的。因为，克服ALS是非常困难的，这种疾病首先会带来肌无力，随后会出现瘫痪，失去说话、吞咽甚至是呼吸的能力。ALS研究协会称，被诊断为这种疾病的患者平均寿命在2到5年。超过50%的患者活到3年以上，20%活到5年以上。而存活超过20年的患者不足5%。然而，到了2003年，霍金就已经跨越了两个20年。他存活的能力如此出众，以至于有专家认为他不可能忍受ALS的折磨，而其他人则声称从未见过类似于霍金的患者。伦敦国王学院的一位临床神经学教授Nigel Leigh也称，霍金是个例外，他从未意识到有人患上ALS还能活得如此之久。让人惊奇的不仅仅是他的寿命，他似乎相当稳定，这种稳定是极其罕见的。现在，几乎所有的地球人都搞不明白是什么让霍金如此与众不同，是运气还是他智慧的超凡本质阻止了噩运的到来？没人能够回答。"怀特说。

"那么，你刚才听了我那些话以后，是不是已经找到了这个问题的答案呢？"彭祖微笑着望着怀特。

"是的，我终于搞明白了，霍金教授能够如此顽强地活到今天，是因为爱情的力量，这源于他对丽贝卡深深的爱！正是因为这伟大的爱，霍金教授选择了研究宇宙这一课题；正是因为这伟大的爱，霍金教授顽强地忍受了极端的痛苦，坚持着不让自己的生命消逝；正是因为这伟大的爱，霍金教授在身体条件那么差的情况下，还毅然决然跟随卡卡去往月球，来到这根本不适合地球人类生存的茫茫天空；正是因为这伟大的爱，霍金教授跟不知比我们强大多少倍的 18 号天蝎人斗智斗勇……"在彭祖的引导下，怀特竟然像个诗人一般说了这么一大通。

"是啊，一个身体严重残疾的人，为了在这一生见到自己心爱的人儿一面，承受了多么巨大的痛苦，付出了多么巨大的努力，真是太让人感动了。哦，伟大的爱情！哦，伟大的霍金！"毋庸置疑，怀特的话一定是感染了彭祖，这个快 4000 岁的老头子竟然也捋着胡子说出了这么一番文绉绉的话语。

"丽贝卡……丽贝卡……"就在彭祖和怀特忘情地抒发着羡慕加赞叹之情的时候，霍金教授仍旧在那里自顾自地不停念叨着自己心中的丽贝卡。

"教授，霍金教授还能恢复吗？接下来我们应该怎么办呢？"怀特自责地望着歪着头傻傻坐在电轮椅里的霍金教授，问彭祖。

"套用霍金教授的一句话来说，在这茫茫的宇宙中，根本不存在不可能的事儿。你不用担心霍金教授，他肯定能恢复健康。不过，至于怎么让他恢复，我还没找到很好的办法。只能走一步看一步了。"彭祖先生说。

过了一会儿，橘色的光线渐渐暗了下去。时间不长，蓝色的光线渐渐笼罩在闪电星球的沙漠上空。

"夜晚要来临了，青甲怎么还没回来？"彭祖问。

怀特站直身子，他一只手扶着霍金教授的轮椅，把另一只手做成一个筒子的样子，向着青甲离去的方向观望着。

突然，一个圆球状的东西匆匆地往这边"滚"来。

第七十一章　卡卡失踪

　　那个圆球状的东西不是什么怪物，正是急匆匆往这边赶来的青甲。

　　"青甲回来了！"看到青甲憨态可掬的样子，怀特笑着说。

　　说话间，气喘吁吁的青甲已经到了彭祖跟前。

　　"发生了什么事？"看到一向沉稳的青甲这副样子，彭祖问道。

　　"我刚才带着书回来的路上，看到了那个长着金色大手的人，当时，他正呆呆地站在卡卡的墓碑前，一副黯然神伤的样子……"青甲神色慌张地说。

　　"停停！停停！你刚才说什么？卡卡的墓碑？"彭祖打断了青甲的话，一脸惊奇地问道，"怎么回事儿？难道卡卡发生了什么意外？"

　　"是的，彭祖先生。卡卡驾驶着深空一号重重地撞在了闪电星球上，已经丢掉了性命。"怀特沮丧地说。

　　"怎么可能？卡卡可是开普勒452b来的外星生命，飞天遁地无所不能，它怎么轻易就丢掉了性命？"

彭祖皱着眉头说。

"我们也是这样认为的。可是，当我们最后在驾驶舱里找到他的时候，它的确已经毫无生命迹象了。它一定是为了保住深空一号，保住我们的性命才选择了牺牲自己。"怀特悲痛地说。

"那卡卡的尸体呢？你们把它怎么样了？"彭祖焦急地问。

"我们把它的尸体埋在了不远处的沙地里。"怀特说。

"愚蠢！你们怎么能把卡卡埋了呢？"彭祖气得长长的胡子都要翘起来了。

"不埋葬卡卡，难道要让卡卡暴尸荒野吗？"很显然，怀特被彭祖这句话激怒了。他也很喜欢卡卡，但地球上的习俗是人死总要入土为安，彭祖怎么如此不讲情理呢？

"我不是这个意思，我的意思是，你们不该埋葬卡卡，因为卡卡还有救！"彭祖说。

"还有救？可是当时在月球上的时候，霍金教授就说他已经丢掉了8条命。猫一共有9条命，现在他最后的1条命也丢掉了，怎么还有复活的可能？"怀特说。

"好了，好了，我现在没时间跟你们解释太多，你们还是赶快带我去找卡卡的墓吧！"彭祖"噌"一下从地上站起来。

"可是，那个长着金色大手的人——"怀特一把拉住了彭祖。现在，怀特已经不是以前那个莽撞的年轻人，卡卡没了，霍金教授还没完全恢复，他感觉自己一定要肩负起保护大家的责任。

然而，彭祖却一点也没把怀特的话放在心上。他用力一挣，就挣脱了怀特的手。可是，怀特不依不饶，他一个箭步冲到彭祖跟前，伸出双手拦住了彭祖的去路。

"彭祖先生，你也是刚刚死而复生，我可不想看到你再丢掉性命！请您三思而后行！"怀特大声说道。

"标准的拿破仑思维，有勇无谋。你想，这一路上，那个长着金色大手的人一直在暗中帮助、保护着我们，即使我们与他正面相遇，他又怎么会加害我们呢？"彭祖拿手敲了敲怀特的脑袋说。

彭祖这句话无疑是正确的。怀特尴尬地笑了一下，立即撤回了自己的双手。

彭祖接着望了一眼跟在后面的青甲，嗔怪地对他说："还有你，做事不动脑子，光制造紧张空气。"

师父的批评言之有理，青甲不好意思地吐了一下舌头。

接下来，怀特推上霍金教授，和青甲、土锋、水锋他们乖乖地跟在彭祖后面，一起向山丘那边卡卡的墓地走去。

怀特当初在卡卡的墓前做了一块墓碑，因此，他们很快就找到了埋葬卡卡的那个地方。

在淡蓝色的夜幕下，在无边无际的沙漠中，卡卡的墓看上去显得分外凄凉，彭祖不禁落下泪来。

但彭祖很快就从悲伤中回过神儿来。

接着，彭祖一把抹去脸上的泪滴，吩咐青甲他们赶快将卡卡的尸体挖出来。

听到要挖土的吩咐后，土锋一个箭步冲到青甲前面。要知道，挖土可是土锋的绝活儿。

土锋手脚并用，短短几秒钟的时间，那个坟头就被他铲平了。土锋再往下挖的时候，显然小心了许多，因为他担心稍有不慎，就会挖坏卡卡那娇小的身体。

然而，土锋一直挖了好几米的深度，也没有发现卡卡的尸体。

"怀特，不会吧？你们把卡卡埋在了这么深的沙土里？"彭祖疑惑地望着怀特。

怀特皱着眉摇了摇头，说："不要再继续往下挖了。看来，你就算挖到闪电星球的地心，也不会发现卡卡的尸体了。"

"怎么回事儿？"土锋从沙坑里跃上来，一边拍打着手上的沙土，一边疑惑地问。

"很显然，卡卡的尸体已经被人盗走了。"怀特哭丧着脸说。

"金色的大手！"听怀特这样说，彭祖、青甲和其他人不禁异口同声地叫道。

第七十二章 失踪之谜

　　那个长着一双金色大手的人为什么要盗走卡卡的尸体呢？这真是一个让人百思不得其解的问题。

　　"那个人这一路上一直在暗中帮助我们，想必是我们的朋友，他盗走卡卡的尸体，也许跟我们的想法一样呢。"最后，彭祖捋着胡子这样说。

　　"你是说，那个人要救活卡卡？"怀特问。

　　"我想有这个可能。不然的话，他弄一只猫的尸体干什么？"彭祖回答。

　　"是啊，除非他是一个变态的恋尸癖，而且严重到连一只猫的尸体也不放过。"怀特补充道。

　　"不可能，当时看他非常悲伤的样子，他应该不是什么恋尸癖。"青甲插话。

　　"既然那么悲伤，一定是卡卡熟悉的人！"怀特说。

　　"嗯，有这个可能。在前几次那个人暗中帮助我们而被我们的人发现的时候，卡卡曾经流露出认识他的意思。"怀特说。

　　"是的，不过，这个人是卡卡的什么人呢？他为什么不肯出现在我们面前呢?"彭祖若有所思地说,他在心中为这个人设计了十几种身份,但最后又都被他给否定了。

"好了,好了,我们还是不要毫无意义地来猜测那个人是谁了,既然是卡卡认识的人,想必不会对他的尸体怎么样。我们还是静观其变吧。"彭祖最后对大家说。

于是,一行人离开卡卡的墓地,急匆匆地往回赶。

"唉,对了,你刚才说过有个救活卡卡的办法,究竟是什么办法呢?"在返回的途中,青甲忽然想到这个问题。

"这个办法说简单也简单,说复杂也复杂。简单的是,只需找到一个最爱卡卡的人来呼唤它,它就能苏醒过来。复杂的是,卡卡从遥远的开普勒 452b 来到这里,我们去哪里找一个最爱他的人呢?何况,他还不是一个人,而是一只猫。"彭祖说。

"我们不都非常喜欢卡卡吗?让我们来呼唤他不就得了?"怀特说。

"不可以,我刚才说的是要找一个最爱他的人。也就是说,我们找到的这个人一定是这个宇宙中对卡卡感情最深的那个人!"彭祖说这句话的时候,加重了后半句话的语气。

"他的父亲?母亲?"青甲问。

"不!不是亲情,是爱情!"彭祖说,"我是要用最伟大的爱情的力量来唤醒卡卡的元神!"

"元神?"怀特和青甲不解地问。

"是的,猫虽有 9 命,但它的那 9 条命皆不是它本真的命,是大自然赋予猫的一种特殊的力量。"彭祖说。

怀特和青甲疑惑地摇了摇头,很显然,他们并不了解彭祖的意思。

"我拿地球上普通的猫来跟你们解释这个问题吧。我们常听人说猫有 9 条命。虽然从科学角度来说,这是不可能的,但从精神层面来说,此话却有一定道理。我们知道,猫比其他动物能承受更多的意外事故、伤害和困扰,并且逢凶化吉。'九'是一个神秘的数字,事实可能是这样:正因为猫总是被神秘和魔法似的气氛笼罩着,所以才引出了 9 条命的神话。不可否认,我也发现猫和狗相比,过着似乎有魔法保护的生活。但这可能是由于猫具有恢复平衡的本能反应和灵敏的平衡感而并非有着任何超自然的力量。"

"不仅如此，猫在休息时，喉咙中常会发出'呼噜呼噜'的声音。有人认为这是猫在打呼噜，但美国科学家却发现这是猫自疗的方式之一。人们之所以称猫有9条命，与猫休息时打呼有密不可分的关系。科学家指出，无论家猫还是野猫，受伤后都会发出'呼噜呼噜'的声音。这种由喉头发出的呼噜声有助于它们治疗骨伤及器官损伤。科学家从人类实验中也发现，将人体暴露于如同猫打呼声的声波下，有助于改善人类的骨质。美国北卡罗来纳州区系动物沟通研究所所长马金·瑟纳尔表示，由于猫科动物可借自己发出的声波疗伤，因此'九命怪猫'的传说并非荒诞不经。"

彭祖教授这个解释浅显易懂，怀特和青甲终于搞清了猫为什么有9条命。

"你这样说，我们就明白多了。"怀特和青甲点着头说。

"嗯，我这个解释仅仅局限于地球上普通的猫，如果你们对地球之猫有9命的说法仍存在疑虑的话也情有可原。可是，卡卡是来自遥远的开普勒452b的一种有着超凡本领的猫，你们对他有9命的说法就不应该存有疑虑了。"彭祖进一步解释。

"是的，卡卡的复活我们在月球上就见识过了。不过，现在他的第9条命已经丢掉，再用以前的老办法让他复活显然是不可取的。你刚才所说的唤醒卡卡的元神是一种什么办法呢？"怀特接着问。

"卡卡的其他9条命都依附于卡卡的元神而存在。也就是说，他的9条命丢了，但是，他的元神还在。因此，我们只要唤醒卡卡的元神，他就能复活了。不过，在未来的日子里，一旦卡卡的元神也死亡了，他就真的灰飞烟灭了。"彭祖说，"而在这个宇宙中，只有最爱卡卡的人才能唤醒卡卡的元神。"

"可是，我们到哪里去找最爱卡卡的那个人……哦，不对……是我们到哪里去找最爱卡卡的那只猫呢？"青甲皱着眉头说。

"凡事皆有可能！这是霍金教授教会我们的道理！"怀特随口说道。

听怀特这样说，彭祖拍了一下怀特的肩膀，微笑地望着他："怀特，你真的和以前不一样了。"

"师父，怀特脑袋里现在住了一个拿破仑！"青甲调侃道。

"哦，我知道，怀特将来肩负着统领 3000 奇兵的重任。"彭祖说。

"3000 奇兵？哦，你不说我都忘了，在 18 号天蝎人抢走他们的子飞行器之前，我在他们的机舱里发现了一个石匣。当时，我把那个石匣揣在了怀里，后来打开石匣后，我才发现那是一本奇怪的书。你看看，这本书是不是 18 号天蝎人在飞碟上逼迫你破解的那本书？这本书是不是跟 3000 奇兵有着什么关系？"说着，怀特从怀里摸出从 18 号天蝎人子飞行器里取来的那本书。

看到这本书的一刹那，彭祖和青甲都惊呆了。

彭祖踮起脚尖儿，以迅雷不及掩耳之势的闪电速度猛然在怀特脸颊上亲了一口。

"哎呀妈呀，怀特，我太爱你了，18 号天蝎人看得比自己的生命还重要的东西竟然让你小子轻而易举给得到了！"彭祖兴奋地说，"没有了这东西，那 3000 奇兵对他们来说，就无异于一堆废石头了。"

怀特用手揉了揉被彭祖的胡子弄得痒痒的脸颊，显得怪不好意思的。

青甲为什么也惊呆了呢？因为，他看到怀特拿出的那本书竟然和他从巨树星那位长老那里得到的书一模一样。

"你说，你的这本书也是装在一个石匣里的？"青甲疑惑地问怀特。

"是的，我本来以为那只是一块普通的大石头，可是后来我感觉它的重量不对。于是，我就细细研究，后来在那石头上发现两个凸出的按钮，我轻轻一按，那石头竟然裂成两半儿，里面赫然出现了这本书。"怀特描述着他发现这本书的奇特经历。

"哦，你这本书不仅和我这本书一样，而且那石匣的包装也不差分毫。"说着，青甲拿出了银色小人送给他的那本书。

两本书放在一起，果然一模一样。

彭祖见书眼开，立即席地而坐，开始不停地蘸着唾沫认真地研究起这两本书来。

第七十三章　奇书的秘密

　　摆在彭祖眼前的两本书虽然看起来一模一样，但是，内容却各有千秋。

　　"毋庸置疑，这两本书都出自我 3700 年前偶然遇到的那位老朋友——巨树星的长老。"彭祖一一翻看了两本书后笑着说。

　　"它们看起来和中国古代的线装书差不多，你怎么确信它们就是那位长老写的呢?"怀特问。

　　"它们的样子跟中国古代的线装书大同小异，是因为，巨树星的长老是跟我学会了怎么制作书籍。当年，那长老和我在地球偶遇的时候，还不懂如何编订书籍，是我手把手教会了他如何用书籍记载人类的思想以及发生的事件。至于我为什么肯定这两本书都是巨树星的长老写的，是因为书中的文字。"彭祖回答道。

　　听彭祖这样说，怀特拿起其中的一本书，随手翻看了一下，他看到那些文字不像地球上的任何文字，看起来就像一排排的小树。

　　"这些文字可真奇怪，你如此确信两本书出自那长老之手，以前一定见过这些文字吧？"怀特问彭祖。

"嗯，当时我教巨树星的长老写书的时候，他们还没有自己的文字。于是，巨树星的长老就想创造一种文字。我当时向他建议，我说，既然你们星球上的生命都是在一棵大树上诞生的，你为什么不把你们的文字创造得像树木一样呢？他听从了我的建议，在短短的时间内就创造出了一些像小树苗一样的文字。"彭祖说。

"既然你熟知这些文字，那么，当18号天蝎人把你抓去破解密码的时候，你怎么还费了不少力气呢？"怀特继续问。

"其实，当时我第一眼就知道了那本书来自我那位老朋友之手，经过几天的研究后，我也搞明白了书中记载的破解3000奇兵的密码是什么。不过，为了保护我那位老朋友，更为了不让18号天蝎人在我们之前得到3000奇兵，我选择了闭口不言。"彭祖说。

"难道18号天蝎人不是从巨树星的长老那里得到的那本书？"怀特问。

"是的，如果他们是从那个白胡子老头那里得到的这本书，他们就不会把我抓去给他们破解密码了。"彭祖笑着说。

"那么，他们告诉你是从哪里得到的那本书？"怀特问。

彭祖摇了摇。然后，沉思着说："且不管18号天蝎人从哪里得到了这本书。我想，我那巨树星的老朋友一定是参与了封存在天王星的3000奇兵的一些事情。不然，他不会写作这本书的。"

"这一点毋庸置疑，那白胡子老头儿一定和3000奇兵有着千丝万缕的联系。"怀特说。

"那这破解3000奇兵的密码——"怀特接着问。

"呵呵，这个问题就有意思多了，老家伙为了隐藏这个密码，可谓费尽心机。"彭祖一边微笑，一边轻轻拿起那本书，他翻开书页让怀特仔细观察了一会儿。

"看出这里面有什么东西没有？"彭祖望着怀特问。

怀特摇了摇头。

"其实，这整本书从头到尾就记载了一个复杂的公式，就像你们这些科学家做的数学研究一样。而那破解3000奇兵的密码就隐藏在这个公式中。"彭祖笑着说。

"18号天蝎人难道自己不会破解吗?"怀特问。

"如果18号天蝎人能破解，他们还会把我和霍金教授抓去吗?"彭祖反问怀特。

"那么，最后你是怎么破解那个密码的呢?"怀特大有打破砂锅问到底的架势。

"天机不可泄露。不过，到合适的时候我会告诉你的。"彭祖仍旧微笑着说。

在彭祖和怀特谈得不亦乐乎的时候，青甲几次想插话都没有成功。现在，他们的谈话暂时告一段落，青甲终于有说话的机会了。

"师父，那巨树星的长老送给你的那本书记载的是什么内容呢?"青甲问。

"哦，这本书就简单多了。不过，这本书里记载的内容将对我们大有帮助。它是一本星际旅行图册。"彭祖笑着说。

"星际旅行图册?"

"是的，巨树星的长老数千年前曾经跟随一位高人游历宇宙中的各大宜居星球，他应该是据此绘制了这本星际旅行图册。在这本图册中，他把每一个宜居星球的位置都标注得很详细。"

彭祖一边说，一边在书中翻找着。不大一会儿，他就找到了闪电星球的位置。彭祖指着那个位置对青甲说："喏，我们现在在这里!"

"这星际旅行图册对我们有什么作用呢?"怀特也凑过来好奇地问。

"咦——亏你还是科学家呢，怎么连这么简单的问题都不懂? 有了这本星际旅行图册，我们就不用像以前那样，非得依靠宜居星球搜索器才能在宇宙中飞行了。我们可以看着手中的地图，愿往哪里飞就往哪里飞，再也不害怕迷路或者其他了。"彭祖老人解释道。

"嗯，这可真是个好东西! 我还担心炸毁了宜居星球搜索器，我们就无法离开闪电星球了呢。巨树星的长老真是雪中送炭啊!"怀特高兴地说。

"什么? 你把18号天蝎人抢走的那个宜居星球搜索器炸毁了?"彭祖老人惊讶地问。

怀特红着脸伸了伸舌头。在霍金教授和彭祖被绑架、卡卡"死亡"的这段时间里，怀特做出了一系列决定，但是这些决定几乎都遭到了彭祖的否定。炸毁宜居星球搜索器也是怀特亲力亲为，他担心这个决定也会被彭祖否定，所以，当彭祖惊讶地问到这个问题时，他没敢答话。

"是的，怀特炸毁了它！"青甲见怀特没吱声，就如实向彭祖汇报了这一情况。

听了青甲的话，彭祖先是感到很惊讶，但很快又平静下来。

彭祖沉思了一会儿说："在知道我们手中有一本星际旅行图册之前，你炸毁了天蝎人飞碟上的宜居星球搜索器，的确是个冒险的举动。不过，我们现在手中有了星际旅行图册，炸毁了它也不失为一个明智的决定。为什么呢？一是因为我们已经不再需要它了。二是把它留给 18 号天蝎人，那些坏蛋会造成更大的破坏。别的不说，如果他们发现更多的宜居星球，更多的地心之火就会被盗走，无数外星生命将遭到毁灭。三是 18 号天蝎人没有了宜居星球搜索器，必将迷失在茫茫宇宙中，他们一时半会儿是不可能再来骚扰我们了。"

"这么说，怀特还做了一件好事呀！"彭祖老人分析完，青甲半是讽刺半是调侃地说道。

怀特不好意思地笑了笑，没再说什么。

第七十四章　曲率飞船

　　彭祖他们一行人离开卡卡的墓地后，直奔木锋杀死大水母的那个地方去。

　　他们有说有笑，一会儿就翻过了眼前的那座山丘。

　　然而，当彭祖他们来到目的地后，却只看到遗留在沙漠里的一堆烂肉，木锋他们已经不在那里了。

　　"木锋一定是把割皮的任务完成了，他们现在很可能已经前往前面的那个谷地，去继续建造宇宙飞行器了。"怀特说。

　　"嗯，我们还是到那边看一下吧。"彭祖点点头说。于是，一行人又向着前面那个谷地走去。

　　谷地不远，彭祖他们一会儿就到了。

　　这个谷地很陡很深，只有靠近它的边缘的时候，才能看到里面的情况。

　　彭祖他们站在谷地边缘往里张望，眼前的一幕一下子把他们惊呆了——一个体型巨大的飞行器赫然出现在谷地深处！虽然是从谷地上空俯视，但，那飞行器的威武雄壮却赫然在目。

"这应该就是木锋正在建造的宇宙飞行器了，看起来真漂亮！"彭祖不住地赞叹着。

"是啊，看起来比我们那艘深空一号要大不知多少倍呢！"青甲也激动地说。

正在谷底紧张忙碌的木锋等人发现了站在谷顶上的彭祖他们，立即招呼他们下去。

正在谷顶的土锋和水锋的坐骑这时也发现了谷底的大蜘蛛、9头巨蛇，它们扭动着身体，一下子变得兴奋不已。

接下来，土锋、水锋把霍金教授、怀特他们安放在土龙和凤凰背上，土锋吹了一声口哨，那两只巨大的神物顷刻间就载着众人飞进了谷底。

站在宇宙飞行器下面仰视，这宇宙飞行器就更加威武雄壮了。彭祖他们不禁发出一声声赞叹。

"现在，这艘飞船到什么程度了？"怀特问木锋。

"啊，从大水母身上取下的那个闪电珍珠已经安装在飞船的发动机里。从大水母身上割下来的那张坚韧无比的皮也被我们做成了一个巨大的'肥皂泡'。接下来，只需把这个'肥皂泡'安装在飞船上，我们就能继续在深空中飞行了。"木锋兴奋地介绍着。

"哦，看起来，这个飞船跟我们原来那个深空一号完全不同。它是不是比深空一号更先进呢？"彭祖一边不住地赞叹一边问木锋。

"嗯，岂止是先进，是先进不知多少倍。"木锋自豪地说。

"哦，是吗？那它跟深空一号的区别在哪里呢？"怀特有点不太相信木锋的话，因为，在他看来，深空一号就够先进的了。

"要说这主要的区别，应该是我们这艘飞船是采用了一种比深空一号更为先进的推进方式。"木锋回答。

"更先进的推进方式？"

"是的，我们这艘飞船运用的推进方式叫曲率推进方式。"木锋说。

"曲率推进？哦，听起来倒蛮新鲜的，不知道它的原理是什么？"怀特疑惑地问。

"哦，要理解空间曲率驱动的原理，不妨设想这样一幅场景：你和一只猫分别在一张地毯的两端，猫以速度 c（这也是它在地毯上奔跑能达到

275

的最高速度)向你跑来,这时你以速度 z 猛然拽动地毯,把地毯和在地毯上跑动的猫一并拽到跟前。在拽地毯时,猫相对于你的速度是 $c+z$——超过了 c,但猫与猫脚下的地毯是一并移动的,它并没有超过自己在那块区域的速度极限。现在,把猫替换成飞船,把地毯替换成宇宙空间,把拽地毯的动作替换成曲率驱动,把 c 设为光速,你就得到了曲率驱动的基本图景。"

"哦,这听起来果真有点意思。好像也并没有违背我们地球人所认知的物理法则。"怀特说。

"是的,曲速引擎的原理是将空间拉伸,这与虫洞折叠空间正好相反。有趣的是,近年来,你们地球上的许多科学家已经开始研究这个问题,他们研究发现,许多科幻片中的曲速引擎竟然并不违反物理法则。"木锋说。

"是吗?我们地球上的许多科学家正在研究这个问题?我怎么从来没听说过这个概念?"怀特惊讶地问。

"你刚刚走出大学校门,跟随霍金教授也才几个月的时间,如此高端的理论没听过也在情理当中。如果霍金教授现在意识清醒,我想,他理解起这个理论来应该非常容易。"木锋说:"地球上的美国国家航空航天局突破推进物理项目的前主管马克·米利斯曾经指出,在宇宙大爆炸后早期的快速膨胀期间,时空以远高于光速的速度向外膨胀,'如果大爆炸能做到,为什么我们的飞船做不到?'他这句话引发了许多物理学家对曲率推动的研究。1994 年,物理学家米基尔·阿库别瑞曾经提出,可用波动方式拉伸空间,使飞船前方的空间收缩而后方的空间扩张,飞船在太空里'乘'着空间的'波浪'前进。这个'波浪'区间叫作'曲速泡',里面是一块平坦时空。飞船在泡内并非真的在移动,而是被泡带着走,并不违反物理学中的'光速最快'限制。"

"哦,你这个讲解我明白,根据我掌握的物理知识,宇宙大爆炸具有开天辟地的能量,是不是曲率推动也需要如此巨大的能量呢?"怀特接着问。

"是的,曲率推动的关键在于能量。举个例子,假如有一艘这样的飞船以单程两星期的速度飞到潘多拉再回来,所需要的能量相当于将整个木星的质量按照质能方程转换为纯能量。"木锋解释。

"那么，我们到哪里才能找到具有这么巨大能量的物质呢？你不会是想把一颗星球装载到咱们的发动机里吧？"怀特接着问。

"当然不能这样做。但是，能量的问题你已经不用担心了，我们击败大水母的时候，不是从它肚子里剖出来一颗大珍珠吗？这颗珍珠是大水母在无数年的时间里不断吸取闪电星球中的闪电形成了，因此具有超常的能量。据我估算，这颗大珍珠蕴含的能量足够我们在宇宙中飞行一百年。"

"哦，通过你的介绍我明白了，我们这艘飞船就是要构造一个时空泡泡的边界，这个泡泡的前端空间是收缩的，后端空间是扩张的，飞船在泡泡的内部，时空还是平直的，即类似自由落体状态。这个理论看起来科学合理，但是构造收缩的时空需要大量的致密物质，而构造扩张的时空更需要一些奇葩物质，我们又到哪里寻找这样的奇葩物质呢？"怀特又提出一个问题。

"哦，这个问题你不用担心，这张被我割下来的大水母的皮不就是制造'肥皂泡'或者说'时空泡泡'最好的物质吗？"

"传统动力的飞船，引擎驱动飞船本身，飞船的舱壁挤压你的身体，你会感觉很不舒服，这就是过载。理论上来讲，空间曲率飞船的速度将超过光速的 10 倍，它是怎么来解决过载问题的呢？"

怀特不愧为研究物理的高才生，不愧为霍金教授的助理，他虽然是第一次听木锋讲解曲率飞行的问题，但是，还是很快就找到了问题的要点。

"哦，至于空间曲率飞船为什么不产生过载？因为空间曲率引擎驱动的，不只是飞船，而是飞船上的一切，包括乘客身上所有的原子，以及目标空间的所有物质。所有的物体以同样的加速度前进，加速度差为 0，因此不会产生过载。"木锋解释道。

"哦，木锋，我们真的有些崇拜你了，你是怎么学到这些知识的呢？"金锋、土锋、火锋、水锋听到自己的兄弟能讲出这么高深的理论都感到不可思议。

木锋不好意思地笑了笑，说道："哦，我本来是什么也不懂的。后来不是遇见了那个长着金色大手的人吗？是他给我恶补了这些物理知识，并教会了我制造空间曲率飞船的方法。"

"哦，这可真是一个新鲜玩意儿，虽然我并没有完全听懂，但是，我认为，我们有这样一个宇宙飞行器，就应该不会怕 18 号天蝎人的飞碟了，而且，我们也会很快到达我们的目的地了!"

在怀特和木锋探讨这些高深的物理知识的时候，彭祖虽然也在尽力地听，然而，由于他毕竟不是学物理的，直到最后还是感觉云里雾里的。不过，有一点他听出来了，那就是这艘即将完工的飞船一定比 18 号天蝎人的先进。

"彭祖先生，目前，霍金教授还没恢复，就请你给我们这艘新飞船起个名字吧。我想，我们总不能一直称呼这飞船空间曲率飞船吧，这听起来多少有点拗口。"怀特对彭祖说。

"嗯，就叫深空二号吧。我想，霍金教授如果苏醒过来，也一定会同意这个名字的。"彭祖捋着长长的胡子想了一下，说。

"好呀，深空二号!"这个名字，大家都非常赞成。

第七十五章　闪电再现

　　是夜，彭祖他们就住在了木锋建造深空二号的那个谷地里。

　　18号天蝎人已经飞进深空，没有了宜居星球搜索器，他们暂时不会回来袭扰彭祖他们了。木锋的工作已经进入收尾阶段，而且彭祖他们也插不上手。于是，彭祖他们决定在这谷地里好好睡上一觉。

　　彭祖他们把木锋弃之不用的一些零碎的水母皮收集起来，一半铺在沙地上当席，一半盖在身上当被子。

　　闪电星球淡蓝色的光线洒在这些疲惫的地球、月球来客的身上，他们很快就沉沉睡去。

　　夜半时分，正在睡梦中的怀特突然感到身子底下有什么东西在"凸凸"地往上顶。然而，怀特实在太困了，他向一边翻了个身儿，就又沉沉地睡去了。

　　不知过了多长时间，淡蓝色的光线渐渐被橘黄色的光线取而代之。闪电星球上的黎明来临了。

　　怀特一向有早起的习惯。在明媚的橘黄色的光线中，怀特第一个睁开了眼睛。

"啊，好久没有睡过这么安稳的觉了！"怀特一边畅快地伸着懒腰，一边惬意地嘀咕着。

突然，怀特伸出去的胳膊触到了一个冷冰冰滑腻腻的东西，他心中不禁一惊。

怀特不敢大意。

他让触到那个东西的手臂保持不动，将身子慢慢地扭转过来。

"啊——"在终于看清楚了那个东西时，怀特再也不能保持冷静。他大声地叫了起来。

原来，怀特赫然看到在自己的身边躺着一条大"章鱼"。这条"章鱼"和他们被大水母吞进肚子之前看到的那条一模一样，只是体积比那条小了一些。

怀特猛地坐了起来。

这时，让怀特感到更为吃惊的一幕出现了：四周全是这样的"章鱼"，它们有些伏在地上一动不动，有些痛苦地在那里扭动着身子。

"天哪！都快起来！你们看，怎么这么多大'章鱼'，我们被它们包围了！"怀特一边大声叫着，一边招呼彭祖他们快起来。

"怎么回事儿……怎么回事儿……"彭祖他们极不情愿地打着呵欠从睡梦中醒来。

然而，当他们看清楚自己身边躺满了大"章鱼"的时候，睡意瞬间就荡然无存了。

"昨天晚上这沙地上还干干净净的，怎么一早起来冒出这么多'章鱼'？"彭祖奇怪地问。

"夜半时分我曾经感觉到什么东西在身子底下拱来拱去，不过，当时实在太困了，我也没在意。"怀特说。

"嗯，就算这些东西是生长在地下的，为什么它们一夜之间全冒出来了呢？"彭祖一边嘀咕着，一边走到那些大"章鱼"的身边细细察看。

"嗯，这些大'章鱼'看起来张着嘴巴痛苦不堪，它们一定是饿极了才到地面上来的。"彭祖细细查看了一些"章鱼"后得出了这样一个结论。

"谷地上面的情况不知如何呢？"青甲跟着师父查看了几条"章鱼"后，忧虑地说。

"金锋，你去查看一下吧。"彭祖对金锋说。

接下来，金锋一个箭步跃上了谷顶。

"先生，外面的情况更惨，用尸横遍野这个词来形容一点也不为过。"顷刻间，金锋就回到了谷底。

"不过，外面与这里不同的是，地面上不光堆满了这种大'章鱼'，而且还有很多大水母在那里疯狂撕咬大'章鱼'的尸体。"金锋接着说。

"大水母？"

"嗯。"

"这是怎么回事儿呢？该怎么办呢？"彭祖捋着胡子苦苦思索。

"彭祖先生，这个问题不难理解。18号天蝎人取走了闪电星球的地心之火，闪电星球不能产生闪电了，以吸取地面上的闪电为生的大'章鱼'就钻出了地面寻找食物，以吸收空中的闪电能量为生的大水母无力在空中飞行就跌落到了地面上猎食'章鱼'。"这句话是木锋说的。他在深空二号内部紧张忙碌的时候，听到了外面彭祖和青甲他们的对话，于是，就走出了深空二号。

"哦，是木锋啊，你刚才讲得非常正确。可是，我们接下来应该怎么办呢？总不能眼睁睁地看着这么多的'章鱼'被大水母蚕食掉吧？另外，大水母一旦蚕食完这些'章鱼'，自己也会被饿死。如此发展下去，闪电星球必将成为一颗荒凉而死寂的星球啊！"彭祖非常惋惜地说。

"我们必须阻止这种事情的发生！"怀特不知什么时候已经站在了身后。

"要避免闪电星球上的生命继续死亡，只有尽快让它们吃上东西。可是，这颗星球已经不再产生闪电了，这些以闪电为食的生物还能用什么来填饱肚子呢？"青甲也参与到他们的讨论中来。

"有办法！"木锋笑了笑说。

"什么办法？"彭祖、怀特、青甲异口同声问道。

"制造闪电！"木锋自信地说。

"闪电也能制造？"

"当然！"

接下来，木锋就闪电的形成原理向诸位进行了讲解，他说："我们都知道，气流在雷雨云中会因为水分子的摩擦和分解产生静电。这些电分两种；一种是带有正电荷粒子的正电，一种是带有负电荷粒子的负电。正负电荷会相互吸引，就像磁铁一样。正电荷在云的上端，负电荷在云的下端吸引地面上的正电荷。云和地面之间的空气都是绝缘体，会阻止两极电荷的电流通过。当雷雨云里的电荷和地面上的电荷变得足够强时，两部分的电荷会冲破空气的阻碍相接触形成强大的电流，正电荷与负电荷就此相接触。当这些异性电荷相遇时便会产生中和作用——放电。激烈的电荷中和作用会放出大量的光和热，这些放出的光就形成了闪电。"

"啊，闪电形成的原理我们都明白。造成闪电星球不再放电的原因你早先也已经讲过了，是因为 18 号天蝎人取走了闪电星球中富含正电粒子的地心之火，闪电星球中的天空只留下负电粒子，闪电形成的因素被破坏掉了。我们要想成功制造出闪电，必须拥有数量可观的正电粒子来跟闪电星球上的负电粒子发生反应。"听完木锋的解释，怀特给出了自己的分析。

"哦，我明白了，只要拿来足够的正电粒子跟闪电星球上的负电粒子发生反应，闪电星球上就能够产生出闪电来了！"怀特的话浅显易懂，青甲一下子就听明白了。

"问题是，我们现在去哪里弄来那么多带正电的粒子呢？"青甲接着问。

"是啊！"彭祖随声附和道。

"有办法儿！大家还记得卡卡当初制造深空一号的时候，那个碧玺制成的发动机里用的是什么'燃料'吗？"木锋微笑地望着大家。

"我记得！"青甲记忆力非常好，木锋这个问题当然难不住他，他大声地回道："卡卡当时说过这样的话：目前，外星人用的最多的能源是富含正电子的空间能射线、空间中的能质正电粒子，就是我们人类正在探索的'真空能'。他们能将空间能质粒子矩阵'无限'地压缩并存储起来。经过高度压缩的空间能质具有非常强大的能量。"

"嗯，青甲回答得不错！我们坠毁在闪电星球上的深空一号发动机里就存储着大量的正电粒子，如果我们能想个办法定期让碧玺里的正电粒子释放出来，就能在闪电星球上制造出一些闪电。我们制造出来的闪电虽然没有闪电星球原来的闪电多，但是，喂饱这些饥饿的'章鱼'和水母应该不成问题了。据我估算，深空一号碧玺里目前存储的能质正电粒子能持续释放十几年，维持到我们打败 18 号天蝎人重新返回闪电星球完全没问题。"木锋说。

"哦，听你的说法，你早就开始着手拯救这些垂死的生命了？"彭祖微笑地望着木锋。

"呵呵，是的，我和你们一样，都是善良的人！"木锋吐了一下舌头。

接下来，木锋在怀特他们的帮助下，将深空一号里的碧玺取出来，并成功地在上面安装了一个定期释放装置。

然后，他们一起把这个碧玺抬到附近的一座沙丘上。

在做好一切准备工作后，木锋启动了释放装置的开关。随着一团强大的正电粒子被释放出来，天空中瞬间产生了几道巨大的闪电。

那些伏在地上奄奄一息的大水母看到这些美丽的闪电，就像地球上的肉食动物嗅到了美味的鲜血，它们兴奋地从地面上一跃而起，冲到空中贪婪地将那些闪电吞食到自己的肚子里。

接着，闪电又朝着地面喷射了几次。闪电通过地面传得很远，不过，它们一点也没浪费，都被那些生命垂危的大"章鱼"吞食进了肚子。

没过不久，大水母摇摆着巨大的身体重新飞上了天空，大"章鱼"悄悄遁入了沙地。闪电星球恢复了生机。

望着眼前发生的这一切，木锋、彭祖他们开心地笑了。

第七十六章　神秘来信

闪电星球上一个昼夜的时间是地球上的 3 倍。因此，当木锋他们成功制造出正电粒子释放器，并将之安放在沙丘上时，闪电星球上的时间才仅仅相当于地球早上 8 点左右。

暖暖的橘黄色的晨辉洒在正返回谷底的彭祖他们这支队伍身上，远远看去，他们就像从遥远的时空穿梭而来。

大蜘蛛挺着大肚子，走得不紧不慢的；9 头巨蛇摇头晃脑，9 个脑袋不停地打闹着；土龙一会儿钻进沙土里，一会儿露出地面，玩得不亦乐乎；凤凰相对安静些，只是在空中拍打着翅膀跟随在队伍后面。

由于刚完成了一项"伟大"的任务，彭祖、怀特他们有说有笑的，走起路来也风风火火的。

时间不长，这支浩浩荡荡的队伍已经回到谷底。

看到彭祖他们的身影，正在深空二号旁边张望的月娃快步迎着他们跑过去。之前，他被彭祖安排在谷底照看霍金教授。

"怎么了，月娃？是霍金教授有什么意外吗？"看到神色慌张的月娃，彭祖紧张地问道。

"霍金教授没什么问题，是……是……卡卡！"月娃上气不接下气地说。

"卡卡？慢慢说，怎么回事儿？"

"就在刚才，卡卡的尸体从天而降，缓缓落在我们的深空二号附近，他的身上还有一封信。"

"什么？！走，快去看看！"闻听这个消息，彭祖和怀特简直惊呆了。

在月娃的带领下，彭祖他们很快就见到了卡卡的尸体。

那尸体就在深空二号的旁边，静静地躺在柔软的沙地上，看起来没有一点损伤，就像睡着了一样。

"那封信在哪里？"怀特围着卡卡的尸体转了一圈儿后疑惑地问。

"在我这里！"接着，月娃把一只信封递了过来。

怀特伸手接过信封，前后左右检查了一遍。

"这封信没有写收信人的名字，信封也没有封口。"怀特对彭祖说。

"如此说来，这信中想必没有什么秘密，你就给大家读一读这封信吧。"彭祖对怀特说。

怀特把信的封口朝下，轻轻抖动了一下，一张折叠的纸张就落在了怀特的手中。

怀特轻轻展开那张纸，发现那上面的文字是他熟悉的英文字。

"亲爱的地球人——"被大家围在中间的怀特开始读这封信。

"当你们读到这封信的时候，也许，我早已离开这个宇宙。我想，现在是我应该再次离开的时候了。"

"你们对我应该并不陌生。因为，无论是在月球上，还是在这里，你们得到了我很多的帮助。我就是那个长着一双金色大手的人。"

"果然是他！"听到这里，彭祖喃喃自语。

"也许，你们要问，你为什么只是在暗中帮助我们，而不愿让我们看见你的真实面目呢？"怀特继续读道："实话告诉你们吧，我这样做是有我的原因的。因为，我曾经是丽贝卡的仆人，是一个深爱着丽贝卡的来自开普勒452b的人。"

读到这里，怀特望了众人一眼，他看到所有的人都感到非常吃惊。这个结果，是大家未曾想过的。

怀特继续往下读："数十年前，丽贝卡飞往你们地球，并深深爱上了拥有宇宙中第一大脑的潇洒英俊的霍金教授，看着丽贝卡整日傻傻痴痴地思念着远在地球上的意中人，我内心的痛苦是无人能够体会的。这一度让我感到绝望至极。但是，我对丽贝卡的爱欲罢不能。最后，我再也无法忍受这爱情折磨，只好离开了开普勒452b，离开了我们这个宇宙。"

"哦，一个深深暗恋着丽贝卡的开普勒452b人。可是，这和卡卡有什么关系呢？"怀特迷惑地抬起头问彭祖。

"接着往下念！"彭祖微笑地对怀特说。

"然而，当我离开开普勒452b之后，我才发现，再远的距离也不能割断对一个人深深的爱恋。相反，距离越远，思念越深。后来，我实在忍受不了这种折磨，绝望的我就在另一个宇宙的巨龟星球上毅然决然地跳下了悬崖。我的背深深地刺进了崖底那些尖尖的石头上。可是，我并没有死去，龟壳岛的长老救了我，并用一副巨大的龟壳将我惨不忍睹的后背替换下来。当那位长老了解到我殉情的真相后，就耐心地开导我，让我暂时放弃了殉情的念头。

"后来，我辗转去往那个宇宙最高统治者龙威的宫殿，成为他的一名侍卫。后来，我才知道，龙威觊觎我们那个宇宙已久，为了让自己宇宙中那些不适合生物生存的星球成为宜居星球，为了让宇宙具有更大的能量，并最终让自己成为能够统治无数个宇宙的终极霸主，他和其他宇宙中的很多坏人都有勾结。其中，我们这个宇宙中18号天蝎星球的'刀疤'就是为他效劳的一员。当然，作为回报，等'刀疤'将一定数量的地心之火交给他之后，他就封'刀疤'为我们这个宇宙的王。"

读到这里的时候，怀特已经惊讶得声音都有些颤抖了。他偷瞟了彭祖和其他人一眼，他们也都大张着嘴巴，一副惊讶至极的样子。

"天啊，这可真是一场巨大的阴谋！"彭祖禁不住冒出这样一句。

"先生，还要不要往下念？"怀特问彭祖。

"念！"

"当然，当得知龙威的计划后，我简直惊呆了。我不能让他肆意破坏我们的宇宙，那是我们这些生物赖以生存的家园。更何况，那里还生活着我深爱的女人。我虽然不能得到她，但是，也绝不允许有人伤害她！没想到，当我回到我们宇宙的时候，18号天蝎人已经着手他们的行动，率先对开普勒452b进行了破坏。事已至此，不可挽回。我只能想其他办法来阻止18号天蝎人进行更大的破坏。

"你们也许会问，你本事那么大，直接干掉18号天蝎人不就完了？事情绝非那么简单！你们知道，我现在的身份是龙威的侍卫，我一旦暴露出来，龙威马上就会把我碎尸万段。即便不会这样，我消灭了18号天蝎人，龙威还会派其他坏蛋来破坏我们这个宇宙。因此，消灭龙威，才是我们最稳妥最彻底的解决问题的办法！"

"嗯！这金色大手说得不错！"读到这里，怀特点点头，表示肯定。现在，他已经从刚才的恐惧中走出来了。

"事情仿佛扯远了，刚才不是还在讲丽贝卡吗？"青甲许是被刚才金色大手那伟大的爱情感动了，他到现在还没有从刚才的悲伤情绪中走出来呢。

"别慌呀，下面又到丽贝卡了。"怀特看了青甲一眼说。

"至于我为什么盗走了卡卡的尸体，我要告诉你们，其实，卡卡就是丽贝卡！丽贝卡就是卡卡！"当怀特读到这里的时候，他再一次惊讶地张大了嘴巴。

"什么？卡卡就是丽贝卡？！"所有的人几乎不敢相信自己的耳朵，他们再一次惊呆了。

过了好一会儿，怀特才回过神来。

"怀特，接着读下去，看看到底怎么回事儿？"大家都在催促着怀特。

怀特接着读道："关于卡卡为什么就是丽贝卡，我想，这个问题等卡卡醒来后，她会亲自告诉你们的。这里我就不赘述了。"

"嗨！真是关键时候掉链子！"怀特看到，大家都在失望地摇着头。

"我盗走卡卡的尸体是为了救活她。丽贝卡变成猫后本来有9条命，可是，她的9条命全部丢失了，唯有救活她的元神才能让她复生。救活卡卡元神的唯一办法就是找到最爱她的人呼唤她。本来，我以为自己是这个宇宙中最爱丽贝卡的那个人，因此，我就盗取了卡卡的尸体。可是，在我这里，我千呼万唤也没能将她唤醒。这让我非常悲伤地得到了一个结论：也许，我根本就不是这个宇宙中最爱丽贝卡的那个人。也许，霍金教授才是最爱丽贝卡的那个人。因此，我忍痛把卡卡的尸体还给你们，希望你们能尽快让霍金教授来唤醒她。"

"彭祖先生，你原来说过的救卡卡的那个办法果然是正确的。"怀特用崇拜的眼神望着彭祖先生。

"嗯，那是！彭老头儿难道白活了近4000年吗？不过，这个办法只适用于7天之内的死者。7天之后，死者的元神就会灰飞烟灭。到那时，怕是连神仙也不能救活卡卡了。"听到怀特的话，彭祖先是自豪地笑了笑，然后说。

"哦，怀特，今天是卡卡出事的第几天了？"月娃紧张地问。月娃的担心是正确的，自从深空一号撞击在闪电星球上，他们应付各种事端耗费了太多时间，现在，7天已经差不多快过去了。

接下来，怀特掰着手指算了一下。

"嗯，今天正好是卡卡死亡的第7天。不过，不用担心，霍金教授每时每刻都在呼唤着丽贝卡的名字，让卡卡复活不过是几分钟的事。还来得及。"怀特说。

"哦，既然时间还很充裕，那么，还请你抓紧念完这封信吧。"这时，大家都不及待地催促怀特。

"啊，好的，好的。"怀特接着往下读去。

"不过，通过救卡卡这件事，我也从对卡卡的痴恋中渐渐走了出来，因为，在这茫茫宇宙中，有一个人比我更爱丽贝卡，我所做的一切比起那个人来，也许是微不足道的，我又有什么资格为自己的痴情得不到回报而懊恼呢？同时，我也明白了一个道理，让自己最爱的女人投入她最爱的男人怀抱，这何尝不是爱的最高境界？何尝不是一件幸福的事情呢？"

读到这里，怀特内心禁不住泛起一股涩涩的波澜，瞬间感到喉咙像被什么堵住了。他偷偷望了其他人一眼，看到大家眼睛里都噙着泪花儿。

怀特没有停下来，他继续哽咽着读下去："亲爱的地球人，鉴于我的特殊身份，我暂时还不能够跟你们并肩作战。这样也好，我在这边做你们的内应，会让你们更顺利地完成拯救宇宙的大任。你们是我们这个宇宙的希望，我相信你们，一定能够出色地完成任务！你们的朋友，索拉姆玛。"

第七十七章　沉默的霍金

那个长着一双金色大手的人通过这封信揭开了他的神秘面纱。同时，也让怀特、彭祖他们了解到之前发生的那些离奇古怪的事情背后隐藏着的一个巨大阴谋——另一个宇宙对我们这个宇宙觊觎已久，并即将非法占有它。这个阴谋，像在彭祖他们每个人的心中投掷下一颗重磅炸弹，一时间让他们无法接受。

"我们这柔弱的双肩如何担负得起这千斤重担?"青甲第一个说出了自己的忧虑。

"是啊，对付那帮 18 号天蝎人，我们就已经费尽了周折，如果让我们再与另一个宇宙的那个什么龙威进行正面交手，那还不等于以卵击石?"听怀特读完这封信，月娃也一下子变成一只泄了气的皮球。

"青甲、月娃，虽然我们的力量还不足以跟龙威正面交锋。但是，毋庸置疑的是，我们的力量现在正在迅猛地增强。比起在月球上时，现在，我们不仅有了金木水火土'五锋'勇士，而且有了更加先进的宇宙飞船。不仅如此，那个长着金色大手名叫索拉姆玛的开普勒452b人已经明确表示要做我们的内应。我们拥有这一切的正义力量，又何惧那什么另一个宇宙的龙威蛇威呢？"面对青甲、月娃的低落情绪，彭祖这样给他鼓劲。

"是啊，等在我们前面的还有3000奇兵。到那时，我们的力量就更强大了！"怀特非常赞同彭祖的话，他接着补充道。

这个有着拿破仑血统、被植入了外星人芯片的年轻人，现在显然已经不是原来那个怯懦的书生了。

"其他的都不要寻思了，龙威离我们尚远，而且到现在他们还没发现我们的存在。我们目前最大的对手是18号天蝎人，让我们先集中精力解决掉这帮坏蛋再研究其他问题吧。"金锋给出的这个建议非常中肯，立即将青甲、月娃他们拉回到现实中来。

"是啊，18号天蝎人才是我们当前最大的敌人！"青甲随声附和道。

"嗯，要打败18号天蝎人，目前最紧迫的任务是救活妈妈，让霍金教授恢复正常！"月娃说。

"对！先救卡卡！"彭祖一拍大腿。

救活卡卡的方法刚才索拉姆玛已经在信中说了，就是找到最爱卡卡的那个人，呼唤卡卡的元神。很显然，目前来看，最爱卡卡的那个人就是霍金教授。

"这件事儿容易，霍金教授虽然因服用紫薰草坏掉了大脑，但是，他现在不停地叫着丽贝卡，我们只需把卡卡的尸体带到霍金教授的身边，卡卡不就能被唤醒了吗？"怀特提议道。

"嗯，我也是这样想的。"彭祖笑着点了点头。

此刻，霍金教授正歪着头坐在深空二号里面那个特制的电动轮椅里。

卡卡那娇小的身躯被怀特小心翼翼抱到深空二号里面，并把他放在霍金教授的身边。

接下来，彭祖他们静静地等着霍金教授说出那3个字——丽贝卡。

然而，此时的霍金教授一反常态。他不仅歪着头呆呆地坐在轮椅里，眼睛茫然地望着前方，而且嘴巴也闭得紧紧的，再也不肯吐出一个字儿。

时间就这样一分一秒地流失，转眼十多分钟过去了，大家并没等来霍金教授开口说话。卡卡仍旧冰冷地躺在那里。

"霍金教授，我们把你最心爱的人，卡卡，哦……不是，是丽贝卡，给您带来了。"彭祖俯下身子，并将嘴巴凑到霍金教授的耳朵边轻轻地说。

然而，霍金教授依然牙关紧闭，一点反应也没有。

"看起来有些反常啊，刚才怀特不是说，霍金教授每时每刻都在呼唤着丽贝卡的吗?"彭祖皱着眉头疑惑地问。

"霍金教授服用了紫薰草刚刚苏醒时，的确是这样的。"怀特回答。

"不过，在你们离开深空二号去制造闪电的时候，我陪侍在霍金教授身边，发现了一个奇怪的现象，他呼唤丽贝卡的频率越来越低，变得越来越安静，有时好长时间都听不到他呼唤一声。"月娃向彭祖报告了这样一个重要的情况。

"嗯，这实在是一个非常糟糕的发现。"彭祖皱着眉头沉思了一会儿，说。

接着，彭祖把右手按在霍金教授的手腕上诊了一下脉。然后，他脸色煞白地说:"由于紫薰草的持续作用，霍金教授仅存的一点意识已经丢失了。他怕是再也不能喊出'丽贝卡'这3个字了。"

"什么?!"所有人都吃惊地张大嘴巴。

"还有什么办法吗?"怀特焦急地问彭祖。

"我现在还没有让霍金教授恢复意识的办法，然而，即便是有，我想时间也已经来不及了吧?"彭祖沮丧地说。

怀特看看天，然后掰着手指算了一下。

"嗯，要救活卡卡，我们还有不到一个小时的时间。"怀特说。

"什么?! 还有不到一个小时的时间? 这可怎么办呢? 难道，我们就这样眼睁睁地看着妈妈在宇宙中魂飞魄散吗?"月娃急得都要哭出来了。

"大家先不要慌乱!"这时木锋来到众人前面。

月娃一下子抱住木锋的腿，一边使劲摇晃着，一边不住地央求道:"木锋，你快想想办法吧，你连宇宙飞船都能造出来，你一定也有办法救活妈妈。"

"月娃，你不要这样。办法一定是有的。但，这办法一定要从冷静中求取。"木锋一边将月娃扶起来，一边对他说。

木锋这句话很有道理，月娃立即平静下来。

"月娃，你刚才说，在我们回来之前，霍金教授呼唤丽贝卡的频率越来越低了？"木锋目不转睛地盯着月娃问。

"是的。"月娃点点头。

"你的意思是，霍金教授仍在呼唤丽贝卡，只是，呼唤的间隔一次比一次长？"木锋问。

"对的。"

"木锋，不要存侥幸心理了。我刚才已经给霍金把了脉。他现在奇经八脉全部损坏，意识彻底消失，已经绝不可能再呼唤一次丽贝卡了。"彭祖插话。

"是的，我知道这个情况，我现在根本就没有寄希望于霍金教授再次呼唤丽贝卡。"木锋说。

"可是，霍金教授不呼唤丽贝卡，丽贝卡就不会复活啊！"彭祖焦急地说。

"山人自有妙计！"木锋自信地说。

见木锋一副自信的样子，彭祖不再搭话。他相信眼前这个本领非凡的年轻人。

"月娃，你能告诉我，霍金教授最后一次呼唤丽贝卡是什么时间吗？"木锋继续把目光转向月娃，询问道。

"嗯，霍金教授最后一次呼唤丽贝卡……应该是……一个半小时以前，对！就是那个时间！因为，霍金教授刚刚叫了一声丽贝卡不久，卡卡就从天而降了，然后，我就看到那个长着一双金色大手的人匆匆离去了。"月娃回答。

"好了，这个信息已经足够了！"木锋说完腾空而去，瞬间就消失得无影无踪。

第七十八章　追赶声音

"咦——怎么回事儿？"大家搞不懂木锋葫芦里卖的什么药，不禁发出一阵阵唏嘘。

就在彭祖他们纷纷做出各种猜测的时候，木锋已经回来了。

重新出现在大家面前的木锋手里拿着一个闪闪发光形如喇叭的巨大罩子。

"这是个什么东西？"大家纷纷围上来，端详着刚刚站稳脚跟的木锋手中的东西。但是，没有谁知道这是个什么东西。

"木锋，这是——"

"嘘——"

怀特刚想问问清楚，木锋却一下子把食指按在怀特嘴巴上。于是，大家都不敢再说话，只拿眼睛莫名其妙地望着木锋。

接下来，木锋小心翼翼地来到卡卡跟前，他慢慢地将那个喇叭状的东西的大口对着卡卡，然后，轻轻按下"喇叭"后端的一个绿色按钮。

"丽—贝—卡。""喇叭"里清晰地传来霍金教授的声音。

神奇的一幕发生了——大家看到卡卡的耳朵轻轻抖动了一下！

"哦，好了！卡卡的元神正在渐渐恢复！"木锋微笑着说，"只有在非常安静的环境里，元神才能恢复得更快更好一些，我们还是先到外面去吧。"

于是，大家静悄悄地退到了深空二号外面。

快到舱门口时，走在最后的怀特悄悄回头望了一眼。他看到，偌大一个宇宙飞船机舱里，霍金教授歪着脑袋一言不发地呆坐在轮椅里，卡卡偎着他的脚静静地躺在那里。那情景，看起来竟然那么温馨。怀特不自觉地笑了一下，然后，转身出了舱门。

走出舱门，大家一下子围拢在木锋身边。

"木锋，你刚才拿的那个东西是什么呀？"

"木锋，你刚才去哪里了？"

"木锋，那个喇叭一样的东西为什么能发出霍金教授的声音？"

……

大家一下子提出了这么多问题。

面对众人如此多的问题，木锋笑了。他说："我知道大家很关心我是怎么弄来霍金教授声音的，好吧，下面我就给诸位详细说说我是怎么做到的。"

大家都竖起了耳朵。

"你们都还记得我飞走之前问月娃的那个问题吗？"木锋问。

"当然记得，你当时问月娃霍金教授最后一次呼唤卡卡是什么时间。"青甲抢着回答。

"不错！我问那个问题是有目的的，就是要算出霍金教授最后呼唤丽贝卡的声音传出多远了。"木锋说。

听木锋这样说，大家都疑惑地摇着头。

"大家都知道，声音是能在空气中传播的，不仅能传播，而且能传播得很远。闪电星球上也有大气，声音自然能像地球上那样传播。与地球不同的是，闪电星球上全是沙漠，没有高山，且大气流动得非常均匀，因此，声音能够均匀地传播出去。就像把一颗石子投入平静的湖面一样，它传出去的波纹是一圈一圈的同心圆。不仅如此，因为没有障碍，这些'同心圆'会一直向外传播。"木锋解释道。

"嗯，这个道理我们都知道。但，那又怎么样呢？"青甲问。

"我们都知道，由于空气传播声音的原因，如果一个人在这里说话，站在远处的另一个人能够听到这个人说话的内容。"木锋接着解释，"于是，我就想，如果我能飞到霍金教授呼唤丽贝卡的声波到达的地方之外的地方，然后在那里等着，我就能听到霍金教授呼唤丽贝卡的声音了。"

"哦，我明白了。也就是说，霍金教授呼唤完丽贝卡之后，他的声音在一个半小时之后到达了 A 点，而你，以超越音速几十倍甚至几百倍的速度飞到了霍金声音还没到达的 B 点，你站在那里，就听到了霍金教授的声音。"怀特进一步解释。

"对！不愧为学物理的，你的解释浅显易懂。"木锋赞许地对怀特说。

"可是，你是怎么把霍金教授的声音带回来的呢？"青甲疑惑地问。

"这个问题就简单多了。"木锋举起他手中那个喇叭的东西，对大家说，"能收集到霍金教授的声音，是它的功劳。"

"这个东西是什么？"月娃问。

"声音收集器，是我在飞往怀特所说的那个 B 点的途中制造出来的。它能把空气中的声音收集起来，并根据需要进行过滤，留下我们需要的声音。当我们需要这声音的时候，只需按下这个绿色的按钮。"木锋这样介绍道。

"哦，这跟我们地球人使用的录音机差不多！"怀特说，"不过，你这个东西能在数小时后捕捉到需要的声音，比我们地球人使用的录音机不知要高级多少倍呢！"

"嗯，真是了不起！"大家纷纷竖起大拇指。

"咳！这算什么？木锋连宇宙飞船都能制造出来，这个小东西还不是小菜一碟！"当大家纷纷向木锋投去崇拜的目光的时候，彭祖先生捋捋胡子笑着说。

"霍金教授！霍金教授！霍金教授你怎么了？"突然，一个陌生的声音从深空二号里面传出来。

"快！有情况！"木锋大喝一声，迅速冲到深空二号里面。

彭祖他们跟在木锋后面，也纷纷进入深空二号。

第七十九章　卡卡醒来

深空二号里缘何传来陌生的声音？

当彭祖他们匆忙进入深空二号里面的时候，映入眼帘的一幕彻底把大家惊呆了。他们看到，一个漂亮的女子正抓着霍金教授的轮椅，焦急地呼唤着："霍金教授，你快醒醒呀！你这是怎么了？"

看到众人慌慌乱乱地进来，姑娘非常从容地从轮椅旁站了起来，把头缓缓地扭了过来。

大家一下子被眼前这位姑娘的美貌惊呆了。但见她：

红衣罩体，修长的玉颈下，一片酥胸如凝脂白玉，半遮半掩，素腰一束，竟不盈一握，一双颀长水润匀称的秀腿裸露着，就连秀美的莲足也在无声地妖娆着，发出诱人的邀请。这女子的装束无疑是极其妖冶的，但这妖冶与她的神态相比，似乎逊色了许多。她的大眼睛含笑含俏含妖，云遮雾绕地，媚意荡漾，小巧的嘴角微微翘起，红唇微张，欲引人一亲芳泽，这是一个从骨子里散发着妖媚的女人，她似乎无时无刻不在引诱着男人，牵动着男人的神经。

"你们这是——"

姑娘眼眸含情，红唇微启，齿颊间轻轻挤出这样几个字儿。众人顿觉一股"春风"拂面而来。

半天，坠入极乐温柔乡的怀特才感觉自己千辛万苦地爬回现实。

"你是——"怀特有气无力地问道。

"怎么了？难道你们不认识我了？我是卡卡啊！"姑娘的回答淡定而略带几分羞涩。

"卡卡？"怀特感觉自己又一次晕死过去。

也不能完全怪怀特，这变化也太不可思议了。

"卡卡？"这次，怀特一下子把声音提高了八度。

接下来，怀特把目光移到霍金教授脚旁。怀特赫然发现，他们离开深空二号时还躺在霍金教授旁边的卡卡不见了。

怀特心头一惊。

怀特这样问，也让这姑娘吃了一惊。

就在怀特的目光移向霍金教授脚边的时候，她迅速把脸蛋儿转向深空二号闪亮的机身。借着这面特殊的"镜子"，姑娘发现了一些异样，她的眉头紧蹙了一下，但，接着又舒展开了。

"我……我……"姑娘嘟着嘴，一时不知要说什么。

"你是卡卡？不可能！你到底是谁？是怎么进来的？"说时迟那时快，月娃在那姑娘茫然不知所措的当儿，一步跨到众人前面。他一边摆出一副要跟这陌生人决斗的架势，一边大声喝问。

"月娃……我的孩子，我是你的妈妈呀！"面对气势汹汹的月娃，姑娘一下子表现得又惊又喜。

"妈妈？你……是……我的妈妈？"月娃彻底蒙了。

"嗯，是的，我是卡卡，哦，不，我现在是丽贝卡！"那漂亮女子抚摸着自己的脸蛋儿不好意思地说。

妈妈这个称谓是绝对不能乱说的。因此，当月娃听对方说自己是月娃的妈妈时，他先是显出几分迷惑，接着就从刚才的迷惑中"清醒"过来。

"你不要蒙骗我们！你长这个样子，怎么会是我的妈妈？你要知道，我的妈妈卡卡不是你这个样子，她是一只波斯猫！"

"快说，你把我的妈妈卡卡弄哪里去了？不然，不要怪我不客气！"见对方只是微笑着望着自己并不答话，月娃继续摆出刚才那个架势，并大声喝问。

就在月娃准备采取进一步行动的时候，青甲在后面拉了拉他，小声提醒他："月娃，你还记得索拉姆玛说过，卡卡就是丽贝卡，丽贝卡就是卡卡吗？"

"我记得，可是——"月娃退了一步，一下子不知自己该怎么做了。

这时，彭祖往前走了一步，微笑着说："这位姑娘既然说自己就是卡卡，哦，不，是丽贝卡，那么你可认识我？"

"呵！这有何难？你不就是活了快4000年的彭祖彭老先生吗？"姑娘嫣然一笑。

"那你认识我吗？"怀特往前一步。

"呵呵，我认识你就更早了，我们不是在地球上就认识了吗？你是那个既胆小又没力量的书呆子怀特。不过，现在你和以前不一样了，你被植入了外星人的芯片，正在逐渐变成一个跟你的太爷爷拿破仑一样的军事天才。不知我说的对不对？"姑娘仍旧笑着说。

"啊，大家都别闹了，我确信这个姑娘就是丽贝卡。"木锋这时走到了众人面前。

"为什么？"大家异口同声地问。

"原因很简单，因为，一旦一个生命的元神被复活，他就会恢复原身。卡卡不是丽贝卡的原身，恢复了元神后，必然不再是波斯猫的样子。"木锋这样解释。

"哦，既然这样，那眼前的这位一定是霍金教授朝思暮想的丽贝卡了？"彭祖捋着胡子微笑着说。

"嗯，的确如此。小女子正是来自遥远的开普勒452b，邀霍金教授和诸位共赴深空，拯救宇宙大难的丽贝卡。"丽贝卡回答说。

"哦，你就是丽贝卡。"

当确认了眼前这个姑娘就是卡卡变成的丽贝卡后，彭祖悄悄地吐了一下舌头，然后，自言自语："怪不得把霍金教授迷得神魂颠倒呢！"

不过，彭祖先生的话没有逃过站在他身边的怀特的耳朵。怀特红着脸偷偷捏了彭祖的大腿一把。

"老不正经！"怀特一脸坏笑地小声对彭祖说。

彭祖白了怀特一眼，就悄悄地退到一边，再也不说话了。

月娃倒是啥也不管不顾的，当确信眼前站着的就是卡卡变身的丽贝卡后，眼含热泪的他一个箭步冲过去，拉着妈妈的手再也不肯放开了。

青甲翻过身来，在地上旋转了几圈，算是表达自己对卡卡复活的高兴之情。

看着青甲搞笑地在地面上旋转，大家都开心地笑了。

第八十章 湮灭效应

卡卡不仅起死回生，而且变成了漂亮的丽贝卡。这让彭祖、怀特他们感到非常高兴。

现在，唯一不完美的是，最想见到丽贝卡的霍金教授还在"沉睡"中，此刻不能与大家共同分享快乐。

"彭祖先生，18号天蝎人对霍金教授做了什么？我记得那帮坏蛋是在你之后把霍金教授掳走的啊。"等大家平静下来之后，丽贝卡疑惑地望着彭祖。

接下来，彭祖将18号天蝎人绑架他们后做了什么，为了不让我们的人抢走丢在子飞行器里的那本记载了3000奇兵密码的奇书，在关键时刻如何把他和霍金教授从飞碟上丢下来，怀特为了救治他和霍金教授给他们服用了紫薰草的事情详细给丽贝卡讲了一遍。

"丽贝卡，就我目前掌握的医学知识来说，还没有想出让霍金教授恢复记忆的办法。不知你有没有什么办法？"最后，彭祖先生对丽贝卡说。

"事情原来是这样的。"听完彭祖教授的话后，丽贝卡一边小声地嘀咕着，一边陷入沉思。

"丽贝卡，你想到唤醒霍金教授的办法了没有？"过了一会儿，看到丽贝卡紧蹙的双眉渐渐舒展，彭祖禁不住问道。

"办法倒是有一个，不过有点冒险。"丽贝卡回答。

"什么办法？"听说丽贝卡想到了办法，彭祖表现得非常兴奋。

"先生不知对反物质有没有研究？"丽贝卡微笑着问彭祖。

"反物质？"彭祖皱着眉头摇了摇头。

"这个问题我想还是让怀特来解释一下吧。霍金教授对这个问题很有研究，怀特既是霍金教授的助手，想必一定知道这个名词。"

此时，怀特正站在不远处听着丽贝卡和彭祖的谈话，当他听到丽贝卡让自己解释什么是反物质时，就走了过来。

"哦，这个名词我知道。宇宙是由物质构成的，物质都是由分子构成的，分子是由原子构成的，原子是由原子核以及围绕它旋转的电子构成的，而原子核是由质子和中子构成的。科学家后来又发现，质子和中子是由更小的粒子构成的，这种更小的粒子被称为夸克。迄今，科学家已发现了物质结构的 5 个层次，即'夸克→核子→原子核→原子→分子'，以及 300 多种基本粒子。大千世界千奇百怪的物质，就是由多种多样的基本粒子构成的。反物质是由反粒子构成的物质。地球上的科学家已经证明，构成世界万物的基本粒子都有一个反粒子——与自己长得一模一样但'秉性'相反的'镜像物'。比如，中子带负电、质子带正电，而带正电的中子和带负电的质子就是反粒子，前者称为反中子，后者称为反质子。像氢原子，就有由反质子和反中子组成的反粒子——反氢原子，而由反氢分子组成的反氢物质，就是氢物质的反物质。

"目前，反物质还是一种地球人类相对陌生的物质形式，在粒子物理学里，反物质是反粒子概念的延伸，反物质是由反粒子构成的。反物质和物质是相对立的，会如同粒子与反粒子结合一般，导致两者瞬间抵消并释放出高能光子或伽马射线。

"在近几十年，地球上的许多科学家对反物质产生了浓厚兴趣。1932年由美国物理学家卡尔·安德森在实验中证实了正中子的存在。随后又发现了负质子和自旋方向相反的反中子。到目前为止，已经发现了 300 多种基本粒子，这些基本粒子都是正反成对存在的，也就是说，任何粒子都可能存在着反粒子，2010 年 11 月 17 日，欧洲研究人员在科学史上首次成功'抓住'微量反物质。2011 年 5 月初，中国科学技术大学与美国科学家合作发现迄今最重反物质粒子——反氦 4。2011 年 6 月 5 日，欧洲核子研究中心的科研人员宣布已成功抓取反氢原子超过 16 分钟。宇宙当中为什么存在反物质？地球上的一些科学家认为，150 亿年前的大爆炸中，形成了一正一反两个宇宙。正宇宙就是我们目前生存的宇宙，而反物质就是我们目前看不见摸不着的另一个宇宙。

"当然，研究反物质的最权威人士还是霍金教授。霍金教授认为，宇宙中存在着我们看不见摸不着的'反物质世界'，它的基本属性同我们周围的世界正好相反。反物质的原子核是由反质子和反中子构成的'负核'，外有正中子环绕。反物质一旦同我们世界的'正物质'接触，便会在瞬间发生爆炸，物质和反物质变为光子或介子，释放巨大能量，产生'湮灭'现象。"怀特介绍道。

"'湮灭'现象？"彭祖摇了摇头。

"湮灭的定义为：物质和它的反物质相遇时，会发生完全的物质——能量转换，产生光子等能量形式，此过程即为湮灭，又称为互毁、相消、对消灭。"怀特进一步解释。

彭祖点了点头，又摇了摇头。很显然，他还不是十分理解。

为了彻底让彭祖先生弄明白这个问题，接下来，怀特讲了近年来发生在地球上的几个离奇事件。

怀特说："20 世纪，地球上发生了一些不解之谜，据说，都和反物质有关。在这些事件中，最著名的是被称为'世纪巨谜'的通古斯大爆炸。1908 年 6 月 30 日凌晨，俄国西伯利亚通古斯地区的泰加森林里，突然发生了一场剧烈的大爆炸。随着一道白光闪过和一声天崩地裂般的巨响，一片沉睡的原始森林顷刻化为灰烬。大火吞没了数百公里之内的城镇，融化了冰层和冻土，引起山洪暴发、江河泛滥，仿佛'世界末日'到了。据估计，这次爆炸的威力相当于上百颗氢弹一起爆炸！

"通古斯爆炸震惊了全世界，'通古斯'也一夜之间名扬全球。由于西伯利亚的严寒和交通不便，直到 1921 年才有苏联的一个研究小组第一次前去考察。之后世界上其他国家相继派团考察，但至今通古斯大爆炸之谜依然众说纷纭，莫衷一是。其中一种说法便认为是反物质引起的'湮灭'现象。因为这种能级的爆炸除非是流星或陨石坠落，否则无法解释，而那里却没有任何陨石碎块。

"1979年9月22日，美国的一颗卫星拍摄到发生在西非沿海一带的酷似强烈爆炸的照片，经分析，它的强度相当于一次核爆炸。当时，只有中、美、苏、英等少数几个国家拥有核武器，谁会到如此遥远的地方进行核试验呢？美国政府几经调查，否定了核爆炸的可能性，认为是卫星和陨石撞击使仪器发错了信号，但第二年，这颗卫星又在同一地域记录到了与上次相同的现象，令政界和科学界大为不解。对坚持通古斯大爆炸是反物质'湮灭'现象的科学家来说，又多了一个论据。

"1984年4月29日晚10时许，日本一架班机飞抵美国阿拉斯加时，副机长突然发现飞机的前方有一团巨大的'蘑菇云'，而且急速向四周扩散，天空一片灰蓝……与此同时，荷兰的一架班机和这条航线上的其他两架飞机也见到了这种现象。降落后，获悉情况的美国当局立即对这4架飞机及机上人员进行放射性污染测试，结果，没有发现任何放射性污染的痕迹。目击者十分肯定地说这是核爆炸产生的烟雾，因而留下了又一个20世纪的'爆炸之谜'。后来，许多科学家也把这个谜归因于反物质。"

"哦，我明白了，这'湮灭'现象类似于中国古代的阴阳学说。中国古代科学先贤认为物质有'阴阳表里'之分，其寓意与今人所谓正反物质是相同的。不过，先贤们并不认为阴阳物质在一起会湮灭。他们认为物质阴阳可以共处一体，阴中有阳，阳中有阴，阴阳互补，此消彼长。若阴阳平衡，则物象旺盛！这等于告诉我们，宇宙物质是正中有反，反中有正，正反持平，万物生成。"怀特一口气讲了这么多，彭祖终于听明白了什么是反物质，什么是湮灭现象。

"嗯，的确是这么回事。更简单一些说，我们不是独立存在于这个宇宙中的，比如，你在这里，属于正我，在宇宙的反物质空间一定还有一个反我。因为阴阳守恒的道理，正我的一切改变都能在反我的身上体现出来。就拿霍金教授来说，他在这边服用了紫薰草，体内至阳之气暴增以至于损毁了他的大脑，反物质世界里的反霍金教授相应变化，体内的至阴之气暴增，也会损害到他的大脑。"丽贝卡进一步补充。

"哦，宇宙的确是一个神奇的世界。可是，你让彭祖先生弄懂这个问题和医治霍金教授有什么关系呢？"接着，怀特皱着眉头不解地望着丽贝卡。

"哦，丽贝卡的意思我明白，她一定是想让霍金教授的本我和另一个宇宙中的那个反我相遇，让他们身体里的阴阳之气相互抵消，达到救治霍金教授的目的吧？"彭祖捋着胡子，微笑着说。

丽贝卡一边笑着点了点头，一边向彭祖竖起大拇指。

然而，丽贝卡的这个主意立即遭到怀特的反对，怀特非常紧张地说："霍金教授在他的著作《时间简史》中告诫我们，碰到'反物质人'，一定不要握手，否则，会与反物质人一起，在一道能量的闪光中湮灭！"

"嗯，怀特的话的确有道理，这正是这个救治霍金教授办法的冒险之处。因此，我们在让两个霍金见面之前，还要做一些准备，以确保万无一失。"丽贝卡说。

"准备？"

"是的，我们只需将闪电星球上的水母皮做一些加工，就可以保证两个霍金相遇的时候不会发生'湮灭'效应。我已经研究过了，闪电星球上的水母皮是一种介于正反物质之间的物质，其柔韧度提高。它不仅能保证深空二号在宇宙中高速前进而毫发无伤，而且，其致密性也是非常高，以至于把正反物质放在分别它的两边，也不会发生湮灭效应。"丽贝卡说。

"因为湮灭效应是正反物质瞬间进入彼此而产生的能量抵消。所以，如果正反物质不能进入彼此，就算离得再近，反应再强烈，也不会发生湮灭。而我已经用实验验证了，闪电星球上的水母皮就是阻止正反物质进入彼此的绝佳选择。"丽贝卡解释。

"听你这意思，你已经对深空二号有所了解了？"听丽贝卡说到深空二号，怀特接着问。

"是的，当我睁开眼睛看到所处的空间时，我就意识到了我是待在一艘按照曲率推进原理设计的宇宙飞行器里。建造这样一艘飞船曾经是我的梦想，不过，我一直没有找到类似闪电星球上的水母皮这种特殊的物质。"丽贝卡说，"现在好了，我们拥有了这样一艘先进的宇宙飞行器，不仅可以在宇宙中自由翱翔，而且再也不惧怕 18 号天蝎人的飞碟了。"

"那么，是谁拥有如此超凡的智慧，建造了这样一艘宇宙飞船呢?"丽贝卡接着问。

"是木锋!"怀特一边回答丽贝卡，一边高声将在深空二号外面忙碌的木锋叫进深空二号。

木锋见过丽贝卡，并讲述了那个长着金色大手的人如何教会他制造深空二号，如何抢走卡卡的尸体以及写信的一些事情。

"丽贝卡，那个长着金色大手的人自称索拉姆玛，他说他曾经是你的仆人。"最后，木锋对丽贝卡说。

"嗯，我早就料到是索拉姆玛! 只是没想到，他竟然暗恋我到如此地步。唉! 这份撼天动地的情谊，不知我何时才能偿还了!"听完木锋的话，丽贝卡动情地说。

第八十一章 巨大"蚕茧"

丽贝卡虽然非常感激索拉姆玛为自己所做的一切，但是，在她心里，索拉姆玛只是她曾经的故人、朋友。爱情就是这样一种奇妙的东西，丽贝卡感念索拉姆玛的好，只是想着有朝一日怎么报答他，却丝毫不影响她对霍金教授的爱。

橘色的光芒渐渐退去，蓝色的光芒笼罩在深空二号周围。闪电星球上的又一个夜晚来临了。

是夜，月娃、怀特他们按照丽贝卡的吩咐去加工水母皮了。

丽贝卡则一直守在霍金教授的电动轮椅跟前，喋喋不休地跟他说着话。她向他讲述着自己的过去，畅想着自己的未来，并倾诉着自己对他的深深爱恋。

然而，霍金教授只是呆呆地坐在电动轮椅里，这些话，他一句也没听进去。

霍金教授朝思暮想的丽贝卡就在他的面前，然而，自己却不能表达对她深深的思念；丽贝卡拥着自己钟爱的男人尽诉衷肠，但是，那个男人却陷入了深深的昏迷。看起来，这似乎是一件非常伤感的事情。然而，世界中的许多事情不就是这样的吗？正所谓好事多磨，没有经历过挫折甚至磨难的爱情，又怎能在时间与空间中永葆青春呢？

然而，丽贝卡的话并没有毫无价值地消失在茫茫宇宙中，当她柔情万种地对着霍金教授喋喋不休的时候，木锋早先制造的那个"喇叭"状的东西就丢在不远处，丽贝卡所说的一切，都被那个声音收集器录了下来。

不过，这一点，丽贝卡毫不知情。

这是一个小意外。不过，这个小意外在未来却挽救了一段爱情。这是后话。

接近凌晨的时候，怀特他们把水母皮加工好了。月娃兴冲冲地来请丽贝卡前去参观他们的"作品"。

水母皮加工成的"作品"有两件，一件是给即将飞往反物质世界的子飞行器"穿"的，一件是给霍金教授穿的。

"你们竟然也给子飞行器做了一件衣裳？"丽贝卡惊讶地问。

"是啊。"怀特淡淡地说。

"可是，我并没有安排——"

"这还用得着安排吗？"怀特还没等丽贝卡说完，就接过话茬，"既然正霍金教授可以跟反物质世界里的反霍金教授发生反应，那么，咱们的正飞行器和你也可以跟反物质世界里的反飞行器和反丽贝卡发生反应，这么明白的道理我还不明白吗？既然如此，那么，给咱们的子飞行器做一件水母皮外衣还用得着你亲自吩咐吗？"

听完怀特的话，丽贝卡不禁向他竖起了大拇指——怀特想得真是太周到了！

丽贝卡仔细检查了一番那两件水母皮"外衣"，她看到，给子飞行器"穿"的那件比较复杂，而给霍金教授穿的那件就简单多了，看起来，那透明的东西就像一个巨大的蚕茧。

按照丽贝卡的说法，只要把霍金教授装进这个"蚕茧"里，当他与反物质世界里的另一个霍金教授相遇的时候，便可高枕无忧了。

为了达到治疗的目的，丽贝卡已经吩咐怀特他们在上面预留了一个小孔。这个小孔不足一个粒子的大小，恰好能让两个霍金身体里的阴阳之气通过，但是，却不会让霍金教授身体里哪怕一个粒子大小的物质流失。丽贝卡的意思很明白，她既要借助水母皮来保护两个相遇的正反霍金的身体，又要依靠这个小孔来平衡两个霍金的阴阳之气。

丽贝卡仔细检查了一遍那两件"作品"后，赞许地点了点头。

"嗯，不错！你们制造的这两个东西足够结实，可以满足需要了。"丽贝卡笑着说。

"丽贝卡，现在万事俱备，你想什么时候去寻找另一个霍金？"怀特问。

"事不宜迟！我想现在就带霍金教授出发！"丽贝卡回答。

接着，丽贝卡安排大家把即将飞往反物质世界的子飞行器全副武装起来，把霍金教授和大"蚕茧"运到子飞行器上。

"丽贝卡，反物质世界与我们这个宇宙是对称的，距离何其遥远。你不会一去不复返了吧？"当丽贝卡推着霍金教授就要登上子飞行器的时候，怀特不无担心地问。

"呵呵，如果只是在宇宙中常规飞行，我可能要千年万年之后才能找到反物质世界。不过，我不会那么蠢的。何况我们还要拯救开普勒452b，还要拯救整个宇宙，我怎么可能一去不复返呢？"丽贝卡笑着说。

"那么，你如何保证自己很快返回呢？"怀特接着问。

"哦，很简单。我会借助宇宙中的虫洞，这样来回一趟也就半天左右的时间吧。"丽贝卡回答。

"哦，虫洞。"怀特点了点头，他那颗高度紧张的心稍稍平静了一些。

虫洞这个概念怀特并不陌生。顾名思义，虫洞是在广义相对论中容许存在的一种特殊结构，它可以把时空中的两个点直接连接起来，不管这两点在空间距离上或时间间隔上相距多远。对它的简单理解，就如同一张纸上相隔较远的两个点，通过折叠将两点重合在一起。利用虫洞的特性，人类就能在较短的时间内完成远距离的空间旅行，或者进行时间旅行。

但是，怀特还有一些疑问。

"丽贝卡，你借助虫洞进行时空旅行的设想很好，但是，我曾经听霍金教授提起过，虫洞虽然在宇宙中无处不在，实际却非常小，比分子甚至原子还小，而且处在不断消失和形成的过程中。你如何才能捕捉到虫洞，并钻进那么小的时空缝隙里去呢？"

"哦，这是一个小问题。要解决这个问题，需要借助黑洞。黑洞的快速旋转，能将黑洞周围的能层中的时空撕开一些小口子。这些小口子在引力能和旋转能的作用下被击穿，会成为一些十分小的虫洞。这些虫洞的开口在黑洞引力能的作用下，会变得越来越大，当它大到足够吞下我们飞船的时候，我们不就可以进入虫洞了吗?"丽贝卡微笑着说。

毋庸置疑，丽贝卡的办法非常高明、非常实用。怀特不禁向她竖起大拇指。

然而，这对于来自开普勒 452b 的丽贝卡来说，一点也不算什么高科技。面对怀特的赞美，丽贝卡只是微微笑了一下。

制造黑洞是丽贝卡所擅长的。她现在虽然不是当初那只波斯猫了，然而，原来安装在她尾巴上的那台黑洞制造机并没有丢失。因此，丽贝卡可以根据需要制造出一个黑洞。这对她来说，易如反掌。

话到这里，怀特已经完全放心了。他笑着对丽贝卡说："看来，我的担心都是多余的了，那么，接下来你就带着霍金教授飞往反物质世界吧。"

"祝你旅途愉快!"在舱门关闭的一刹那，怀特向丽贝卡挥着手说。

丽贝卡伸出食指和中指，一边比画出一个"V"字，一边自信地说："放心吧，等我们胜利归来!"

说话间，那只子飞行器腾空而起，瞬间消失得无影无踪。

第八十二章 反物质世界

　　宇宙茫茫，反霍金教授到底藏身何处呢？对于这个问题，丽贝卡一点也不担心。因为她清楚地知道，正反两个世界就如同蝴蝶的两只翅膀一样，是高度对称的。不仅如此，正反两个世界里发生的事情也是高度对称的，也就是说，现在，丽贝卡带着霍金教授去寻找反霍金，反物质世界里的反丽贝卡也同时出发，正带着反霍金教授朝正物质世界飞来。不管怎样，丽贝卡驾驶的子飞行器总会跟反丽贝卡驾驶的反子飞行器在正反物质世界的交界处相遇。如此说来，丽贝卡要做的主要工作就是及时发现情况，适时降低飞行器速度，以确保正反两架子飞行器别撞在一起就可以了。

　　毋庸置疑，长时间孤独的飞行是令人感觉乏味的。丽贝卡也不例外，飞行了一段时间后，她感觉一阵阵困意不断向自己袭来。丽贝卡才苏醒不久，身体还非常虚弱，再加上近几日苦思救治霍金教授之策，休息也不充分，出现困倦的情况也是情理当中的。

好在丽贝卡提前做了准备，事先制造了一个小仪器。别看这个小仪器不起眼，它的作用可不容小觑：一方面，这仪器能够检测飞行器的航向，如果飞行器偏离了航向就会自动报警；另一方面，当飞行器即将到达正反物质世界交界点的时候，它也能提前发出警告，让丽贝卡及时采取制动措施，可以最大限度地避免正反两架子飞行器撞在一起。

迷迷糊糊地不知过了多长时间，丽贝卡听到仪器突然发出"嘀嘀嘀"的报警声。

丽贝卡急忙睁开眼睛。

眼前的一幕瞬间把丽贝卡惊呆了——她看到一艘和自己驾驶的子飞行器一模一样的飞行器正朝自己这边飞来！

"该来的终于来了！"丽贝卡一边自言自语，一边急忙按下了制动装置，她驾驶的这艘子飞行器的速度一下子降了下来。

与此同时，对面飞行器的速度也一下子降了下来。

"太好玩儿了！简直跟照镜子一样！"看到对面的飞行器跟自己的飞行器保持着神同步的节奏，丽贝卡开心极了。

不过，丽贝卡不敢掉以轻心，因为，虽然正反两艘子飞行器的速度已经降到了最低，但是，在重力几乎为零的太空中，任何轻微的碰撞都可能造成无法估量的灾难。

目前，丽贝卡要做的就是让两艘子飞行器尽量靠近，但是，绝不能撞在一起！

近了！更近了！

此时，透过子飞行器前面的透明罩子，丽贝卡甚至看到了跟自己一模一样的反丽贝卡。

正反两个丽贝卡心领神会地相视一笑，然后，各自将霍金教授从子飞行器里释放了出去。

像两块巨大的磁铁，在正反作用力的强大吸引下，正反两个霍金教授闪电般拥在了一起。不过，由于正反两个霍金教授都穿着水母皮做成的"蚕茧"防护服，彼此的身体并没有发生湮灭效应而导致瞬间消失。

然而，在强大的引力作用下，正反两个霍金教授身体里的阴阳之气却透过"蚕茧"上特制的那个小孔泄漏出来，进入到彼此的身体里。

接下来，在一阵巨大的火光之后，一切都恢复了平静。

火光是阴阳之气中和完成的产物。

火光过后，正反两个丽贝卡微笑着彼此对视了一眼后，迅速驾驶各自的飞行器继续前行。

"我这是在哪里？哎哟，快憋死我了！快点放我出来！"片刻之后，正在返航的丽贝卡突然听到大"蚕茧"里传来霍金教授的叫声。

丽贝卡笑了。

接下来，丽贝卡轻轻整理了一下自己那头瀑布似的头发，然后把霍金教授从大"蚕茧"里放了出来。

"你是？"当猛然看见丽贝卡就站在自己的眼前时，霍金教授简直惊呆了。

丽贝卡并不答话儿，她把霍金教授抱起来，轻轻放进他那个特制的电动轮椅里。

丽贝卡眼中含着惊喜的泪花儿，她在霍金教授前面蹲下来，定定地望着眼前这个歪着脑袋一脸疑惑的老人。

猛然以真面目与清醒的霍金教授相见，丽贝卡难掩自己内心的欣喜与激动。

"教授，你难道不认识我了吗？"丽贝卡哽咽着问。

"你……是丽贝卡？我……只是不确定。"霍金教授睁着一双惊讶的大眼睛，小声地说。

丽贝卡眼睛一眨不眨地注视着霍金教授，轻轻地点了点头。

两行长泪顺着霍金教授的面颊流了下来。

丽贝卡赶忙将霍金教授的脑袋轻轻揽进自己的怀里，瞬间，盈在丽贝卡眼睛里的泪水也肆意地流淌下来。

飞往闪电星球的子飞行器现在是自动驾驶模式，茫茫宇宙中数亿颗星球电石火花般向它的身后退去。没有人知道，在这艘高速飞行的小小飞行器里，一对离别了半个多世纪的有情人正在互诉衷肠。

"丽贝卡，你知道吗？我等这一刻已经快六十年了！"稍稍平静一些后，霍金教授既惊且喜地凝望着丽贝卡那张秀美的脸庞说。

"教授，你在这六十年里所受的煎熬我都知道了。真的非常感激你为我所做的一切。"丽贝卡说。

"什么？那些事情……你是从哪里知道的？"霍金教授疑惑地望着丽贝卡。

"你不是已经告诉卡卡了吗？"丽贝卡不好意思地笑了笑说。

"卡卡？对！卡卡已经先你一步来到地球，是它向我传达了开普勒452b遭到18号天蝎人袭击的消息，是它帮助我们制造了深空一号并带着我们大家来到这茫茫宇宙，它是一只非常聪明勇敢的猫！只是，在我被18号天蝎人绑架的这段日子里，不知它怎么样了？"霍金教授说。

听霍金教授谈到曾经的自己，丽贝卡决定逗一逗他。

"教授，你问到卡卡，我要告诉你一个非常不幸的消息：卡卡死了！"丽贝卡故作严肃地说。

"什么?!"闻言，霍金教授大惊失色。在这些日子的共同战斗中，霍金教授已经跟那只波斯猫结下了深厚的友谊。丽贝卡告诉他的这个消息是霍金教授万万不可接受的。

"但是，卡卡又复活了！"看到霍金教授如此在意那只波斯猫，丽贝卡笑着告诉他。

"不可能！你不要骗我了，卡卡只剩下了最后一条命，如果它死掉，一定不会复活了！"霍金教授说。

"真的！"

"那么，它……在哪里？"霍金教授仍然不相信丽贝卡的话。

"这里！"丽贝卡指着自己，目不转睛地望着霍金教授。

"什么?!"霍金教授使劲眨了眨眼睛，说："你就是卡卡？卡卡就是丽贝卡？"

"是的！"看到霍金教授这样，丽贝卡忍俊不禁，一下子笑喷了出来。

"天啊，我没听错吧？"霍金教授惊呼。

丽贝卡的这个回答真是让霍金教授大感意外。就在那一刻，霍金教授使劲眨巴着眼睛，无论如何都不相信这是真的。

"是真的！"看着霍金教授惊疑的目光，丽贝卡收起了笑容，一本正经地说。

"你怎么会变成一只波斯猫？你怎么不早告诉我你就是丽贝卡？你是怎么复活的……"当确信眼前站着的就是曾经的卡卡时，霍金教授脑海中的疑问多得简直都要爆炸了。

"好了，好了，请你不要再问下去了。"丽贝卡苦笑着摆了摆手，示意霍金教授停下来。

"天啊！我怎么能停得下来！我现在非常兴奋，我恨不能一下子就弄清所有的问题！"霍金教授大叫着。

"好的，好的，一切都会弄清楚的。但是，你要给我一些时间慢慢给你解释。"丽贝卡调皮地努起嘴，并举起香喷喷的右手轻轻地捂住霍金教授的嘴。

霍金教授感觉一股电流瞬间传遍全身。

接着，不可思议的一幕发生了：霍金教授竟然缓缓抬起了双臂。他用两只手一下子捂住了他嘴边的丽贝卡的那只手。

瞬间，丽贝卡的脸上飞起两朵红云。

然而，丽贝卡并没有抽走自己的那只手，虽然，霍金教授的那两只手是那样的绵软无力。

"教授，你的手能动了！"丽贝卡红着脸激动地望着霍金教授。

"真的！能动了！"霍金教授松开丽贝卡的手腕，激动地举起两只手。

那两只手哆哆嗦嗦地不停颤抖着，在霍金教授看来，仿佛不是他自己的。

"能动了！天啊，它们已经沉睡了几十年了！"霍金教授微笑着说。

"是啊，教授，真心祝贺你！"

说着，丽贝卡一把抓过霍金教授那双手，她像捧着一件珍宝一样，把那双手放在胸前，端详着。

"按理说，你被严密地包裹在水母皮袋子里，除了气的交换，你并没有跟反物质的你发生任何实质性的接触。究竟是什么原因让你的手重新恢复了运动能力呢？"丽贝卡疑惑地问。

丽贝卡和霍金教授想了很多理由，但又被他们推翻了。

"这一定是爱情的力量！"最后，霍金教授笑着说，"因为，当你捂住我手的时候，我感觉自己就像被电击中一样，有一股非常强烈的想要抓住你的手的冲动。然后，我就抓住了。"

听霍金教授这样说，丽贝卡的脸颊上再一次飞起两朵红云，她张了张嘴想说什么，但话到嘴边又被她咽了回去。

看到丽贝卡害羞的样子，霍金教授非常开心。接着，霍金教授趁丽贝卡不注意，再次伸出自己那双大手，一下子把丽贝卡靠近自己的那只又白又嫩的小手抓在了手里。

这一次，丽贝卡慌乱地想把那只手从霍金教授手中抽出来，但是，霍金教授的手已经变得有力了，他紧紧握住丽贝卡那只手，再也不肯松开。

霍金教授用力一拉丽贝卡，丽贝卡顺势倒在了霍金教授怀里。

这是忘情的一刻，时间空间仿佛都不存在了。

在霍金教授臂弯里，丽贝卡将自己如何变成一只猫从开普勒452b逃到地球的一些事情向霍金教授详细叙述了一番。

原来，当初开普勒452b被18号天蝎人攻陷后，为了躲避18号天蝎人追捕，丽贝卡毅然饮下了父亲卡卡·威尔研制的易容水。这种易容水是不可逆的，也就是说，只要喝下去就会真得变成易容后的那个东西，除非生命终结，易容后将再也不能随意地恢复原身。丽贝卡清醒地知道这一点，为了不让自己吓到霍金教授，更不想让霍金教授因自己心爱的女人变成这副模样而伤心，来到地球后她就故意隐瞒了自己的真实身份。

"哦，丽贝卡，原来你一直就在我身边。"最后，霍金教授捧起丽贝卡的脸蛋儿说，"你真是一个傻丫头，你怎么能把我对你的爱看得如此肤浅呢？即便我知道你已经化身为一只猫，我也不会不爱你的。"

这句话无疑击中了一个多情少女的心扉。丽贝卡再一次把头深深地埋进了霍金教授的臂弯里。

第八十三章　超级武器

霍金教授他们接下来的飞行非常顺利。

不久，他们当初离开的谷地已在眼前。

然而，当丽贝卡将飞行器降落到谷地里的时候，她却感到非常吃惊。原来，深空二号以及彭祖、怀特他们全都不在了。

"难道，在我们不在谷地的这段时间里，怀特他们遇到了突发事故，转移或者——"丽贝卡一下子捂住自己的嘴巴，她突然感觉大事不妙。

不过，霍金教授看起来倒是蛮淡定的。

"丽贝卡，你在附近找找看吧，凭我对怀特的了解，如果发生什么意外，他一定会给我们留下什么信息的。"霍金教授对丽贝卡说。

丽贝卡于是走下飞行器，在四处仔细搜寻。

还别说，经过一番搜寻，丽贝卡还真有了一个重大发现——她在一堆人为堆起的石头下面发现了一封信。

丽贝卡疑惑地打开这封信。

"哦，是怀特的笔迹。不过，从潦草的字迹上判断，这封信应该是怀特仓促之间留下的。"丽贝卡对霍金教授说。

"是什么情况让怀特他们走得如此匆忙呢？"霍金教授不解地问。

丽贝卡读罢这封信，才弄清楚事情的原委。原来，怀特他们在丽贝卡刚刚带着霍金教授飞去后，突然侦测到18号天蝎人正在向天王星进发的消息，为了赶在那帮坏蛋前面，不让那帮坏蛋得到三千奇兵，他们已经驾乘着深空二号向着天王星前进了。

"鲁莽！那天王星的看守惠岸使者身手了得！贸然闯入禁地，必然会遭到他的痛击。"丽贝卡紧张地说，"教授，我们赶快去救援吧！"

"惠岸使者？"霍金教授疑惑地问。

"嗯，是的。"丽贝卡回答，"惠岸使者是天王星上守护三千奇兵的侍卫。当年，我父亲把三千骑兵封存在了天王星上，并把惠岸使者派往那里守护他们。惠岸使者是我父亲手下的一员猛将，以我对他的了解，怀特、彭祖他们如果跟他正面交手，必定不是他的对手！"

"既然如此，还等什么？"听丽贝卡说完，霍金教授赶忙催促道。

丽贝卡一边提醒霍金教授坐好，一边发动了飞行器。

瞬间，深空二号的这艘子飞行器呼啸着腾空而起，再次向着茫茫宇宙深处飞去。

由于深空二号的子飞行器和主飞行器之间装有配套的遥感仪器，丽贝卡驾驶着飞行器飞了没多久，就发现了深空二号的踪迹。

丽贝卡锁定方位，向着目标疾驶而去。

突然，丽贝卡驾驶的子飞行器与深空二号迎头碰上。

当时，深空二号正逆着丽贝卡行进的方向仓皇撤退。深空二号的后面，是满脸狼狈的金锋、土锋。他俩倒拖着兵器，一边不停地神色慌张地向后张望，一边骑着各自的坐骑向前猛跑。

与此同时，驾驶着深空二号的木锋也发现了丽贝卡和霍金教授他们，他赶忙打开子飞行器的机库。接着，丽贝卡驾驶着子飞行器进入了深空二号。

"发生了什么？"推着霍金教授匆匆忙忙进入深空二号后，丽贝卡迅速冲入驾驶舱，当她看到慌乱不知所措的木锋时，紧张地问道。

"丽贝卡，你们怎么在这个时候来了？你们这不是来送死吗？"木锋一边慌乱地按动着深空二号的操作按钮，一边对丽贝卡吼道。

然而，深空二号看起来受到了重创，任凭木锋费劲了九牛二虎之力，行进的速度就是不能提高。

这时，怀特神色慌张地跑进了驾驶室。

"怀特，你能告诉我发生了什么吗？"看着狼狈不堪的怀特，丽贝卡提高嗓门大声喊道。

"是惠岸使者！这家伙的本事实在厉害，他不仅抓走了火锋、水锋、彭祖、月娃和青甲，还击伤了我们的飞行器。"怀特焦急万分地告诉丽贝卡。

"惠岸使者为什么对你们痛下狠手？你们是不是动了三千骑兵？"丽贝卡皱着眉头问。

"没有。"怀特回答，"我们虽然是奔着三千骑兵来的，可是，我们甚至连天王星还没靠近，那惠岸使者突然出现，不由分说，上来就对我们开火。看那架势，好像跟我们有深仇大恨似的。"

"也就是说，你们没到达天王星，也没有跟惠岸使者说明意图，惠岸使者就把你们打得一塌糊涂了？"霍金教授问。

"是啊！我们本来是要跟他讲明来意的。可是——"怀特委屈地说。

"难道——"霍金教授瞬间皱起了眉头。

"你说你们是接收到18号天蝎人即将进攻天王星的信号，才飞往天王星的，对吗？"霍金接着问。

"是啊！"

"完了！完了！"霍金教授马上焦急地叫起来。

"怎么了？"看到霍金教授这样，丽贝卡、怀特等都紧张地伸长脖子。

"18号天蝎人已经比你们捷足先登，说不定——"霍金教授说。

可是，还没等霍金教授说完，一束威力无比的激光瞬间发射过来。

躲，已经是不可能的了！此刻，丽贝卡、怀特等甚至绝望地闭上了眼睛。

接下来，先是一团耀眼的光芒，紧接着是一声巨大的爆炸。

"好！这超级武器果然厉害！"等一切归于平静后，突然传来一声惊喜的喊叫。

打破平静的不是别人，是霍金教授。

"教授，刚才——是你？"片刻后，怀特惊魂未定地问。

"是啊，在最关键的一刹那，我果断摁下了这超级武器的按钮。"霍金教授笑着说，"看来，反物质武器绝不是徒有虚名啊！"

"反物质武器？"怀特、丽贝卡等异口同声问。

"是啊。"霍金教授说，"反物质武器是利用正反物质的湮灭效应制作的一种超级武器。"

"哦，以前只是听说过反物质武器具有很大威力，没想到，它的威力竟然这么大！"丽贝卡说，"可是，你是什么时候制造了这枚反物质超级武器呢？"

"其实，我早就想制造一枚反物质超级武器了，只是在地球上，对反物质的收集一直是一个难题，因为，迄今为止，我们地球上还没有发现有反物质存在。后来，我们的科学家想到在实验室中制造反物质。他们考虑，氢原子是构造最简单的原子，它的原子核中只有一个质子、核外只有一个电子，因此制造反氢原子相对容易。于是他们用粒子加速器使原子核与质子相撞，制造出反质子；从释放正电子的放射性衰变反应中收集正电子。制造反粒子的另一个难题，是如何安全地贮藏和保存它。科学家想出了用磁场'陷阱'来束缚反粒子的方法，即高速原子核和质子相撞产生反质子之后，用减速器将其速度降低到光速的 $1/10$，然后用高能磁场做'陷阱'将其束缚起来，再用电场将其速度进一步降低下来。另一方面，科学家们也用电磁场'陷阱'来减速由放射性衰变收集来的正电子。最终，减速了的负质子和正电子在电磁场'陷阱'中结合，形成反氢原子。1995年，设想终于成为现实。世界上第一家反物质研制工厂——位于瑞士日内瓦的欧洲核子研究中心制造出了第一个反氢原子。在世界各地 9 个研究所 39 位科学家的通力合作下，到 2002 年底，已经制造出了约 5 万个反氢原子。但是反物质的产量离可使用量还有很大距离。"

"既然你们地球上的科学家费了九牛二虎之力搜集的反物质离可使用量还有很大距离，那么，你是怎么制造出反物质武器的呢？"丽贝卡疑惑地问。

"我当然不会拿地球上那仅有的 5 万个反氢原子来制造超级武器，5 万个反氢原子听起来是个不小的数字，但是，由于反氢原子的质量极小，实在不足以制造一枚超级武器。再说，这里离地球那么远，一时半会儿我也弄不来那些反氢原子啊。"霍金教授说。

"那你是怎么制造出反物质武器的呢？"丽贝卡更加不解了。

"丽贝卡，难道你忘了，我们可是刚刚从正反物质交界处回来的呀！"霍金教授微笑着说，"正反物质世界之间其实并没有绝对的界限，尤其在交界点附近，是正物质中有反物质，反物质中有正物质的。也就是说，越靠近正反物质交界处的地方富含的反物质越多。咱们回来时，我偶然发现了这个现象，于是，就顺手收集了一些反物质。"

"据我所知，在正物质世界，反物质的保存可是一个难题，你是怎么解决这个问题的呢？"

霍金教授摊开手，示意大家看看他手中握着的一个小玩意儿。

"喏，就是它！"霍金说，"这个小东西我在地球上时就已经委托专业人员做好了，它是一个反物质发射装置，是用特殊材料制作的。离开地球时，我选择把它带在身上，就是想着有朝一日能收集到足够的反物质，来试验一下它的威力。没想到它竟然在今天救了我们一命！"

"这小东西也就指甲盖大小，看起来一点不起眼，它真的有如此大威力？"木锋皱着眉头问。

"嗯，你们不要小看它，这可是一种非常厉害的武器啊！"霍金教授说，"2009 年 9 月，我们地球上来自美的反物质武器之父肯尼斯·爱德华兹曾经主持了一次代号为'反物质特攻－2008'的电脑模拟演习：一名美军士兵携一枚反物质定时炸弹潜入 A 国首都，在市中心临近 A 国总参谋部大楼的公共厕所内安装好后从容撤出。军事行动开始后，反物质定时炸弹爆炸，A 国总参谋部大楼和附属设施化为灰烬，而这名士兵所携的反物质炸弹只有五千万分之一克！随后，一枚反物质脉冲炸弹在 A 国电力和通信网络上空引爆，刹那间，该国的军事和社会活动彻底瘫痪……看得目瞪口呆的五角大楼高官惊叹：'几克重的反物质炸弹就能毁灭地球了！'"

"哎呀，你们就先别讨论你们的超级武器了，我们现在还不知道是谁向我们发射了激光武器。"怀特现在已经完全平静下来了。

"对呀，要置我们于死地的是谁？"霍金教授自言自语。

"让我来看看吧！"接着，丽贝卡拿出一个巴掌大小带有显示屏的仪器。

丽贝卡对着那屏幕简单地操作一番后，神情沮丧地说："告诉大家一个不幸的消息，在刚才的爆炸中，惠岸使者死掉了！"

"什么？那人是惠岸使者？"霍金教授问到。

"是啊，惠岸使者曾经是我父亲手下的一员得力干将，如果没有反物质武器，我想我们一定不会这么容易战胜他甚至致他于死地。"丽贝卡说，"我本来是要等机会合适时，将他收编，为我们所用的。但是，我刚才已经通过爆炸后残存的一些物质分析出，惠岸使者已经灰飞烟灭了！"

"丽贝卡，人死不能复生，你就别难过了。"怀特安慰丽贝卡。

"是啊，都怪我，要不是我制造什么超级武器——"霍金难过地擂了自己一下说。

"天哪！教授，您的手能动了？！"怀特简直不敢相信自己的眼睛，他一下子握住霍金教授刚刚擂自己的那只手，激动地大叫起来。

木锋听到怀特的叫声，也好奇地走过来。

"我的手刚才就一直在动，不过，大家也许太紧张了，一直没有发现。"霍金教授一边笑着说，一边向木锋他们伸出了另一只手。

于是，接下来，几个人的手一下子激动握在了一起。

"教授，这是怎么回事？"怀特一边激动地望着霍金教授，一边试图弄明白是什么让霍金教授的手恢复了功能。

霍金示意怀特把耳朵凑过来。

"是爱情的力量！"当怀特凑过来的时候，霍金教授趴在他耳朵上小声说。

怀特偷偷溜了一眼丽贝卡，他看到丽贝卡已经红着脸悄悄离开了。

怀特跟霍金教授击了一下掌，算是表示对他的祝贺。

"目前腿的状况如何？"木锋关心地问霍金教授。

霍金教授笑着说："哦，下半身还是老样子。丽贝卡说，要恢复我下半身的功能，必须征得他父亲卡卡·威尔的同意。"

霍金教授这句话一语双关，怀特和木锋一下子笑喷了出来。

第八十四章 遍地钻石

惠岸使者被超级武器消灭，无人看护天王星，霍金教授他们进入这颗封存着3000奇兵的神秘星球就容易得多了。

深空二号虽然已经受损，但是，它只是受了一些"皮外伤"。木锋在丽贝卡的协助下，很快就将它修好了。

然而，跟惠岸使者交战，维修深空二号耗费了木锋他们太多时间，就在木锋启动修葺一新的深空二号，准备向天王星降落的时候，他们发现了一个最不想看到的情况——18号天蝎人的飞碟瞬间超过了他们。

"不好！18号天蝎人的飞碟超过了我们，我们怕是来不及了。"木锋大叫。

"快！追上18号天蝎人！我们绝不能落在18号天蝎人的后面！"丽贝卡和霍金教授同时对木锋喊道。

3000奇兵是卡卡·威尔用宇宙中最精华的元素打造出来的，他们不仅个个威猛强壮，而且本领超凡，英勇无比，是我们这个宇宙中最精锐的一支铁甲之师。霍金教授他们和18号天蝎人都明白，谁抢先得到这支部队，谁就获得了宇宙博弈的主动权。

深空二号全速前进，一眨眼的工夫，眼前还仅仅如黑点般的天王星就变成了一个篮球般大小的球体。

你不要小看这个变化，在茫茫宇宙中，对体积并不算太大的天王星来说，这个变化证明深空二号的速度非常快。

然而，由于距离有限，即便深空二号的速度比18号天蝎人的飞碟快很多倍，落在后面的霍金教授他们也没能超越18号天蝎人。当深空二号风驰电掣般划出一道美丽的弧线并最终降落在天王星上时，18号天蝎人早已经抵近天王星上封存着3000奇兵的那个大峡谷。

天王星是一颗遍地钻石的星球，到处流光溢彩，看起来富丽堂皇，煞是漂亮。

然而，霍金教授他们无暇欣赏这美丽的景色。

"木锋，你留在这里看护深空二号，丽贝卡，马上带上我去追赶18号天蝎人！"深空二号刚刚着地，霍金教授立即向木锋和丽贝卡下达了任务。

霍金教授的意思很明确，他要让丽贝卡带着他赶在18号天蝎人前面到达天王星上封存着3000奇兵的那个大峡谷。

霍金教授为什么亲自前往呢？因为霍金教授已知道了3000奇兵的密码。

"教授，我刚才考虑了一下，其实，我们没必要这样紧张的。"面对神色慌张的霍金教授，丽贝卡镇定地说。

"你的意思是？"霍金教授问。

"18号天蝎人不是没有从你那里得到封存3000奇兵的密码吗？既然这样，他们就算赶到大峡谷也激活不了3000奇兵啊。"丽贝卡说。

"道理虽然如此，然而，在我们这个宇宙中，也不是只有我知道破解3000奇兵的密码啊。"霍金教授说，"从18号天蝎人不惜任何代价都要超越我们的气势上看，我确信他们已经掌握了破解3000奇兵的密码！"

霍金教授的分析不无道理，但是，还有谁知道这密码呢？

"难道，是我的父亲？我确信，我的父亲绝不会将密码泄露给18号天蝎人！"丽贝卡先是疑惑地摇了摇头，继而非常自信地说道。

"嗯，我也不相信你父亲卡卡·威尔会将密码告诉18号天蝎人。但是，你要知道，那复杂的密码并不是你父亲亲自编写的。"霍金教授说。

"巨树星长老?"丽贝卡疑惑地问。

"是的，如果他们抓到了巨树星长老的话，我想，他们一定有办法弄到那密码的。"霍金教授点了点头说。

"啊！我怎么忽略了这个情况?"丽贝卡大叫一声，"那还等什么？让我们快点行动吧！"

说时迟那时快，丽贝卡迅速制造出一个小型黑洞，拉着霍金教授纵身一跳，就消失在黑洞里面。

丽贝卡循着18号天蝎人的足迹，很快就找到了那个大峡谷，然而，当她拉着霍金教授进入大峡谷里面封存3000奇兵的地方时，他们却傻眼了——奇兵已经不见了！

地面上只剩下一些用红色钻石做成的基座。丽贝卡数了一下，60排50列，正好是3000个。

"教授，18号天蝎人先我们一步，已经带走了3000奇兵！"面对眼前的景象，丽贝卡无比沮丧。

"丽贝卡，我们已经尽最大努力了。事已至此，我们也只有化悲痛为力量，才能避免更大的损失啊！"霍金教授不住地安慰着丽贝卡。

听霍金教授这样说，丽贝卡的情绪稍稍平静了一些。

在铺满钻石的地面上，丽贝卡推着霍金教授漫无目的地向前溜达着，他们试图在附近找到其他有价值的东西。

然而满地是钻石，除了钻石还是钻石。

突然，霍金教授被一块特别巨大的钻石吸引，他示意丽贝卡推着他向着那块钻石走过去。

丽贝卡还沉浸在深深的自责和无尽的失落当中。当听到霍金教授的话后，她机械地迈开步子走到那块巨大的钻石跟前。

这是一块闪着蓝色光芒的钻石，直径看起来足足有十几米。

霍金教授睁大眼睛端详着眼前这个令人惊叹的艺术品，他一边不住地发出赞叹，一边伸出一只手轻轻按在钻石上面。

一股暖流顺着霍金教授的手指传遍了他的整个身体。

霍金教授感觉非常舒服。

"咦——这是怎么回事儿？"霍金教授陷入沉思之中。

接下来，霍金教授不住地摇头，点头。最后，他终于微笑着重重地点了点头。

"从这满地的钻石来看，上亿年前，天王星上应该天天都有'钻石雨'降下。"见丽贝卡的目光并不在钻石上，仍旧一副呆呆傻傻的样子，霍金教授主动跟她搭话。

"嗯，应该是这样的。"

"那么，你知道'钻石雨'是怎么形成的吗？"霍金教授问丽贝卡。

"哦，这个问题很简单。钻石雨的发生过程从高层大气开始。你知道，很多星球的空气中都富含甲烷，闪电击中甲烷会将其转化为碳颗粒。碳颗粒一旦形成，就会脱离高层大气开始下降。在碳颗粒的下降过程中，随着压力越来越大会转化为石墨。当压力达到一定程度的时候，石墨就会转化为钻石。因此，站在地面上的人们就能看到'钻石雨'从天而降的情景了。"丽贝卡机械地回答道。

"嗯，钻石雨的形成是巨大压力的结果。如果数亿年前的天王星空气中的压力都足以形成钻石的话，那星球内部的压力就一定更大了。"霍金教授说。

"理论上应该是这样的。"丽贝卡随口附和。

"那么，我想，如果这颗星球的表面就有如此多的钻石，更深的地层，由于处于高温高压的极端环境下，那里的碳就一定会以钻石的形态存在。因此，天王星上的钻石矿，可以说是取之不尽用之不竭的。而在更深的地层中，由于压力进一步增大，钻石甚至可以处于液态。"霍金教授说。

"哦，这是一定的！"丽贝卡说。

"不过教授，难道18号天蝎人带走3000奇兵这件事儿一点也没有让你伤心吗？另外，你跟我讨论这个问题有什么意义呢？"见霍金教授满脸微笑地跟自己讨论着天王星上的钻石，丽贝卡渐渐有点不耐烦了。

"哦，关于第一个问题，我可以很明确地告诉你，事后后悔难过一向不是我霍金为人处世的风格，当遇到问题的时候，我总是试图找到弥补或解决的办法，而不是仅仅陷入无边的痛苦不能自拔。至于第二个问题，我想，我跟你的讨论并不是毫无意义的，我是在试图解开眼前这块巨大的钻石的形成之谜，而这个谜底的背后，说不定就有我们需要的东西。"

当丽贝卡听霍金教授说解开钻石之谜可能发现需要的东西时，终于从刚才的失落中振作起来。当然，丽贝卡能够瞬间转变自己的心情，也受到了霍金教授遇事镇定自若的感染。

"哦！一块好大的钻石！"直到这时，丽贝卡才看清楚一块巨大的钻石赫然立于自己的眼前，"嗯，这块钻石的确特殊，看样子，它绝不是从天上落下来的。那么，它是怎么形成的呢？"

"从地下面冒出来的！"霍金教授回答。

"那说明天王星的内部含有非常多的液态钻石了？"丽贝卡问。

"应该是这样！天王星内部的液态钻石源源不断地从地心深处溢出来，逐渐形成了这块巨大的钻石。"

"可是，据我判断，天王星的地层都是坚硬无比的钻石，就像鸡蛋的壳，它们把整个星球都严密地包裹起来，并没有一点缝隙，地心那些液体的钻石岩浆是如何溢出来的呢？"丽贝卡接着问。

"我也在思考这个问题。刚才我已经研究过了，这块钻石余温尚存，年龄应该不会太大，我想，是不是不久前有人掘开了地表进入天王星的内部，液态钻石趁机泄出，渐渐形成了这块巨大的钻石呢？"霍金教授说。

"嗯，不排除这个可能。"丽贝卡点了点头，"然而，是谁先我们一步来到天王星，并掘开了地表呢？他们掘开地表的目的又是什么呢？"

"是啊，我也在思索这个问题。"霍金教授一边应和着丽贝卡，一边将一只手再一次按在那块巨大的钻石上。

突然，霍金教授脸色大变。

"怎么了，教授，难道你发现了什么异常吗？"看到霍金教授异样的表情，丽贝卡关切地问。

"嗯，丽贝卡，你也来感受一下，我在触摸它的时候，感觉到一阵阵怦怦的很有节奏的跳动声，就像我们的心脏。"霍金教授说。

丽贝卡疑惑地将自己的手放在巨大的钻石上。

"怦怦怦……"

"嗯，真的是这样！不过跟我们的心跳还有很大区别，更像是千万颗心脏跳动的声音。"丽贝卡疑惑地说。

"难道说——"霍金教授拉长声音。

"里面有人?"丽贝卡接上。

接着,丽贝卡变魔术般拿出一个扫描仪,对着巨大的钻石前后左右扫描了一遍。

然而,丽贝卡并没有发现这块巨大的钻石里面有什么异常。

"可是,那怦怦跳的声音是怎么产生的呢?"霍金教授再一次把手按在巨大的钻石上。

这一次,霍金教授有了重大发现。

"丽贝卡,我弄明白了,这声音来自天王星的地心深处!从节奏上判断,应该是从那些液态的钻石里面传出来的。"霍金教授神色凝重地说。

"难道说,18 号天蝎人带着 3000 奇兵进入了天王星的地心?"丽贝卡兴奋地说。

"嗯,有这个可能,但是,也可能是其他情况。"

"那么,就让我们钻到地心里看一看吧。"丽贝卡提议。

"好的,不过,咱们一定要小心一些!"霍金教授说。

第八十五章 三千心脏

在进入天王星内部之前，丽贝卡先做了一些准备工作。

首先，她将自己和霍金教授的身体缩小到小于一个碳原子的大小。因为，天王星的钻石地层虽然致密无比，但它也是由一个一个的碳原子构成的。现在，霍金教授和丽贝卡的身体连一个碳原子的大小都没有了，他们就可以在天王星的钻石里面自由通行了。

丽贝卡这个超凡的本领在月球时就用过了，他和霍金教授建造的第二个密室就在一粒沙子里面。

其次，丽贝卡找到一些耐高温、耐高压的材料，将自己和霍金教授严密地包裹起来。这样，他们就不怕天王星地心深处几千度高温和巨大的压力了。

做完这一切，丽贝卡就带着霍金教授进入天王星里面。

他们在那些钻石当中腾挪躲闪，向前飞快地行进着。

天王星地心里面的情景更加奇妙，这里不仅有如水晶般的蓝色、红色的钻石，还有紫色的、绿色的以及许多说不清颜色的钻石，看起来，真是流光溢彩，绚烂无比。

不过，丽贝卡和霍金教授并没有闲情逸致来欣赏这美丽的景色。他们只是努力在里面飞行着。

温度越来越高，压力越来越大。最后，丽贝卡带着霍金教授来到天王星的地心深处。

在刚刚穿出固体钻石，进入液体钻石的一刹那，一阵巨大的"怦怦"声传来，听起来就如同耳边有千军万马在急行军。

"教授，我们就要到地方了。"丽贝卡小声告诉霍金教授。

"嗯！小心点！"霍金教授神色凝重地轻轻点了一下头。

大约又过了一刻钟的时间，小心翼翼向前行进的丽贝卡和霍金教授没有发现 18 号天蝎人和 3000 奇兵的半点踪迹。

不过，那"怦怦"跳动的声音却愈来愈大了。

猛然转过一个弯儿，一阵震耳欲聋的声音几乎把丽贝卡和霍金教授震晕。

"教授，你看那是什么?！"

丽贝卡指着前面不远处一个血色的正方体盒子惊叫道。

但是，由于"怦怦"的声音实在太大了，霍金教授听不清丽贝卡的声音。不过，他最终从丽贝卡的眼神中看懂了她的意思。

霍金教授使劲抬了一下头，顺着丽贝卡的手指望过去。

前方不远处的一个"悬崖"下面，一个盛满血色液体的透明的正方体赫然呈现在眼前。

为了能够交流，丽贝卡拿出两只对讲机样的东西，她自己一个，给霍金教授一个。

"嗯，我敢确定，那些声音就来自这个巨大的盒子。"霍金教授对着那"对讲机"说，"走，我们过去看看里面有什么？"

丽贝卡推着霍金教授悄悄靠近那个盒子。

丽贝卡和霍金教授的体积现在虽然不如一个碳原子的体积大，然而，当他们来到这个正方体跟前时，却被一面巨大的"墙"挡住了去路。

"看起来，这个正方体绝不是自然的产物，它是不知什么人加工出来的。它能挡住我们的脚步同时也说明，这个正方体不是用普通的物质做成的，因为，它不是由一个一个的原子相互吸引形成的，而是一种绝对没有缝隙的特殊材料。"霍金教授说。

"嗯，是的。可是是谁做了这个东西？里面装着的又是什么呢？它为什么会发出'怦怦'的声音呢？"丽贝卡一边小声嘀咕着，一边拿出那个扫描仪。

丽贝卡对着红色的正方体一照，不禁大惊失色。

"教授，那里面装着的是一些巨大的心脏！那'怦怦'跳动的声音就来自那些心脏！"丽贝卡说。

"跳动的心脏？你再看一下，有多少颗？"

丽贝卡再次举起手中的扫描仪，对着红色正方体照了一下。这扫描仪有计数功能，不管是什么，只要是同一种东西，它瞬间就能给出数量。

"天啊！整整有3000颗！这里面共有3000颗心脏！每一颗心脏都在有力地跳动着，怪不得我们在地面上都能感觉到轻微的震动。"丽贝卡嚷道。

"嗯，这就确信无疑了。一定是有人掘开了天王星的地表，进到这里，把这个方形的盒子存在了这里。"霍金教授说。

"可是，这些心脏是谁的？那人又为什么把它们封存在这里呢？"丽贝卡问。

霍金教授摇了摇头。

第八十六章　彭祖的师父

　　霍金教授和丽贝卡的天王星地心之行，虽然没有发现 18 号天蝎人和 3000 奇兵的踪迹，但是，却发现了一个新情况。

　　是谁封存了 3000 颗心脏？意欲何为？这些问题，霍金教授和丽贝卡想了半天也没有弄明白。

　　由于不知隐藏着怎样可怕的秘密，霍金教授和丽贝卡不敢在天王星地心久留，他们悄悄地原路返回了。

　　刚刚跳到地表的一刹那，霍金教授和丽贝卡就被眼前的一幕惊呆了——怀特他们正紧张地给一个长着长长的银白色胡子的老者做着人工呼吸。彭祖、月娃、青甲待在一边，不停地催促着怀特。

　　"怀特，时间已经过去半小时了，有生命迹象了吗？"彭祖神色紧张地问。

　　"没呢。我累得够呛，请你不要老是催促我了！"怀特甩了一把汗，焦急地说。

　　"这土老帽的办法怕是不管用。唉，要是我们的深空二号在就好了，上面还有一些紫薰草。"青甲一边叹气一边说。

"嗨，不要提什么深空二号了，我们进攻天王星时，它已经被惠岸使者弄得面目全非，现在，早不知坠到宇宙的哪个旮旯里去了。"月娃无比失落地说。

听到这里，丽贝卡一下子笑喷了。她迅速地让自己和霍金教授恢复了原身。刚才，他们还不足一个原子的大小，因此，彭祖他们并没有觉察到丽贝卡和霍金教授的存在。

"有那么惨吗？月娃。"丽贝卡笑着说。

猛然听到身后传来丽贝卡的声音，彭祖、青甲和月娃一下子转过身来。

见丽贝卡和霍金教授站在眼前，怀特也停下了手中的工作，累得一屁股跌坐在满地的钻石上。

"教授，丽贝卡，你们终于来了，你们要是再不回来，我可要累死了。"怀特喘着粗气说。

"怎么回事儿？地上躺着的这个白胡子老头是谁？"霍金教授端详着躺在怀特身边的那个白胡子老头，可是，他并没有想起在哪里见过这样一个人。

"教授，这位老者是巨树星的长老。我们是在追赶18号天蝎人的时候，偶然发现了他。"怀特说。

"我们发现他的时候，他就已经躺在这里没有生命迹象了。"月娃补充道。

"巨树星的长老？"丽贝卡和霍金教授异口同声问道。

"嗯，也难怪你们不认识他，在巨树星的时候，霍金教授和彭祖被18号天蝎人掳到了他们的飞碟上。由于情况紧急，丽贝卡也没能跟这位长老见上面。"青甲望着霍金教授说。

"你们不要小看了这个白胡子老头，他可是我的师父。"接着，彭祖将自己3000多年前遇见巨树星长老的事情向霍金教授和丽贝卡讲述了一遍。

"这位长老帮了我们的大忙，要不是他送给我们星际旅行图册，我们是找不到闪电星球和天王星的。"最后，彭祖先生捋着胡子说，"不仅如此，我这位师父应该还参与了封存3000奇兵密码的设计，因为，我们从

18 号天蝎人的子飞行器里抢来的另一本书也是我师父编订的。"

"嗯，这个情况我知道。"霍金教授点了点头。

"我早已料到 18 号天蝎人从它那里得到了密码，并抢先我们一步弄走了 3000 奇兵。他们一定是挟持了这老头儿，"霍金教授说。

"什么?!3000 奇兵已经被 18 号天蝎人弄走了?"闻听霍金教授这个消息，彭祖、怀特他们大惊失色。

"是的，那帮坏蛋已经赶在我们前面激活了 3000 奇兵，并带着他们离开了这里。"丽贝卡回答。

"那我们赶快将金锋、土锋他们召回来吧，现在，他们还在天王星上到处寻找 3000 奇兵的踪迹呢。"怀特说。

"哦，我说怎么一直没有看到他们的影子。"霍金教授说，"那就抓紧让他们归队吧。"

接着，怀特向空中发射了 3 颗信号弹。那是金锋他们离开时跟怀特约定的归队信号。

接下来，霍金教授向木锋发了一个讯号，让他驾驶着深空二号赶快赶到这里。

在等待金锋、木锋他们归来的这段时间里，霍金教授查看了巨树星长老的伤情。

"嗯，这老头儿伤得实在不轻。不过，紫薰草应该还能救活他。"霍金教授说。

"是啊，我师父在宇宙中少说也活了上万年了，早已形成千年凝魄。紫薰草对他应该具有十分好的疗效。"彭祖随声附和。

说话间，木锋已经驾驶深空二号赶过来。

深空二号刚刚降落，青甲就扭动着笨拙的身子登上去，并取出一些紫薰草。

在下深空二号舷梯台阶的时候，由于青甲太过匆忙，竟然一头从上面栽了下来。

"青甲，看起来你救这老头的心情比我们任何一个人都迫切!"月娃笑着调侃青甲道。

"是啊，这老头儿可是我师父的师父，我的心情当然非常迫切!"青甲笑着说。

接着，众人合力给巨树星长老服下药。

不久，这位长老醒来了。

然而，当他睁开眼睛看到眼前的彭祖、霍金等人时，却大惊失色。

"你们这帮坏蛋，放开我！"巨树星长老一面声嘶力竭地怒吼着，一面扭动着身子，试图从正紧紧抱着他的怀特怀里挣脱出来。

怀特按他不住，就喊来身边的月娃帮忙。

月娃力气巨大，他两手轻轻按住巨树星长老的胳膊，那白胡子老头儿就再也动弹不了了。

然而，声嘶力竭的怒吼没有停止下来。

始料不及的这一幕，让霍金教授他们感到非常意外。

过了一会儿，许是累了，巨树星长老的声音明显低了下去。

"师父，您怎么了？您难道连我也不认识了吗？"彭祖老人蹲下身去，疑惑地问道。

"呵呵，18 号天蝎人，你们还要欺骗我到什么时候？难道你们认为我还会相信你们的话吗？"巨树星长老冷笑道。

"18 号天蝎人？"听巨树星长老这样说，大家面面相觑。

眼前的一幕巨树星长老看在眼里，他反而疑惑起来。

"难道——你们不是 18 号天蝎人？"他问。

"是啊，我们怎么会是 18 号天蝎人？我是您的徒弟彭祖，3000 多年前您到地球，我拜您为师。现在，我和霍金教授他们为了一项伟大的事业正一道飞往太空。"彭祖对巨树星长老说。

"如果时隔 3000 多年，您已经认不出您的徒弟彭祖，我，您总该认识吧？"怀特对巨树星长老说，"我们不久前路过巨树星，刚刚见过面，而且，您还托我把这本书带给彭祖先生。这些，难道您都忘了？"

"还有我。我当时跟怀特在一起的。"月娃说。

"还有我！"青甲扭动着笨拙的身子走过来，它费力推开挡在眼前的金锋他们，探头进来说，"我是彭祖先生的徒弟，论起来，您还是我们的祖师爷呢。"

巨树星长老疑惑地望望这个，又望望那个。

"你们真的不是 18 号天蝎人？"

"呵呵，如果我们是 18 号天蝎人，还会救你吗？"

接着，巨树星长老又问了彭祖几个发生在 3000 年前的事情，见彭祖对答如流，并没有半点漏洞，巨树星长老"哇"的一下哭出声来。

"师父，你究竟怎么了？"感觉到巨树星长老终于相信了他们，彭祖疑惑地问。

"唉！别提了。数日前，18 号天蝎人变化成你们的样子来到巨树星，谎说我送你们的星际旅行图册被 18 号天蝎人抢走，在宇宙中寸步难行，要寻求我的帮助。我没有怀疑，还以为那真的是你们。由于当时巨树星上的许多事情已经归于平静，我也没有特别重要的事情要做，于是就答应了，陪同他们一路来到了天王星。来到天王星后，他们又提出了要我破解 3000 奇兵的密码。我想，在这之前 18 号天蝎人已经从我这里盗走了记载着密码的书籍，他们一旦破解就一定会赶在你们前头激活 3000 奇兵，所以，我就毫不迟疑地答应了，激活了 3000 奇兵。然而，就在这时，18 号天蝎人露出了狰狞的真面目。我大呼上当，但这时已经晚了，3000 奇兵已经被 18 号天蝎人控制。就在他们带着 3000 奇兵离开天王星的时候，我慌乱之下拼死拉住其中的一个坏蛋不让他离开，他就用激光武器射杀我。"巨树星长老抽泣着说。

"这帮混蛋，竟然跟我玩阴的！"最后，巨树星长老咬牙切齿地说。

"嗯，我就料到 18 号天蝎人不会轻易解开密码，他们能带走 3000 奇兵，一定是得了某位高人的指点。我的猜测果然没错，原来那位高人就是先生您。"霍金教授对巨树星长老说。

"唉！我真是好心办坏事，一时大意竟然成了贻害宇宙的千古罪人！你们干吗要救我，就让我死掉算了！"事到如今，巨树星长老真是感到痛心疾首。

"先生如此说，实在是言重了。凡事自有定数，先生不必过于自责。"这时，丽贝卡走了过来，一边向巨树星长老施礼，一边安慰道。

猛然看见丽贝卡，巨树星长老有些吃惊，他定定地看了她足有一分钟。

丽贝卡被巨树星长老弄得一脸窘迫。她疑惑地摸着自己的脸不好意思地问："先生，莫不是小女子脸上有麻子？"

巨树星长老微笑着说:"姑娘多虑了,我并不是见色起意的奸邪之人,我如此观察姑娘,是因为你让我想起了一位故人。"

"故人?先生能否告知小女子那人姓甚名谁?"丽贝卡问。

"如果我没猜错的话,我想,你应该是我那位故人的女儿丽贝卡。"巨树星长老笑着说。

闻言,丽贝卡大惊,她急忙问:"先生认识家父?"

"卡卡·威尔?"众人也异口同声问道。

"岂止是认识?"巨树星长老笑着说,"我与你父亲是万年前的同门师兄,论起来,我比你父亲要年长一些,也比你父亲拜在师父门下的时间要早,所以,你应该喊我师伯。"

"师伯!"丽贝卡再一次举手施礼。

"可是,您是凭什么认出我就是卡卡·威尔的女儿呢?"接着,丽贝卡疑惑地问。

"基因,基因不会欺骗我们!我刚才用眼睛扫描了你面部细胞的基因,证明你应该是我师弟卡卡·威尔的女儿。"巨树星长老回答。

"师伯!"霍金教授也向巨树星长老施礼道。

"哦,这位想必就是大名鼎鼎的霍金教授了。说起来我那师弟也真是残忍,把好端端的一个人搞得如此痛苦不堪。"望着蜷缩在轮椅里的霍金教授,巨树星长老摇头叹息道。

"那先生有什么高招可以恢复教授的身体?"怀特趁机问道。

巨树星长老摇了摇头,不紧不慢地说:"办法总归是有的,但解铃还须系铃人。"

接下来,大家围着巨树星长老又问了一些杂七杂八的问题,巨树星长老都一一做了详尽的解释。

最后,话题又回到了3000奇兵上来。

"霍金教授号称宇宙第一大脑,不知得到我的书籍后,是否顺利破解了封存3000奇兵的密码?"当大家谈起18号天蝎人掠走霍金教授让其破解密码的事情时,巨树星长老微笑着问。

闻言,霍金教授笑着伸出一个手指。

"果然名不虚传!看来,我师弟卡卡·威尔的判断是对的,霍金教授真的是宇宙第一大脑!"巨树星长老笑着伸出了大拇指。

"你们在说什么?我们怎么听不明白?"青甲看见霍金教授只伸出了一个手指,就被巨树星长老大为夸赞,心中不禁充满疑惑。

"现在,3000奇兵已经被18号天蝎人控制,那密码也就没有什么秘密可言了。我来告诉你们吧。当初,卡卡·威尔将3000奇兵变成石头并封存在天王星并不是要把他们永久封存在这里,而是设置了一个需要密码解开的隐秘装置,以备在将来有需要的时候激活他们。由于这个密码需要高度复杂,卡卡·威尔就把这个任务交给了我。因为,当时我是这个宇宙中最著名的密码专家。我欣然接受了这个任务,经过一番思考,我把我设计的密码编写进那本古书中。后来,这本古书不幸被18号天蝎人盗走,但是,他们耗费了若干年的时间也没能解开密码。其实,我当初设计密码的理念是反其道而行之。它并没有你们想象的那样复杂,不仅如此,它甚至说非常简单。至于那密码是什么,我想,还是让拥有宇宙第一大脑的霍金教授亲自告诉你们吧。"

接下来,霍金教授微笑着再次伸出那个手指。

众人疑惑地望着霍金教授,不知他葫芦里卖的是什么药。

"不会是'1'吧?"月娃忍不住,脱口而出。

然而,让人没想到的是,霍金教授竟然笑着点了点头。

"其实,这正是巨树星长老的高明之处,他在那本书中从头到尾只编写了一个算式。那个算式复杂至极,就连目前宇宙中最先进的计算机也要耗时千万年才能得出答案。然而,就算找到了它的正确答案,也不是破解3000奇兵的密码。其实,正确的密码就巧妙地隐伏于算式当中,它就是那个最简单不过的'1'。高明!巨树星长老不愧为宇宙中最伟大的密码专家!"霍金教授伸出大拇指赞叹道。

"唉!我有什么高明的呢?最后还不是让18号天蝎人骗了。3000奇兵威力无比,他们落在那帮嗜血成性的恶人手里,宇宙将要遭到大劫难了!"巨树星长老叹着气说。

听说宇宙要陷入大劫难,大家脸上立即蒙上了一层凝重的神情。

只有霍金教授是个例外,此刻,他的心思并没有在那场未知的大劫难那里,而是想到了和丽贝卡天瑆地心之行时看见的那个装满心脏的大盒子。

霍金教授将这个情况告诉巨树星长老，引起了巨树星长老的极大兴趣。

"3000 奇兵，3000 颗跳动着的心脏，你说，这难道仅仅是数字上的巧合吗?"霍金教授疑惑地望着巨树星长老。

"绝不仅仅是巧合！我想，他们之间一定有着某种联系。至于这联系是什么，我想，也许只有卡卡·威尔本人才会知道吧。"巨树星长老说。

"嗯，我也是这样想的。卡卡·威尔封存 3000 奇兵，绝不会仅仅设置一个密码就完事儿，他一定还会有我们不得而知的办法。所以，我们目前最紧迫的任务就是抓紧飞往开普勒 452b，尽快拯救那颗垂危的星球，把丽贝卡的父亲营救出来。我想，只有在卡卡·威尔的帮助下，我们才能更好地跟 18 号天蝎人周旋，并最终消灭 18 号天蝎人!"霍金教授说。

"那么，我们还等什么呢? 立即动身吧!"丽贝卡随声附和。

第八十七章 全速前进

真巧，就在霍金教授准备启程前往开普勒 452b 的时候，金锋、土锋、火锋、水锋也风尘仆仆地赶回来了。

在救巨树星长老的这段时间里，木锋已经对深空二号进行了细致全面的检查维修。现在，深空二号的状态已经恢复如初。

事不宜迟，木锋驾驶着深空二号立即升空。此行的目的地是开普勒 452b。

飞翔的深空二号就像宇宙中一个微不足道的小肥皂泡，它的前端一缩一缩的，后端一鼓一鼓的。看起来，如同一只在大海中游弋的水母，笨拙而可爱。

然而，你如果真的认为深空二号是笨拙的，那就大错特错了。因为，就在这一缩一鼓之间，深空二号已经穿越了亿万 km。

"不是说曲率飞行的速度会超过光速吗？可是，我的感觉跟乘坐深空一号时差不多啊，难道，深空二号还没有提到最高速度？"突然，正在驾驶舱里坐着的月娃提出了一个问题。

"是啊,我们从地球到天王星,用了这么长时间,才走了 40 光年,现在离开普勒 452b 还有 1360 光年的距离,以如此速度飞行,我们何时才能到达?"青甲随声附和。

"呵呵,你们的感觉是很正常的。我来告诉你们吧,由于深空二号用的是一种能够令前方空间收缩而后方空间膨胀的引擎,它以空间的'变形'来推动飞船前进。由于空间膨胀的速度没有任何限制,所以,这种飞船的乘客感知不到自己的速度已经大大超过了光速。"霍金教授微笑着给月娃和青甲解释。

"哦,你的意思是,我们现在已经在超越光速飞行。那么,另一个问题出来了,你在《时间简史》中不是说过,一个物体的速度一旦超越光速就会到过去时空。如此说来,我们到达的开普勒 452b 岂不是以前的开普勒 452b?这可是典型的'双生子悖论'啊!"青甲接着提出这样一个问题。

"什么叫'双生子悖论'?"月娃望着青甲。

"地球在1911 年 4 月召开的波隆哲学大会上,法国物理学家 P. 朗之万用双生子实验来质疑狭义相对论的时间膨胀效应,设想的实验是这样的:一对双胞胎,一个留在地球上,另一个乘坐火箭到太空旅行。飞行速度接近光速,在太空旅行的双胞胎中的一人回到地球时只不过两岁,而他的兄弟早已死去了,因为地球上已经过了 200 年了。这就是著名的'双生子悖论'。"青甲解释。

"嗯,青甲解释得很好。'双生子悖论'在理论上是成立的。但是,在曲率飞行中,这个问题完全不必担心。理论上,空间的膨胀速度是可以超越光速的,收缩速度也是可以的,黑洞的视界和奇点间的空间在黑洞形成时就是这样的。实际上超过光速在这种概念上是被允许的,例如穿越虫洞实际上就是一种超光速的现象,这个本质上和物体本身的物理状态没有关系(速度、质量、能量)。那就意味着在这段扭曲的空间里,本身时间就是被扭曲的,当然在观测者看来,物体不会'超光速',因为它的时间也会看起来被压缩。但是在空间内部物体还是不允许超越光速的,也就是说所谓的超光速的造成是由于空间和时间的变化。在相对的观察系内是不允许物体超越光速的。"霍金教授继续解释道。

这个解释有点费解，月娃和青甲皱着眉头摇了摇头。

看到月娃和青甲没听明白，丽贝卡接过话头儿，继续解释道："曲率旅行实际上是一种超空间技术，可以理解为对三维空间的压缩，我们可以理解为在四维空间里做匀速运动，你可以简化成二、三维在二维空间里需要1光年的距离，三维空间里可能就不需要，举个例子，在二维空间里，一个点要到墙的另一面，墙非常高，需要半光年，那么，到墙的另一面就是1光年，如果可以超空间到三维空间，那么可以不到1秒钟就过去了，但是实际上，他的速度并没有超光速。"

月娃和青甲弄明白了一点，但是，还是没有完全明白。

怀特本来在一旁静静地坐着，当他发现月娃和青甲弄不明白霍金教授和丽贝卡的解释时，终于忍不住了。

怀特说："还是让我来告诉你们吧。我们地球上前不久刚播放了一部叫《阿里尔》的科幻影片，那里面有一颗叫卡勒尔的星球，离地球仅仅50光年。假如有一艘这样的飞船，2小时的时间就可以飞到卡勒尔再返回来，而其乘员的年龄仅比出发前增长4小时，与留在地球上的情形一样，不必担心发生所谓的'双生子悖论'。另外，他们可以带回来仅仅2小时之前的信息，而通过望远镜，地球上的人们却只能看到卡勒尔星球4年多以前的样子。"怀特解释道。

怀特的解释浅显易懂，青甲和月娃终于舒展开了紧皱的眉头。

"天王星离开普勒452b有一百光年的距离，照怀特的说法，我们仅仅用4个多小时就能到达目的地了？"月娃问。

"是的。"霍金教授微笑着点了点头。

"那么，我们现在走了多长时间了？"青甲问。

"已经三个半小时了。也许再过半小时，我们就能到达开普勒452b了。"怀特说。

正聚精会神地在一台电子屏幕前忙碌的丽贝卡此时走了过来。

"非也！我们再过半小时是到达不了开普勒452b的。"丽贝卡严肃地说。很显然，她听到了怀特说的话。

"为什么？"怀特疑惑地问。

"因为，我们必须弄清楚18号天蝎人现在是否在开普勒452b上。"丽

341

贝卡回答。

"18号天蝎人？"

"是的，这一路上，我们的飞船虽然没有在沿途那些宜居星球上停留，然而，我却用深空二号上的扫描仪对我们经过的十几颗宜居星球进行了扫描分析。结果显示，18号天蝎人已经光顾了那些星球，并取走了它们的地心之火。目前，那些星球上的生命无一例外都陷入垂死挣扎，可以想象，被18号天蝎人取走地心之火的星球哀鸿遍野，到处都是无比凄凉的景象。"丽贝卡对怀特和霍金教授他们说。

"看来，3000奇兵的威力已经显现出来。如果18号天蝎人没有得到3000奇兵，他们要取走十几颗宜居星球的地心之火，少说也要1年的时间。"霍金教授沉思着说。

"怪不得18号天蝎人没有对我们发起攻击，原来，他们把主要精力都放在盗取宜居星球的地心之火上了。"怀特说。

"嗯，幸亏是这样！如果控制着3000奇兵的天蝎人把主要精力放在我们身上，目前的我们岂是他们的对手？"丽贝卡接话道。

"那么，接下来我们该怎么办？"怀特问。

"首先弄清楚开普勒452b上的情况，如果18号天蝎人没有驻扎在开普勒452b上，我们就按计划降落！"丽贝卡回答。

"对！就按丽贝卡说的办！丽贝卡，我们这里只有你对开普勒452b的情况比较熟悉，这个任务就交给你吧。另外，为了保证你的安全，你可以从我们这些人当中挑选一名护卫和你一起前往开普勒452b。"霍金教授说。

听说有机会跟丽贝卡先行到达开普勒452b，金锋、木锋、水锋、火锋、土锋、青甲、月娃争相举起自己的手，积极表示要随丽贝卡一同前往。霍金教授身体不便，不想成为丽贝卡的累赘。怀特虽然植入了拿破仑的芯片，但由于终究未得到3000奇兵，他自认为肉体凡胎，必然不是18号天蝎人那帮宇宙恶狼的对手，所以也没有举手。

丽贝卡感激地望着大家。她微笑着环视了一圈，最后竟然将目光落在怀特身上。

"丽贝卡，你该不会是想带着我一起前往吧？"怀特发觉丽贝卡盯着自己，红着脸尴尬地站了起来。

"对！就是你！"丽贝卡微笑着点了点头。

"丽贝卡你没有弄错吧？我的大脑比不上霍金教授，知识储备赶不上巨树星长老和彭祖，拳打脚踢的本事离月娃、青甲和金木水火土锋何止十万八千里。你把我这样一个废人带上，不是白白增加你的负担吗？"怀特不解地问。

"是的，你对自己的认识很深刻，自我评价很到位。然而，这难道不能够成为我选择你去开普勒 452b 的原因吗？"丽贝卡仍旧微笑着说。

"怀特，丽贝卡自有丽贝卡的打算，她既然选择了你，就一定有她的道理。不要有什么疑虑，就跟着丽贝卡乖乖地去吧。丽贝卡本领超凡，她一定会保护你。"霍金教授对怀特说。

霍金教授最后这句话是用了激将法。

没想到，怀特还真中了"圈套"，他立即脸红脖子粗地争辩道："教授，您这句话就不对了，我跟着您和丽贝卡从地球一路来到这里，何曾有过贪生怕死之举？什么也别说了，我就跟着丽贝卡走，就算是上刀山下火海，我也在所不惜！"

说最后这句话的时候，怀特"嘭嘭"地拍着自己的胸脯，表现出一副大义凛然的样子。

看到怀特这夸张的动作，在座的各位都"噗"地笑了出来。

接下来，木锋又驾驶着深空二号往前行了一段距离。然后，按照丽贝卡的指示，悬停在了宇宙中。

丽贝卡打开深空二号的机库，取出一艘子飞行器，带上怀特直奔开普勒 452b 去了。

第八十八章　靠近开普勒 452b

　　开普勒 452b 究竟是一颗怎样神奇的星球？随着子飞行器离开普勒 452b 越来越近，笼罩在这颗星球上的面纱被逐步揭开。

　　怀特先是看到了茫茫宇宙中的一个红色的圆点。当时，他还没有意识到那个圆点就是开普勒 452b，然而，当他发现那个圆点在自己眼前愈来愈大时，他意识到丽贝卡正驾驶着子飞行器向那个圆点挺进。

　　"丽贝卡，是不是那个圆点就是开普勒 452b？"怀特指着前方问。

　　"是啊，那个的确是开普勒 452b，我马上就要回到自己的家了。"怀特看到，丽贝卡说这话的时候，几颗泪滴正顺着她的面颊淌下来。原来，刚才默不作声的丽贝卡一直沉浸在远方游子回家前无比的激动之中。

　　"怀特，我离开开普勒 452b 已经有 2 年的时间了，这 2 年的时间里，我在宇宙中飞行了几千光年的距离，历经的苦难真是不计其数，说实话，我真的没想到还能活着回来。"稍稍平静后，丽贝卡感伤地说道。

怀特赶忙从怀里掏出手帕递给丽贝卡。

丽贝卡擦掉泪水，不好意思地对怀特笑了笑。

"我们地球上有句话叫大难不死必有后福。丽贝卡，我相信我们一定能够打败 18 号天蝎人，并最终恢复宇宙的宁静。"怀特安慰丽贝卡。

"但愿如此吧！"丽贝卡长长地叹了一口气说。丽贝卡明白，摆在他们面前的任务是何等艰巨。

然而，开弓没有回头箭。事到如今，丽贝卡感到自己已经没有丝毫的后退余地。另一个宇宙的龙威觊觎我们这个宇宙已久，18 号天蝎人甘心充当龙威的走狗、打手。不彻底清除这些"毒疮恶瘤"，我们这个宇宙包括地球、开普勒 452b 以及万千颗宜居星球将永无宁日。

开普勒 452b 在怀特眼前越来越大，很快就有一个篮球般大小了。

然而，随着开普勒 452b 愈来愈清晰，怀特却感到越来越迷惑。因为，他看到这颗被地球上的科学家称为"地球 2.0 版"或"地球孪生兄弟"的星球显然与地球有着不一样的"容貌"——开普勒 452b 看起来是红色的。

"丽贝卡，如果飞船以这么近的距离靠近地球时，我们看到的应该是一颗蓝色的星球。开普勒 452b 号称'地球 2.0 版'或'地球孪生兄弟'，可是，我看这颗星球怎么是红色的？"怀特终于说出自己的疑惑。

此刻，丽贝卡的情绪已经平复下来。这是丽贝卡在长期的磨难和斗争中磨砺而成的一种品质。因为，在茫茫宇宙中，危险随时随地就会光临，作为一名优秀的宇宙战士，你必须时刻保持冷静，任何的疏忽大意都可能造成不可挽回的后果。

面对怀特的这个问题，丽贝卡笑了笑说："现在，我们马上就要到达目的地了，我想，在这之前，有必要让你了解一下这颗星球的一些情况。开普勒 452b 的直径比地球大 60%，体积为地球的 5 倍，星球表面的重力是地球的 2 倍。开普勒 452b 围绕一颗类似太阳的恒星运行，且距离适中，因此，有很多情况跟地球的情况类似。比如，它的公转轨迹略大于地球的公转轨迹，公转一周需 385 天。然而，开普勒 452b 围绕的恒星比太阳的年纪大 15 亿年，亮度为太阳的 1.2 倍。这就是地球看起来是蓝色的，而开普勒 452b 却是红色的原因。"

　　"我知道地球的颜色看起来是蓝色的是因为地球表面积的三分之二都是海洋的缘故。开普勒 452b 看起来是红色的，是不是因为上面没有海洋？"怀特问。

　　"是的。在 10 亿多年以前，开普勒 452b 也和地球一样，是一颗富含水分的星球，可是，现在，开普勒 452b 的海洋和水分即将耗尽。而地球，在数十亿年之后，也可能出现类似情况。"丽贝卡说。

　　"为什么？"怀特不解地问。

　　"因为宇宙并不是永恒的，有开始就注定有结束。"丽贝卡给怀特解释，"就拿你们太阳系来说，虽然宇宙的寿命我们目前尚无法得出确切的数值，但太阳系的年龄是可以估算出来的。再过数十亿年的时间，太阳就会逐渐演变成一颗红巨星，体积会发生膨胀，并吞噬地球。事实上，太阳系的命运与太阳年龄的增长密切相关，只要太阳出现衰弱，地球就无法让生物生存，地球上的海洋将被烧开，这个时间点在数十亿年后就会出现。这就意味着地球在太阳还没有进入死亡倒计时就已经无法满足人类的生存。"

　　"无法满足人类的生存？"怀特问。

　　"是的，太阳目前仍然列为太阳系的主序星，这是其生命中最为稳定的时期，你们地球人类在此时出现完全有着足够的运气。不过，太阳系已经历了四十五亿年的历史，差不多走完了一半的旅程，在接下来数十亿年内，地球将向无法居住的方向前进。科学家认为太阳的寿命大约为八十亿年，毕竟太阳是靠核聚变发光发热，一旦燃料消耗殆尽，太阳的生命也接近末日了。由于燃料质量的下降，引力开始进入主导地位，太阳核心被压缩的过程中，外部结构开始扩张，体积会变大，直到把地球吞没。在接下来的数十亿年内，每十亿年太阳的亮度会增加百分之十，这就意味着地球会变得越来越热，海洋会逐渐蒸发消失，因此地球开始逐渐退出可居住区。开普勒 452b 现在就处于这样一个阶段，为了解决我们这颗星球居民的生存问题，数亿年来，我的父亲真是想尽了一切办法。"丽贝卡说。

　　"既然如此，那你们为什么不进行星际移民？"怀特问。

　　"你这个问题问得好。是的，我们也想到了星际移民。数亿年前，当我的父亲卡卡·威尔意识到开普勒 452b 即将不适合生命生存的时候，就研制出了一台宜居星球搜索器，并乘坐宇宙飞船对我们这个宇宙中所有的宜居星球进行了考察。"丽贝卡回答道。

"那次考察是不是就是我曾经在月球上看过的那些视频中的一段内容？"听丽贝卡这样说，怀特突然想起了曾经在月球密室里卡卡让他看的那些视频，其中有一段记载的正是卡卡·威尔在恐龙时代来到地球，并仿照自己的模样在恐龙身上创造出地球人类的内容。

丽贝卡点了点头，说："是的，就是那一次。在那次宇宙考察中，我父亲带着他的同门师兄巨树星长老飞遍了整个宇宙，先后对数十万颗宜居星球进行了考察。不过，我父亲最终选择了地球作为我们未来移民的目的地。"

"为什么？"怀特疑惑地问。

"因为，宇宙中的宜居星球虽然多达数十万颗，但是，与开普勒 452b 有着百分之九十以上相似度的仅有 13 颗星球。而这仅有的 13 颗星球，多达 12 颗已经有了智能生物生存在上面。只有地球还没有智能生物。我父亲不忍心侵占其他 12 颗星球上那些智能生物的领土，当然主要是不想挑起宇宙战争。你知道，有一些宜居星球上的智能生物已经拥有非常发达的科技，他们绝不容许外星生物侵犯他们的领土。"丽贝卡说。

对丽贝卡说的有些外星生物的科技非常发达这一点，怀特表示认同，他不禁点了点头。

"这就是你的父亲选择地球作为你们未来移民目的地的原因？"怀特问。

"是的，地球当时还是一片蛮荒之地，只有一些体型巨大的恐龙和啮齿类生物生存在那里。"丽贝卡回答。

"的确如此，我们地球虽然已经在宇宙中存在四十五亿年了，但是，真正有生物出现，不过几亿年的时间。而人类的历史，也才仅仅几亿年的时间。"怀特说。

"是的，地球在我父亲光顾之后才有了人类。你知道，我父亲精通医术，当年他选择了地球作为未来移民的目的地后，就开始着手在地球上创造将来为我们服务的生物。毋庸置疑，恐龙、啮齿类生物以及其他生物都不是我们需要的生物。为解决这个问题，我父亲就把自己的细胞种植在恐龙身上，制造出了跟我们一模一样的生命体。"丽贝卡说。

"你说的那些生物体应该就是我们的原祖吧?"怀特问。

"是的,他们是你们最初的祖先。你们就是由他们一代代繁衍出来的。不过,他们与现在的你们模样虽然相同,但是,智力程度却远远不及现在的你们。由于他们的母体是恐龙,智力水平跟恐龙不相上下。"丽贝卡说。

"嗯,我认同这一点。我们学过历史,据说,我们的原祖被称为猿人,当时他们还不会使用工具,生存境况极其严峻。"怀特说。

"是的,面对恐龙等大型生物,最初的人类生存极其艰难。我父亲也意识到了这个问题,为了给人类的生存扫清道路,他就牵引一颗偶然飞临地球的小行星撞击了地球,彻底消灭了那些比人类强大的恐龙等大型食肉动物。"丽贝卡说。

"什么?!你说数亿年前那次造成恐龙灭绝的小行星撞击地球事件竟然是你的父亲一手造成的?"怀特睁大眼睛,张大嘴巴,他简直不敢相信自己的耳朵。

"是的,的确是这样。正是因为那场灾难,我父亲为亲手创造出的地球人的生存创造出了适宜的环境。此后,你们地球人在地球上再也没有遇到过强大的对手,人类渐渐繁衍生息。"

"哦,天啊!这真是不可思议!多少年来,我们地球人类一直在试图弄清自己来自何方,没想到,地球人的诞生竟然是这样的!"怀特真是感到惊奇极了。

"怀特,这没有什么。就我们开普勒452b那时掌握的科技来说,做这样一件事情简直是易如反掌。"看着惊讶无比的怀特,丽贝卡笑着说。

"即便如此,我现在还有一件事情不明白。你说你的父亲刚刚创造了我们的祖先的时候,他们的智力水平仅仅跟恐龙差不多,那我们现在的智力水平为什么这么发达了呢?不仅如此,我们地球上竟然还出现了拥有宇宙中第一大脑的霍金教授这样的人。"过了一会儿,怀特继续问。

"是的。这也是我父亲的百密一疏,他在创造你们的时候,忽略了一个问题——你们的祖先虽然诞生于恐龙之体,却有着我们开普勒452b人的基因。在我父亲为地球人灭掉恐龙之后,就回开普勒452b做移民的准备工作了。在他离开之后,地球人的大脑逐步进化,竟然在短短的数十万年时间里,进化出与我们不相上下的大脑。这是我父亲当初没有料到的。"

丽贝卡回答。

"移个民有那么复杂吗？竟然准备了数十万年？"怀特问。

"是的，你知道，地球离开普勒 452b 有 1400 光年，从开普勒 452b 带领数以亿计的人来到你们这颗星球谈何容易？"丽贝卡说。

丽贝卡的话不无道理，怀特点了点头。

"然而，就在这短短的数十万年间，宇宙中的许多事情已经悄然发生变化。首先是 18 号天蝎人不知从哪里冒了出来，他们在宇宙中四处游弋，到处打家劫舍，严重破坏宇宙秩序。"丽贝卡说，"这期间，他们还光顾了地球，为了控制地球人类，竟然在你们的身体里植入了贪婪自私这种灭绝人性的'瘟疫'，让拥有了智慧的地球人变得凶残、狡诈无比。接下来的事情你应该比我清楚多了，战争、杀戮等等，一度成为你们地球人历史中的主题。"

"是啊，这真是一个严峻的情况，需要我们每一个地球人严肃对待！就像霍金教授说的那样，如果地球人类再不重视这个问题，地球人也许再有几百年就会彻底从地球上灭绝！"怀特感慨地说。

"是的，这个结果，是 18 号天蝎人最希望看到的。因为，没有了人类，他们就可以将地球据为己有了。"

"怪不得'刀疤'没有取走地球的地心之火？原来他们是想等地球人消亡之后再动手。"怀特突然像发现了新大陆。

"是的，在地球人消亡之前取走地球的地心之火，必将遭到地球人的反抗，到那时，不计后果的地球人将抱着与敌人共存亡的决心动用核武器对付 18 号天蝎人。一旦爆发核战争，地球将被彻底摧毁，地心之火也将遭到破坏。天蝎人虽然不惧怕核战争，但是，他们却不想地球的地心之火遭到破坏。因此，18 号天蝎人在进行了全面评估后，决定暂时不取走地球的地心之火。这是我的猜测。不过，到目前为止，再也找不到更好的解释了。"

"可是，为什么 18 号天蝎人在数万年前就在地球人身体里植入了贪婪自私的'瘟疫'呢？难道，他们在数万年前就已经受龙威派遣，来我们这个宇宙盗取地心之火了？"怀特疑惑地问。

"这也是我现在一直没想明白的一个问题。如果真的像你说的那样，他们当初在攻击了开普勒452b的时候，也应该取走开普勒452b的地心之火，可是，他们并没有这样做。可见，在攻击开普勒452b时，他们应该还没有接到龙威让他们盗取地心之火的命令。"丽贝卡说，"至于原因，我想，事情总归会弄清楚的。"

"是啊，事情总归会弄清楚的。"怀特随声附和，"不过，丽贝卡，我想我还有一个问题要问你。"

"你说。"

"从你刚才的介绍中，我发现，你们开普勒452b和18号天蝎人的寿命貌似都有亿万岁。可是，我们地球人为什么只有不足百年的寿命呢？"怀特问。

"哦，你们的寿命是由诞生你们的恐龙来决定的。由于恐龙的寿命不足百年，所以地球人类的寿命也是如此。本来要让地球人的寿命长一些也不是什么难事。然而，后来我父亲发现，地球人类的繁殖能力就像恐龙一样极强，如果让你们的寿命达到千岁万岁，过不了多长时间，地球上必将人满为患，并最终成为灾难。所以，地球人类的寿命是自然选择的结果。"丽贝卡回答。

"可是，彭祖的寿命为什么那么长呢？"怀特继续问。

"彭祖本来跟普通人一样，也不过百年寿命的。可是，他后来不是遇见巨树星长老了吗？"丽贝卡说，"那是我父亲第二次到地球的时候发生的事情。当时，他一并带去了巨树星长老。其实，巨树星长老也不是偶然遇见了彭祖，他也是应我父亲的要求，在地球的茫茫人海中苦苦寻找，最后才确定了要跟彭祖相遇。"

"为什么？"

"因为，那时的地球人已经被18号天蝎人植入贪婪自私'瘟疫'，地球人变得人性尽失、贪婪成性，道德严重沦丧，急需找到一个博学多才、德高望重的长者来教化他们。后来，巨树星长老发现彭祖就是这样一个人，所以，就主动找到他，并传之养生保健之秘诀，才得以让垂死的彭祖重新焕发生命的活力，并寿达数千年。然而，不幸的是，彭祖尚未完成教化地球人类的使命，就被18号天蝎人抓到了月球上。那些可恶的18号天蝎人，时时处处与我们为敌，我们真是恨透了他们！所以我们要坚决地消灭他们！消灭他们就如同剜除宇宙中的一颗恶瘤，只有这样，才能让我们这个宇宙重新归于和平宁静。"

"对！坚决消灭他们！"怀特握着拳头说。

"丽贝卡，我忽然又发现了一个问题。你刚才告诉我的这些情况，好像以前你并不知道，是你故意不告诉我们还是有什么其他想法？"怀特的问题真是多得数不清。

不过，丽贝卡一点也不嫌麻烦，她一直在微笑着耐心给他解释着。

当丽贝卡听怀特问自己为什么突然一下子知道这么多情况时，她笑着说："有一个秘密我现在要告诉你了，那就是，我们每一个开普勒 452b 人只要在一定的距离内，心灵都是相通的。我们就如同一根藤蔓上的葫芦，不管哪个葫芦想到了什么，其他葫芦也会知道。我刚才告诉你的那些情况，原本藏在我父亲和其他每一个开普勒 452b 人的脑子里，现在我能清楚地感知到这些信息了，说明我已经进入跟每一个开普勒 452b 人互通有无的范围之内。"

"哦，整个星球上的人的思维想法都被连在一个完整的网络上，想要调取哪部分信息就调取哪部分信息，这可真是一个奇妙的点子。如此一来，弱小的也变成强大的了，怪不得你们开普勒 452b 拥有这么发达的科技。"怀特不禁发出由衷的赞叹。

"呵呵，这是我父亲的点子。原来，我们开普勒 452b 上的每一个人本来也是独立的，那时，我们是一个非常弱小的星球，经常遭到其他外星生物的侵扰。后来，我父亲成为开普勒 452b 的王之后，就巧妙地将每个人连成一个有机的网络，此后，我们的科技获得了飞速发展，没过多长时间，我们就成为这宇宙中一颗非同寻常的智慧星球。这是团结的力量！"丽贝卡说。

"是啊！团结就是力量，就像一滴水汇不成大海，就像一朵花集不成花园，就像一棵树组不成森林。一个人力量再大、再强，也没有集体的力量大，没有集体的智慧多。"怀特感慨地说。

"怀特，你看起来真像个诗人。不过，我很快就要让你变成一个真正的将军了！"丽贝卡说。

"将军？"

"是的，你别忘了你的使命，你终将率领着 3000 奇兵成为我们这个宇宙中最伟大的统帅。"

"3000 奇兵？他们不是已经被 18 号天蝎人抢走了吗？"怀特疑惑地问。

"是啊，18 号天蝎人是抢走了 3000 奇兵。不过，他们的指挥权终将回到你手中。怀特，你绝不能因为 18 号天蝎人抢走 3000 奇兵而气馁。接下来，我要将你带往开普勒 452b 的灵息之泉，3 天后，你将由一个肉体凡胎变成一副金刚不坏之躯。"

"我们不是来侦察 18 号天蝎人情况的吗？"怀特疑惑地问。

"我刚才不是已经告诉你了吗？我和开普勒 452b 上的每一个人都是心灵相通的。我在这里，已经获知了想知道的开普勒 452b 的一些信息，其中一点已经确定——18 号天蝎人目前不在开普勒 452b 上。眼下正是带你去灵息之泉的好时机。"

"哦，神奇的信息相通！那么，你现在能感知到你父亲的情况吗？"怀特问。

丽贝卡点了点头。接着，她面色凝重地对怀特说："不过，看起来他的情况目前相当糟糕！"

怀特还想接着问些什么，不过，随着他们乘坐的子飞行器冲出一个气层，他猛然看到，开普勒 452b 已经如同十几个足球场那般大小地呈现在他们眼前了。

展现在怀特面前的开普勒 452b 是一片赭红色的荒凉土地。

"真没想到，你们的这颗星球看起来竟然毫无生机。"怀特感慨道。

"怀特，我刚才已经说过了，此时的开普勒 452b 就是地球十亿年以后的情景。也就是说，在十亿年之前，这里跟地球上看到的情景是一模一样的。"丽贝卡说。

"哦，真可怕，沧海桑田，物是人非，时间这位雕刻师真是太神奇了！"

接下来，在丽贝卡的指点下，怀特认真欣赏着开普勒 452b 上的一切。

看起来，开普勒 452b 与地球一样，拥有多样的地形，有高山、平原、峡谷、沙丘、砾石遍布地表。

"不过，由于重力不同等因素，开普勒 452b 的地形尺寸与地球相比亦有不同之处。南北半球的地形有着强烈的对比：北方是被熔岩填平的平原，南方则是充满陨石坑的古老高地，而两者之间以明显的斜坡分隔；火山地形穿插其中，众多峡谷亦分布各地，南北极则有以干冰和水冰组成的极冠，风成沙丘亦广布整个星球。"丽贝卡这样介绍道。

"看起来，开普勒 452b 上最引人注目的地形特征是干涸的河床。它们多达数千条，长从数百公里到一千公里以上，宽也可达几公里到几十公里，蜿蜒曲折，极为壮观。"怀特说。

"是的，这些河床主要集中在开普勒 452b 的赤道区域或附近。河床的存在证明，干燥异常的开普勒 452b 曾经有过大量的水。"丽贝卡说。

"那么，那些高大的凸起一定是高山了？"接下来，怀特被眼前愈来愈清晰的开普勒 452b 上的一个个巨大的凸起物所吸引，他禁不住联想到地球上的山脉。

"是的。那些大多是一些火山，不过，开普勒 452b 上的火山和地球上的不太一样，除了重力较小使山能长得很高之外，这里缺乏明显的板块运动，使火山分布是以热点为主，不像地球有火环的构造。"丽贝卡说，"开普勒 452b 上有很多火山运动形成的高原。其中最著名的是塔尔西斯高原，高约 14km，宽超过 6500km，伴随着盛行火山作用的遗迹，包含 5 座大盾状火山，包括最高的奥林帕斯山，有 27km 高，600km 宽。其他 4 座包括艾斯克雷尔斯山、帕弗尼斯山、阿尔西亚山和亚拔山——以体积和 1600km 的直径来看，超过你们太阳系中最大的山。开普勒 452b 的另一端还有一个较小的火山群，以 14.127km 高的埃律西姆山为主体，北南各有较矮的赫克提斯山和欧伯山。"

"有山就一定有峡谷，开普勒 452b 上也一定有很多著名的峡谷吧？"怀特继续问。

"是的。一提到开普勒 452b 的峡谷，可能会认为是由水形成的，但事实不只如此。除了水，还有由火山活动形成的。由水造成的又可能是洪水短时间冲刷成的，稳定的流水侵蚀成的或由冰川侵蚀而成的，但火山活动所喷发的熔岩流亦可造成熔岩渠道。还有一些峡谷是地壳张裂造成的，比如水手峡谷。看，就是那一条！"丽贝卡忽然指着一条蜿蜒狭长的"带状物"说，"我们此行降落的目的地就是水手峡谷，因为，只有从那里，我们才能进入开普勒 452b 的内部。"

"什么？我们还要进入开普勒452b的内部？"怀特惊讶地问。

"是的，开普勒452b表面一片荒凉沉寂，任何生命都无法在上面存活。但是它的内部却是有着完全不同的景象。至于怎么完全不同？我想，还是等一会儿降落后你自己去发现吧。怀特，请你坐好，我想，我们现在已经错过降落的最佳时机。"

"什么？错过了最佳时机？"怀特惊呼。

怀特很明白，对于他们乘坐的速度这样快的飞船来说，容不得一分一毫的差池。因为稍有不慎就可能造成机毁人亡的悲剧。

"别说话！坐好了！"丽贝卡一边大声吼叫着，一边使劲拉动减速杆。

接着，怀特感觉到子飞行器来了一个急刹车，他的身子立即像被一块巨石压住了一样动弹不得。

第八十九章　到达开普勒452b

　　怀特感觉自己像被巨石压住一样，是子飞行器突然减速造成的。因为惯性的作用，当丽贝卡拉起飞行器的减速杆后，飞行器的速度猛然下降，可是，坐在飞行器里的人还在保持原来的速度向前飞行，于是，就感觉一股巨大的力量向自己压过来。

　　"怀特，屏住呼吸，闭上眼睛！"丽贝卡一边大声向怀特喊道，一边使劲拉着减速杆。

　　"丽贝卡，你减速减得太猛了，我都快喘不过气儿来了。"怀特闭着眼睛，大声向丽贝卡抱怨道。

　　"不好意思，都怪我们刚才聊得太投入了，以至于我都忘记了在正常距离内减速，如果现在我还按部就班地缓缓降落，我们一定会撞到开普勒452b上。"丽贝卡吐着舌头不好意思地说。

　　说话间，丽贝卡驾驶的子飞行器已经非常接近着落地，发动机喷出的气流掀起地面上的扬尘，瞬间在天地间弥漫开来。

　　在"噗"的一声后，飞行器稳稳降落在开普勒

452b 的一块巨大的红色岩石上。

"真悬！再晚一会儿减速，就要发生事故了。"过了一会儿，丽贝卡心有余悸地对怀特说。

怀特使劲揉了揉发紧的胸口，脸色蜡黄地向丽贝卡吐了一下舌头。

弥漫在四周的尘土渐渐散去，怀特渐渐看清楚脚下的这片土地。

这是破晓时分的开普勒 452b。

此时的水手峡谷，气温极寒，沟壑纵横。一股股红色的龙卷风裹挟着沙砾，在天空中呼啸而过。

丽贝卡停放飞行器的地点位于两块巨石之间，顶上还有一块探出的巨石，因此，并不担心被龙卷风卷走或被天空中随时落下的沙石击中。

在丽贝卡的带领下，怀特小心翼翼地走出飞行器。但是，他们瑟缩在巨石下面，不敢往前迈一步。因为，一旦离开这几块巨石的庇护，他们就可能被不断落下的"石雨"击中。

"丽贝卡，我真的难以想象，这也是一颗宜居星球？对了，你不是说要带我进入开普勒 452b 的内部吗？为什么待在这里不动了？"怀特一边不住地抱怨，一边催促丽贝卡赶紧带自己离开这个鬼地方。

"不要着急，我在寻找开普勒 452b 的入口。"丽贝卡一边深情专注地望着脚下的土地，一边回答怀特。

"你为什么这么专注地寻找入口？难不成那个入口会小到如同一个蚂蚁洞一般大小？"看着丽贝卡那副聚精会神的样子，怀特忍不住问道。

"开普勒 452b 的入口极其隐秘，它不是固定在某一个地点的。而是位于一条巨树根须的末端。"丽贝卡眼睛一眨不眨地回答怀特，"现在，那条根须正混在万千条根须间迅速向我们这边爬过来，不过，要正确地识别出它还要费一些周折。"

"根须？"怀特一面小声地嘟囔着，一面疑惑地向地面望去。

这一望，可把怀特吓了一跳——他果然发现成千上万条细细的树根须正蜿蜒着从四面八方向他们这边爬过来。那些根须的颜色跟周围沙石的颜色极为相似，如果它们不是移动的，怀特还真的不能发现它们。

"天啊！这真可怕，这一幕，就如同我们在巨树星遇到的那些杀人的藤蔓一样。唯一不同的就是这些根须是赭石色的，而那些藤蔓是绿色的。"

"是啊，开普勒 452b 地表上的每一条根须都是有灵性的。它们不仅会移动，而且还会说话，有自己的思想。"丽贝卡笑着说。

"为什么？"怀特惊奇地问。

"因为，这里的每一条根须的另一端都是一个住在开普勒 452b 里面的活生生的开普勒 452b 人。"丽贝卡回答。

"哦，真是不可思议！"怀特再一次惊叫道。

"呵呵呵呵！真是一个愚蠢的外星人！"空气中忽然传来一片嘈杂的说话声。

"谁？谁在说话？！难道——"怀特疑惑地望向四周。

"是的，说话的就是那些根须，他们已经发现了我们，而且听到了我们的谈话。"丽贝卡笑着说。

"他们竟然嘲笑我是一个愚蠢的外星人？"怀特忽然有点不高兴。

"呵呵，不要在意，这些根须非常爱开玩笑，他们只是看你好玩罢了，并没有嘲笑你的意思。"丽贝卡对怀特说。

"嗯，不过，它们为什么知道你在这里？又是靠什么寻找到我们的？而你所说的那个入口又藏在哪里呢？"怀特一连串问了好几个问题。

"哦，我刚才不是说过了吗？一旦我进入开普勒 452b 的有效距离，生活在这里的每一个人就能感知到我，并清楚地知晓我的想法。我现在想要进入开普勒 452b 了，所以他们就在第一时间赶来了。至于那个入口在哪里，我想我现在已经发现它了。"

丽贝卡一边说着，一边俯身抓住脚边的一根根须。

丽贝卡指着那条根须的末端对怀特说："喏，入口就在这里！"

怀特疑惑地向丽贝卡手指的地方望去，他看到这条根须和其他根须唯一不同的地方就是这条根须的末端是红色的。

不过，看起来那个红色的小口子还不足一根喝牛奶的吸管粗。

"丽贝卡，看起来这个入口实在太细了，我们要怎么才能进入呢？你该不会又要借助黑洞的力量吧？"怀特疑惑地问。

"这次不需要黑洞了，我有其他办法。"丽贝卡说。

接下来，丽贝卡将那条根须举在嘴边，小声对他说了几句话。

神奇的一幕瞬间发生了，根须末端那个红色的小洞瞬间变大。

不仅如此，一个打扮入时的漂亮女孩接着像一片树叶一般从洞里面飘了出来。

"少主，我们已经在此恭候多时了，你终于回来了!"女孩一边激动地啜泣着，一边迎着丽贝卡飘过来。

"凯瑟琳，你还好吗?"丽贝卡伸出双手，一下子将那个会飘的女孩拥在怀里。

女孩的胳膊紧紧抱着丽贝卡，但是下半身和裙摆却在空中随风飘动着。

"天啊，这女孩的身子竟然这么轻?"眼前的一幕怀特看得一愣一愣的，他忍不住叫出声来。

"哦，这位是——"接下来，女孩松开丽贝卡，轻轻飘到怀特的跟前望着丽贝卡问。

"哦，这位年轻的帅哥是来自地球的怀特，他是霍金教授的助理。"丽贝卡指着怀特对女孩说。

接着，丽贝卡又指着女孩对怀特说："这位是开普勒452b的精灵使者凯瑟琳，她平时负责我的饮食起居，是跟随我多年的好妹妹。"

凯瑟琳主动把手伸出去。出于礼貌，怀特握了一下她纤细的手指。怀特感到，凯瑟琳的小手软软的，冰凉冰凉的。

"凯瑟琳，我看外面风沙肆虐，也不安全，我们还是到里面说话吧。"看到凯瑟琳含情脉脉地望着怀特，丽贝卡偷偷笑了一下，接着提议。

"哦，好呀，好呀。"凯瑟琳一边忙不迭地应和着，一边重新飘进开普勒452b的入口。

怀特随后跟随丽贝卡小心翼翼地进到入口处。

接下来，随着凯瑟琳吹了一声口哨，根须缓缓扬起。于是，在开普勒452b重力的作用下，怀特和丽贝卡像坐滑梯一样，瞬间就从那条根须光滑的壁上滑了下去。

由于滑行的速度很快，怀特感觉有点头晕，他不禁闭起了眼睛。

第九十章 | 神奇洞穴

怀特是在嗅到一股沁人心脾的芳香的时候，好奇地睁开眼睛的。

当怀特睁开眼睛的时候，他简直被眼前的景象惊呆了！

怀特发现他们正身处一个巨大的洞中。

看起来，这个洞是个中空的球体。洞的四壁长满各种奇异的植物，有长长的七彩藤蔓，也有高大的类似榕树一样的植物，更多的是一些叫不上名字的植株。这些植株不是像地球上的植物那样根下头上的，而是因势就地生长着，比如，怀特头顶上那些植物就是冠部朝下的。所有的植物几乎都开出漂亮的鲜花，怀特最先嗅到的那奇异的芳香就是由这些鲜花散发出来的。

空气中四处飘飞着一些如同乒乓球大小的水珠儿，它们看起来晶莹剔透，活泼可爱。水珠儿忽左忽右，偶然碰触到生长在四壁上的那些植物，一下子就被它们吸收了。

忽然，有一些叫不上名字长相奇特的小鸟儿"啾啾"

鸣叫着向怀特他们飞来。

那些小鸟儿一点儿也不怕生，等到靠近怀特他们就调皮地站在他们的肩上甚至头顶。有一只长着长长尾翼的彩色小鸟儿甚至轻轻啄了一下怀特的鼻子。

然而，怀特一点也不在意，因为他能从这些可爱的精灵的眼睛里看出它们都是非常友善的。

此刻，怀特他们正站在这个中空的球体的中心位置，脚下是几条藤蔓缠绕在一起搭成的一个"浮桥"。

怀特四处张望着，此刻，进入他视野的一切都是那么新奇。

"丽贝卡，你原来的生活真是太幸福了！这里简直比我们地球人幻想的天堂还要漂亮一百倍！"怀特兴奋地对站在身边的丽贝卡说。

"哦，我……我以前不是生活在这里面的。"丽贝卡有点不好意思地说。怀特仔细看了丽贝卡一眼，他竟然看到她满脸的伤感。

"什么？"

"嗯，是这样的。少主在离开开普勒 452b 之前，这里还没有这个洞穴，我们都是一直生活在地表的。"凯瑟琳向怀特解释。

"地表？可是，看起来那里的情况非常糟糕，怎么适合生命生存？"怀特疑惑地问。

"那只是你现在看到的情况。在 18 号天蝎人袭击开普勒 452b 之前，我们在地表上曾经有一个美丽的花园，那个花园比我们现在所处的这个地方还要漂亮。"凯瑟琳说。

哦，怪不得丽贝卡满脸伤感。如果真如凯瑟琳说的那样，丽贝卡处身在这个局促的洞穴里，一定会生出无限伤感来的。

对这一点，怀特深有感触。怀特 8 岁那年，他父亲经营的一家大公司濒临破产，生活窘迫的他们卖掉了那处阔绰的大别墅，搬到一个只有 3 居室的小房子里。当时，怀特就曾经感到深深的失落。

而此刻，丽贝卡不也是这种心情吗？

"可恶的 18 号天蝎人，害得你们只能住在洞穴里面。他们真是一些无恶不作、十恶不赦、恶心透顶的大恶人！"怀特咬牙切齿地说。

"丽贝卡，我忽然有一个问题，你说你在离开开普勒 452b 之前，并没有生活在这个洞穴里，也就是说，你根本就不知道这个洞穴的存在。可是，当我们降落在开普勒 452b 上时，你怎么知道这个洞穴的位置，并知道如何进入这个洞穴呢？"怀特忽然问道。

"哦，怀特，你可真健忘，我不是已经告诉过你我和开普勒 452b 上的每一个生命都是心灵相通的吗？"丽贝卡笑着说。

"是哦，你看我这么快就忘掉了。"怀特拍了拍自己的脑袋，尴尬地笑了一下。

"哦，神奇的心灵相通！"怀特随后说。

"那么，凯瑟琳为什么能在空中飘来飘去，而我们就不可以呢？"怀特看到正痴痴地望着自己的凯瑟琳，他不好意思地对凯瑟琳笑了一下，然后转脸望着丽贝卡问道。

还没等丽贝卡张嘴，凯瑟琳一下子飘到丽贝卡面前，抢先回答："因为，我的前身是一片叶子，是我们的王、丽贝卡的父亲卡卡·威尔给了我生命，并安排我来侍奉丽贝卡的。"

"哦，叶子。我相信，卡卡·威尔是有办法把一片叶子变成一个人的。"怀特说，"怪不得你的身子这么轻。"

"嗯，是的，我们是自然的生命体，所以，不能像凯瑟琳那样飘来飘去。哎，对了，凯瑟琳，你是怎么想到躲在这洞穴里面的？另外，你知道我父亲现在在哪里？他现在是个什么情况？"说到卡卡·威尔，丽贝卡突然问凯瑟琳。

"你飞往地球后，王怕我们受到 18 号天蝎人的更大伤害，就趁看护他的 18 号天蝎人不注意的间隙，给我们发心灵信息，指导我们建造了许多的地下洞穴。洞穴建成后，我们这些侥幸躲过 18 号天蝎人袭击的开普勒 452b 人以及幸存的动物就悄悄住了进来。王的主意非常高明，洞穴能为人类提供遮蔽，特别是抵挡沙尘暴和极端的天气。在这个被 18 号天蝎人破坏的红色星球上，它们也能抵挡流星雨、太阳风暴、紫外线和太空高能粒子的侵袭。然而，住进来以后，我们发现这里面又潮湿又憋闷，于是，又将所有幸存的植物移栽到里面。树冠朝向洞穴内部的植物为我们提供了充足的氧气，根须留在外面吸收阳光养分，就渐渐形成了现在的这种格局。当然，为了不让 18 号天蝎人找到我们，王还告诉我们一个从根须出入洞穴的独特办法。至于卡卡·威尔王现在身居何处，境况如何，我们也不知道。后来，洞穴建好以后，他却从我们的心灵网络中消失了。我们尝试了千万次，再也未能感应到他的存在。唉！真为他的处境担忧。不过，我们这些势单力薄的幸存之人虽然非常担心王，却也无能为力。"

"现在好了，你们的少主回来了，不久以后，拥有宇宙第一大脑的霍金教授和木锋他们也要来到这里，我们跟18号天蝎人决战的时刻就要到来了！"怀特情绪激昂地说。

"是啊，怀特。我刚才已经通过心灵网络进一步确认了18号天蝎人不在开普勒452b的信息。这可是一个天赐的好时机，我们就趁这个时机赶快让霍金教授他们降落开普勒452b吧。"丽贝卡对怀特说。

怀特点了点头，从怀中拿出一个遥控器，按下一个绿色的按钮。

怀特拿出来的是一个脉冲信号发射器，能确保信号在任何强干扰的情况下准确无误地发射出去。这个信号是丽贝卡和怀特离开深空二号时跟霍金教授他们约定好的。

不久，深空二号就降落在开普勒452b上。

接下来，在丽贝卡的引导下，深空二号通过一条巨大的根须进入开普勒452b里面一个更大的洞穴。

第九十一章　进入绝情谷

是夜，没有 18 号天蝎人的骚扰，开普勒 452b 上非常宁静。

霍金教授和丽贝卡他们商议，今晚先好好休整一下，明天一早就去寻找卡卡·威尔的踪迹。

大家非常赞成这个意见。因为，在数日的宇宙飞行中，他们始终保持着高度紧张的精神状态，都已经疲乏到了极点。

青甲、月娃以及木锋他们听说能彻底放松一下了，随便选了一些悬空的藤蔓，躺在上面就呼呼睡去。

怀特也想好好睡一觉，但凯瑟琳在他身边飘来飘去，喋喋不休地跟他说着话。后来，怀特干脆打消了继续睡下去的念头，坐起来跟凯瑟琳神聊起来。再后来，凯瑟琳将头靠在怀特的臂膀里，一头秀发倾泻在他的胸前。

霍金教授和丽贝卡也毫无睡意，他们静静地待着，各自盘算着下一步的行动计划。

怀特和凯瑟琳卿卿我我的爱恋许是感染了丽贝卡。突然，丽贝卡轻轻拉了一下霍金教授的袖口。

霍金教授抬头望了一眼丽贝卡。

"有事吗？"霍金教授问。

丽贝卡望着霍金教授对着怀特和凯瑟琳所在的位置努了一下嘴。

霍金教授朝怀特和凯瑟琳他们望过去，当他看到那温馨浪漫的一幕时，开心地笑了。

"教授，今晚难得清闲，我们何不也出去走走？"丽贝卡说。

霍金教授心领神会，他微笑着点了点头。

丽贝卡要带霍金教授出去散步了，附近的藤蔓立即感知到丽贝卡的这一想法。于是，它们离开洞穴壁，蜿蜒着向丽贝卡这边伸过来。然后，数十条藤蔓缠绕在一起。一个悬挂在半空中的"浮桥"就这样形成了。

接下来，丽贝卡推起霍金教授，沿着这座绿色的"浮桥"缓步向前走去。

很快，霍金教授就发现，这是一座非常神奇的"浮桥"。看起来这"浮桥"的尽头好像就在眼前，然而，他却完全没必要担心轮椅会从"浮桥"上掉下去。因为，这"浮桥"的尽头一直在不断地向前延伸着，无论是丽贝卡走得快还是慢，"浮桥"的尽头永远在他们面前。

"丽贝卡，我看这桥挺好玩儿的，我们来做个游戏好不好？"霍金教授笑着对丽贝卡说。

"好呀，难得你有这样的心情。什么游戏呢？"丽贝卡问。

接着，霍金教授伏在丽贝卡耳朵边小声嘀咕了几句。

听完霍金教授的话，丽贝卡笑了一下，然后，推起轮椅猛地向前一冲。

那些藤蔓始料不及，向前延伸的速度没跟上，"浮桥"一下子被丽贝卡和霍金教授甩在了后面。

原来，霍金教授刚才跟丽贝卡耳语的意思就是让丽贝卡关闭自己的思维，然后做出一个出人意料的动作，看看那些藤蔓能不能反应过来。由于丽贝卡关闭了自己的思维，搭成浮桥的藤蔓未能接受到正确指令，反应发生了明显错误，所以就被远远地甩在了后面。

没有了"浮桥"的承载，丽贝卡和霍金教授开始急速下沉。

不过，我们完全没有必要为霍金教授和丽贝卡担心。因为，就在这关键时刻，丽贝卡轻轻挥动一下手臂，就制造了一个微型黑洞。借助这黑洞的力量，丽贝卡带着霍金教授瞬间就来到了另一个更大的洞穴当中。

当霍金教授看清楚自己置身的这个洞穴时，他简直惊呆了——这个洞穴太大了，足有刚才那个的十几倍大！

非但如此，里面的各种植物、动物体型也更大。霍金教授大体看了一下，他发现有些藤萝比人的腰还粗，有些花的花瓣可以当床睡。空中飘来飘去的水珠看起来比地球上的汽车还要大。

"哦，这个空间可真大，景色也比刚才那个洞穴不知要漂亮多少倍呢。"霍金教授惊讶地说。

"不瞒教授，这里就是我当年因为暗恋你被父亲囚禁的地方——绝情谷。我在这里面待了整整 10 年。"丽贝卡说。

"哦，丽贝卡，是我害你受苦了。"霍金教授抱歉地说。

"你不必自责，我爱恋你是我的选择。另外，在这里我也没有受什么苦，只是因为父亲在这个密室的四周设置了一张无形的大网，我不能自由出入罢了。"

"不能自由出入？可是刚才你不是很轻易地就带我进入这里面吗？"霍金教授疑惑地问。

"当然，我父亲被 18 号天蝎人掳走之后，为了让我到地球上找你，就用意念移除了那张无形的大网。"

"哦，如此看来，18 号天蝎人还帮了我们的忙。"霍金教授笑了笑说。

"是啊，任何事情都有正反两面，18 号天蝎人袭击了开普勒 452b，却无意中促成了我们相见。不过，为了这难得的相见，宇宙为此付出的代价实在太大了！"丽贝卡感慨地说。

"是的，你说得很对。然而，我情愿宇宙付出的代价更大一些，也不愿失去跟你相见的机会。"霍金教授深情地望着丽贝卡说。

对于一个少女来说，霍金教授这句话实在具有较强的"杀伤力"，丽贝卡非常感动，含着泪将头轻轻靠进霍金教授的怀里。霍金教授则伸出双臂，温柔地将丽贝卡的头揽住。

在这个名叫绝情谷的花香四溢的洞穴花园里，一对有情人就这样沉浸在无限的幸福之中。

不知过了多久，无数只巨大的萤火虫一闪一闪地飞进洞穴，黑暗的洞穴中渐渐明亮起来。

丽贝卡抬起头，对霍金教授说："教授，已经到夜半时分了。"

"是哦，连萤火虫都出来了。"

"要不，我们四处溜达溜达吧?"丽贝卡提议。

"好啊。"

接着，丽贝卡轻轻吹起一声悠长的口哨。哨音过后，一只体型如地球上的水牛一般大小的巨大蜗牛慢慢地爬了过来。

这只蜗牛的体型实在太大了，霍金教授一时没认出它是什么，还以为遇到了什么吃人的怪物。他不禁惊恐地睁大眼睛。

丽贝卡望着霍金教授那副惊恐的样子，忍不住笑出声来。

"没关系的，这不过是一只蜗牛，它很温柔的。"丽贝卡对霍金教授说，"它叫小蜗，是我在这个洞穴里的坐骑，以前住在这里的时候，我就是骑着它四处游逛的。"

听丽贝卡这样说，霍金教授的心情平静下来。因为他知道，地球上的蜗牛是一种性情非常温和的动物。这只蜗牛虽然比地球上那些小家伙不知大多少倍，但是，性格脾气应该是一样的吧。

丽贝卡许是看出了霍金教授的心思，她说："其实，开普勒 452b 上的许多动物、植物都是当年我父亲从地球上带回来的。在这里经过代代改良，就变成了现在这个样子。"

"嗯，我想也是这样的。不然，这些萤火虫还有这只大蜗牛，模样怎么跟地球上的差不多呢。"霍金教授说，"你父亲真是个伟大的生物学家，他不仅在恐龙身上创造了我们地球人，而且，在改变物种基因方面，也有着这么深的造诣。真是让人佩服!"

说话间，小蜗已经来到霍金教授和丽贝卡跟前。看到丽贝卡，小蜗伸出长长的触须不停摇摆着，像是在兴奋地欢迎自己的主人回来。

丽贝卡轻轻抚摸了一下小蜗的触角，算是表示对它的感谢。

接着，丽贝卡将霍金教授从轮椅里抱出来，放在小蜗身上，自己则坐在霍金教授后面，紧紧揽住霍金教授的腰。

丽贝卡轻轻吆喝了一声，小蜗就迈着缓慢的步子向前走去。

对霍金教授来说，骑着蜗牛散步真是一种难得的享受。更何况，后面有美女相伴，周围鲜花盛开，花香四溢。

霍金教授脑海中忽然闪过一个想法，他真想就这样让丽贝卡陪着自己一直走下去，永远也不再涉入那残酷的宇宙纷争。

不过，丽贝卡很快就打断了霍金教授的美梦。

"教授，天马上就要亮了，明天一早我就想让凯瑟琳把怀特送去灵息之泉。另外，我父亲现在情况尚不明晰，我们应该从哪里着手找起呢？"毕竟，很多事情迫在眉睫，接下来面临的任务非常艰巨，眼下还不是能够彻底放松谈情说爱的时候，那些缠绕不清的宇宙纷争很快又回到了丽贝卡的脑海中。

让怀特去灵息之泉的事情，早先怀特已经跟霍金教授汇报过了，对丽贝卡的建议，他表示没有异议。

"现在18号天蝎人不在开普勒452b，是送怀特去灵息之泉的最佳时机。至于寻找你的父亲，我已经想了一个非常奇妙的办法，不过，这个办法操作起来有一定的难度。"霍金教授说。

"什么办法？"丽贝卡疑惑地问。

"你听说过平行宇宙吗？"霍金教授没有直接回答丽贝卡的问题，而是接着问了她这样一个问题。

"哦，平行宇宙，我听说过。假设你手里拿着一片树叶，全世界独一无二的一片树叶，当然啦，世界上没有两片完全相同的叶子。能不能换种看法呢：你手里拿着无数片树叶，只不过它们一模一样，在时间空间上叠合在一起了，所以你只能看见一片树叶，呵呵，有点诡辩，但也没错吧。甚至连你自己都有无数个，只不过叠在一起了，在某种特定条件下没准会分一个出来呢。不过，分出来的不止你一个人，整个世界也会随着分出去了，于是有两个互不相干的世界，其中各有一个一模一样的你，只是你们俩永远都不会碰到一起，也就无从知道对方的存在，这就是所谓平行宇宙了。"丽贝卡解释道。

"嗯，是这么个道理。根据量子论标准模型合成的宇宙标准模型，可能存在与我们的宇宙平行的无限数量的宇宙。也就是说，在我们这个宇宙之外存在无限数量的你的复制品正在阅读无限数量的同一篇文章。"霍金教授补充道，"与正反物质不同，存在于不同宇宙中的我们互不相干。为什么这么说呢？因为当你掷骰子时，它看起会随机得到一个特定的结果。然而量子力学指出，那一瞬间你实际上掷出了每一个状态，骰子在不同的宇宙中停在不同的点数。其中一个宇宙里，你掷出了1，另一个宇宙里你掷出了2……然而我们仅能看到全部真实的一小部分——其中一个宇宙。不过，有一点是毋庸置疑的，不管这个骰子处于哪个宇宙中，它在其中的位置却分毫不差，心灵也是相通的。"

"哦，我明白了，我父亲卡卡·威尔虽然在我们这个宇宙中失去了踪迹，但是，在另一个平行宇宙中却可能仍旧生活得好好的。我们只要进入另一个平行宇宙，或许能轻而易举找到他，我们只需向他询问，也许就能知道他在我们这个宇宙中所处的位置了。"听完霍金教授的话，丽贝卡激动地说。

"嗯，的确是这样。事实上，可能存在无限多的平行宇宙，而我们恰好生活在其中的一个。其他的那些宇宙包含了空间、时间以及千奇百怪的另类的物质。其中的某些可能包括了你，以一个略微不同的形式出现。"霍金教授微笑着点了点头。

"可是，我们怎么才能进入平行宇宙呢？"丽贝卡问。

"这个问题，在多年以前，我们地球上一位叫尼古拉·特斯拉的科学家曾经提出过。尼古拉·特斯拉与达·芬奇被称为地球人类史上两大奇才，据说特斯拉曾被委任为机密工程'蒙淘克工程'的总负责人，其间进行了大规模的高科技实验，比如时间旅行、瞬间传输、意识控制、心智编程……特斯拉认为，平行宇宙距离我们还不到1mm，只不过是宇宙常数不同。就像偶数和奇数集一样无限接近，又互为平行不接触。按照他的说法，宇宙是一个完整的有机体，它包含着数目庞大的组成部分，它们非常相似，但振动的频率并不相同，每一个部分都是彼此平行的宇宙，当我们的脑波频率与他发生共振，就等于打开了通往这个宇宙的大门，我们可以任意穿越其他宇宙。"

"哦，脑波共振，也就是利用思维的力量进行时空穿越吧？"丽贝卡问。

"应该是这样的。尼古拉·特斯拉曾经这样描述自己的思维旅行：'忽然，我开始摆脱我所熟知的小天地的束缚，本能地开始我的思维旅行，看到了从未见过的景象。刚开始，我只能看到一些模糊的无法辨认的影像，当我努力集中注意力在它们身上时，它们飞快地从眼前闪过。但是，渐渐地，我能把这些图像固定下来，它们变得清晰可辨并最终呈现出真实事物的具体细节来。不久我就发现跟着自己的想象纵横驰骋时最舒服不过了。于是我开始旅行——当然是在大脑里。每个晚上（有时甚至白天），当我独自一人时，我就开始自己的旅程，看见不同的城市、国家，有时定居下来，遇到不同的人，互相了解并交上了朋友。然而，令人无法置信的是，他们对我真诚而友好，就像在真实生活中一样。他们所有人都生活悠闲，与世无争。这样一直持续到我 17 岁时，从那时起我开始全身心地投入发明创造中去。'"

"哦，这听起来可真神奇。就算那位尼古拉·特斯拉先生说的是自己真实的感受，可是，我们要怎样像他一样进入我父亲的平行宇宙中去呢？"丽贝卡问。

"嗯，这的确是一个关键的问题。我当然不会忽略。这些天，我已经勾画出一种'意识共振平行宇宙穿梭机'的图纸，只要我们成功制造出这种机器，我们就一定能进入我们想要去的平行宇宙。"

丽贝卡非常迫切地想知道霍金教授说的"意识共振平行宇宙穿梭机"怎么做。接下来，霍金教授就详细地跟丽贝卡描述了一番。

"哦，这台仪器比起制造宇宙飞船来简单多了，你行动不便，这个任务就交给我来完成吧。"当丽贝卡弄清"意识共振平行宇宙穿梭机"的制作原理后，主动要求霍金教授将这个任务交给她。

"当然没问题！"霍金教授笑着说。

第九十二章　进入平行宇宙

丽贝卡不愧为机器制造的行家里手，黎明时分，她已经完成了"意识共振平行宇宙穿梭机"的制造。

这台仪器看起来就像一个巨大圆筒。据丽贝卡介绍，一个人要想进入平行宇宙，只需从"圆筒"的一端钻进去，然后按下"圆筒"中心操作平台上的一组数字就可以了。

不过，"圆筒"不会真的将人发送出去，它只能将人的思维发送到一个虚拟的平行宇宙里。然而，这已经足够了，因为，在这个虚拟宇宙里，要穿越的这个人的思维能跟要会见的那个人进行无障碍交流，获知想要知道的对方的一些情况。

虽然平行宇宙里每一个"我"的情况并不一样，但是，无数个"我"的心灵是相通的。而梦境就是最好的获知其他平行宇宙中的那个"我"不同情况的最好办法。

由于"圆筒"只能容身一人，而丽贝卡又非常迫切地想见到自己的父亲，于是，霍金教授就让丽贝卡乘坐"意识共振平行宇宙穿梭机"去往平行宇宙了。

大约两个小时后，"意识共振平行宇宙穿梭机"的门打开了，丽贝卡神情沮丧地走了出来。

"怎么样？见到你的父亲了吗？"霍金教授紧张地问。

"是的，在这段时间里，我的思维共穿越了100多个平行宇宙，我分别见到了生活在过去和未来不同时期的父亲，他们不同的生活轨迹相互佐证，终于让我弄清了生活在我们这个宇宙中的我的父亲的去向。"丽贝卡说。

"那么，他现在在哪里？"

霍金教授问完这句话后，丽贝卡扭着脸咬着嘴唇定定地发呆了足足有两分钟，然后，"哇"的一声大哭起来。

霍金教授意识到卡卡·威尔一定是遭遇到了什么不测。不然的话，经历过万千磨难无比坚强的丽贝卡是不会突然间情绪失控的。

霍金教授控制着电动轮椅轻轻来到丽贝卡的身边，他拍了拍丽贝卡的腰，轻声对她说："丽贝卡，无论发生了什么，我们都要坚强面对！"

丽贝卡使劲咬着嘴唇点了点头。过了十几秒钟的时间，她一把抹去自己的泪水，然后对霍金教授说："你很想知道那帮天杀的18号天蝎人对我父亲做了什么，对吧？"

霍金教授轻轻点了点头，望着丽贝卡说："是的，不管发生了多么糟糕的事情，我想，我们都要共同面对！"

"实话告诉你吧，我父亲仍在开普勒452b上。"丽贝卡说。

"既然他并没有离开，为什么你和开普勒452b上的所有生命都不能通过心灵感知网络感受到他的存在呢？"

"因为，那些冷血无情的黑脸怪物在某一天发现了被他们囚禁并被严密监视的我的父亲，仍能指挥这颗星球上幸存的生命抵抗他们，所以，他们就残忍地杀害了我的父亲。为了防止他起死回生，他们……他们甚至把我父亲尸体上的每一个原子都进行了拆分。"说完最后一句话，泪水再一次肆虐在丽贝卡的脸上。

"什么?!"霍金教授睁大了惊恐的眼睛。

"也就是说，你的父亲现在化成了一个一个的原子？"过了一会儿，霍

371

金教授问丽贝卡。

"非但如此，他们甚至将这些原子均匀地撒在了整个开普勒 452b 星球上。"丽贝卡痛恨地说。

"我们地球上有个词叫'挫骨扬灰'，看来，18 号天蝎人这可恶的做法，比'挫骨扬灰'还要残忍不知多少倍。"霍金教授说。

"可是，18 号天蝎人为什么要这样做呢?"过了一会儿，霍金教授沉思着问。

"因为，他们发现了我父亲是用心灵感知网络向外发布指挥信号的。这个网络的功能非常强大，即使是其中的一个成员死亡了，只要他肉体中的每一个原子还聚拢在一起，他的思想也会在数万年的时间里继续留存并持续发挥作用。18 号天蝎人或许发现了这个秘密，所以，他们不仅杀死了我的父亲，而且还将他身体里的每一个原子进行了拆分，并撒到了开普勒452b 的每一寸土地上。"

"嗯，这样做虽然残忍，但，站在 18 号天蝎人的角度想想，他们做得还真是高明，因为只有这样，他们才能彻底消除你父亲在这颗星球上的影响力。"片刻之后，霍金教授这样说。

"可是，我们千辛万苦从地球飞往这里就是为了寻找我父亲的。如今，没有了我父亲，我们就无从知晓存在宇宙中的一些秘密，弄不清楚这些秘密，我们就无力跟控制着 3000 奇兵的 18 号天蝎人进行对抗，更别提我们进入另一个宇宙消灭龙威的事情了。另外，是我父亲在几十年前让你患上了肌萎缩性侧索硬化症，如今，我的父亲不在了，谁还能为你医治身体顽疾?"想到这里，丽贝卡再一次"嘤嘤"地哭出声。

丽贝卡说的每一句话都是毋庸置疑的，霍金教授也感到事情的严重性。但是，霍金教授却并不懊恼，也不悲伤，此刻，他脑海中思索的是怎么改变这个被动的局面。

尽管霍金教授拥有宇宙中最发达的大脑，然而，这个突如其来的问题实在太过棘手。所以，在那一刻，他纵然想得脑袋生疼，也没能想出一个有效的解决办法。

"丽贝卡，尽管 18 号天蝎人已经将你的父亲拆解为一个个的原子，但目前我们仍要想办法让你的父亲起死回生。这是问题的关键。因为，如果没有你父亲的帮助，我们跟 18 号天蝎人正面接触无异于以卵击石。"十几分钟后，霍金教授使劲甩了甩疼痛的脑袋，面色凝重地对丽贝卡说。

"天啊！这绝对是一件不可能的事情！如果说我父亲的尸身还在，我们尚有办法让他复活。如今，他身体里的每一个原子已经遍布开普勒 452b 的角角落落，别说还原一个完整的卡卡·威尔了，就是在亿万个原子中发现属于他身体里的那个原子都是不可能的事情。"当听明白霍金教授的意思后，丽贝卡张大的嘴巴简直能塞进两个鸡蛋去。

然而，霍金教授却不以为然，他微闭着眼睛对丽贝卡说："丽贝卡，你忘了我说过的话了吗？凡事没有绝对，我霍金的词典里永远没有'不可能'这 3 个字！"

是的，霍金教授的确对她说过类似的话，而且，在从地球飞往开普勒 452b 的途中，他也多次解决了一些在旁人看来"不可能"的困难，然而，那些困难跟眼前面对的这个困难相比，真是小巫见大巫。丽贝卡虽然非常期待霍金教授能想出一个让他父亲复活的好办法，但是，她内心深处却感到希望是那么的渺茫。

"日头"（开普勒 452b 围绕着旋转的恒星，它的体积跟太阳差不多大，由于暂时不清楚它叫什么名字，我们姑且称之为"日头"）渐渐升了起来，开普勒 452b 上现在光芒万丈。此刻，是地球上八九点钟的样子。然而，霍金教授仍旧没有想出让卡卡·威尔复活的办法。

"霍金教授，既然暂时找不到行之有效的办法，我们还是不要苦苦思索了，说不定放松一下更利于我们的大脑思考。"望着不断拍打自己脑袋的霍金教授，丽贝卡忽然提议道。

"嗯，也是这么个道理。我在地球上时就保持着这样一个习惯——问题暂时想不通了，就姑且放一会儿，灵感往往就在无比的放松中突然跳了出来。"霍金教授笑着说。

"是啊，要不，我们先回到怀特他们那边去吧？我答应过今天带怀特去灵息之泉的。"丽贝卡提议道。

"对了，我怎么把这件事情给忘了？我们快点回去吧，怀特的事情也容不得耽搁。现在，我们面临的任务千头万绪，只有齐头并进，才能更有效率。”霍金教授说。

要回到驻地非常容易。接下来，丽贝卡轻轻挥一挥胳膊，瞬间制造出一个微型黑洞。然而，就在丽贝卡准备带着霍金教授跳入这个黑洞的时候，跟在后面的小蜗却一把拽住了她的裙角。

第九十三章　岩壁上的信

　　小蜗拉住了丽贝卡的裙角，用意非常明确，那就是不让丽贝卡他们离开。

　　可是，小蜗为什么要阻止丽贝卡离开自己呢？丽贝卡转过身，疑惑地望着满脸焦虑的它。

　　"它该不会是对你恋恋不舍，舍不得你离开吧？"霍金教授问丽贝卡。

　　丽贝卡摇了摇头，说："不！问题绝没有这么简单！"

　　接着，丽贝卡俯下身子，把头抵在小蜗的头上，一边轻轻抚摸着它，一边小声问道："小蜗可是舍不得姐姐离开？"以前，丽贝卡就是这样称呼自己为小蜗的姐姐的。

　　小蜗摇了摇头。

　　"那，小蜗为什么要死死拉住姐姐不让我离开呢？"丽贝卡继续耐心地询问小蜗。

　　小蜗低下头，把那个巨大的壳靠在丽贝卡身上蹭了又蹭。

　　丽贝卡疑惑地望着小蜗，不知它究竟要告诉自己什么。

"哦，我明白了，小蜗是要我们骑在它背上。"过了一会儿，霍金教授突然叫道。

丽贝卡望了霍金教授一眼，然后，拍拍小蜗的脑袋，轻轻问道："是这样吗？小蜗。"

接着，丽贝卡和霍金教授看到小蜗使劲点了点头。

接下来，丽贝卡和霍金教授疑惑地骑在了小蜗的背上。

小蜗带着丽贝卡和霍金教授爬上了一条长长的藤蔓。到达藤蔓的尽头，它又爬上了一座小桥。小心翼翼地过了小桥，一块巨大的岩壁挡在了眼前。

前方已经无路可走。

"前面已是死路一条，小蜗带我们来这里做什么？"望着挡在前面的巨大岩壁，霍金教授疑惑地说。

霍金教授说完后，半晌没有得到丽贝卡的回应。他不禁回头望了丽贝卡一眼。

此刻，丽贝卡正神情专注地望着眼前的岩壁。

"丽贝卡，你在看什么？"霍金教授疑惑地问。

"嘘——"丽贝卡伸出右手食指，示意霍金教授不要说话。

接下来，霍金教授把头转回去，他顺着丽贝卡的目光望过去，然而那巨大的岩壁上除了一些凌乱的藤萝之外，并没有什么稀奇的地方。

四周静极了，除了他们3个的喘息声，再也没有一丝声音传来。

就这样过了几分钟，丽贝卡脸上渐渐浮现出笑容，那笑容越来越灿烂，最后竟变成惊喜。

此时，霍金教授正凝视着丽贝卡的表情变化。

"怎么了，丽贝卡？"霍金教授疑惑地问。

"呵呵，教授，您的病有治愈的希望了！"此刻的丽贝卡惊喜异常，连说话的声音都有些许颤抖了。

"说说，怎么回事儿？"如此一来，霍金教授更加疑惑了。

"你仔细看看眼前的岩壁，难道你就不能发现什么异常吗？"丽贝卡对霍金教授说。

霍金教授重新把目光转向岩壁，然而，他瞪着一双眼睛看了又看，始终没有发现有什么猫腻儿在那里。

望着霍金教授一副傻乎乎的样子，丽贝卡"扑哧"一下笑出了声。

"你笑什么？"霍金教授问。

"嗯，也难怪你不能发现异常，这岩壁上都是我跟父亲约定的暗语，你怎么能够读懂呢？"丽贝卡说。

"暗语？"

"是的。数年以前，我因为暗恋你，父亲怕我跑去地球找你，就把我囚禁在这个巨大的洞穴中。然而，父亲跟我之间的交流并未中断，他会定期'写信'向我表达他的关怀和问候。不过，我父亲'写'给我的信与普通信件是不一样的，他不是把想要表达的内容写在信纸上，装在信封里托人带给我，而是把他的意思通过眼前这块巨大的岩壁告诉我。"丽贝卡说。

"写信？你们之间不是存在心灵感应吗？"霍金教授问。

"的确如此，开普勒452b上的生命之间存在心灵感应。然而，并不是所有的信息都可以共享。比如，一些私人的隐私或者不便让人知道的秘密。开普勒452b上的每一个生命个体都有一个类似'隐私包'的东西，私人的隐私或者不便让人知道的秘密他们都会装进这个东西里。如此一来，别人就无法通过心灵感应网络知晓这些秘密。当然，个体和个体之间也有单独联系的通道，比如，你想让你的好友来分享你的秘密，而又不想让别人窥探到这些秘密，就可以通过'写信'的方式。"丽贝卡说。

"哦，写信的方式的确是保持单线联系的一种很好的方式，这种联络方式是我们地球人最惯于使用的。"霍金教授说。

"是的。不过，我父亲给我写信的方式跟你们地球人常用的那种方式不太一样，他是把他要表达的内容通过我们眼前这块岩壁告诉我的。"丽贝卡说。

"什么?! 在岩壁上写信？可是，我看到这岩壁上也没有文字呀。"霍金教授再一次把眼睛睁得大大的。

"是的，是没有什么文字。然而，这岩壁上的藤萝直接接受我父亲的命令，它们能够通过变化排列方式向我传达父亲的意思。藤萝的排列方式是我和父亲约定的'暗语'，只有我能从它们身上读出父亲要告诉我的信息。"

"哦，真是不可思议！你和你父亲可真会玩儿，"霍金教授笑着说，"可是，既然知道你的父亲会给你写信，你刚才为什么甚至没看一眼这封信就要转身离开呢？"

"嗯，说实话，从开普勒452b飞往地球，又从地球飞回开普勒452b，时间已经过去了太久，曾经的一些生活习惯已经淡忘。要不是小蜗提醒，也许，我真的要跟这封信错过了！"

"那么，小蜗为什么记得这件事情呢？"霍金教授继续问。

"我在飞往地球前长达十几年的时间里，每次都是小蜗驮着我来这里读信的。"丽贝卡回答，"也许，它已经养成习惯了呢。"

"嗯，真是一个负责的小蜗！"霍金教授忍不住拍了拍小蜗的壳。

小蜗摇晃了一下身子，算是对霍金教授嘉许的感谢。

"哎——对了，刚才你说我的病有治愈的希望了，这又是怎么回事儿？"片刻之后，霍金教授忽然想起刚才丽贝卡的那句话。

"哦，这应该是我父亲在被18号天蝎人杀死之前的一刹那留给我的最后一封信。信中除了告诉我他将遭到不测外，还告诉了我治疗你的疾病的办法。我父亲在赴死之前，特别嘱咐我一定要听从你的吩咐，因为，他确信你才是拯救我们这个宇宙的不二人选。"丽贝卡说。

丽贝卡的话到这里戛然而止。

看到丽贝卡不再说话了，霍金教授问："除此之外，你父亲还说了些什么？"

丽贝卡歪着头没有答话。

霍金教授疑惑地望了丽贝卡一眼，看到她眼睛里又充满了泪水。

"丽贝卡，你又怎么了？"霍金教授关心地问她。

"我父亲本来是有更多话要告诉我的，可是，信就在这个地方中断了，一定是我父亲还没来得及'写'完这封信，就遭到了18号天蝎人的毒手！"

"那么，你父亲告诉你的那个医治办法是什么呢？"等丽贝卡情绪稍稍平静一些后，霍金教授问。

"我父亲告诉我，为了不让18号天蝎人发现，他已经将医治你的那个方子放在了一个乌金制成的盒子里，并藏在了水手峡谷最深处的那口深潭里。"丽贝卡回答。

"你知道那口深潭的位置吗?"

"是的,小时候我父亲曾经带我去过那里一次。凭着记忆,我应该能够找到那里。"丽贝卡说,"要不,我们现在就去水手峡谷,找到那个医治你的方子吧?"

"不,我们还是先回驻地,我们要尽快将怀特送往灵息之泉。"

"为什么?"

"原因很简单,18 号天蝎人目前虽然不在开普勒 452b,但是,保不准他们很快就要回来了。他们一旦发现我们正藏身在这里,必然对开普勒452b 展开进攻,因此,我们要尽快让怀特脱离肉体凡胎,并尽快夺回3000 奇兵的指挥权。这才是我们当前最重要的工作。"霍金教授说。

"嗯,尽快让怀特脱离肉体凡身倒是轻松,夺回 3000 奇兵的指挥权怕是并不那么容易吧?"丽贝卡说。

"哦,即使暂时不能夺回 3000 奇兵的指挥权,让怀特变强大了,也能为我们这个团队增加一分力量呀。"

霍金教授的话不无道理,丽贝卡点了点头。

第九十四章　前往灵息之泉

丽贝卡和霍金教授很快回到了驻地。

此刻，木锋他们还在酣睡中。青甲四脚朝天，露出白白的肚皮。金锋伸着两条长长的腿，搂着大蜘蛛的脖子歪着头坐在地面上，大蜘蛛蜷缩着四肢一动不动。火锋、水锋、土锋或躺或趴，四仰八叉地躺在一块巨大的石头上。月娃则干脆抱着一根藤蔓。

整个洞穴中鼾声如雷，好不热闹。

看到青甲他们横七竖八的睡姿，丽贝卡忍不住笑出声来。

"他们实在是太累了！"霍金教授微笑着小声对丽贝卡说，"就让他们再睡一会儿吧。"

丽贝卡点了点头。

接下来，霍金教授和丽贝卡再抬头向上方望去。他们看到，半空中几根藤蔓搭成的吊桥上，凯瑟琳正将头深深埋进沉睡中的怀特怀里，脸上挂着幸福的微笑。这一幕看起来是那样的优雅、温馨。

然而，怀特却不可以继续睡下去了。因为，今天他要去往灵息之泉。

丽贝卡脚尖儿点地，轻轻一纵，就飞到了怀特身边。

凯瑟琳觉察到有人来到他们身边，警觉地睁开了眼睛。当她看到身边站的是丽贝卡的时候，她立即羞红着脸将头从怀特怀里挪开。

"凯瑟琳，不好意思，打扰你们的美梦了。"丽贝卡抱歉地对凯瑟琳笑笑。

凯瑟琳也红着脸对丽贝卡笑了一下。然后，就伸出一只手去摇动怀特。

"哦，18 号天蝎人！18 号天蝎人不要动我的凯瑟琳！"怀特挥舞着双手，一脸惊恐地从睡梦中醒来。

"呵！做梦还在想着保护你的凯瑟琳。"丽贝卡笑着调侃道。

"看来，怀特真的很在意你！"丽贝卡接着望着凯瑟琳说道，"祝福你凯瑟琳，怀特的确是个很优秀的小伙子！"

听了丽贝卡的话，凯瑟琳的脸更红了。她不敢直视丽贝卡的眼睛，将头深深地低了下去。

"喂，是我们！"接着，凯瑟琳嗔怒地捏了怀特一把。

怀特终于看清楚了站在他跟前的是谁。不过，他倒表现得很镇定。

"我还以为 18 号天蝎人来了呢。"怀特喃喃地说。

"怀特，你可要把话说清楚了哦，你见过这么漂亮的 18 号天蝎人吗?"丽贝卡装作很生气的样子。

"哦……哦……这倒没有。"怀特结结巴巴地说。

接下来，凯瑟琳飞在前面带路，怀特、丽贝卡、霍金教授跟在后面，悄悄离开了这个洞穴。

即将脱离肉体凡身，怀特感到几分欣喜，也感到有些紧张。

一路上，怀特喋喋不休地向丽贝卡问着问题。

"咱们要去的那个灵息之泉有什么特殊呢? 为什么它能让我变成金刚不坏之躯?"怀特问。

"鸿蒙太古，万物皆混沌，唯有一丝灵息孤傲于世。混沌终成天地之时，那一丝灵息并未消失于世。后来，我的父亲卡卡·威尔将之移到开普勒 452b。再后来，开普勒 452b 上许多有志于保护开普勒 452b 的智能生物投身于灵息之泉，锻造出一副副钢铁身躯，他们维护着开普勒 452b 的安全，抵御了外星生物的多次进攻，立下了汗马功劳。"丽贝卡回答。

"你的意思是，在 18 号天蝎人之前，开普勒 452b 也曾经遭到其他外星生物的进攻？"怀特问。

"是的。不过，由于开普勒 452b 上有灵息之泉锻造的钢铁斗士，那些外星生物并未占到什么便宜。18 号天蝎人是目前为止我们遇到的最强大的外星生物，如果没有那些钢铁斗士，开普勒 452b 或许早已化为灰烬。"

"那么，你所说的那些钢铁斗士呢？怎么没有看到他们的身影？"怀特问。

"除了索拉姆玛，其他钢铁斗士都已经光荣战死了。"看到丽贝卡满含热泪，使劲咬着嘴唇迟迟没有回答怀特的问题，凯瑟琳小声对他说。

"索拉姆玛？可是长着一双金色大手，曾经暗恋过丽贝卡，现在在另一个宇宙龙威手下供职的那个人？"怀特小声问凯瑟琳。

"是哦，你怎么认识他？"凯瑟琳惊讶地小声问怀特。

"此人在我们从地球来开普勒 452b 的途中，曾经给予我们很大的帮助。"怀特伏在凯瑟琳的耳朵旁小声说。

"哦，如此看来，索拉姆玛仍旧深深迷恋着丽贝卡。"凯瑟琳说。

"是的，的确是这样，在变成波斯猫的丽贝卡丢掉最后一条命之前，他的确深陷情网不能自拔。然而，在让丽贝卡恢复元神的过程中，他认清了霍金教授才是宇宙中最爱丽贝卡的那个人这个事实，于是，在给我们留下一封信之后，就返回了另一个宇宙的龙威王那里。"怀特小声对凯瑟琳说。

"嗯，如此也好。要不然，索拉姆玛求死不成，而且天天生活在绝望中，也真是难为他了。"凯瑟琳叹了一口气说道。

"是啊，这样一来，索拉姆玛就得到解脱了。而我，也能感到稍许慰藉了。"说话的是丽贝卡。很显然，怀特和凯瑟琳刚才的一番对话并没有逃过丽贝卡的耳朵。

猛然听到丽贝卡的这句话，怀特和凯瑟琳拿眼角的余光扫了她一眼，不好意思地吐了吐舌头。

看到凯瑟琳和怀特这副尴尬的样子，丽贝卡主动给他们解围。她说："没关系，现在索拉姆玛暗恋我的事情已经成为公开的秘密。说起那位索拉姆玛，他也真是一个苦命的孩子。当年，金狼星球的一帮金色巨人向开普勒452b发起进攻，我父亲组织开普勒452b的钢铁斗士果断还击，一举将那些进犯之敌消灭。就在我们清理那些金色巨人尸体的时候，我父亲突然发现其中一个挺着大肚子的女人腹部动了一下。我父亲拿出匕首剖开那女人的肚子，竟然在里面发现了一个已经成型的金色胎儿。孩子毕竟是无罪的。我父亲轻轻将那孩子抱了出来，交由刚刚生下我的母后一块来喂养他。让人没想到的是，这个孩子竟然顽强地存活下来。后来，父亲给他起名索拉姆玛，并将他视如己出。转眼间，索拉姆玛已经成长为一名八九岁的小少年。这天，父亲领着我们两个到灵息之泉，视察新一批钢铁斗士的锻造情况。那是我第一次也是唯一一次到灵息之泉。在到达那里之前，我父亲百般嘱咐我们一定不要靠近那赤色的泉水。然而，索拉姆玛顽皮至极，竟然不顾父亲的禁令，偷偷溜到泉边，并试图跳进那赤色的泉水里。父亲发现时已经晚了。索拉姆玛的整个身子已经浸入泉水之中，只留一双小手在空中挥舞着。"

"哦，我明白了，索拉姆玛之所以长着一双金色大手，是因为，他的那双手未曾在灵息之泉里浸泡过。"怀特像发现新大陆一般叫出声来。

"的确是这样。"丽贝卡说，"在关键时刻，我父亲拉住了索拉姆玛尚在空中挥舞的那双手，并将他拉上了岸。索拉姆玛公然违抗禁令，这让我父亲十分恼火，回来后，他就将索拉姆玛贬为仆从。不过，得到了灵息之泉浸泡的索拉姆玛除了那双手仍旧保持着本色以外，他的身体从此变成了一副金刚不坏之躯。这是我父亲多年来一直没有弄明白的事情。"

"为什么？"霍金教授问。

"因为，我们开普勒452b上的人要在灵息之泉里锻造成金刚不坏之躯，至少需要3天的时间。而索拉姆玛仅仅是在里面浸泡了一下就彻底改变了自己。这在我父亲看来是不可思议的。"

"也许，来自金狼星的索拉姆玛身体构成元素与开普勒452b人不一样吧？"霍金教授沉思片刻后说。

"是的，我父亲也是这样怀疑的，但是，他研究了多年，也没能搞清楚索拉姆玛的身体是由什么元素构成的。"丽贝卡说。

"为什么？"

"因为他身体里有一些我们这个宇宙中不曾有过的元素。"丽贝卡回答。

"难道,索拉姆玛不是我们这个宇宙中的人?"霍金教授惊讶地问。

"我父亲认为有这种可能,可是,他最终也没能搞清索拉姆玛来自哪个宇宙。"丽贝卡说,"被我父亲贬为仆从后,索拉姆玛无师自通,不仅练成了一身非常厉害的功夫,而且还掌握了很多先进的宇宙知识。再后来,我父亲见索拉姆玛并不是那种顽劣不羁的孩子,而且处处维护他的尊严,事事为开普勒452b着想,本领超凡,就让他成为我的侍从,变成我的贴身保镖。再再后来的事情大家已经很清楚了,虽然索拉姆玛非常优秀,他也爱上了我,但是,我却不能对这个往日的小弟弟产生半点爱恋之情。"

"于是,后来在你跟随父亲去往地球,认识了霍金教授并深深爱上他之后,索拉姆玛感到万分绝望,就离开了开普勒452b?"怀特问。

"是的。再后来的事情在我于闪电星球上丧命后,索拉姆玛写给你们的那封信里已经有了详细的叙述,在此我就不再重复了。"丽贝卡说,"唉,也多亏索拉姆玛离开了开普勒452b,不然,他一定会跟其他钢铁斗士一样,丧命于18号天蝎人的魔爪之下。"

丽贝卡一边讲述着索拉姆玛的一些事情,一边带着怀特他们往前走。

当他们登上一座山峰的时候,猛然被眼前的景象惊呆了。

第九十五章　进入灵息之泉

呈现在霍金教授他们眼前的是一个深不见底的红色的巨大峡谷。就像我们在地球上看到的火山喷发的景象，到处是火红的一片，空气中震荡着巨大的轰鸣。

不过，令霍金教授和怀特感到奇怪的是，尽管眼前这个"火山"正剧烈地喷涌着"岩浆"，他们却感觉不到丝毫的炙烤。

望着霍金教授那张被"火山"映红了的脸庞上流露出的疑惑，丽贝卡伏在霍金耳朵旁大声告诉他："教授，这里面不是火山喷发出的岩浆，它们产生于创世之初，不是气体，不是液体，也不是固体，我曾经听我父亲称呼它为'混沌'。我不知'混沌'为何物，喜欢称它为红色冰冷的东西。"

霍金教授点了点头，然而，眉头仍然紧皱着。

霍金教授是一个科学态度极为严谨的人，也许他对把眼前这灵息之泉称为"东西"并不十分满意吧？

的确如此，霍金教授的思维此刻正在飞速旋转，他正试图弄明白这些"东西"到底是什么东西。

"霍金教授，你弄明白这灵息之泉是怎么回事没有？"过了一会儿，丽贝卡见霍金教授仍陷在沉思中，就伏在他耳边问。

"丽贝卡，我不赞成你称灵息之泉中涌动的物体为'东西'，因为它们根本不是东西，我较赞成你父亲称它们为'混沌'。"霍金教授终于舒展开眉头。

"为什么？"丽贝卡疑惑地问。

"这个问题还是让我来回答你吧。"听到丽贝卡和霍金教授的谈话，怀特插话进来。

霍金教授微笑着望了怀特一眼，赞许地说："怀特对地球上的诸多文化颇有研究，我想，他能很好地解答这个问题。"

"在我们地球上，许多国家的文化中曾经提及'混沌'一词。中国的《山海经》第二卷'西山经'云：'又西三百五十里曰天山，多金玉，有青雄黄，英水出焉，而西南流注于汤谷。有神鸟，其状如黄囊，赤如丹火，六足四翼，浑敦无面目，是识歌舞，实惟帝江也。'浑敦即混沌，显然，这里'浑敦'指太阳。中国古人为什么把太阳神称作'混沌'呢？因为，就其初义来说，只有太阳具有那包纳一切，吞吐一切、涵盖一切的大光芒。"

"古罗马诗人奥维德所著的描写希腊、罗马神话故事的代表作《变形记》，发挥了赫西俄德对混沌的描写。'天地未形，笼罩一切，充塞寰宇者，实为一相，今名之曰混沌。其象未化，无形聚集；为自然之种，杂沓不谐，然燥居于一所。'在这里混沌被描写成天地未开辟时横贯宇宙的东西。"

"在埃及，创世神话有若干种，不论在哪一种体系里，世界都起源于水。据日城文献，从洪水中涌现出一个山丘，山上坐着 Atum，也说此山丘就是 Atum，他从中创造了空气（女性）和水汽（男性），他们又创造了大地（男性）和天空（女性）。起初天、地连在一起，直至阳光将他们分开。

"《圣经》上说，原始之初，天主创造天地时，大地一片混沌，无形无样，深渊之上是一片漆黑，天主的神弥漫水面运行。"

怀特一口气说出地球人对"混沌"阐释的 4 种版本。

"然而，'混沌'到底是什么东西呢？"丽贝卡似乎并没有从怀特的这些故事中明白过来"混沌"所指何为。

"丽贝卡，我认为你思考这个的出发点太过具象了，刚才霍金教授已经告诫过你，不要把'混沌'想成'东西'。它根本不是东西。在古代中国，人们常把'混沌'用来表达某种令人神往的美学境界或精神状态。"怀特说。

"然而，这又怎么能解释过去？如果说它是精神的，问题是它就在我们眼前活生生地存在啊。"丽贝卡不同意怀特的观点。

"唉！这个问题我是跟丽贝卡解释不通了，我想，如果彭祖老先生在这里，兴许能让丽贝卡明白。"怀特苦笑着摇了摇头。

看到这个尴尬的局面，霍金教授微笑着说："其实，你们两个都把这个问题想复杂了，'混沌'说白了就是生命宇宙之初，生命之始，所以它无形无相，不温不寒。它富含巨大的能量，人跳进里面，现有的生命会得到强化，凡身肉体会塑造成金刚不坏之躯。"

霍金教授这个解释简单易懂，丽贝卡终于露出了满意的笑容。

在探讨"混沌"问题的同时，丽贝卡和怀特始终没有停下前进的脚步。此时，他们已经进入峡谷的深处。

周围霞蒸雾岚，道路和方向仿佛都不存在了。丽贝卡和霍金、怀特，虽然近在咫尺，却彼此看不到。

突然，人的存在感瞬间消失，丽贝卡、霍金教授、怀特被融入天地之间的一片"混沌"。

也不知过了多长时间，当丽贝卡迷迷糊糊睁开眼睛的时候，发现一个血色的池子赫然呈现在眼前。池子当中那些冒着气泡的血色黏稠的正是灵息之泉中所谓的"混沌"。

"对了！这就是当年我父亲带我和索拉姆玛来的地方。"丽贝卡惊喜地说。

丽贝卡向四周望望，发现霍金教授和怀特就在不远处。

丽贝卡走过去，拍了拍霍金教授的肩膀，霍金教授醒来了。

霍金教授刚想叫醒怀特，却被丽贝卡阻止了。

"我们已经到达灵息之泉了吗？你为什么不让我叫醒怀特？"霍金教授

疑惑地问。

"是的，我们已经到达了。我想，我们要趁着怀特尚处在沉睡中把他投入灵息之泉，不然，他会感到非常紧张的。"丽贝卡说。

"嗯，这样也好！"霍金教授点了点头。

接下来，丽贝卡轻轻将怀特抱起来。然后，她蹑手蹑脚靠近灵息之泉，并小心翼翼地将怀特丢了下去。

怀特的身子在那血色黏稠的"混沌"里打了一个卷儿，就沉了下去。

望着不断翻滚着的红色"血泡儿"，霍金教授担心地问："怀特不会被淹死吧？"

"没关系，当年我父亲也是这样来锻造开普勒 452b 上的钢铁斗士的。"

"那么，怀特要在这灵息之泉里浸泡几天？"

"至少 3 天吧。"

"我们要在这里等待 3 天？"

"不，不用。3 天以后，拥有金刚不坏之躯的怀特会从'混沌'里自动脱离，并自己找到我们的驻地。"丽贝卡说。

"哦，你的意思是我们不必等待怀特？"霍金教授问。

"是的。我们已将怀特安全送达。接下来，我们就去水手峡谷中寻找我父亲留给我的医治你身体的药方吧。"丽贝卡说。

"如此也好，我霍金治好了疾病，就不用麻烦大家整天推着我辛苦了。另外，有了好胳膊好腿，我也能为抵抗 18 号天蝎人的进攻增添一分力量。"霍金教授非常开心地说。

说做就做。接下来，丽贝卡推着霍金教授穿过刚才那片让他们昏睡的红色迷雾，走出峡谷，向着卡卡·威尔信中交代的水手峡谷的那个深潭走去。

而凯瑟琳则在此留守。

第九十六章　寻找药方

　　水手峡谷离灵息之泉不远，推着霍金教授疾步前行的丽贝卡很快就发现了它的踪迹。

　　站在水手峡谷的上方向下望去，霍金教授感到一阵眩晕。

　　"天哪！这个峡谷真深、真大！"望着眼前这个绝壁林立的巨大峡谷，霍金教授被深深震撼了。

　　"是啊，这个峡谷刀削斧凿，堪称鬼斧神工！我父亲把那个藏着药方的小盒子藏在这里面，怕是神仙也不会找到啊！"丽贝卡随口附和。

　　"是啊，你父亲卡卡·威尔做事一向高深莫测，不得不让人佩服！"霍金教授一下子把双手的大拇指都竖了起来。

　　望着激动万分的霍金教授，丽贝卡开心地笑了。她知道，霍金教授一下子将双手的拇指同时竖了起来，不仅是表达对自己父亲的佩服，更是对自己即将摆脱疾病折磨的欣喜。

　　也难怪，一个被困在轮椅数十年的人即将获得行动自由，他的心情该是多么的激动！

　　"敬爱的霍金教授，找到药方，你就能获得新生了，请问，你重新获得自由行动的能力后，要做的第一件事情是什么？"接下来，丽贝卡调皮地把右手卷成话筒状，装成记者有模有样地对霍金教授进行"采访"。

　　"哦，这个问题吗？"霍金教授故意清了清嗓子，说，"如果我真的能够变成一个正常的人，我第一件要做的事情就是到山间采一大束漂亮的鲜花，然后，单膝跪在我心爱的女人丽贝卡面前，亲口说出'我爱你'这三个字！"

　　这个答案是丽贝卡始料不及的。她本来以为霍金教授会说自己更渴望自由奔跑之类的话。

　　毋庸置疑，霍金教授的这句话也深深地打动了丽贝卡。丽贝卡不禁含着热泪俯下身来，那一刻，她紧紧搂住霍金教授的脖子，久久不愿松开。

　　不过，最美丽的梦想总是会最先破灭。接下来，丽贝卡带着霍金教授进入峡谷内的深潭，他们几乎找遍了深潭的角角落落，却没有发现那个盛着药方的小盒子的半点踪迹。

　　面对这个结果，丽贝卡急得都要哭了。

　　然而，霍金教授却毫不在意。

　　"丽贝卡，你不用为我担心，我患病已经六十多年，早已习惯了坐轮椅的生活，就算找不到药方，医治不好我的病，我也绝不会悲观失望的。"霍金教授这样安慰丽贝卡。

　　"可是，我父亲明明在那封'信'中告诉我把药方藏在了这口深潭里的，怎么我几乎翻遍了这里的角角落落，还是找不到它的踪迹呢？"丽贝卡焦急地说。

　　"丽贝卡，不要着急，你忘了我曾经告诉过你，遇事一定要镇定了吗？如果它在那里，你急与不急，它都在那里；如果它不在那里，你急与不急，它也一定不会在那里。"霍金教授微笑着说。

　　"哎呀，亏你还笑得出来。这个药方在与不在可是关系到你的身体能不能恢复健康的大事情啊！"面对霍金教授一副无所谓的神情，丽贝卡真是感到既可气又好笑。

　　"哦，我霍金一凡人之躯，恢不恢复，怎敢称大事情。拯救日渐危急的宇宙才是大事情。"

"啊，就算这样吧，可是，现在药方找不到了，你说应该怎么办吧？"

丽贝卡不想跟霍金教授这样毫无价值地争论下去，她想，只有找到药方才是硬道理。

看见丽贝卡赌气不跟自己说话了，霍金教授收起笑容，严肃地说："药方明明藏在这里，可是找不到了，无非有两种可能：一是被 18 号天蝎人发现窃走了；二是某种不明原因造成了药方的丢失。不过，我倾向于第二种原因。"

"为什么？我感觉被 18 号天蝎人窃走的可能性更大一些。"丽贝卡不同意霍金教授的观点。

"原因很简单，此药方事关拥有宇宙第一大脑的霍金教授的身体健康，你父亲一定想到了会被 18 号天蝎人盗走这个可能，所以，他选择的存放地点一定是万无一失的。我刚才已经观察过了，这里除我们之外，近期并无第三者来过，也就是说，绝不可能存在被第三者盗走的可能。如此一来，就只剩下了第二种可能。"霍金教授解释道。

"嗯，你说得很有道理。然而，这第二种可能，某种不明原因未免太过宽泛，你能想到是何种原因吗？"丽贝卡疑惑地问。

"是的，我已经有了一些思路。丽贝卡，你不是随身带着宇宙扫描仪吗？你对深潭方圆十几里的土地进行一下立体扫描，看看能发现什么。"

的确如霍金教授所言，丽贝卡随身带着一个微型扫描仪。这个扫描仪在她从开普勒 452b 飞往地球，此后又从地球飞往开普勒 452b 的途中帮了很大忙。

丽贝卡拿出那个扫描仪，调好倍数后，开始对面前的土地进行全方位扫描。

泥土、沙石，除此之外，别无它有。

"你再把倍数调得大一些。"霍金教授对丽贝卡说。

"那干脆就把倍数调到最大吧！"丽贝卡说。

霍金教授点了点头。

倍数调到最大的扫描仪甚至能看清楚每一个原子内部的情形。

接下来，丽贝卡有了重大发现。她在一些原子之间看到了一种跟地球上的蚂蚁长相类似的"小东西"。丽贝卡看到，那些"小东西"正忙忙碌碌地跑来跑去，搬运着一些叫不上名来的玩意儿。

丽贝卡叫不上那"小东西"是什么，就把扫描仪递给霍金教授。

霍金教授凝神看了一会儿，脸上露出了开心的微笑。

"真是得来全不费功夫啊！"霍金教授兴奋地说。

"什么?!"丽贝卡惊讶地问霍金，"你认识这'小东西'?"

"当然，这是一种名叫卡丝兰的细菌。在地球上，我就对这种细菌有研究，卡丝兰最大的特点就是对气味极为敏感。你知道，我们地球上有一种搜救犬，它们对人体或尸体气味的敏感程度相当于人的一百万倍。可是我要告诉你，卡丝兰对气味的敏感程度是地球搜救犬的一百万倍！它们是我们这个宇宙中目前已知的对气味最为敏感的一种生命体。"霍金教授给丽贝卡这样解释。

"哦，就算你说的是真的，可是，你刚才说'真是得来全不费功夫'，难道，卡丝兰跟我们寻找药方、拯救宇宙还有什么千丝万缕的联系？"丽贝卡不解地问。

"的确如此。这几天来，我一直试图在开普勒452b上发现它的踪迹。没想到，它们竟然存在这深潭之中。"

"那么，它对我们有什么帮助呢？"

"你别小看这'小东西'，它们可是能帮助我们复活你的父亲呢！"霍金教授兴奋地说。

"什么?! 就凭它们?"

霍金教授微笑着点了点头。

霍金教授告诉丽贝卡，卡丝兰是我们这个宇宙中目前已知的对气味最为敏感的一种生命体。可是，仅凭这一点，卡丝兰就能帮助霍金教授复活丽贝卡的父亲卡卡·威尔吗？

当然不是。

在以前的研究中，霍金教授曾发现，卡丝兰除了对气味极为敏感，其对气味的识别率也堪称一绝。不仅如此，卡丝兰还是一种非常"执拗"的细菌，它只要喜欢上某种气味，就会千方百计地将拥有这种气味的东西全部收集起来。

当霍金教授将这些告诉丽贝卡的时候，丽贝卡猛然醒悟过来。

"教授，你该不会是想让这些细菌到开普勒 452b 上寻找并收集我父亲身体里散落在各地的原子吧？"丽贝卡疑惑地问。

霍金教授微微一笑，平静地说："我正有此意！"

"天哪！这可真是一个不可思议的主意！"当丽贝卡在霍金教授那里确认了自己的想法后，她不禁惊讶地叫出声来。

"呵呵，这有什么不可思议的？我曾经告诉过你们，凡事皆有可能！"霍金教授微笑着说。

"嗯，主意倒是个好主意，可是，你怎么才能让这些'小东西'喜欢上我父亲的气味，并听命于我们呢？"丽贝卡接着又陷入了深深的疑惑。

"哦，这个问题我也曾经非常困惑。不过，当我跟随你进入囚禁你的那个洞穴，并看到你父亲借助心灵感应指挥藤蔓'写'出他想要告诉你的信息时，我想，我已经学会了改变卡丝兰的办法。"霍金教授说。

接下来，他就如何"训练"卡丝兰，让它们疯狂喜欢上卡卡·威尔的气味，并如何将它们派往整个开普勒 452b，如何让它们毫无遗漏地将散落在开普勒 452b 星球上角角落落的卡卡·威尔身体里的原子运回来，大体给丽贝卡讲解了一遍。

然而，丽贝卡此刻一方面仍沉浸在不能寻找到救治霍金教授药方的深深自责中，一方面听说霍金教授找到了复活自己父亲的办法又感到非常激动，霍金教授的话她并没有听到心里去。所以，当霍金教授讲完并用征询的目光望着丽贝卡的时候，丽贝卡遗憾地摇了摇头。

"丽贝卡，你怎么了？我看你一副心不在焉的样子。"霍金教授问丽贝卡。

"教授，不瞒你说，我在为找不到救治你的药方而自责！"丽贝卡回答。

然而，霍金教授却感到一点也不沮丧，他淡淡地对丽贝卡说："丽贝卡，我想我们现在已经没有必要再费力寻找那个药方了吧？"

"为什么？"丽贝卡疑惑地问。

"药方是你父亲担心自己遭到不测而提前准备的。你的父亲也的确是遭到了不测。然而，现在我们已经找到了让你父亲复活的好办法，一旦他获得新生，你还担心我的身体不能恢复健康吗?"霍金教授微笑着对丽贝卡说。

"对呀！我怎么没想到?"丽贝卡拍着自己的脑袋说。

"呵呵，你没想到也很正常，因为，你没有宇宙第一大脑。"霍金教授调侃道。

"哈哈哈……"丽贝卡一边开心地笑着，一边向霍金教授竖起大拇指。

第九十七章　复原卡卡·威尔

由于丽贝卡最终没有弄明白如何"训练"卡丝兰，让它们疯狂喜欢上她父亲的气味，并将它们派往整个开普勒 452b 收集她父亲身体里的原子的办法，这个任务最终落到了霍金教授的身上。

对此，霍金教授毫不在意。一方面，他非常理解丽贝卡此刻激动的心情；另一方面，这个任务对他来说也不过是小菜一碟。

接下来的一天里，霍金教授让丽贝卡回到驻地，带领木锋他们做好跟 18 号天蝎人战斗的准备。他则一个人躲进一间临时搭建的实验室里，大量培育并专心"训练"卡丝兰。

夜晚降临的时候，丽贝卡回到了霍金教授的临时实验室，她惊讶地看到，实验室中间那个光洁的原子收集台上，已经堆了很大一堆"东西"。

"天啊！这一堆东西，不会就是用我父亲身体里的原子堆起来的吧？"丽贝卡惊叫道。

"嘘——"霍金教授示意丽贝卡小声一点。

"为什么？"丽贝卡小声问。

"因为，这些原子质量非常小，空气的流动都可能将它们带走。"霍金教授小声告诉丽贝卡。

听霍金教授这样说，丽贝卡调皮地吐了一下舌头。

接下来，霍金教授和丽贝卡也没什么事情干，就借助那个宇宙扫描仪仔细观察着数以亿计的卡丝兰将在开普勒 452b 上收集的那些原子源源不断地运到收集台上。

大约在子夜时分，霍金教授和丽贝卡再一次拿起宇宙扫描仪，仔细观察原子收集台上的情况。

这时，他们看到收集台上的卡丝兰已经很少了。

再看看收集台上那成堆的原子，重量也跟一个成人差不多了。

"丽贝卡，我想，卡丝兰收集你父亲原子的工作已经完成了。"霍金教授轻轻对丽贝卡说。

丽贝卡点了点头。不过，为了防止万一，不至于让复原后的父亲残缺不全，丽贝卡示意霍金教授再耐心等一等。

凌晨时分，霍金教授和丽贝卡再次通过宇宙扫描仪查看原子收集台。这时，他们发现那成群结队的卡丝兰已经消失不见了。

"好了，我相信卡丝兰已经将你父亲身体里大部分的原子收集到了这里。"霍金教授笑着说。

"那么，接下来我们应该怎么做呢？你该不会是像你们地球上的银行工作人员拼接破碎的钱币那样，把这些原子按原来的位置一个一个进行人工排列吧？"丽贝卡问。

"哦，天哪！如果采用那种笨拙的办法，我们要完成复原你父亲的任务怕是要耗费千万年。那种方法当然不可取！"霍金教授一边回答，一边拿出一个巴掌大小的小玩意儿。他向丽贝卡介绍道："在卡丝兰外出寻找原子的间隙，我还设计了这样一个小装置，我们姑且把它叫作原子引导器。接下来，我们只需将收集台上的原子放到一个足够大的密闭空间里，然后，启动原子引导器，你父亲就能在几个小时的时间内复原完毕。"

"那么，这个引导器是利用了什么原理呢？它为什么能引导这数不清的原子按照原来的排序组合起来？"丽贝卡不解地问。

"丽贝卡，首先你要明白，每个生命体的细胞都具有全能性。也就是说，每个细胞甚至每个原子都拥有该生物的所有遗传信息。克隆就是利用这个原理。"霍金教授对丽贝卡说，"在此之前，我已经用你的那台宇宙扫描仪对你父亲身体中的每一个原子进行了扫描，获知了他身体里每个原子的所在位置。然后，我将这个信息输入这台原子引导器。当引导器启动之后，它能发射一种@波。@波具有自动搜寻和精确定位作用，于是，你父亲的身体就能这样慢慢地恢复原状。"

"天哪！这真是太不可思议了！你是怎么想出这样的主意的？"当丽贝卡弄清楚霍金教授的意思后，她不禁惊讶地叫出声来。

"呵呵，这有什么不可思议的？如果连这样的点子都想不到，我还怎么敢称拥有宇宙第一大脑？"霍金教授微笑着说。

"是哦，是哦，看来我父亲让我跨越大半个宇宙不辞辛苦到地球去找你，是有一定道理的。"丽贝卡用崇拜的眼神望着霍金教授，把双手的大拇指全都竖起来。

接下来，在丽贝卡的帮助下，他们将原子收集台上的那堆原子扫进一个透明的密闭容器里。

霍金教授按下了遥控器上的一个绿色按钮。

原子引导器启动，闪烁着淡蓝色光彩的@波从引导器前端的一个小孔里射出来，瞬间让整个透明的密闭容器变成了淡蓝色的。

丽贝卡的眼睛一眨不眨地盯着密闭容器。在@波的作用下，成堆的原子在不停地抖动着。它们此刻正按照引导器设置好的程序，分别寻找着自己的位置。

十多分钟之后，丽贝卡惊讶地看到密闭容器里渐渐形成一只大手的雏形。接下来，那只大手越来越清晰，直到成为一只真正的手。

"真是太神奇了！"望着眼前不可思议的一幕，丽贝卡不住地惊呼。

丽贝卡端详了一阵，她发现刚刚在密闭容器里形成的那只手的确是他父亲卡卡·威尔的手，尺寸分毫不差。这只手曾经爱抚过她，抱过她，她对这只手再熟悉不过了。

大手形成后，其他肢体的形成速度好像变快了。先是胳膊随之渐渐"长"出来。然后是上半身，接着是头部，最后是下半身。

由于出现在密闭容器中的卡卡·威尔的身体是赤裸裸的，所以，当他的下半身开始形成的时候，丽贝卡就悄悄躲到了一边。丽贝卡不想看见父亲的隐私部位，她认为那是对他老人家的大不敬。当然，如果他的父亲清醒着，也一定不会以这个样子出现在女儿面前的。

两个多小时后，一个披挂整齐的卡卡·威尔赫然出现在霍金教授和丽贝卡面前。当然，那身披挂是霍金教授给他穿上的。

不过，让丽贝卡感到疑惑不解的是，出现在自己面前的卡卡·威尔没有一丝生命迹象。

"教授，我父亲怎么会是这个样子？他什么时候才能醒过来？"丽贝卡问霍金教授。

"哦，出现在我们面前的只是你父亲的一具尸体。要让他醒过来，我们还需要做一些工作。"霍金教授微笑着说。

"什么工作？"

"回到驻地，给他喂服一些紫薰草！"

"对呀！我怎么把紫薰草给忘记了？那可是让人起死回生的灵丹妙药啊！"丽贝卡一拍大腿。

接下来，丽贝卡挥一挥手，制造了一个微型黑洞。借助黑洞的力量，3个人瞬间就回到了驻地。

然而，当丽贝卡和霍金教授带着卡卡·威尔进入目前木锋他们所在的那个洞穴的时候，却彻底傻眼了。

丽贝卡和霍金教授看到，那个洞穴遭到了严重破坏，深空二号被拆解得七零八落，木锋、金锋、土锋、水锋和火锋，以及青甲、月娃、大蜘蛛、九头巨蛇等七零八落地躺在地上，看起来已经没有了生命迹象。

"天哪！发生了什么事？"面对眼前的一切，丽贝卡简直不敢相信自己的眼睛。

霍金教授也感到非常吃惊。但是，他比丽贝卡要镇定一些。

"不要慌，丽贝卡，你查看一下，看看还有没有活着的？"霍金教授对丽贝卡说。

接下来，丽贝卡浑身颤抖地一一查看躺在地上的她的曾经的"战友"的情况。

丽贝卡看到的情况非常糟糕：金锋、木锋已昏死过去；大蜘蛛、九头巨蛇也没有了生命迹象……

丽贝卡最后来到青甲跟前，当她费力地将趴在地上的青甲翻过来时，她突然发现青甲的前爪微微抖动了一下。

这说明，青甲还没有完全死去。

"青甲，快醒醒！青甲，快醒醒！……"丽贝卡使劲摇晃着青甲笨拙的身体。

这时，霍金教授已经遥控着电动轮椅来到跟前。

半晌，青甲痛苦地缓缓睁开了眼睛。

两行长泪顺着青甲微闭的眼睛流了下来。

"丽……丽贝卡，18号天蝎人带领3000奇兵袭击了我们，我……我们没能守……守住洞穴！"青甲拼尽最后一丝力气，断断续续说出这样一番话，当它说完最后一个字的时候，头一歪，就又昏死过去。

"果然是18号天蝎人干的！"丽贝卡咬着牙说。

"嗯，和我预料的一样。3000奇兵果然厉害！"霍金教授说。

"教授，接下来我们应该怎么办？"面对这个突发状况，丽贝卡一时不知所措。

"赶快检查一下破损严重的深空二号，看看那堆零件下面我们的紫薰草还在不在？"霍金教授说。

接下来，丽贝卡三步并作两步走，一下子就来到了深空二号那边。

万幸！丽贝卡仔细地翻找了一番后，在一块巨大的水母皮下面发现了一些紫薰草。

接着，霍金教授吩咐丽贝卡赶快研碎紫薰草，并给卡卡·威尔服用下去。

然而，接下来的情况根本就不是霍金教授和丽贝卡预期的那样——卡卡·威尔的身体仅是轻微地哆嗦了一下，接着就回复了原状。

"教授，这是怎么回事？我父亲为什么没能醒过来？"丽贝卡焦急地问。

霍金教授没有答话，此刻，他正紧皱着眉头，陷入深深的沉思中。

半晌，霍金教授喃喃地说："紫薰草虽然是起死灵药，然而，对于你父亲这样的亿年之躯来说，也许药效太过微弱了。不过，从刚才他身体的反应来说，应该还是起到了一些作用。"

"那接下来我们应该怎么办？"丽贝卡焦急地问。

"你再去寻一些紫薰草来吧，持续增大药量兴许能让你父亲的身体产生更大反应，说不定他就活过来了。"霍金教授说。

接下来，丽贝卡又跨到了深空二号那边，心急火燎地翻开那散落一地的零件，苦苦搜寻着更多的紫薰草。

突然，丽贝卡感觉脚下剧烈地抖动了一下。等她回过神来的时候，她看到洞穴的顶部正在往下坍塌。

丽贝卡把紫薰草往袖口里一塞，大喝一声，准备跳过去掩护霍金教授和他父亲。但是，已经来不及了。

洞穴上方瞬间出现了一个大洞，所幸，那些塌落的巨石沙土没有砸在丽贝卡身上。

丽贝卡从头顶上那个大洞望出去，眼前的一幕一下子让她惊呆了——18 号天蝎人正指挥着威风凛凛的 3000 奇兵疯狂地对这个洞穴发动攻击。

不过，让丽贝卡感到奇怪的是，那 3000 奇兵虽然个个生猛无比，却并未脱离石头之身。看起来，他们就是一群会动的石头雕像。

"怎么回事儿？他们怎么还是石头？"丽贝卡疑惑地想。她记得父亲曾经告诉过她，3000 奇兵一旦被破解，就会变得与真人一样。

丽贝卡自知不是这群亡命徒的对手，她躲在一个隐蔽的角落里大气儿也不敢出。

18 号天蝎人指挥着 3000 奇兵摧毁了洞穴之后，就跳进洞穴，对里面的情况查看了一番。然而，这些骄横不可一世的家伙并没有发现丽贝卡，也没有发现霍金教授和卡卡·威尔的尸体。

"看来，那个漂亮小妞儿和那个瘫子并没有回到洞中。唉！我们这次袭击又白费力气了。"一个长着一头褐色头发的白脸怪物气愤地嘟囔着。

接着，他们又叽叽歪歪地嘀咕了一阵，就离开了这里。

看着这帮混蛋走远了，丽贝卡顾不得抖掉身上的尘土，立即来到霍金教授刚才待着的那个位置。

真是万幸，霍金教授和卡卡·威尔的尸体也没有被坍塌的洞顶击中。

望着刚刚从一块岩壁下钻出来的霍金教授，丽贝卡不禁倒吸了一口凉气，拍拍胸口道："真是万幸！没事就好。"

第九十八章　卡卡·威尔的密室

　　天蝎人再次对丽贝卡他们停留的这个洞穴发动袭击，目的非常明确，就是找到丽贝卡和霍金教授，并试图消灭他们。

　　这让丽贝卡非常担心。

　　"教授，我想我们还是转移到一个更安全的地方吧？"丽贝卡向霍金教授建议。

　　这个建议霍金教授当然赞同，可是，这开普勒452b上还有没有更安全的地方呢？

　　当然有！

　　接下来，丽贝卡轻轻挥一挥手，一个微型黑洞瞬间形成。借助这个黑洞，丽贝卡带着霍金教授和他父亲的尸体瞬间来到另一个洞穴中。

　　这个洞穴看起来有刚才那个洞穴的10倍大。这里小桥流水，鸟语花香，别有一番景色。

　　前方不远处的十几级台阶上面，是一张巨大的椅子，高大的靠背和扶手以及金光闪闪的色彩彰显着他的威仪。看起来与中国古代皇宫里的龙椅颇为相似，但是，这张椅子比龙椅还要气派许多倍。

"这是谁的椅子？"霍金教授疑惑地问。

"你猜。"

霍金教授了摇头。

"在开普勒452b还有谁有资格坐这样的椅子？"丽贝卡说。

"难道是你的父亲？"霍金教授望着丽贝卡。

"是的。"丽贝卡轻轻点了点头。霍金教授看到，她的眼睛里有泪花在滚动。

"这是你父亲的王宫？"霍金教授问。

"不，这只是我父亲的一间密室。我父亲的王宫在开普勒452b最高大的奥林帕斯山上，那个王宫是咱们这个宇宙中最雄伟、最气魄的王宫。不过，在18号天蝎人的袭击中，它已经化为灰烬。"丽贝卡啜泣着说，"就是在18号天蝎人那次惨绝人寰的毁灭性袭击中，我父亲被他们抓走。"

"对了，教授，我忘记告诉你了，其实，就像我们在月球上建立的那个密室一样，我们这个洞穴也是处于一粒沙子当中的。"稍稍平静一下后，丽贝卡对霍金教授说。

"哦，怪不得我们在月球上时你能寻找到一粒沙子中的密室，原来是跟你父亲学的。"霍金教授笑着说。

"教授，我记得我们刚刚进入月球上的那个密室时，你对能在一粒沙子里建造一个巨大的密室感到非常不可思议，现在，你弄明白是怎么回事了吗？"丽贝卡问霍金。

"哦，这个问题我已经弄明白了。这是因为物质内部有着不可思议的空间。原子是物质的基本组成部分。与太阳系类似，在原子内部，电子围绕一个极小的原子核运动。这意味着如果我们把全世界所有原子内部的空间进行压缩，全人类将只有一块方糖大小。因为我们99.9%是空的。呵呵！明白了这个道理，能在一粒沙子当中建造一个密室也就不足为奇了！"霍金教授说。

毋庸置疑，卡卡·威尔的这个密室非常安全，18号天蝎人恐怕一时半会儿是发现不了它的。

接下来，丽贝卡取出装在衣袖里的那些紫薰草，研碎后喂服在卡卡·

威尔口中。

在观察着卡卡·威尔服药后有没有反应的间隙，丽贝卡就她看到的3000 奇兵的那个疑惑详细对霍金教授讲述了一遍。

"我看到的 3000 奇兵怎么是石头的呢？我记得我父亲告诉过我，他们一旦被破解，就会变得跟真人一样的。"丽贝卡疑惑地对霍金教授说。

"是啊，这个问题值得深思！难道，你父亲还留了一手，18 号天蝎人并没有完全破解掉 3000 奇兵的密码，所以，他们才变成了这副人不人鬼不鬼的样子？"霍金教授皱着眉头说。

"我也是这样认为的，可是，我父亲留的这一手究竟是什么呢？"丽贝卡自言自语道，"他可是从来没有告诉过我呀！"

霍金教授和丽贝卡都微闭着眼睛，费力地思索着这个问题。

"三……千……心……脏！"忽然，一个陌生的声音传入霍金教授的耳朵里。

霍金教授急忙睁开眼睛，赫然看到丽贝卡正惊喜地托着父亲卡卡·威尔的脑袋。

"教授，我父亲醒过来了！"丽贝卡兴奋地对霍金教授说。

"太好了！太好了！"霍金教授一面叫着，一面控制着电动轮椅开了过来。

"他刚才在说什么？"霍金教授问丽贝卡。

"他说了 4 个字：3000 心脏！"丽贝卡对霍金教授说。

"哦，你父亲一定是听到了我们的谈话，这 3000 心脏一定跟 3000 奇兵有着某种关系。哎——对了，丽贝卡，你还记得我们在钻石星球的地心里发现的那 3000 颗心脏吗？你父亲说的这 3000 心脏，是不是就是钻石星球地心里那个水晶盒子内跳动着的 3000 颗心脏？"霍金教授对丽贝卡说。

"是啊，一定是！"丽贝卡说。

然而，接下来当丽贝卡准备俯下身来亲自问她父亲的时候，卡卡·威尔却将头一歪，整个人又陷入昏迷之中。

"丽贝卡，这紫薰草虽然对你父亲有一定疗效，但看起来它的药力还达不到彻底救治你父亲的程度。看来，要彻底救治你的父亲，我们还要找到一种更好的药物。"霍金教授说："不过，我们目前最紧急的事情是弄清

3000 心脏跟 3000 奇兵有什么联系，因为，我们要尽快将 3000 奇兵的指挥权夺过来，只有这样，我们才能跟 18 号天蝎人进行有效对抗。"

"是啊，我也是这样认为的。可是封存在钻石星球的那 3000 颗心脏究竟跟 3000 奇兵有什么关系呢？"丽贝卡使劲皱着眉头说。

"嗯，3000 颗心脏对应着 3000 奇兵，这绝不是数字上的巧合。是不是说把这 3000 颗心脏植入 3000 奇兵的胸腔，他们就会脱离石头之身，并摆脱 18 号天蝎人的控制？"过了一会儿，霍金教授自言自语道。

"是呀！我也是这样认为的。我想，我们就干脆赌一把吧？"丽贝卡说。

"你的意思是？"

"我在想，当务之急我们还是应该先把那三千颗心脏取回来。如果它们落入 18 号天蝎人之手，我想我们可能连最后的机会也会失去。"丽贝卡回答。

"对！你说得对，不管 3000 颗心脏和 3000 奇兵有什么联系，先把它们握在手里才是上上之策。"霍金教授说，"丽贝卡，咱们回到驻地检查一下深空二号的机库，看看里面还有没有可以飞行的子飞行器？"

丽贝卡欣然领命。

不负所望，在他们回到已被 18 号天蝎人严重破坏的驻地并经过一番搜索之后，丽贝卡终于发现了一艘破损较轻的子飞行器。

丽贝卡和霍金教授都是机械制造的高手，他们联手对这艘子飞行器检查维修了一番后，这艘子飞行器就恢复如初了。

就在丽贝卡驾驶着子飞行器即将起飞之际，霍金教授忧心忡忡地对她说："我们此去，不知什么时候才能回来，万一怀特从灵息之泉回来找不到我们怎么办？还有，木锋他们尚在昏迷之中，也不知道还能不能起死回生。"

"教授，请你放心吧，这些问题我都已经想到并做了周密的安排。"接着，丽贝卡就自己如何做的安排向霍金教授汇报了一遍。

丽贝卡的安排很周密，霍金教授微笑着点了点头。

第九十九章 飞回天王星

丽贝卡驾驶着子飞行器很快就飞到天王星球。

由于已经到达过天王星球内部封存着 3000 颗心脏的地方，丽贝卡轻车熟路，带着霍金教授很快就找到并取出那个水晶盒子。

就在丽贝卡带着霍金教授回到地面即将起飞的时候，霍金教授提议先去拜访一下目前暂时在天王星球上修行的彭祖先生和巨树星长老。

"那两个老头儿在这里自在逍遥，我们时间紧迫，还有必要去打扰他们吗？"丽贝卡对霍金教授说。

"呵呵，我并不是要单纯地跟他们见个面，主要是想向两位老者讨个救活你父亲的方子。他们对医学颇有研究，我想，他们一定会有办法让你父亲起死回生的。"霍金教授笑着说。

"唔，这样也好！"丽贝卡点头同意。

按照霍金教授和彭祖当初约定好的联系方式，丽贝卡驾驶着子飞行器很快就找到了彭祖和巨树星长老。

看起来，彭祖和巨树星长老精神矍铄，气色很好。很显然，在霍金教授他们离开天王星球的这段时间，他们在这里生活得非常惬意。

然而，没有更多的时间容许他们闲聊。

几句寒暄后，霍金教授向彭祖讲了卡卡·威尔意外殒命又被他们千辛万苦复原了身体的事情，并说明自己的来意。

"哦，这个问题你真算找对人了。你们走后，我和师傅共同研习宇宙精妙之学，特别是医学理论，并有了很大提高。不久前，我们用采集宇宙精气的办法炼制了一种叫回春丹的红色药丸，其药效足有紫薰草的一千倍。"彭祖先生捋着胡子说。

"哦，真是太好太及时了！我们现在需要的正是这样一种药物。你知道，卡卡·威尔在宇宙中已经生活了几亿年，他的身体早已不是你我之辈的凡身肉体，紫薰草的药力对他来说太过微弱了。"霍金教授高兴地说。

"你说的那种药丸在哪里？"接着，霍金教授迫切地问彭祖。

其实，回春丹就藏在彭祖那宽大的袖口中。当彭祖伸手去取那药丸的时候，巨树星长老示意彭祖不要急。

"长老，开普勒 452b 现在万分危急，我们必须立即飞回去！"丽贝卡看到巨树星长老有意阻止彭祖拿出药丸，就焦急地对他说。

"哦，孩子，你误解了，维护我们这个宇宙的安宁是我们大家共同的责任，别说一粒药丸，就是你拿走我们的性命，我们都在所不惜。我不让彭祖急着给你们药丸，是有一个重要的情况要告诉你们。"巨树星长老对丽贝卡说。

"什么情况？"霍金教授抢先问道。

"哦，是这样的。你们知道，我能对未来之事进行预测，远的不敢说，你们地球一个月内的事情我的预测百分百的准确。"巨树星长老说。

"嗯，是这样的，我曾经跟着师父学过一些预测之术的皮毛。实话告诉你们吧，目前风靡地球的八卦之学其实不是中国的周文王首创的，周文王也是继承了我的衣钵，在此基础上编成《易经》之书。"彭祖补充道。

"哦，八卦之学的确是一门玄学，它的高深莫测直到现在仍不为人完全理解。看来，你就是八卦之学的鼻祖了？"霍金教授对彭祖说。

"不不不，在我师父跟前我不敢妄称鼻祖，我师父巨树星长老才是八卦之学的鼻祖!"彭祖回答。

听彭祖这样说,巨树星长老微笑着点了点头。看来,这个几亿岁的老头儿的确有一套。

看着两位白胡子老头儿讲起话来慢条斯理,不紧不慢,丽贝卡真是心急火燎。她终于忍不住插话道:"那么,师伯您预测到的事情是什么呢?"

丽贝卡称呼巨树星长老师伯是有道理的,前面我们已经说过,巨树星长老是卡卡·威尔的同门师兄。

"哦,是这样的。我预测到18号天蝎人接下来会对为所有宜居星球上的生物提供能量的恒星不利。"巨树星长老严肃地说。

"此话怎讲?"霍金教授紧张地问。

"18号天蝎人目前已经窃取了几十颗宜居星球的地心之火。然而,这些地心之火所具有的能量还达不到另一个宇宙中那个坏蛋龙威的要求,所以,18号天蝎人就盯上了具有更大能量的一些恒星,比如,开普勒452b对应的恒星,比如你们地球对应的太阳,即将面临巨大的灾难!"巨树星长老说。

对巨树星长老的话,霍金教授和丽贝卡深信不疑。

"接下来的事情呢?18号天蝎人最后有没有盗走日心之火?我们最终有没有战胜18号天蝎人呢?"接着,霍金教授向巨树星长老询问道。

"你问的这些事情是未来很久远的事情,已经超出我的预测期限,恕我没法告诉你们。"巨树星长老捋着胡子说。

先不管其他事情,仅是18号天蝎人要盗走日心之火这件事已经万分紧急了。霍金教授和丽贝卡感觉再也容不得半点耽搁。

彭祖和巨树星长老当然也明白赶在18号天蝎人之前消灭他们有多重要。接下来,彭祖迅速地将回春丹递给霍金教授,丽贝卡驾起子飞行器,连一句像样的道别都没有,瞬间消失在茫茫太空里。

当霍金教授和丽贝卡飞走后,彭祖疑惑地问巨树星长老:"你明明能够预测几百年以后的事情,为什么告诉霍金只能预测到一个月之后的事情?"

巨树星长老捋着胡子微笑着说:"我如果告诉这些孩子最终将战胜18号天蝎人,开普勒452b、地球以及所有被18号天蝎人破坏掉的宜居星球都会安然无恙，他们还会有这么高的斗志吗?"

彭祖先生沉思了一会儿，说："也是。很多事情如果很早就知道了结果，奋斗的激情就会失去了。这样也好，让这些孩子好好锻炼一下，将来他们就可以更好地保护这个我们赖以生存的宇宙了。"

第一百章 暗冷世界

　　话说丽贝卡带上那个封存了 3000 颗心脏的水晶盒子，驾驶着子飞行器从天王星球匆匆离去，刚刚行进到路程的一半，就发现了一个糟糕的情况。

　　子飞行器驾驶舱里面的环境检测仪显示，飞行器外面的温度骤然下降。目前已经降到−70℃。

　　在整个宇宙当中，温度无处不在。无论在地球上还是在月球上，也无论是在炽热的太阳上还是在阴冷的冥王星上，这一切无不由于空间位置的不同而存在着温度的差别。例如，太阳表面温度是 6 000℃，而太阳系里离太阳较远的冥王星的表面温度却只有−240℃。又如，传说中的牛郎星与织女星，在夜里的星空中，它们只是闪烁的小亮点，而怎能让人一下子想到牛郎星的表面最高温度竟达 8 000℃，织女星的表面最高温度竟达 10 000℃，真可谓"热恋之星"。

　　鉴于以上原因，子飞行器外面−70℃的温度本来没有什么特别之处。问题是，丽贝卡经常走这段航线，根据她掌握的数据，这里的最低温度只有−20℃。比最低温度还降低了 50℃ 的情况她还是第一次遇到。

因此，丽贝卡感到非常担心。

不仅如此，子飞行器外面的光线也越来越暗。整个深空一下子变得如同地球上几万米以下的深海那样，令人感到恐慌和窒息。

"教授，我猜测 18 号天蝎人趁我们离开开普勒 452b 之际，已经取走了开普勒 452b 围绕着旋转的那颗恒星的日心之火。所以外面的环境才会变得如此糟糕。"丽贝卡心惊胆战地对霍金教授说。

"对，你分析得不错。我也是这样认为的。"霍金教授冷静地说。

"是吗？可是我为什么看不出你有一点害怕的意思呢？"丽贝卡疑惑地问。

"丽贝卡，不瞒你说，刚刚飞出天王星大气层的时候，我就已经意识到了这个问题。"霍金教授淡淡地说。

"哎呀，你可真憋得住，这么严重的问题，怎么就不告诉我一声。"丽贝卡嗔怪地对霍金教授说。

"我只是怕你害怕，不能专心驾驶。"霍金教授说，"再说，即便是 18 号天蝎人真的盗走了你们那颗恒星的日心之火，也未必有你想象的那样严重。"

"此话怎讲？"

"就拿我们地球和太阳来说吧。没有了太阳的地球就像一杯被放进冰箱里的咖啡一样，不会马上变得冷若寒霜。当然了，从物理角度来讲，太阳不可能骤然'关机'的；即使太阳真的蓝屏无限死机了，地球在几百万年之内都会比外界空间温暖一些。

"失去太阳的一周内，地球平均地表温度将降低至 -17.78℃；在 1 年的时间内则会骤降到 -73.33℃；海面将冻结，但由于海洋表面冰层形成了性能良好的绝缘体，在千年内浅层区下面的深水都不会冻结。百万年后，活动体们依赖的地球会达到一个相对稳定的 -240℃；这是因为温度从地球的核心散发的热量与来自太空中的辐射相等。

"生活在地壳上的一些微生物能够继续生存，然而大部分生命体会随着太阳的消失烟消云散。失去太阳后依赖光合作用的植物将失去能量来源，大多数植物会在几周内死亡。得益于缓慢的新陈代谢和体内存储了大量的糖，茂密的大树则可以在伸手不见 5 指的漆黑地球再活个几十年。

"至于地球人，我们可以住在地下掩体里。当然了，全国 26.2％电力来自地热资源丰富的岛国冰岛也不失为一个好去处：冰岛内 87％的家庭使用地热能源。美国罗切斯特大学的天文学教授 Eric Blackman 曾经说过：'即便地球失去了太阳，人们也可以利用火山余温继续活个几百年'。"

霍金教授的分析有理有据，多少打消了丽贝卡心中的一些疑虑。

"如此说来，开普勒 452b 在短期内也不会有什么致命性的灾难了？"听霍金教授讲完，丽贝卡问道。

"开普勒 452b 和地球形同我们这个宇宙中的'孪生兄弟'，既然我们地球上的许多科学家推演失去太阳后地球在短期内不会造成太大影响，开普勒 452b 在短期内应该也不会有太大问题。"霍金教授回答。

"哦，这样我就放心了！"丽贝卡长长舒了一口气。

"然而，并不是说开普勒 452b 暂时没有问题我们就可以放松了。"霍金教授说，"我最担心的一点是，18 号天蝎人盗走你们的恒星的日心之火后，必然立即前往与你们这个星系比邻而居的太阳系，盗走太阳的日心之火。地球拥有 70 多亿人口，一旦失去能为他们提供生存需要的能量的太阳，为了占有赖以生存下去的地热资源，被 18 号天蝎人搞得贪婪自私的人类之间必然爆发灾难性的战争。这个后果是我最不愿意看到的。"

"那么，我们接下来要怎么做呢？"丽贝卡问。

"目前，我们最迫切的工作就是尽快回到开普勒 452b，救活你的父亲卡卡·威尔，抢回 3000 奇兵的指挥权，打败 18 号天蝎人。只要我们夺回被 18 号天蝎人盗走的地心之火、日心之火，并将之归还于各自的星球，宇宙不就能恢复原来的秩序吗？"霍金教授沉着地说。

听了霍金教授的话，丽贝卡点了点头。然后，她猛地将子飞行器的加速杆拉到最高。子飞行器立即以超越光速十几倍的速度冲破无尽的黑暗迅猛向前飞去。

第一〇一章　丽贝卡的愤怒

虽然丽贝卡目前是在一片黑暗中行进，但是，子飞行器上配备着先进的夜视装置。因此，它并不会因此迷失掉自己的方向。

很快，丽贝卡就驾驶着子飞行器到达了开普勒452b的上空。

然而，就在丽贝卡准备降落的时候，她猛然发现了子飞行器夜视装置拍下的惊人一幕——地面上，在一堆熊熊燃烧的篝火旁，"刀疤"和另外几个18号天蝎人正凶神恶煞地朝着整齐列队的3000石头奇兵怒吼。

虽然对18号天蝎人有满腔怒火，但是，面对强大的敌人丽贝卡也不敢轻举妄动。

丽贝卡悄悄关闭了发动机，将子飞行器悬停在万米高空。

"对！你做得很好！我们现在处在黑暗中，虽然距离18号天蝎人很近，但只要停止移动，不发出声响，他们就很难发现我们。"霍金教授向丽贝卡竖起一个大拇指，然后，小声地对她说，"请你开启飞行器上的声音收集器，听听 18 号天蝎人在说什么？"

丽贝卡轻轻按下了驾驶操作台上的一个绿色按钮。

"你们这群蠢猪！笨蛋！"随着丽贝卡缓缓旋动音量按钮，声音收集器里传出的声音越来越清晰。

"教授，是'刀疤'的声音。"丽贝卡小声对霍金教授说。这个声音收集器存储着我们这个宇宙中很多智能生物的声音，因此，能很轻松地辨别出听到的声音是谁的。

"嗯，别说话。"霍金教授示意丽贝卡仔细听听"刀疤"讲话的内容。

"本来以为你们是这个宇宙中战斗力最强的一支队伍，没想到你们竟然这么不堪重用，几次三番对开普勒 452b 发动袭击，都未能消灭霍金和那个小妞儿。目前，我们虽然按照龙威的命令，取出了十几颗宜居星球的地心之火，也顺利将开普勒 452b 围绕的恒星的日心之火囊括手中，但是，霍金和那个小妞儿一日不除，我们就永远别想在这个宇宙中安宁一天。下一步，我们就要飞往太阳系了。我希望在我们离开之前，一定要想尽一切办法消灭仍在开普勒 452b 上的霍金和丽贝卡。永绝后患！"这是声音收集器传出的"刀疤"清晰的吆喝声。

听到这里，丽贝卡大惊失色地对霍金教授说："教授，这群恶魔的目标是我们，我们应该怎么办呢？"

丽贝卡可不想出师未捷身先死。个人的安危倒不是最重要的，但是，她和霍金教授一旦遭遇不测，我们这个宇宙怕是要永远陷入万劫不复之地了。

霍金教授听到丽贝卡的声音都有些发颤了，他知道她此刻一定是紧张极了。自从认识丽贝卡以来，霍金教授从来没有见过丽贝卡如此慌乱过。

遇事慌乱非但无助于事情的解决，有时还会雪上加霜，造成更加严重的后果。霍金深知这个道理。

因此，必须让丽贝卡的情绪先平静下来。

"丽贝卡，让我来跟你讲一个故事吧。"霍金教授微笑着对丽贝卡说。

"都什么时候了，你还有闲心讲故事？"丽贝卡不解地望着霍金教授。

霍金教授不顾丽贝卡的质疑，自顾自地讲道："有一个流浪汉，走进寺庙，看到菩萨坐在莲花台上受众人膜拜，非常羡慕。流浪汉问，我可以和你换一下吗？菩萨回答：只要你不开口。于是，接下来，流浪汉坐上了莲花台。他的眼前整天嘈杂纷乱，要求者众多。他始终忍着没开口。一日，来了个富翁。富翁说，求菩萨赐给我美德。磕头，起身，然后，富翁的钱包掉在了地上。流浪汉刚想开口提醒，想起了菩萨的话，还是忍住了。富翁走后，来的是个穷人。穷人说，求菩萨赐给我金钱，家里人病重，急需钱啊。磕头，起身，然后，他看到地上有一个钱包。穷人想，菩萨真显灵了。于是，他拿起钱包就走。流浪汉刚想开口说，不是显灵，那是人家丢的东西；可他想起了菩萨的话。这时，进来了一个渔民。渔民说，求菩萨赐我安全，出海没有风浪。磕头，起身，他刚要走，却被返回来的富翁揪住。为了钱包，两人扭打起来。富翁认定是渔民捡走了钱包，而渔民觉得受了冤枉无法容忍。流浪汉再也看不下去了，他大喊一声：'住手！'然后，他把一切真相告诉了他们。一场纠纷就这样平息了。"

"你觉得这样很正确吗？"讲到这里，霍金教授微笑着问丽贝卡。

"是啊，这个流浪汉变成的菩萨在关键时刻讲出了实情，避免了一场错误的纠纷，他做得很正确呀！"丽贝卡回答。

然而，霍金教授却摇了摇头，否定了丽贝卡的观点。

"你为什么摇头呢？"丽贝卡不解地问。

"当你听完这个故事的后半截，你就明白了。"霍金教授仍旧微笑着说，"当流浪汉变成的菩萨开口说话后，菩萨现身了。菩萨对流浪汉说，你还是去做流浪汉吧。你开口以为自己很公道，但是，穷人因此没有得到那笔救命钱，富人没有修来好德行，渔夫出海赶上了风浪葬身海底。要是你不开口，穷人家的命有救了；富人损失了一点钱但帮了别人积了德；而渔夫因为纠缠无法上船，躲过了风雨，至今还活着。"

"丽贝卡，这个故事讲完了，你悟到什么了吗？"霍金教授问丽贝卡。

"嗯，当然，许多事情，该怎样就怎样。等待它顺其自然地发生，也许结果会更好。"丽贝卡红着脸回答。

"是啊，即使18号天蝎人穷凶极恶，我们又有什么可怕的呢。记住，无论什么时候，静观其变，不欲其乱，以不变应万变，才是上上之策。"霍金教授眼睛一眨不眨地望着子飞行器屏幕上的18号天蝎人平静地对丽贝卡说。

霍金教授所言极是，丽贝卡信服地点了点头。同时，她心中的慌乱也稍稍平复了一些。

与此同时，"刀疤"的训话已经结束。

毋庸置疑，"刀疤"的训话让这 3000 石头战士斗志昂扬。接下来，他们扭动着巨大身躯奔赴开普勒 452b 各地，展开了疯狂的破坏。

开普勒 452b 上瞬间雷声滚滚，狼烟四起。

就这样眼睁睁地看着"故国家园"遭到敌人的疯狂破坏，丽贝卡刚刚平复的心情现在又充满了不可遏制的怒火。

丽贝卡怒目圆睁，浑身颤抖，大脑瞬间处于一种无意识状态。

接下来，霍金教授看到丽贝卡的手正渐渐伸向子飞行器的激光发射按钮。

"丽贝卡，千万不要莽撞行事！"霍金教授大喝一声。

此刻，所有的仇恨瞬间燃烧在丽贝卡的胸中，她已经变得如同一只搭在拉满了弦的弓箭上的利箭。

霍金教授这一声大喝显然没有惊醒丽贝卡。

接下来，瞄准，发射！

一束强大的激光向着正站在地面上得意忘形的"刀疤"直射而去。

"完了！完了！"看到一切已经不可挽回，霍金教授摇着头发出声声叹息。

第一〇二章　破碎的水晶盒子

霍金教授为什么不赞同丽贝卡对 18 号天蝎人发动袭击呢？因为，他知道，就凭他和丽贝卡，根本不是 18 号天蝎人的对手，目前，他们要做的只能是好好隐藏自己，待 18 号天蝎人离开后再做打算。如果现在就发动攻击，他们不仅毫无胜算，而且，必将暴露自己，被 18 号天蝎人生吞活剥。

霍金教授的想法果然没错。丽贝卡发射的那束激光还没射到"刀疤"身上，就已经被"刀疤"发现了。

"刀疤"的本领果然不可小觑。

说时迟那时快，"刀疤"来了一个比闪电还快的转身。

定位，瞄准，逆着射来的激光猛然发出一束更强大的激光。

在无边无际的黑暗中，两束刺眼的激光瞬间撞在一起！

"轰！"伴随着一团巨大的火球在空中升起，一声巨响震耳欲聋。

事情没有就这样结束。

由于"刀疤"发射的那束激光比丽贝卡的还要强大，它在逼退了向着自己而来的那束激光后，继续向前进，直逼丽贝卡驾驶的子飞行器而去。

丽贝卡也不是吃素的。也许是刚才那声震耳欲聋的爆炸声惊醒了她，当她看到她和霍金教授面临着巨大危险之际，果断选择了弃舰而逃。

丽贝卡手一挥，瞬间制造出一个黑洞。

借助黑洞的力量，丽贝卡和霍金教授闪电般遁入了开普勒452b的地下。

留在空中的子飞行器这下遭了殃。强大的激光一下子射在上面，机体就像一块小小的冰块儿瞬间遇到几万度的高温，马上就融化了。

如果仅仅是子飞行器毁坏了，后果还没有那么严重。问题是，丽贝卡和霍金教授千辛万苦从天王星带回的装着那3000颗心脏的水晶盒子还在里面。

不过，那个水晶盒子毕竟不是普通的盒子，他是卡卡·威尔当年用一种坚硬无比的特殊水晶制成的。"刀疤"发射的激光能瞬间融化子飞行器，对水晶盒子却没半点儿损害。

不过，这水晶盒子有个致命的缺点，那就是经不起重力的巨大撞击。

子飞行器消失后，水晶盒子快速下降。

在无边的黑暗中，被击毁的子飞行器很快就要燃烧殆尽了，周围的光线很微弱。猛然看到空中掉下一个黑漆漆的东西，"刀疤"一时没反应过来那是什么，他还以为是丽贝卡他们向他发射来的什么威力无比的"炸弹"，因此，他没有敢接招，而是惊叫着逃开了。

水晶盒子猛地撞击在地面上的一块巨大岩石上。

猛烈的撞击让岩石迸射出一道耀眼的火光。

在这短暂的光明中，"吱——吱——"随着两声巨响，水晶盒子裂开了两条缝隙。

接下来，让人意想不到的一幕出现了——水晶盒子里的3000颗红色心脏突然像有了生命一样，它们兴奋地从水晶盒子的裂缝里使劲"挤"了出来，然后，闪着红色的光芒呼啸着向空中跳跃而去，瞬间就没了踪影儿。只留一个空空的盒子在那里。

这一切，都被躲在地下的丽贝卡和霍金教授用一个特殊的监控仪器看在了眼里。

望着自己和霍金教授辛辛苦苦从天王星取回的3000颗心脏就这样瞬间杳无踪迹，丽贝卡感觉自己心如刀绞。

"教授，都是我一时冲动！没有了3000心脏，我们就无法收回3000奇兵的指挥权，我们就等着陷入万劫不复之地吧！"丽贝卡使劲擂着自己。此刻，她心中的自责是无人能想象的。

然而，霍金教授仍旧那样镇定。

"嘘——"霍金教授眼睛一眨不眨盯着那个监控仪器的屏幕。

"也许，事情并没有那么糟糕吧？我们地球上有句话，祸兮福所倚，福兮祸所伏。"霍金教授淡淡地说，"我想，奇迹马上就要出现了！"

"什么?!"霍金教授这句话让丽贝卡感到吃惊。

"奇迹?"接着，丽贝卡疑惑地说。

"是啊！按照我们正常的思维，盒子掉在地上，装在里面的那些没有生命的心脏只能被摔成一团肉泥而已。为什么它们非但没被摔碎，而是跳起来向空中飞去了呢？"霍金教授小声嘀咕着，"难道，这不可疑吗？"

"是啊！"丽贝卡一边惊讶地叫着，一边重新把头靠过来，将目光放在监控仪器的屏幕上。

此时，屏幕上先是出现了"刀疤"。他疑惑地走到破碎的水晶盒子面前，不住地打量着那个水晶盒子。

"这究竟是个什么东西呢？""刀疤"喃喃自语，"刚才飞出去的那些东西又是什么呢？"

"刀疤"用手摸了摸水晶盒子的裂缝，接下来又使劲照着水晶盒子踢了一脚。

"唔——唔——"

忽然，天空中传来一个特殊的声音，像是千军万马齐声呐喊的声音。

那声音越来越大。

紧接着，一个亮点出现在监视仪器的屏幕上。

亮点越来越大。

丽贝卡赶紧拉近镜头。这时，她和霍金教授看清楚了，那亮点是由数千名穿着金甲的威风凛凛的宇宙战将组成的。这是一个整齐的宇宙战将队列。每一个宇宙战将都是一个发光体，他们把整个宇宙映得明亮如昼。

丽贝卡再把镜头拉近一些，她赫然看清楚站在这群宇宙战将最前面的是怀特！怀特披挂着一身红色战袍，显得好不威风！

"天哪！这位小将竟然是怀特！霍金教授你看到了吗？"丽贝卡兴奋地说。

"嗯！我说一定会有奇迹出现吧？"霍金教授微笑着说。

"是啊！是啊！真想不到！"丽贝卡不住声儿地叫着。

"可是，跟在怀特后面的这些金甲战士是谁呢？"接着丽贝卡疑惑地问道。

"你弄清他们的数量没有？"霍金教授微笑着问丽贝卡。

"呵呵，我光顾着高兴了，这个问题到被我忽略了。"丽贝卡说，"我现在就来数数他们有多少人。"

"不！不用了，我刚才已经计算过了，跟在怀特身后的不多不少，正好是3000人！"霍金教授说。

"那这样说来，他们是3000奇兵？"丽贝卡疑惑地问。

"嗯，我想是这样的！"霍金教授脸上露出了开心的笑容。

接下来，丽贝卡将镜头重新定位到那个水晶盒子，她赫然看到，那个水晶盒子已经被"刀疤"踢得稀巴烂。

当觉察到空中的异样后，"刀疤"猛然抬头。

当"刀疤"歪着脑袋终于看清楚正朝着自己走来的那些人后，他不禁大惊失色。

就在"刀疤"惶恐不安的时候，那个褐发鸟嘴的18号天蝎人一路狂奔而来。

"大王，不好了！""鸟嘴"边跑边杀猪般地吼叫。

"怎么了？""刀疤"问。

"鸟嘴"慌里慌张地向"刀疤"汇报："一瞬间，咱们的3000石头兵全都变了模样。不仅如此，当一个穿着红色战袍的年轻人出现在天空后，所有这些兵立即停止进攻开普勒452b，全部向那年轻人集合而去。这还不是最重要的，重要的是，他们马上倒戈向我们进攻，再也不受我们的控制。"

"刀疤"的小眼珠子在黑色面罩后面滴溜滴溜地转了几圈儿，然后说："我说咱们得到的 3000 奇兵怎么那么不中用呢？竟然连霍金和那小妞儿都找不到，原来他们尚未脱离石化之身。"

"那为什么现在他们脱离了石化之身呢？""鸟嘴"焦急地问。

"这其中一定有诈，要么跟那穿红袍子的少年郎有关，要么跟眼前这个破水晶盒子有关。"接着，"刀疤"又愤恨地照着那水晶盒子使劲踢了一脚，那水晶盒子一下子被踢得七零八落，再也看不出原来的样子。

"大王，要不要跟他们决一死战？""鸟嘴"紧张地问"刀疤"。

"决个屁！我们是他们的对手吗？""刀疤"气急败坏地说。

"那……那我们怎么办？"

"怎么办？还有别的办法吗？我们立即集合队伍，带上取来的地心之火和日心之火，前往龙威那里交差。""刀疤"回答。

"鸟嘴"刚要转身离去，"刀疤"又大声喝住了他。

"对了，顺路我们一块到太阳系那里，取走太阳的日心之火和地球的地心之火。地球上那帮小兔崽子真难死，我实在没有耐心再等下去了。再说，这个宇宙都将不复存在了，留着那帮小兔崽子还有什么意义？"接着，"刀疤"补充道。

"是！遵命！""鸟嘴"把腰往低处使劲弯了一下。待他挺起身子来的时候，"刀疤"早已消失在空中。

怀特带领着威风凛凛的 3000 奇兵即将到来，"刀疤"不敢大意，脚尖儿轻轻点了一下地，瞬间就逃进无尽的黑暗之中。

第一〇三章　意外之喜

看见"刀疤"他们落荒而逃，霍金教授哈哈大笑。

"你笑什么?"丽贝卡疑惑地望着霍金教授。

"现在难道不是最开心的时候吗?"霍金教授说，"战局瞬间发生了180°的大转弯。从此以后，我们怕是要结束逃亡生活了。"

"是啊。"丽贝卡定了定神儿，也开心地笑了起来。

"丽贝卡，我们的人来了，我们现在回到地面上去吧。"接着，霍金教授对丽贝卡说。

于是，丽贝卡轻轻挥了一下手，转瞬就回到了地面上。

霍金教授和丽贝卡刚刚在地面上站稳，怀特就率领着3000奇兵踏着整齐的步伐来到跟前。

3000战靴整齐划一的动作，把开普勒452b的土地震得瑟瑟发抖。

望着这支威风凛凛的队伍，霍金教授和丽贝卡真是感到幸福极了。

"霍金教授，丽贝卡小姐! 地球之子、拿破仑后裔怀特前来向你们报到!"3000奇兵立定之后,怀特右手紧握腰刀,大踏步上前,来到霍金教授和丽贝卡跟前,向他们行了一个标准的军礼后,大声向他们汇报。

霍金教授遥控着电动轮椅围着怀特转了一圈儿,端详了怀特一番。

"嗯,不错!不错!这样一来,就比拿破仑将军还要威武不知多少倍了。"霍金教授微笑着说。

"怀特,说说吧,这3000奇兵是怎么到手的?"霍金教授问怀特。

"咦——难道,这3000奇兵不是教授带到我身边的?"怀特倒感到疑惑起来。

"不是呀,我和霍金教授到天王星去了一趟,取回了封存在天王星地心里的3000颗心脏,本来是想借机夺回3000奇兵的指挥权的,可是,那个封存心脏的盒子不幸被18号天蝎人打破,3000心脏全都不见了。接下来,我们就看到你带领着3000奇兵英姿飒爽地到来。我们也不知道发生了什么事情啊?"丽贝卡抢先回答。

"咦——这是怎么回事儿?"怀特说,"我也是不久前才从灵息之泉出来的。出来后,我到驻地找你们,发现了丽贝卡留给我的信,说你们到天王星去了。后来,我按照丽贝卡信中要求的,在一个隐秘的洞穴中找到受伤的木锋、青甲、月娃他们,并一一将他们运去灵息之泉疗伤。对了,还有一个我从来没见过的老头子,那人身材魁梧,身高足有十尺,当时也只有出的气儿,没了进的气儿,我想,既然那老头子也在那个洞穴里,一定是我们的人,就将他一块儿运去灵息之泉了。"

"什么老头子?那是丽贝卡的父亲卡卡·威尔!"霍金教授说,"我们千辛万苦才救回来的。"

"哦,我说那老头子,哦,不,你的父亲相貌中怎么藏着一股威严之气,原来,他是开普勒452b的王。"怀特偷偷瞟了丽贝卡一眼,自言自语道,"不过你们都不要担心,我已将他在灵息之泉做了妥善的安置。"

"嗯,你做得很好!看来,这灵息之泉绝非凡俗之物,不仅强健体魄,还增加人的心智,我有时间一定也去泡一回。"霍金教授说。

"那再后来呢?"丽贝卡这时插话进来,她还在等着怀特讲怎么碰见3000奇兵的呢。

"哦，我按照你的吩咐做完这一切后，突然发现开普勒 452b 上雷声滚滚，我意识到 18 号天蝎人可能正在对这颗星球进行毁灭性打击，于是，我就腾空而起，准备跟他们战斗。然而，就在这时，我看到空中红光一闪，红光过后，3000 金甲战士就呐喊着一起向我冲过来。我以为他们是向我进攻的敌人，心想，这下完了，我一人怎么能够对付这么多人。没想到，他们到了我的跟前，倒头便拜，说什么早先受 18 号天蝎人的蛊惑犯下不可饶恕的错误，现在回心转意，愿唯我马首是瞻之类的话。"怀特对霍金教授和丽贝卡说，"我弄不明白是怎么回事儿，还以为你们已经说服了 3000 奇兵，他们现在成了我们的人。"

"不错，我们现在的确是将军您的人。"就在这时，站在 3000 奇兵队伍最中间的一个头戴赤焰金甲的人向前跨了一步，举手施礼后，向怀特禀报。

"怎么回事儿？你们怎么无缘无故投诚了我们？再说，原来你们的样子不是石头的吗？"霍金教授控制着电动轮椅向前移动到那位头戴赤焰金甲的人跟前。

"报告主人！是这样的：早先，18 号天蝎人在天王星得到我们，只是破解了第一重密码，那时，我们尚未脱离石头之身，尚无思维和判断能力，我们就像无知的机器人一样，谁都可以驱使我们做任何事情。"头戴赤焰金甲的人说。

"这么说来，要让你们摆脱石头之身，还有第二重密码？"霍金教授微笑着问，"不会是封存在那个水晶盒子里的 3000 颗心脏吧？"

"的确如此，那 3000 颗心脏就是让我们脱离石头之身的第二重密码。那是 3000 颗正义之心，拥有了它们就会站在拥有正义力量的一方。我们的心脏和我们的身体能产生非常大的吸力，当那个水晶盒子破裂之后，那 3000 颗心脏自动飞进我们的身体，我们瞬间脱离石头之身，并拥有了思维和判断能力。"

"所以，当你们看清楚指挥着自己的人是一群杀人不眨眼的疯子时，意识到自己被蛊惑，所以，就投靠我们拥有正义力量的这一方？"霍金教授问。

"是的！从此我们就是一群正义之师，再也不会干非正义的事情！"头戴赤焰金甲的人向霍金教授、丽贝卡和怀特敬了一个礼，"啪"的一声把身子站得笔直。

"高！实在是高！"听到这里，霍金教授忍不住伸出一个大拇指。

霍金教授佩服的是卡卡·威尔，他为卡卡·威尔能想到这样一种加密的方式而由衷地赞叹。

卡卡·威尔的高明之处在于他对人心的研究。人心真是一种奇妙的东西，一个没有心或者心术不正的人往往容易受人收买或任人摆布，但是，一旦一个人拥有了一颗正义或良知的心脏，他的心灵就将充满阳光，再也不会受到那些邪恶力量的蛊惑。这个是一个颠扑不破的道理，适用于我们这个宇宙中所有的生命个体，包括他一手制造出来的这 3000 奇兵。

"嗯，幸亏'弄拙成巧'，不然，我们不知要费多少事吃多少苦头才能夺回这 3000 奇兵的指挥权。"霍金教授感慨地说。

丽贝卡知道霍金教授说的"弄拙成巧"是自己莽撞地朝"刀疤"开火，她红着脸笑了笑没有吱声儿。

"呵呵，教授，先别讨论'弄巧成拙'还是'弄拙成巧'了。当前，18 号天蝎人正在不远处集合，准备将地心之火送往龙威处，他们还说准备路过地球连同太阳的日心之火和地球的地心之火一块带走，我想，我们应该立即组织进攻，阻止他们造成更大的破坏！"这时，怀特挺了挺身子，向霍金教授报告。

"OK！你现在已经成为铁甲战将，作战方案的制订以及 3000 奇兵的指挥今后悉数归你！请立即行动吧！"霍金教授对怀特说。

"遵命！"

接下来，怀特开始调兵遣将。

怀特将 3000 奇兵分成三部分：1000 人马堵住 18 号天蝎人去往太阳系的通道，1000 人马跟他去追赶 18 号天蝎人，1000 人马留在霍金教授和丽贝卡身边，保护他们和开普勒 452b 的安全。

当然，接下来怀特还做了一些更细致更周全的安排。

怀特的一招一式霍金教授都看在眼里，他感觉此时的怀特跟在影视资料里看到的拿破仑颇有几分神似，他知道是植入怀特脑袋中的那枚芯片正在发挥作用，不然，凭他一个毫无军事才能的人是不能做出如此周密的部署的。

不过，霍金教授认为怀特留在自己身边的那 1000 人马有点多余。

"你还是把我们身边这 1000 人马带走吧，18 号天蝎人现在末路穷途，必然会全力以赴来抵抗你们的进攻。"霍金教授对怀特说。

"我也想到了这一点，不过，我带走了他们，你们的安全谁来保证?"怀特担心地说。

"没关系，我们不是还有金锋、木锋以及青甲、月娃他们吗?"霍金教授微笑着说。

"可是，他们已经严重受伤，怎么能够肩负起保卫你们的任务?"怀特不放心。

"放心吧，我料定灵息之泉的神奇力量已经让他们完全恢复，现在，说不定他们正在四处寻找我们呢?"霍金教授自信地说。

"哦，既然如此——"

"走吧!"霍金教授挥了挥手。

霍金教授话音儿刚落，怀特带领 3000 铁甲之师瞬间腾空而起。

第一〇四章　宇宙交锋

怀特走后，周围又陷入一片黑暗之中，阵阵奇寒迎面袭来。

丽贝卡感到，失去了恒星照耀的开普勒 452b 现在真是糟糕透了。

还不知幸存下来的那些生命是怎么来对付这无边的黑暗和抵挡愈来愈冷的天气的？他们不会因此迷失方向或冻饿而死吧？

丽贝卡心中不禁涌起一阵阵悲悯之情。

要尽快让这些可怜的生命摆脱困境！分分钟也不得耽搁！

想到这里，丽贝卡推起霍金教授急匆匆向灵息之泉赶去。接下来，他们要找到丽贝卡的父亲卡卡·威尔和金锋、木锋、青甲、月娃他们。

他们要找到每一个人，救活每一个人。丽贝卡和霍金教授明白，他们只有凝聚起这个团队的一切力量，才能救开普勒 452b，救宇宙于水深火热之中。

由于灵息之泉就在前面不远处，而且，灵息之泉上空升腾起来的那团红色迷雾也为她指明了前进的方向，因此，丽贝卡很快就来到了那里。

当丽贝卡推着霍金教授刚刚闯过环绕在灵息之泉周围的那层红色迷雾时，火锋的身影儿一下子出现了前面。

其时，火锋正骑在九头巨蛇身上四处查看，试图找到穿出迷雾的道路。然而，九头巨蛇许是怕这迷雾当中隐藏着什么危险，摇头晃脑地就是不肯前进半步。

火锋被裹足不前的九头巨蛇弄得气急败坏，为了让它前进，想尽了一切办法，然而始终未能奏效。

火锋因此累得满头大汗。

"火锋!"丽贝卡主动跟火锋打招呼儿。

猛然见到丽贝卡推着霍金教授从红色迷雾里走出来，火锋真是感到喜出望外。

"教授，丽贝卡，我们现在待的是什么地方? 我们怎么来到了这个地方? 我们怎么才能走出去?"火锋一连串问了好几个问题。

看到满头大汗的火锋那急迫的样子，丽贝卡"扑哧"一声笑出声来。

"怪不得怀特要将他们背到这里来? 看来，这里的确非常安全!"丽贝卡笑着对霍金教授说。

"是呀! 连火锋这样见多识广能征善战的人都出不去，18 号天蝎人又怎么能够发现这里并进入这里呢?"霍金教授微笑着随口附和。

"什么? 你说我们是被人背到这里的? 他是谁? 他为什么要将我们背到这里来?"听到丽贝卡和霍金教授的谈话，火锋疑惑地问。

"火锋，这些事情容后再告诉你。"丽贝卡对火锋说。

"弟兄们现在怎么样? 都恢复了吗?"接着，丽贝卡问道。

"嗯，我们大家现在已经无碍了。问题是，目前我们都搞不清自己身处何地，也不知怎么走出去。"火锋焦急地回答。

"火锋，你们这么着急要出去，是为什么呢?"霍金教授问火锋。

"18 号天蝎人现正在开普勒 452b，我们好赶紧出去保护你和丽贝卡呀。"火锋焦躁不堪地说。

"嗯，你们的确忠心可嘉! 问题是，我和丽贝卡就在眼前，你们还有必要急着出去保护我们吗?"

听了霍金教授这句话，火锋使劲拍了拍自己的脑袋，说："咳！你看我这脑子，都怪我太着急了！"

"呵呵，既然不必着急出去了，那就带我们去和其他弟兄会合吧。"丽贝卡笑着对火锋说。

接下来，火锋在前面带路。时间不久，他们就跟金锋、木锋、土锋、水锋以及青甲、月娃他们聚在了一起。

大家分别已久重新相聚，都激动地相拥而泣。

过了一会儿，待大家情绪稍稍平静一些后，火锋央求丽贝卡给他们讲讲他们昏迷以后发生的那些事情。

于是，丽贝卡就18号天蝎人如何袭击火锋他们藏身的那个洞穴致使他们重伤昏迷，她和霍金教授如何回天王星取来3000心脏，怀特如何将他们送来灵息之泉，后来3000奇兵又如何归降他们等，详细地给大家讲述了一遍。

当听说3000奇兵的控制权回到我们手中的时候，大家真是感到非常开心。

"教授，丽贝卡，这灵息之泉的确不同凡响，我们在这里浸泡之后，不仅从昏迷中完全清醒过来，而且，我们现在感觉神清气爽，好像拥有了无穷的力量。"听丽贝卡讲完那段曲折的经历之后，金锋兴奋地对霍金教授和丽贝卡说。

"祝贺你们！你们现在都拥有了金刚不坏之躯，功力大增，再也不用惧怕18号天蝎人了。"霍金教授微笑地望着大家。

"金刚不坏之躯?"大家异口同声问道。

丽贝卡就这灵息之泉的神奇之处和独特功效跟大家讲述了一遍。

大家因祸得福，更加感到欢欣鼓舞。

就在大家拥在一起开心地又跳又唱的时候，突然，一道道电光刺破苍穹，穿过浓重的红色迷雾射到灵息之泉里面来。瞬间，天空雷声大作，整个大地都剧烈颤抖起来。

瞬间出现的情况让大家猝不及防。

然而，没有一个人因此而慌乱。接下来，金锋、木锋他们紧急列队，一下子就把霍金教授紧紧地保护在了中间。

毕竟是一群千锤百炼的宇宙勇士！

"发生了什么事？"大家面面相觑。

只有霍金教授保持着无比镇定的姿态。

"大家不要紧张！不要紧张！"待雷声稍稍小一些之后，霍金教授大声向大家喊道。

大家疑惑地向霍金教授望去，却见他正捧着丽贝卡的那个宇宙扫描仪独自欣赏着一部"小电影"。

"教授，这个时候你还有闲心看电影？"木锋疑惑地问。

"呵呵，这可不是普通的电影，扫描仪上现在上演的是 3000 奇兵大战 18 号天蝎人的故事。"霍金教授微笑着说。

原来，就在刚才，怀特率领着 3000 奇兵，已经追上正在赶往太阳系的 18 号天蝎人。他们在茫茫宇宙中突然遭遇，一场大战立即拉开了序幕。刚才那电闪雷鸣就是这场宇宙之战爆发出来的惊人能量。

霍金教授料事如神，他知道是怀特和 18 号天蝎人他们交上了火。他虽不能亲自前往观战，然而，手中的宇宙扫描仪却正好可以进行"实况转播"。

霍金教授看到，3000 奇兵果然厉害，很快就占了上风。18 号天蝎人开始节节败退。

霍金教授一边观战，一边将最新战况"播报"给大家。

突然，霍金教授停止了"播报"。

这时，丽贝卡疑惑地伸过头来观看"最新战况"。

然而，丽贝卡只看了一眼就大惊失色。因为，她分明看到 18 号天蝎人正朝着他们待的这个大峡谷飞奔而来。

"教授，3000 奇兵未在我们这边设防，我们的处境十分危险，你怎么还不下命令让我们立即转移呢？"丽贝卡神色慌张地说。

"呵呵，为什么要转移？我还怕他们不朝我们这边来呢！"霍金教授微笑着说。

"别忘了我们有金锋、木锋他们，正好可以给 18 号天蝎人迎头痛击！"见丽贝卡一副不解的神情，霍金教授进一步解释。

丽贝卡猛然醒悟，原来霍金教授的意图在这里。

第一〇五章 卡卡·威尔复活

在刺骨的寒风中，18号天蝎人正穿越无边的黑暗，向着开普勒452b的这个大峡谷急速而来。

他们为什么把隐藏着灵息之泉的大峡谷当作逃生的目的地呢？原来，由于为这个星球提供光源和能量的恒星的日心之火被18号天蝎人盗走后，他们容身的这片宇宙立即陷入了伸手不见五指的黑暗中，而刚才那一役，18号天蝎人又被打得落花流水，完全失去了方向感。

因为"混沌"不依赖恒星发光，自身就能发出红色的光芒，所以，灵息之泉这里成为这片宇宙唯一的一片光亮之地。

就像行驶在夜色中的一叶扁舟一样，灵息之泉的红色光芒自然成为茫茫大海中的一盏灯塔，让迷失了方向的舵手向它靠近。

不过，不用担心，灵息之泉的红色迷雾正好是隐藏霍金教授他们的最好屏障。18号天蝎人一时并没有发现这里隐藏着什么危险。

近了，更近了！

就在18号天蝎人即将突破那层层红色迷雾之际，霍金教授果断向木锋他们下达了出击命令。

木锋他们怀着满腔怒火和复仇的决心立即升空。

18号天蝎人防不胜防，顿时乱了阵脚。

大蜘蛛吐出坚韧的丝线，9头巨蛇喷出凶猛的烈焰，土龙、凤凰各自使出自己的绝招儿。金峰、木锋他们腾挪躲闪，各自手持利器，拼尽全身力气，英勇地和18号天蝎人搏击着。

经过灵息之泉锻造的木锋他们今非昔比，现在，他们是一群刀枪不入的铁甲之师，任凭18号天蝎人使出浑身解数，他们竟然毫发未损。

过了一会儿，怀特率领着3000奇兵也呐喊着追过来了。18号天蝎人腹背受敌，再也不敢恋战。

然而，18号天蝎人毕竟是一群身经百战的虎狼之师，他们虽然面临万分紧迫的不利形势，最终还是寻到了一丝破绽，并成功突围，向着茫茫宇宙遁逃而去。

18号天蝎人突围后，怀特决定乘胜追击。

怀特将3000奇兵和木锋他们会合在一起，向着18号天蝎人遁逃的方向追赶而去。

顷刻间，灵息之泉的上空恢复了宁静。

"咱们英勇无畏的战士去追赶18号天蝎人了，我想，我们还是趁这间隙，将你父亲救活吧。"望着宇宙扫描仪屏幕上那个亮点最终消失在茫茫宇宙中，霍金教授对丽贝卡说。

"好啊，好啊。"丽贝卡说。

接下来，他们按照怀特当初告诉他们的地点，在灵息之泉的中心位置找到了卡卡·威尔的尸身。

丽贝卡双掌掌心朝向灵息之泉，闭着眼睛用意念一发功，卡卡·威尔的尸身从灵息之泉里一跃而起，并稳稳落在他们脚下。

"教授，我有一个疑问，木锋他们在灵息之泉里浸泡之后，元气不仅能得到很好的恢复，而且锻造成了一副金刚不坏之躯，为什么我父亲在里面泡了这么长时间，竟然一点效果也没有呢?"丽贝卡疑惑地问。

"这个问题我也感到不可思议，也许，你父亲不是诞生在我们这个宇宙的混沌之气中吧？至于究竟是什么原因，我想，只有等他醒来后我们才能弄明白。"霍金教授回答。

丽贝卡从袖子中取出彭祖在天王星上给她的那粒红色药丸，并给卡卡·威尔喂服下去。

奇迹瞬间发生了。卡卡·威尔长长地舒了一口气后，渐渐睁开了眼睛。

"父亲！"丽贝卡激动地扑在了卡卡·威尔身上。

当卡卡·威尔看清楚是自己的女儿后，伸出双臂一把抱住了丽贝卡，父女两人喜极而泣，紧紧拥抱在一起。

这场面实在太感人了，霍金教授忍不住滴了几滴泪。

"这位就是大名鼎鼎的霍金教授吧？"过了一会儿，卡卡·威尔和丽贝卡恢复了平静，卡卡·威尔指着霍金教授问丽贝卡。

"是的，这位就是霍金教授。"丽贝卡回答，"父亲，是霍金教授救活了你！"

"哦，辛苦你了！"卡卡·威尔向霍金教授伸出大手。

霍金教授将自己的手伸过去，两只有力的大手就这样握在了一起。

丽贝卡望望父亲，又望望霍金。那一刻，她感觉自己幸福极了。

卡卡·威尔获得了新生，而且看情况他早已不再对霍金教授存在戒备，眼前这两个丽贝卡深深爱着的男人无疑成了一只战船上的斗士。这让丽贝卡感到非常欣慰。

美中不足的是，卡卡·威尔虽然起死回生，但是，由于当初复原他身体的整个过程都是在临时实验室里完成的，难免存在一些疏忽，所以，复活后的卡卡·威尔无法站立行走，竟然变成了跟霍金教授一样的残疾人。

不过，卡卡·威尔并不为此感到懊恼，他安慰丽贝卡说："我是霍金用捡回的一个一个原子拼起来的，这个工程非常复杂，能恢复到这个状态我已经非常满意了，又有什么可遗憾的呢？"

丽贝卡含着泪水使劲儿点了点头，霍金教授不可思议地还给了她一个能呼吸会说话的父亲，这已经是非常了不起的了。

"可是，以后你怎么走路呢？"丽贝卡疑惑地问卡卡·威尔。

卡卡·威尔望了一眼霍金教授的轮椅，笑着说："喏，我未来的'腿'

在那里!"

霍金教授望了一眼卡卡·威尔,笑着说:"我们现在都不能行走,可是轮椅只有一个,先生莫不是想要现在医治好我的残疾之躯?"

卡卡·威尔笑着点了点头,接着他伸出右手食指,在霍金教授的腰椎部位点了一下。

霍金教授猛然感觉被卡卡·威尔点住的那个部位一阵发烫。出于本能,他竟然一下子从轮椅上站了起来。

"呵呵,现在这个轮椅是我的了!"卡卡·威尔用手点了一下地面,身体瞬间腾空而起,稳稳地坐进了霍金教授空出来的那个电动轮椅。

望着站起来的霍金,丽贝卡简直不敢相信自己的眼睛。

"这么简单就让霍金教授站了起来?"丽贝卡疑惑地问。

"哦,难道还需要多么复杂的手段吗?霍金不过是凡人一个,他的祖先是我用开普勒人和恐龙的细胞杂交制造出来的,我掌握着他整个身体的基因图谱,致残他和治好他对我来说易如反掌。"卡卡·威尔笑着说。

由于从20多岁就丧失了行走能力,猛然间从轮椅里站起来的霍金教授竟然不敢挪动半步。

"教授,你尝试着往前迈步呀!"丽贝卡不住地鼓励着霍金教授。可是,霍金教授一脸惊恐,那艰难的一步始终未能迈出。

看到这个情况,卡卡·威尔控制着电动轮椅悄悄绕到霍金教授背后,他猛然伸出手推了霍金一把。出于本能,霍金教授一下子迈出了右脚。然后,他尝试着跌跌撞撞地向前走去。很快他就行动自如了。

重新获得行走能力的霍金教授一会儿看看自己的左脚,一会儿看看自己的右脚。那一刻,他简直开心死了。

第一〇六章　煞费苦心

卡卡·威尔服用了红色药丸后重获新生，霍金教授的顽疾也被卡卡·威尔医治好，现在能够行动自如了。

丽贝卡感到自己从来没有这么开心这么幸福过，她一会儿跑过去搂搂父亲的脖子，一会儿又过来"命令"霍金教授走两步看看。

一阵阵爽朗的笑声在这个幽静的大峡谷里回荡。

已经过去了很长时间，前去追剿18号天蝎人的怀特将军和他的3000奇兵以及金锋、木锋他们还没有回来，霍金教授又跑又跳的也已经玩累了。

在灵息之泉的岸边，霍金教授和丽贝卡手挽着手靠在卡卡·威尔的电动轮椅旁，把心中的那些疑问一一向他提出来。

"父亲，当年你让霍金教授患上肌肉萎缩性侧索硬化症，是怕拥有宇宙第一大脑的霍金教授对我们开普勒452b造成什么威胁吗？"丽贝卡最先发问。

多年以来，这个问题始终在丽贝卡的脑海中挥之不去。她认为，不管父亲出于何种原因，都不该让一个健康阳光的少年除了一个手指还能勉强动一下之外其他的身体机能全部丧失掉，而且，让他背负着这种痛苦的折磨几乎耗费掉了整个一生。这对霍金来说无疑太不公平了。

面对这个问题，卡卡·威尔微微笑了一下，然后平静地说："其实，我真的没有惧怕霍金将来会对我们开普勒452b造成什么威胁，更未曾想过他会对我们这个宇宙造成什么威胁。我那样做，只是出于对一个少年天才进行锻造的想法。毋庸置疑，60多年前，我的确检测到霍金的大脑非同一般，但是，你们要明白一个道理，再强大的大脑如果不经历一番苦难的磨砺，也不会闪耀出智慧的光芒。苦难是暴风骤雨之后的那道彩虹，苦难是漆黑深夜之后的黎明曙光，苦难是辛勤耕种之后的累累硕果。如果我没有让霍金经历这番病痛的折磨，他的人生无非是平平静静地念完大学课程，然后顺利进入一家研究机构，研究出一些无关紧要的理论，然后他在无数光环的笼罩下逐渐陷入平庸，并最终碌碌一生。"

"哦，原来你是早有预谋的?"丽贝卡对父亲说。

卡卡·威尔笑了一下，接着说："呵呵，'预谋'这个词听起来有些贬义。不过，我欣然接受。的确，我在少年霍金身体里发现了特别的潜质，那就是非凡的想象力和一种对宇宙科学的独特领悟，他的这种认知超过当时地球上的任何一个人。我由此认为，未来的霍金必将成为研究宇宙科学的泰斗级人物。因此，我忍痛让他患上肌肉萎缩性侧索硬化症。因为，我非常明白，一个人只有丧失掉身体的其他所有功能，只剩下脑袋还在正常思维的时候，他的思维能力才能发挥到极致。不仅如此，我还在霍金身体里植入了一个引导装置，把他的兴趣一步步引向宇宙科学的思考。最终让他拥有了今天的成就。"

"卡卡·威尔先生，我刚刚患上肌肉萎缩性侧索硬化症的时候，我们地球上最权威的医生曾经预测我最多只能再活几年。现在，60多年过去了，我还活在人间。我的长寿曾经让我们地球上的科学家们觉得不可思议。我想，我能够如此顽强地活下来，一定也有你的功劳吧?"这时，霍金问道。

"是啊，植入你身体的那个引导装置里面，同时装了一些药物，药物缓慢地释放在你的身体里，就可以达到彻底消亡的目的。"卡卡·威尔解释道，"不过，我想，现在这个东西已经用不着了。"

接下来，卡卡·威尔伸出一个手指，往霍金教授的腰部发射了一束微弱的激光，一个芯片一样的东西被取了出来。看起来，这个芯片和当初在拿破仑头颅中发现的那个颇为相似。

"唉！就算成为研究宇宙科学的泰斗，就算能够飞越茫茫太空来到这里，这一切的一切对我这个生命体来说又有多大意义呢？如果让我自由选择，当年，我情愿成为一个肌体健康无忧无虑的平凡人。"看着卡卡·威尔取出自己身体里的芯片，霍金教授感慨地说。

"为什么？"卡卡·威尔惊奇地问，"能成为这个宇宙中万众瞩目的人物难道不是你的梦想吗？"

"毋庸置疑，那是很多宇宙生物的梦想，却不是我的。"霍金教授苦笑着说，"因为，人生七十古来稀，我的生命行将消失在这个宇宙中，就算我取得了这么大的成就，最终还不是撒手西去。"

"哦，不！不会这样。你失去的我终将会加倍地补偿你！"卡卡·威尔微笑着说。

"哎呀，霍金教授，你正在变得越来越年轻！"丽贝卡忽然惊叫起来。

霍金摸了摸自己的脸，他惊喜地感觉到自己脸上的皱纹减少了许多。

霍金疑惑地望着卡卡·威尔。

"这没什么。我是这个宇宙中最伟大的生物专家，我不仅能够按照我的想法制造出想要的任何生物，改变所有生物的基因，还能随意改变各种生物的寿命，这对我来说易如反掌。"卡卡·威尔笑着说，"我刚才在取出你身体里的芯片的时候，同时在你身体里植入了一些药物，在这些药物的作用下，你会重新回到 21 岁，不仅如此，从此以后，你将和彭祖以及巨树星长老一样，成为这个宇宙中不会死去的人。"

"彭祖？巨树星长老？他们的寿命也是你给的？"霍金疑惑地问。

"当然！巨树星长老是我的同门师弟，彭祖是巨树星长老的徒弟，他们理所当然得到了我的佑护。而你，即将成为我卡卡·威尔的女婿，寿与天齐也就顺理成章了！"卡卡·威尔说。

"什么？！你竟然答应了我们的婚事？"霍金教授和丽贝卡异口同声问道。

卡卡·威尔点了点头。

"既然你有意让我们在一起，那么，当初你又为什么把我囚进那个洞穴，10年来，连一步都不肯让我迈出呢？"过了一会儿，丽贝卡含着眼泪委屈地问。

"乖女儿，父亲让你受苦了。"卡卡·威尔抚摸着丽贝卡那如瀑的秀发说，"父亲怎会不知疼你爱你？但，一味迁就和无条件的溺爱最终只会葬送掉自己的子女。特别是在爱情方面，我必须对你们进行严格的考验。"

听卡卡·威尔这样说，霍金教授和丽贝卡的眉头同时皱了起来。很显然，他们并不明白父亲的意思。

卡卡·威尔笑了一下，然后感慨地说："爱情是美好的，爱情让我们这个宇宙中所有的生命沉醉迷恋。然而，爱情也是痛苦的，常常让人寝食难安。会有很多问题困扰恋爱中的人，比如：为什么自己爱上的新面孔总有旧爱的影子？为什么曾深爱的人婚后竟变成了另一个人？为什么失恋后会自杀自残，觉得活不下去？爱情的甜蜜似乎总是那么肤浅又短暂，而痛苦却深刻而长久。我认为，一个人在爱情中是不是真的成熟了，要看他（她）是不是为此真实地痛苦过，而不是看他（她）拥有什么。"

"哦，我现在明白了，你当初把我囚禁在地下洞穴里，就是为了看看我对霍金教授的爱到底有多深，你是为了让这段痛苦的经历增加我对爱情刻骨铭心的记忆，从而更加珍惜我和霍金教授的爱情。"听完父亲的话，丽贝卡像突然发现了新大陆。

"是这样吗，父亲？"丽贝卡接着问卡卡·威尔。

卡卡·威尔笑着点了点头。

"嗯，经历过这一切，特别是在开普勒452b遭受灾难的这段时间里，你化身一只波斯猫独自飞往地球，又和霍金一同历尽千难万苦从地球来到这里，我相信你们的爱情已经坚不可摧。既然如此，我还有什么理由不答应你们的婚事呢？"卡卡·威尔笑着说。

说完，卡卡·威尔伸出两只大手，对霍金和丽贝卡说："来吧，两个年轻人，祝贺你们！"

霍金和丽贝卡赶忙往前走了一步，他俩激动地分别握住卡卡·威尔的左右手，久久不肯松开。

接下来，3人在一起还谈了许多其他话题。其中，卡卡·威尔讲到月球上的密室最初是他制造的。讲到⋯⋯

他们相谈甚欢，直至一阵阵奇寒袭入大峡谷。

最先察觉到灵息之泉发生变化的是丽贝卡。

"怎么突然这么冷？"丽贝卡突然打了个喷嚏说。

丽贝卡疑惑地向四周望望，猛然发现灵息之泉不知什么时候已经停止了沸腾，环绕在四周的红色雾气变得非常稀薄，颜色也渐渐地暗淡下来。

"看起来，灵息之泉已经耗尽能量，峡谷外的寒气趁机侵入，开普勒452b上这最后一块有着光和热的土地就要被无边的黑暗和寒冷占领了。"霍金教授观察了一会儿说。

"不错！"卡卡·威尔随声附和。

"为什么会这样？"丽贝卡疑惑地问。

"灵息之泉里的'混沌'是我数万年前逆着时光旅行，在宇宙大爆炸刚刚产生时，从奇点附近仓促抢来的。后来，我把它储藏在这个隐秘的大峡谷，渐渐形成灵息之泉。"卡卡·威尔说。

"'混沌'是天地之初的产物，能量巨大，怪不得它能自己发光发热，而且还能让普通人锻造出金刚不坏之躯，甚至能让人起死回生。"霍金教授说。

"的确如此，不过，当年我带回的'混沌'很少，仅有一个指甲盖那么大。所以，它的能量并没有你想象的那么大。"卡卡·威尔说。

"仅有一个指甲盖那么大？"霍金教授和丽贝卡异口同声问。

"是的。别看它仅有指甲盖大小，由于，宇宙大爆炸之初形成的空间还很小，里面的物质密度和质量都特别大，就这一丁点儿东西，我几乎耗尽了全部的力量才得以把它带回开普勒452b。"卡卡·威尔回答。

"嗯，这个道理我明白。不过，回到这里以后，它怎么变得这么大了呢？"丽贝卡望了一眼眼前这个池子，看起来，它比地球上的十个足球场还大。

"这还不好理解吗？开普勒452b是在宇宙大爆炸数亿年之后形成的，此时，宇宙的空间已经变得足够大了。内部的压力和物质之间的引力与爆炸之初相比已经非常微弱。那一丁点儿'混沌'自然就变成现在这么大了。"霍金教授抢先回答道。

霍金教授的回答非常正确，卡卡·威尔微笑着点了点头。

接下来，卡卡·威尔进一步解释道："这一丁点儿'混沌'虽然比起当初那整个宇宙的'混沌'微不足道，然而，比起亿万年之后宇宙中的其他物质来说，蕴含的能量却是巨大的。数亿年来，我把开普勒452b上的许多可造之才投进灵息之泉的'混沌'里锻造，这些获得金刚不坏之躯的生命为维护开普勒452b甚至是宇宙的安全立下了汗马功劳，然而，也吸收了'混沌'里的大量能量。前几天，你们又把怀特以及受伤的金锋、木锋他们投进灵息之泉，他们更是几乎吸收掉'混沌'里的所有能量。所以，当怀特最后把我投进灵息之泉的时候，那里面蕴含的能量已经对我毫无作用，所以，我在里面待了那么多天也没有醒过来。而现在，灵息之泉的'混沌'里仅存的最后一丝能量已经耗尽，所以说，红雾散去，奇寒袭来也就不足为怪了。"

"哦，这么说来，这里即将变得跟开普勒452b的其他地方一样黑暗和寒冷，怕是我们连最后一块立足之地也要失去了？"丽贝卡忧心忡忡地说。

"是的，我们面临的形势非常严峻！特别是残存在开普勒452b上的其他生物，如果这种糟糕情况继续下去，过不了多久，他们就将全部死去。"卡卡·威尔说。

"那么，还有其他办法吗？"丽贝卡望了望父亲，又望了望霍金教授。

卡卡·威尔无奈地摇了摇头。

霍金教授也长叹一口气，说："目前，最后一丝希望就是等待怀特他们回来了。只要他们能够取回被18号天蝎人盗走的日心之火，一切看起来还有好转的可能。"

霍金教授所言极是。因为，18号天蝎人盗走开普勒452b围绕着旋转的恒星的日心之火后，开普勒452b所在的整个星系都遭到了破坏，再没有多余的能量可以利用。

而要飞出这个星系寻找其他能量，少说也要十天半月，到那时，一切都将晚矣。

第一〇七章　落败归来

死亡的气息笼罩着卡卡·威尔、霍金教授和丽贝卡。

然而，天无绝人之路，就在一切看起来已经无望的时候，怀特最终率领着3000奇兵和金锋、木锋归来了。

归来后的怀特和他的队伍早已经疲惫不堪，从他们损毁严重的战袍和战袍上浸染的血迹，可以看出他们一定是跟18号天蝎人进行了殊死的搏斗。

这支英雄的队伍刚一着地，3000奇兵和金锋、木锋他们倒头便睡，只有怀特还能强撑着精神给卡卡·威尔、霍金教授进行战况汇报。

"怀特，怎么去了那么久？情况怎么样？"卡卡·威尔焦急地问。

怀特背靠着一棵大树歪着头疲惫地坐在地上，当他听到卡卡·威尔的问话后，费力地抬起头，微闭着眼睛说："那帮王八蛋逃跑后，我们一路追赶，一直追到18号天蝎星球。在18号天蝎星球上，'刀疤'组织起整个星球的力量跟我们进行了殊死的搏斗，但是，面对那群恶魔，我们毫不畏惧，在我们的强大攻势下，整个18号天蝎星球几乎都要毁灭了。"

"这很好啊！可是，你们为什么成了这副模样呢？"霍金教授关切地问。

"18号天蝎人看阻挡不住我们的进攻，在关键时刻，就向另一个宇宙的龙威发送了求救信号。龙威派遣得力干将率3000人马来到18号天蝎星球。"怀特回答。

"龙威？"听怀特这样说，霍金教授感到很吃惊。他想，更大的麻烦出现了。

"是的。龙威派来的那些士兵非常厉害，他们立即转败为胜，把我们打得节节败退。不仅如此，为了达到彻底消灭我们的目的，他们还将整个18号天蝎星球罩在了一个用特殊物质制成的罩子里面。我们三番五次试图逃脱那个罩子都没有成功。"怀特心有余悸地说。

"那帮混蛋可真够毒的！连这样的怪招儿都想得出来。那么，最后，你们又是怎么逃出来的呢？"卡卡·威尔问。

"幸亏索拉姆玛也在这支3000人马的队伍中，是他暗中帮助我们，我们才得以逃生。"怀特说。

"索拉姆玛？"

"是的，就是当初一路追随，三番五次帮助我们脱离困境，长着一双金色大手的那个人。"怀特说。

"哦，这可真是不幸中的万幸！"卡卡·威尔说，"都怪我，当初错怪了他。"接下来，卡卡·威尔看起来像是陷入了深深的自责之中。

"然而，如果你当初不错怪他，我们还有今天吗？"看到卡卡·威尔陷入自责之中，霍金教授微笑着这样安慰他。

"是啊，我们真是多亏了索拉姆玛。据他说，他们在18号天蝎星球外面套上的这个巨大罩子是用另一个宇宙中的一种特殊物质做成的，甚至就算里面发生了奇点爆炸，也不能将它摧毁！后来，索拉姆玛用一种特殊材料制成的钻头，悄悄为我们打开了只有一个原子大小的缺口，我们用丽贝卡教会我们的缩身法和黑洞瞬间转移的办法，才从那个缺口里逃了出来。"怀特说。

"哦，这段经历可真够艰险的，那我们接下来应该怎么办呢？"丽贝卡问。

"看样子，怀特和3000奇兵以及金锋、木锋他们已经付出了最大的努力，虽然没有损兵折将，但是，疲惫不堪的他们要彻底休整过来至少也要10天，一时半会儿是不能再跟18号天蝎人交战了。"卡卡·威尔说。

"再说，即便我们这支队伍休整好，也未必是请来援兵的18号天蝎人的对手啊。"丽贝卡补充道。

卡卡·威尔点了点头，表示赞同。

"目前，18号天蝎人得到龙威的支援。龙威臭名昭著，无恶不作，且他训练出来的那些斗士堪比虎狼，即便我们再增加3000奇兵，恐怕也不是他们的对手。"卡卡·威尔接着说。

"威尔先生，霍金教授，丽贝卡，你们若不嫌怀特无能，我愿再次率兵赴18号天蝎星球，捐躯赴死，在所不惜！"这时，怀特咬着牙关倔强地站立起来，满怀豪情地说。

"匹夫之勇！"霍金教授愤怒喝道。

猛然意识到自己有些失态，霍金教授稍稍平复一下情绪，然后用平静的语气说："何必抱匹夫之勇，须知徒死无益！"

卡卡·威尔、丽贝卡立即把目光转向霍金教授，怀特也低着头用眼角儿的余光疑惑地望着他。

"难道——你有什么高招？"卡卡·威尔疑惑地问。

"高招谈不上，但我想到的这个办法足以让18号天蝎星球化为粉尘！"霍金教授淡淡地说。

"愿闻其详！"卡卡·威尔抱拳施礼。

霍金教授礼貌地向卡卡·威尔笑一笑，然后把目光转向怀特。

"你确信罩住18号天蝎星球的罩子密封性非常好？"霍金教授询问怀特。

"的确如此！我们用上了我们最先进的武器，几次试图在那个罩子上打开缺口都没有成功。那个罩子密不透风，罩在里面的东西连一个原子都不会逃逸出去。"怀特说，"后来，索拉姆玛在送我们出来的时候，也谈到了这一点。他说，他们制作这样一个罩子罩在18号天蝎星球外面，一方面是要阻止我们逃跑，把我们全部消灭在那个有限的空间里，另一方面也是为了防止你们增派外援，从外面打进去。"

"嗯，那帮坏蛋想出来的这个主意的确不错，既能防守，又能进攻，不愧为一个两全之策。但是，在这个宇宙中，任何事情都有正反两面，这个罩子的最大优点，也是它的最大缺点！"霍金教授笑着说。

"教授的意思是——"怀特问。

"哦，你还记得我曾经给你讲过的我们地球上的那位科学巨人尼古拉·特斯拉吗？"霍金教授问怀特。

"唔，我记得！当初，你就是运用特斯拉提出的平行宇宙理论在另一个时空发现我父亲的踪迹的。"丽贝卡抢先回答。

"对！就是他！这位特斯拉不仅提出了平行宇宙的理论，而且对共振这一物理现象也有相当的研究。早在1912年，特斯拉就曾经提出过，若把物体的振动和地球的谐振频率正确地结合起来，在几个星期内，就可以造成地动山摇、地面升降。1935年，特斯拉在其实验室打了一个深井，并在井内下了钢套管。然后，他将井口堵塞好，并向井内输入不同频率的振动。奇妙的是，在特定的频率下，地面就突然发生强烈的振动，并造成了周围房屋的倒塌。当时的一些杂志评论说，特斯拉利用一次人工诱发的地震，几乎将纽约夷为了平地。这就是著名的特斯拉实验。这种小输入强输出的超级传输效应称为特斯拉效应。"接下来，霍金教授简要介绍了一下尼古拉·特斯拉的共振理论。

讲完特斯拉和他的著名实验，怀特想起了发生在地球上的一个著名案例，他忍不住说道："有一次，法国拿破仑的部队，迈着整齐的步伐过桥，不巧这座桥的振动频率，正好和部队的步伐频率相近，当部队行进到桥上的时候，不可思议的事情发生了，大桥塌了，连同走在上面的部队，一起掉进河里。拿破仑大怒，要追究这座大桥的建造者和设计者的责任。经过物理学家的研究，这次垮桥事故的根源在于'共振'，后来各国的部队，接受了这个教训，通过桥梁的时候都不用齐步走，改用便步走。"

"嗯，正如你所讲，共振的威力的确了不起。"霍金教授说，"我们接下来要做的就是利用共振的原理，制造一个超级物理武器，让18号天蝎星球在那个密不透风的空间里粉身碎骨！"

嗯，这的确是一个非常绝妙的主意。卡卡·威尔、丽贝卡和怀特不禁向他伸出了大拇指。

第一〇八章　超级物理武器

　　对于霍金教授这样一群宇宙中的高智能生物来说，要制造一个能够引起共振的超级物理武器简直易如反掌。

　　很快，这个武器就在他们手中完成了。

　　呈现在众人面前的超级物理武器令人感到吃惊。因为，它看起来只有一个火柴盒那般大小。

　　"这就是超级物理武器？应该是超级小物理武器吧！"看着这个毫不起眼的小东西，怀特苦笑着说，他实在想象不出这样一个东西能有什么威力。

　　"呵呵，你可别小看这个小家伙，它一旦发起威来，我们这个宇宙都会发抖的。"霍金教授说。

　　"这个超级物理武器启动后，最初是靠两个原子按照同一频率振动产生一种振动波。振动波逐渐跟周围的原子调整频率，并引导它们按照同一个频率振动起来。这种振动逐渐往外辐射，范围越来越广，威力越来越巨大。由于18号天蝎星球目前被密封在一个坚不可摧的罩子里，振动波产生的巨大能量最终会在罩子里形成一次巨大的爆炸，从而达到摧毁 18 号天蝎星球的目的。"霍金教授给怀特解释着这个貌不惊人的超级物理武器的工作原理。

"嗯，霍金讲得不错，幸亏这次爆炸是发生在那个罩子里面。如果没有这个罩子，随意在宇宙中启动这个东西，我们这个宇宙保不准也会被它消灭掉！"卡卡·威尔补充道。

"哦，威力这么巨大！"怀特睁着一双大眼吃惊地说，"这样说来，18 号天蝎人是帮了我们的忙儿，他们真是自作孽不可活，那么，接下来，我们就赶快飞往 18 号天蝎星球，并将这个东西投放进那个罩子里面吧？"

"不，我们还有一些工作要做！"霍金教授说。

"什么工作？"怀特问。

"你别忘了，日心之火和很多地心之火还在他们手里，索拉姆玛也在罩子里面。我可不想让帮了我们大忙的索拉姆玛和日火、地心之火一起毁灭在那场大爆炸中。否则，我们以前的工作就算白做了。"卡卡·威尔回答道。

听了卡卡·威尔的解释，怀特拍了拍自己的脑袋，不好意思地说："咳！都怪我太心急了！"

"不！这件事也不怪你！18 号天蝎人留给我们的时间的确不多。如果我们没有猜错的话，当前，18 号天蝎人正在全力修复已经被你们破坏得千疮百孔的 18 号天蝎星球，这些工作一旦完成，他们必将主动找到我们复仇。另外，目前他们一定在全力侦察是谁放走了你们，索拉姆玛一旦暴露，他们一定会将他碎尸万段。因此，我们必须赶在 18 号天蝎人忙完这些之前就行动。"

"可是，我们怎么才能取出日心之火、地心之火，并救出索拉姆玛呢？"怀特问。

"是啊！这的确是个问题。"霍金教授皱着眉头回答，"目前，我们还没有想到一个很好的办法。"

"怀特，你不要再打扰霍金和我父亲了，还是让我们一起来想一想吧。"丽贝卡对怀特说。

怀特不好意思地挠了挠头皮，立即闭上嘴并陷入冥思苦想中。

灵息之泉里的最后一丝光亮忽闪了几下后彻底熄灭了，整个大峡谷陷入无边的黑暗之中。

阵阵奇寒袭来，让霍金教授他们瑟瑟发抖。

然而，待在大峡谷里的所有人都顾不上寒冷，全都皱着眉头思索着怎么才能顺利进入天蝎星球，取出日心之火、地心之火，并成功救出索拉姆玛。

就这样苦苦思索了整整一天。

其间，也有一些点子想出来，但是，经过大家的充分论证后，最终被否定了。

不过，天无绝人之路，就在大家几乎陷入绝望的时候，一个人的出现让大家欣喜异常。

这个人就是索拉姆玛！

索拉姆玛是从 18 号天蝎星球千难万险地逃出来的。

当索拉姆玛借助红外线夜视装置，一路寻找并进入这个大峡谷看到眼前横七竖八躺着的 3000 奇兵和呆坐着一动不动的霍金他们时，他简直惊呆了。他以为，他们已经全部死掉了。

索拉姆玛把一个金色的手指伸到怀特鼻子底下试探了一下，怀特立即被惊醒并大叫着跳了起来。

怀特手中的利剑迅猛出鞘，却被索拉姆玛闪身躲过并按住手腕。

"怀特！是我！"索拉姆玛小声说。

"你是谁？"

"索拉姆玛！"

这意外的惊喜让怀特心头一热，他猛地丢掉手中的剑，并紧紧拥抱住了索拉姆玛。

"兄弟，你来得真是太及时了！"怀特眼含着热泪说。

与此同时，霍金教授和卡卡·威尔、丽贝卡也睁开了眼睛。当他们借助夜视装置看清眼前站着的果真是索拉姆玛的时候，喜极而泣。

尤其是卡卡·威尔，当看到站在眼前的索拉姆玛时，激动地一下子站了起来，并一把握住了索拉姆玛那双金色的大手。

"索拉姆玛，果真是你吗？这些年你都去了哪里？"卡卡·威尔声音颤抖着问。

"父亲，我——"望着卡卡·威尔慈爱的眼睛，索拉姆玛内心波澜起伏，此刻，他竟然连一句话也说不出来了。

怀特见状，赶忙走到卡卡·威尔和索拉姆玛跟前，他将两双紧紧握在一起的大手拉开，笑着说："眼下情况紧急，你们父子还是先别动情了吧。"

"怀特！"坐在怀特身后的霍金教授拉了拉怀特的衣角儿小声叫到。

但是，这时，卡卡·威尔和索拉姆玛父子紧握的手已经松开。

片刻之后，索拉姆玛告诉大家，他不仅成功逃离了 18 号天蝎人控制的那个魔窟，而且还偷出了日心之火、地心之火。

"它们在哪里？"霍金教授急切地问。

索拉姆玛指了指不远处的一个巨型口袋。

"在那里，我把它们都装在这个特制的口袋里了。"索拉姆玛回答。

霍金教授他们跟着索拉姆玛走到口袋跟前。

索拉姆玛拿出一个遥控器，按下遥控器上的一个绿色按钮，那只巨型口袋就自己打了开来。

霍金教授他们看到，里面装着的正是用载年玄铁做成的瓶子。瓶子贴着标签，标签上标注着来源星球的名字。毋庸置疑，瓶子里面装着的一定是地心之火、日心之火。

霍金教授数了一下，口袋中共有 13 只小瓶子、1 只大瓶子。

"不用说，这些小瓶子里装着的一定是地心之火，而这大瓶子里的一定是日心之火了？"霍金教授问索拉姆玛。

索拉姆玛点了点头。

"教授，现在我们担心的问题已经解决。为了防止 18 号天蝎人主动向我们发起攻击，我想，我们应该趁他们还在那个罩子里的机会，迅速赶往 18 号天蝎星球，并一举消灭他们！"这时，怀特对霍金教授说。

"嗯，现在是应该消灭他们的时候了。怀特，我看你休息得已经差不多了，你就跟我走一趟吧。"

"就我们两个？"怀特疑惑地问。

"是的，我们两个足够了！"霍金教授微笑着说。

"那么，我们做什么？"丽贝卡问霍金教授。

"你们就负责把瓶子里的地心之火、日心之火还回各自的星球吧。早一点让那些失去能量的星球焕发生机，还能多挽救一些生命。"霍金教授说。

"是！一定完成任务！"丽贝卡向霍金教授敬了一个礼，响亮地喊道。

不过，丽贝卡这个动作做得实在太夸张了，一下子把大家逗乐了。

第一〇九章　摧毁天蝎星球

怀特和霍金教授很快来到 18 号天蝎星球外面的那个罩子附近。

那是一个透明的罩子，不仔细看还真看不出来。

"我们从哪里下手呢？怀特，你还记得当初索拉姆玛在罩子上钻出的那个小洞吗？"巡视了一圈儿后，霍金教授问怀特。

"当然！"

接着，怀特带领着霍金教授找到了那个小洞。

然而，当霍金教授拿出一个高倍放大镜仔细观察那个小洞的时候，一个意外的情况却让他大为恼火——原来，18 号天蝎人不知什么时候，竟然把那个只有一个原子那么大的小洞给堵上了。

"我们的逃逸和索拉姆玛的逃跑一定引起了他们的注意。他们经过检查一定是发现了这个小洞，为了防止更多意外情况发生，就把这个小洞给堵上了。"怀特这样分析道。

"嗯，有这个可能。"霍金教授点了点头，说，"不过，我们看 18 号天蝎人补洞的水平也不算高，你看这里！"

霍金教授示意怀特透过高倍放大镜仔细观察那个小洞。

怀特认真观察了一番，还真看出了一些问题。

首先，填在洞里的那个原子显然小了很多，周围还留有一些缝隙；其次，那个原子跟其他原子黏合得好像并不牢固。

"我想，我只要向这粒原子发射一束很小的激光，就足以重新打通这个通道。"怀特一边说，一边举起手。他的指尖有一个微型的激光发射器。

"不！不要！"就在这时，霍金教授大喝一声。他想阻止怀特的鲁莽之举。

然而，一切已经晚了。一束激光瞬间穿透那个小洞，堵在洞口的那个原子应声而落。

怀特骄傲地甩了一下手，笑着说："妥了，问题解决了！"

然而，当看到那个原子被击飞时，霍金教授却脸色大变。

"你怎么了？教授。"怀特疑惑地问。

"怀特，我想我们一定是上当了！你想，18 号天蝎人掌握着那么先进的科学，他们怎么可能连这样一个洞口都补不好？这其中一定有诈！"霍金教授大惊失色地说。怀特从没见霍金教授这么惊慌过。他这么惊慌，问题一定一定非常严重。怀特这样认为。

果不其然，当那粒原子离开这个小洞之后，整个 18 号天蝎星球上瞬间警报大响。

原来，当天蝎人发现了这个小洞，并意识到怀特他们以及索拉姆玛就是从这个小洞逃出的之后，预料到怀特他们还会返回 18 号天蝎星球的，18 号天蝎人就在这个小洞里做了手脚——把这个小洞做成了一个警报装置的开关。怀特触动了这个开关，因此 18 号天蝎星球上警报大响。

天蝎人听到警报，误以为怀特带着更强大的队伍来袭击他们，顿时乱作一团。狡猾的"刀疤"和他的几名贴身侍卫甚至做好了逃跑的准备。

姑且不说 18 号天蝎人是怎么应对这突发情况的。警报响后，霍金教授立即向怀特下达了命令："你立即带上超级物理武器进入小洞，并迅速启动它！我们一定要赶在 18 号天蝎人发现我们之前彻底将他们消灭！"

说时迟那时快，怀特使劲挥一挥手，一个黑洞旋即形成。这个本事，是怀特前段时间跟丽贝卡学的。怀特现在不仅拥有了金刚不坏之躯，而且学习的本事也越来越多。

接下来，怀特带上超级物理武器一个鹞子翻身钻了进去。

怀特刚刚把那个超级物理武器固定好，猛然抬头，远远看到"刀疤"正率领着他的那几名贴身侍卫赶了过来。

"刀疤"很清楚，这个小洞，是怀特他们攻入 18 号天蝎星球的唯一通道，只要据守此处，怀特他们纵有天大的本事，也不可能攻入 18 号天蝎星球。

眼看"刀疤"就要来到身边，怀特"嘿嘿"笑了两声，迅速按下超级物理武器上的启动按钮。然后，借助黑洞的力量迅速退到罩子外面。

"真险！再晚出来一步，就要被 18 号天蝎人活捉了！"怀特出来后，心有余悸地对霍金教授说。

霍金闻言，大吃一惊。

"你说什么？"霍金问。

"18 号天蝎人已经追到这个出口了，幸好我手脚利落，在关键时刻迅速启动了超级物理武器，并闪电般逃了出来。"怀特说。

"这有什么不妥吗，教授？"看到霍金教授惊得脸儿都白了，怀特疑惑地问。

"怀特，你傻吗？咱们那个超级物理武器虽然很小，天蝎人一时半会儿还发现不了它，然而，它最初只是启动两个原子产生振动波儿，此后一波儿推一波儿，要产生能够摧毁天蝎星球的巨大威力至少需要几分钟的时间。在这段时间里，如果 18 号天蝎人发现了我们，就凭我们两个，怎么是他们的对手？另外，18 号天蝎人一旦发现情况不对，要组织人员外逃还来得及，如果他们都逃出了这个罩子，我们炸毁这个星球还有什么意义？"霍金教授气急败坏地给怀特讲解着事情的严重性。

听完霍金教授的话，怀特的脸色也变了。

"那么，我们应该怎么办呢？"怀特诚惶诚恐地问。

"还能怎么办？"霍金教授大喝一声，"赶快把这个小洞堵上！一定不要让 18 号天蝎人逃出来！"

"用什么堵？"怀特焦急地问。

　　"难道我们还有足够的时间飞往茫茫宇宙找来合适的材料吗?"霍金教授怒吼着。

　　怀特点了点头,接着伸出自己的双手,拼尽毕生的力量牢牢堵在那个小洞上。

　　此时,"刀疤"正疑惑地通过这个小洞向外张望。当他看到外面不知被什么东西堵上的时候,他猛然预感到情况的危急。

　　"他们堵住了这个小洞,一定是想把我们困死这里面。不行,我一定要想办法儿出去!""刀疤"自言自语。

　　接着,"刀疤"向着这个小洞发射了一束激光。

　　怀特虽然已经锻造出一副金刚不坏之躯,但是,"刀疤"的激光也绝非通常之物。

　　怀特被上万度的高温烧得龇牙咧嘴。

　　然而,怀特纹丝不动。因为他很清楚,一旦自己退缩了,18号天蝎人就会从这里出来,一旦他们出来,他们以前的努力必将前功尽弃。

　　现在,我就算搭上自己的生命,也绝对不会给18号天蝎人可乘之机的!那一刻,怀特胸中瞬间升腾起一股视死如归、大义凛然的豪情。

　　但是,"刀疤"绝不是吃素的。他发现自己发射的激光未能干掉堵在外面的东西,就开始逐渐增加激光的强度。

　　"刀疤"发射的激光绝不是宇宙中普通的激光,而是在普通激光基础上提纯上千倍后形成的威力更猛的激光。因此,随着强度的增加,就算经过灵息之泉锻造已拥有金刚不坏之躯的怀特也渐渐抵挡不住了。

　　突然,怀特的手感到一阵钻心的疼痛。

　　接下来,激光熔毁了怀特的整个手掌。

　　怀特疼得面部都扭曲变形了。但是,他仍在顽强地坚持着。

　　与此同时,超级物理武器在罩子里面产生的振动波越来越大,"刀疤"他们渐渐感到地动山摇、头晕目眩。这个状况让"刀疤"他们意识到自己正处于危险之中,因此,他们更急于要逃出困住他们的这个罩子。

　　接下来,"刀疤"把激光加到最强。

　　可怜的怀特就这样熔掉了双手,又熔掉了胳臂。

　　可是,怀特仍然不退缩,眼看自己的两条胳膊已经所剩无几,他就把自己的胸脯贴在了那个小洞上。

但是，怀特的胸膛又能抵挡多长时间呢？

龙威可做罩子，会没有开启罩子之法？

望着眼前英勇的怀特，霍金教授真是感到既震惊又担心。

"我来也！"

就在这千钧一发之际，霍金教授和怀特身后突然传来一声大喝。

霍金教授急忙转身，却见索拉姆玛正站在那里。

"你怎么来了？"霍金教授问。

"我突然想起从这个小洞逃出时发现的一些异常情况，猛然意识到 18 号天蝎人可能在这里做了手脚，怕你们出什么意外，所以就急忙赶来了！"索拉姆玛回答。

"你来得真是太及时了！18 号天蝎人果真在这个洞里设置了机关。"霍金教授对索拉姆玛说，"快，快给怀特帮忙！他快抵挡不住了！"

猛然发现怀特胸膛四周正火花儿四溅，索拉姆玛二话不说，一把把怀特扯在一边，然后，用他那双金色的大手按在那个小洞上。

这双金色的大手果然厉害！"刀疤"的激光一下子"哑火"了。

再说罩子里面。

此刻，超级物理武器引起的振动波已经让天蝎星球山崩地裂。

索拉姆玛按在罩子外面的大手也感觉到剧烈的震动。

震动越来越强，索拉姆玛马上就要按不住了。

"教授，怀特，你们快跑！"索拉姆玛突然声嘶力竭地朝着后面大喝了一声。

说时迟那时快。怀特拼尽最后一丝力气，拽起霍金教授就飞了出去。

紧接着，电闪雷鸣，雷声大作，一团烈焰撕裂了罩在 18 号天蝎星球外面的那个罩子喷涌而出。

霍金教授和怀特猛然感觉到身后涌来一股热浪，他们瞬间失去了知觉。

第一一〇章　霍金醒来

当霍金教授醒来的时候，他发现自己正躺在一张由藤萝编成的宽大的吊床上，四周花香四溢，鸟鸣婉转。

"我这是在哪里？"霍金教授疑惑地坐起来，环视着身边这个既熟悉又陌生的环境。

"教授，别动！你虽然已经醒过来了，但是，还要好好静养几天。"说话的是丽贝卡。

霍金教授握住丽贝卡的手，他端详着她，发现她的面容非常憔悴。

"丽贝卡你怎么了？怎么一下子这么瘦了？"霍金教授疑惑地问道。

"她哪里是一下子变成这样的啊，她守候在你的病床前都有3个多月了！"病床的另一侧，卡卡·威尔微笑着说。

"什么？我已经昏迷3个月了？"霍金教授问。

"可不，要不是遇到我这个宇宙当中最高明的医生，你怕是早已经魂飞魄散了呢！"卡卡·威尔说。

"哦，真是太感谢你了！"霍金教授伸出另一只手，紧紧握住卡卡·威尔的手。

"不要谢我，我们应该感谢你才对，如果没有你的帮助，我开普勒452b怕是早已在这个宇宙中消亡了。"卡卡·威尔对霍金教授说。

"地心之火装上了?"

"是的，不仅开普勒452b的地心之火，巨树星的、闪电星的以及其他所有丢失掉地心之火的宜居星球，各自的地心之火都已经还原，重新焕发了生机。"丽贝卡抢先回答道。

"那开普勒452b围绕着旋转的日心之火呢?"霍金继续问。

"如果日心之火没有还原，我们的天空会这么明亮吗?"卡卡·威尔反问道。

听卡卡·威尔这样说，霍金教授笑了。

"哎——对了！怀特怎么样了?"片刻之后，霍金教授忽然想起怀特。

"哦，你是说英雄的怀特啊，他伤得比你还重，目前还没有苏醒。"丽贝卡一边回答，一边指了指不远处挂在另一棵树上的另一张吊床，"喏，他在那里！"

霍金教授抬头向那边望了一眼，看到怀特正被一块巨大的纱布密实地包裹着一动不动，看起来就像一个巨大的蚕茧。

"哦，怀特伤得这么重?"霍金教授关切地问。

"唔，不过，不用担心，这几天，我已经能听到他的心跳了。不仅如此，他丢掉的胳膊和手掌也正在渐渐生长。相信过不了多久，他就能恢复得跟你一样健康了。"卡卡·威尔说。

听到这里，霍金微笑着向卡卡·威尔竖起了大拇指。

"不过，非常遗憾的是，由于来不及躲避，索拉姆玛在这次行动中献出了自己的生命。"片刻之后，丽贝卡啜泣着说。

"索拉姆玛死了? 再也没有复活的可能了?"霍金教授惊讶地问。

"嗯!"丽贝卡点了点头。

霍金教授又望了望卡卡·威尔。卡卡·威尔也点了点头。

两行热泪自霍金教授的脸颊滚落下来。

一个月以后。

这天，霍金教授、丽贝卡，还有怀特、青甲、月娃他们正围坐在卡卡·威尔的身边，兴致勃勃地讨论着如何将我们这个宇宙建设得更美好的问题，突然，霍金教授怀里的一个小仪器发出了"嘀嘀嘀"的声音。

这是霍金教授的最新发明。这个小东西能接收到来自遥远的地球的信息。

霍金教授疑惑地从怀里掏出这个小仪器，朝显示屏上望了一眼，顿时脸色大变。

"怎么了？"大家焦急地问。

"地球情况危急！"霍金教授一边大声说，一边腾得站了起来，"不行，我得立即回到地球！"

霍金教授快速走到一艘宇宙飞行器跟前。宇宙飞行器的舱门自动打开。

就在霍金教授将要登上宇宙飞行器的一刹那，卡卡·威尔、丽贝卡、怀特等一大队人马都跟了过来。

"教授，等等我们！等等我们！我们要跟你一起去！"大家争相跟着霍金教授往前跑去。

于是，奔跑声、喊叫声响彻开普勒 452b 的天空。

不久，一艘巨大的宇宙飞行器便升腾在开普勒 452b 的上空，瞬间就消失得无影无踪。

这艘宇宙飞行器飞快地掠过宇宙中的一个又一个宜居星球，那些宜居星球上的生命呆呆地看着它一闪而过，没有人知道，那里面乘坐着的是拥有我们这个宇宙中第一大脑的赫赫有名的霍金教授。没有人知道，霍金教授为了挽救他们垂死的星球，曾经做出过怎样巨大的牺牲。

当然，地球上正遭受苦难的人类也不知道，霍金教授浴火重生，马上就要归来了。

霍金归来

张前——著

（上）

浙江工商大学出版社
ZHEJIANG GONGSHANG UNIVERSITY PRESS

图书在版编目（CIP）数据

霍金归来 / 张前著. —杭州：浙江工商大学出版
社，2018.7

ISBN 978-7-5178-2776-4

Ⅰ. ①霍… Ⅱ. ①张… Ⅲ. ①科学幻想小说－中国－
当代 Ⅳ. ①I247.5

中国版本图书馆 CIP 数据核字（2018）第 121052 号

霍金归来

张　前著

责任编辑	杨　戈
封面设计	陈广领
责任印制	包建辉
出版发行	浙江工商大学出版社
	（杭州市教工路 198 号　邮政编码 310012）
	（E-mail：zjgsupress@163.com）
	（网址：http://www.zjgsupress.com）
	电话：0571-88904980，88831806（传真）
排　版	杭州朝曦图文设计有限公司
印　刷	杭州半山印刷有限公司
开　本	880mm×1230mm　1/16
印　张	29.25
字　数	450 千
版 印 次	2018 年 7 月第 1 版　2018 年 7 月第 1 次印刷
书　号	ISBN 978-7-5178-2776-4
定　价	88.00 元

宇宙浩渺，星体密布，我们人类赖以生存的地球是不是唯一拥有智慧生命的星球？我想，这个问题，曾经在我们每个地球人的脑海中存在过。

自古以来，人类一直试图用各种方法来探究宇宙。从早期的神话、幻想，到 20 世纪登上月球，我们对太空探索的脚步从来就没有停下过。然而，数万年过去了，我们是否已经找到了答案？

2015 年，以撰写《时间简史》而被我们熟知的英国物理学家斯蒂芬·威廉·霍金，在一部名叫《走进霍金的宇宙世界》的纪录片中明确地告诉我们：宇宙中包含着一千亿个星系，每一个星系里，又拥有上亿颗恒星。宇宙拥有这么广阔的区域，地球绝不可能是生命进化的唯一场所。

在霍金先生眼里，外星生命的存在是毋庸置疑的。不过，他在做出这个重大判断的同时，也警告我们：与外星生物接触，可能会给人类带来一场灾难。他说，假如外星人有朝一日到访地球，恐怕和哥伦布当年到达美洲大陆时的情景差不多，他们会为了掠夺资源而大举入侵地球，然后扬长而去。

霍金说："我们看看自己就能知道，智慧生物是怎么发展到无法自给自足，对资源贪婪无度的地步的？所以，为了人类的生存着想，我们千万不要轻易去寻找外星智慧生物，主动和他们打招呼。"

2018 年 3 月 14 日，世界各大媒体头版头条报道"霍金去世"。不过，作为霍金先生的铁杆粉丝，我一直有一个疑问：这个与"外星人、宇宙"紧密相关的顶尖物理学家难道真的离开我们了吗？或者，他仅仅是丢掉了自己的肉体，仅仅是离开了地球？

那么，如果真如我所想，现在，霍金先生是否正在宇宙中的某个时空里遨游？他是否已经见到了外星人？

也许霍金先生是不想让自己成为一个永恒的谜吧，那天夜里，他竟然走进我的梦，他说："之所以我的一生充满传奇，是因为跟一个伟大的使命有关。在生命的最后一段时间里，真正的我其实根本没在地球上。而现在，我虽然去世了，但是，我也根本没有走远。一直以来，我始终在为了完成那个伟大的使命而在宇宙中不停地穿梭游弋。"

霍金先生的话让我非常好奇，便央求他把自己的故事讲给我听。于是，他就把自己在茫茫宇宙中与各种外星生物交往、恋爱甚至战斗的奇妙历程娓娓向我道来。

霍金先生的故事曲折而又离奇，简直匪夷所思。梦醒后，我想，这么脑洞大开的故事我怎能独享呢？于是，我便把它记了下来，以飨亲爱的读者。

目录

第一章　　反常的霍金 ……………………… 001

第二章　　不速之客 ……………………… 007

第三章　　神奇的旅行 ……………………… 014

第四章　　神奇的密室 ……………………… 019

第五章　　密室疑云 ……………………… 024

第六章　　怪物惊魂 ……………………… 028

第七章　　真假密室 ……………………… 032

第八章　　卡卡还魂 ……………………… 036

第九章　　另一个密室 ……………………… 040

第十章　　来龙去脉 ……………………… 045

第十一章　会跳舞的藤蔓 …………………… 050

第十二章　飞碟奇遇 ……………………… 054

第十三章　少年情怀 ……………………… 057

第十四章　千年凝魄 ……………………… 061

第十五章　月海疑云 ……………………… 065

第十六章　载年寒冰 ……………………… 069

第十七章　鹰号消失 ……………………… 072

第十八章　偶遇彭祖 ……………………… 075

第十九章　　师徒相遇 ………………………………… 080

第二十章　　深夜长谈 ………………………………… 084

第二十一章　寒冰危机 ………………………………… 087

第二十二章　精密布局 ………………………………… 090

第二十三章　彭祖回家 ………………………………… 093

第二十四章　间谍月娃 ………………………………… 098

第二十五章　地心之火 ………………………………… 100

第二十六章　玄铁之谜 ………………………………… 103

第二十七章　时光机器 ………………………………… 108

第二十八章　未来来客 ………………………………… 113

第二十九章　未来密码 ………………………………… 118

第三十章　　回到地球 ………………………………… 120

第三十一章　奇怪的信 ………………………………… 123

第三十二章　霍金现身 ………………………………… 127

第三十三章　深夜长谈 ………………………………… 130

第三十四章　失踪事件 ………………………………… 132

第三十五章　拿破仑的芯片 …………………………… 134

第三十六章　远方来的"病人" ……………………… 137

第三十七章　无形的大"网" ………………………… 141

第三十八章　深空一号 ………………………………… 144

第三十九章　碧玺在哪里 ……………………………… 147

第四十章　　初战巨蜘蛛 ……………………………… 150

第四十一章　智降巨蜘蛛 ……………………………… 153

第四十二章　神秘的蜘蛛 ……………………………… 156

第四十三章　捕捉彗星 ………………………………… 160

第四十四章　喜得坐骑 ………………………………… 163

第四十五章　损毁的基地 ……………………………… 166

第四十六章　　九头巨蛇 …………………… 169

第四十七章　　降服巨蛇 …………………… 172

第四十八章　　飞行器起航 ………………… 175

第四十九章　　遭到追踪 …………………… 179

第五十章　　　紧急降落 …………………… 183

第五十一章　　七彩星球 …………………… 187

第五十二章　　藤蔓之谜 …………………… 191

第五十三章　　敌人光顾 …………………… 194

第五十四章　　土锋出世 …………………… 197

第五十五章　　拯救七彩星 ………………… 200

第五十六章　　大败而归 …………………… 203

第五十七章　　疯狂的巨树 ………………… 206

第五十八章　　黄色小人 …………………… 210

第五十九章　　水锋出世 …………………… 213

第六十章　　　拯救巨树 …………………… 217

第六十一章　　始祖爷爷 …………………… 221

第六十二章　　霍金被绑 …………………… 225

第六十三章　　拿破仑之谜 ………………… 228

第六十四章　　特殊使命 …………………… 234

第六十五章　　卡卡殒命 …………………… 237

第一章　反常的霍金

　　半年前，斯蒂芬·威廉·霍金不知什么原因辞退了跟随他 10 多年的助理。随后，面向全世界招聘一名新助理。

　　众所周知，霍金是当代最著名的广义相对论和宇宙论科学家，是当今享有国际盛誉的最伟大的科学家之一，还被称为"宇宙之王"。毋庸置疑，能在霍金教授身边工作是很多年轻学者梦寐以求的事情。

　　霍金教授招聘新助理设置的门槛不高。因此，当这个橄榄枝向公众抛出的时候，瞬间吸引了全世界成千上万的应聘者。

　　经过千挑万选，一个年仅 29 岁叫怀特的年轻人最终被霍金教授选中。

　　怀特只是一个名不见经传的研究生，他当初报名也是抱着试一试的态度，并没有期望成功。怀特最终能被霍金教授选中，连自己都感到非常的意外，同时，这一结果也几乎在所有人的意料之外。

　　怀特小个子，留着一头金色的卷发，戴一副看起来颇有学究气的黑框眼镜，眼镜后是一双永远闪着智慧的碧蓝的大眼睛。

怀特第一天来霍金教授这里报到的时候，霍金教授歪着头直直盯着他看了足有 3 分钟，然后，用轮椅上的语音合成器说："像！实在太像了！"

众所周知，由于霍金教授在不到 20 岁的时候，就患上了一种罕见的疾病——肌肉萎缩性侧索硬化症，他后半生就跟轮椅结下了不解之缘。

在 21 岁之后，霍金一直饱受困扰。他几乎全身瘫痪，无法说话，只能通过眼睛、脸部肌肉的小动作和他人沟通。

为了解决霍金跟外界交流的问题，很多科技公司煞费苦心。英特尔就是其中之一。

英特尔从 1997 年开始为霍金提供辅助说话的系统。这里面有一个有趣的故事：英特尔的创始人 Moore 看到霍金的电脑使用竞争对手 AMD 的处理器，于是问他是否要使用"真正的电脑"，霍金答应了。于是英特尔每两年给霍金换一次电脑，并且提供技术支持服务。后来，英特尔找到了一个较好的解决方案：通过眼动追踪、联想输入和语音合成器播放等手段辅助霍金和外界沟通。

辅助霍金发声的语音合成器安装在他那台电动轮椅上。在霍金的眼镜上，距右颊约一英寸处，安装了负责侦测肌肉活动的红外线发射器及侦测器，譬如他想跟你打声招呼，就先以眼球控制红外线发射器，选定在屏幕上轮流出现的英文字母，当计算机出现他想要的"H"时，霍金再动眼球，这样计算机就会不断显示以"H"开头的英文单词，当"HELLO"出现时，他又动一下眼球以选定这个单词，当他造句完毕后，才把句子传至合成器发声。因此霍金要说一句话，就要逐字逐句输入计算机，再由语音合成器将文字转化成声音。

科技基本解决了霍金教授的说话问题，虽然跟外界交流起来颇为费劲，但总算给霍金教授那个密闭的"小屋"打开了一扇"窗子"，从此，他感觉生生重新阳光起来。

这是前话。

言归正传。当怀特前来报到时，霍金看了他一会儿，并用语音合成器告诉他："像！实在太像了！"怀特莫名其妙地问："像什么？"

"像一个人。"语音合成器告诉他。

这不是废话吗？不像一个人难道像一只狗？一头猪？怀特在心里想。

不过，怀特初来乍到，他虽这样想，但并没敢在霍金教授面前流露出半点不满情绪，也没有继续问下去。

当时，怀特只是礼貌地笑了笑，就去忙自己的工作了。

一转眼，怀特跟随霍金教授已经有一段时间了。在这段时间里，怀特发现了两件离奇的事情。

有一天深夜，怀特刚刚安排霍金教授睡下，突然意识到晚上还要继续修改的一个材料落在了霍金教授房间里。怀特转身回去拿的时候，意外发现霍金教授的床上空空如也。

教授去哪儿了呢？他可是一个连动一下手指都很困难的残疾人啊！怀特疑惑地想。

"教授，教授……"怀特小声叫道。

可是，没人答应。

各种不妙的想法儿一齐涌入怀特的脑海，这个年轻人感到事情的严重性。

"坏了！教授一定是被坏人掳走了！"稍后，怀特一边这样嘀咕着，一边颤抖着拨打了报警电话。

由于霍金教授的寓所离警察局很近，几分钟后，一辆警车呼啸而来。

怀特从窗子探出头去，他看见警车刚停下，十几个全副武装的警察从上面一跃而下，迅速包围了霍金教授的寓所。

一个挺着大肚子的警察——看起来是那帮警察的头儿，是最后一个从警车下来的。

那头儿下了警车后，先是探头探脑地巡视了一番周围的情况，然后，迈着四方步走进了屋子。

"发生了什么情况？"那个大肚子警察看到怀特后不耐烦地问道。

"报告警官，霍金教授被人劫持了。"怀特紧张地回答。

"谁有这么大的胆子，敢劫持大名鼎鼎的霍金教授？"大肚子警官一边嘟囔，一边小心翼翼地走进霍金教授的卧室。

然而，他还没走到床前，就慌乱地退了回来。

"怎么回事儿？霍金教授不是在床上好好躺着吗？"大肚子警官疑惑地

问怀特。

怀特不相信，亲自过去查看一番。

霍金教授果然好端端地在床上躺着。许是刚才有人进来打扰到了他，怀特过来的时候，他正睁着眼睛疑惑地望着天花板，好像在问，到底发生了什么事儿？

怀特虽然一万个搞不懂，但是为了不继续打扰霍金教授休息，他还是一头雾水地退了出来。

出了霍金教授的房间，大肚子警官瞪着一双牛眼看了怀特足足一分钟。然后，他拿起警棍轻轻敲了敲怀特的脑袋。

"年轻人，以后做事注意点儿！"大肚子警官说。接着，就气哼哼地出了门，上了警车。

然后，一眨眼的工夫，警车就呼啸着消失在茫茫夜色中。

看到警车走了，怀特使劲在自己大腿上掐了一把。当一阵钻心的疼痛传来，他确信不是在梦中后，才喃喃着自言自语地离开。

"教授，昨天晚上你到哪里去了？"第二天早上，霍金教授醒来的时候，怀特仍然没有想清楚昨晚发生的事情，他忍不住疑惑地问。

"我一直在床上啊，我哪儿也没有去啊！"霍金教授先是讶异地望着他，然后通过轮椅上的声音合成器告诉他。

"可是……可是……"怀特还试图分辩什么。然而，看到霍金教授完好无损的样子，到了喉咙口的话又被他咽了回去。

怀特使劲拍了拍自己的脑袋，揉了揉眼睛，叹了口气说："唉——也许是我看错了吧。"

霍金教授蜷缩在轮椅里，眼睛一眨不眨地盯着眼前这个无奈且有点沮丧的年轻人，一点表情也没有。

这天上午，怀特来到警察局，澄清了所有事情。当然，他把原因归结在了自己身上。

当时，那个挺着大肚子的警察拍着他的肩膀说："小伙子，下次可要看仔细了。你知道，霍金先生可不是一般人。幸亏没惊动记者，要不然，发生这样的事情，一定会引起国际轰动的。"

怀特使劲点了点头。

"一定是哪里出了什么问题？"在接下来的几天里，怀特一直在思索这件离奇的事情，但是，他最终没有找到一个合理的解释。

还有一件让怀特感到奇怪的事情。最近，霍金教授每天都会遥控着电动轮椅来到窗子跟前。然后，在接下来的几个小时里，他的眼睛都会一眨不眨地盯着窗外，而且喉咙里还会发出一种"咕咕"的声音，看起来就像跟什么人在热烈地讨论着什么问题。

怀特多次疑惑地走到那个窗子跟前向外张望，但是，窗子外面并没有什么人。

怀特打电话给霍金教授以前的助理，询问是否霍金教授以前也有这个习惯。但是，得到的回答是否定的。

"怀特，教授以前从没有这个习惯。你要知道，他是一个伟大的科学家，他睡眠以外的所有时间几乎都用在了不断思考和繁忙的科学研究上，他哪有时间到窗子那里去看风景？至于发出'咕咕'的声音，那就更是无稽之谈了，你要知道，霍金教授在1985年那次肺炎之后就彻底丧失了发声的能力，他怎么能够发出'咕咕'的声音呢？"电话那头，霍金教授以前的助理这样回答。

"是吗？那说不定霍金先生盯着窗外也是在搞科学研究呢？能够发出'咕咕'的声音说明他的症状缓解了呢？"怀特反驳道。

"不可能。肌肉萎缩性侧索硬化症是一种渐进性的神经退行性疾病，这种病只会越来越严重，根本没有好转的可能。"霍金教授以前的那些助理都不赞成怀特的推测。

然而，执拗的怀特并不认同大家的观点，他认为霍金教授天天聚精会神地盯着窗外一定是有原因的。

至于这原因是什么，怀特也偶然向霍金教授提起过。然而，看起来霍金教授却并不想向他说明什么。

怀特不敢强求，因为，他只是一名小小的助理，按照教授的指令做好他的服务工作才是他的本分。

然而，怀特并不死心。

接下来的一段日子里，怀特除了做好自己的本职工作外，大部分时间都用在了留意霍金教授的反常举动上。

大约是一周后的一个傍晚。

这天，怀特闲来无事。

当霍金教授再一次聚精会神对着窗外"咕咕咕咕"叫个不停的时候，怀特悄悄躲在楼上的一个角落里仔细观察着霍金教授的一举一动。

这是一个位置特殊的角落，既隐蔽，又能同时看到楼下和教授所在的那个窗子外的情况。

然而，经过一段时间的观察，怀特仍旧没有发现什么异常。他只是看到教授对着的窗子外面有一棵高大的法国梧桐，树上偶尔停几只小鸟。除此之外，空空如也，并没有发现奇怪的东西。

"是霍金教授出了什么问题，还是我自己有问题呢？"这天，忙完手头工作的怀特窝在一张藤椅里，拍着脑袋苦恼地自言自语。

怀特想这个问题一时入了迷，他竟然没有发觉霍金教授不知什么时候控制着轮椅来到身旁。

"我们都没问题。"

突然，一个低沉的声音从身后传来。

怀特急忙转身，发现身后除了霍金教授并无第二个人。

"教授，是您在说话吗？"良久，怀特惊恐地张着嘴巴问。

"对！"霍金教授的脑袋虽然仍旧那样歪在轮椅的靠背上，但是，一张一合的嘴巴证明了那声音的确就是从他口中发出来的。

"可是……"

这突如其来的一幕，彻底把怀特惊呆了。

第二章 不速之客

"教授，您会说话了?!"怀特激动地问霍金。

"是的，怀特，在一位老朋友的帮助下，我已经解决了说话的问题。"霍金教授说，"不仅如此，我还会笑了呢!"接着，霍金教授向怀特微笑了一下。怀特看到霍金教授眼角和嘴角的肌肉向上拉伸了一下，这笑容，还蛮像那么回事儿。

"太好了，教授，看来您的这位老朋友真是了不起!"怀特伸出手，拉了拉霍金教授瘫在轮椅里的手，算是表示对他的祝贺。握着霍金教授手的时候，怀特感到霍金的手仍然绵软无力。

"您的朋友医术那么高明，为什么不让他把您的整个身体都医好?"怀特问。

"呵呵，不急，这需要一个过程。"霍金教授笑着说。

不过，怀特很快就发现了一个问题：这段时间，他一直待在霍金教授身边未曾离开半步，何曾见过老朋友来拜访过霍金教授?

于是，怀特问："您刚才说有一位老朋友帮助了您。可是，最近并没有老朋友到访，您也没有出门拜访过老朋友啊！"

"你说得不错，然而，我的这位老朋友非同一般！"霍金回答。

"非同一般的老朋友？难道还会隐身不成？"怀特疑惑地挠挠自己的后脑勺，真是丈二和尚摸不着头脑。

"你没看到我整天盯着窗外，并且在跟什么东西交流吗？"霍金教授嘴角浮起一丝笑容。

在怀特看来，这笑容有点复杂——教授一定是发现了他的偷窥。

怀特的脸一下子红了，他心脏跳动的频率也不禁快了起来。

"哦，教授，您……您知道，这……这段时间，发……发生了许多离奇的事情，我想弄清事情的真相，所以……"怀特语无伦次地解释着。

"哈哈，我并没有要怪罪你监视我的意思。怀特，你是个心地善良的年轻人。这一点，我比谁都清楚。我知道，你那样做，只是关心我，怕我出什么意外。"霍金教授不想让这个可爱的年轻人尴尬，于是，主动给了他一个"台阶"下。

"是哦，是哦，我的确是在关心您，怕您出什么问题。"怀特也算机灵，他顺着教授给的这个"台阶"走了下来。

不过，怀特转念一想，教授看起来心情不错，此时，不正是当面向教授问清心中那个疑惑的绝佳时机吗？

于是，怀特接着说："那件事情之后，我一直感觉是我们中的某一人出了什么问题。我甚至怀疑，是不是我的脑袋坏了，神经错乱了？"

很显然，怀特指的是霍金教授前段时间失踪那件事儿。

"不，你很健康。是我的问题。是我让你受委屈了。"霍金教授心领神会，听了怀特的话，他安慰怀特。

"是您的问题？这……这到底是怎么回事？这一切，难道跟您刚才说的那位老朋友有关系吗？"

怀特这样问很有技巧，既联系了前段时间霍金失踪那件事儿，又涉及了他开口说话这件事。

霍金教授微笑着点了点头，说："是哦，问题有点复杂。不过，一切都会弄明白的。我想，是时候让你跟我那位老朋友认识一下了。"

"卡卡——"接着，霍金教授朝窗子外面轻轻叫了一声。

"您的这位朋友叫卡卡?"

"是的。"

"哦,好奇怪的名字。"

"哈哈,这有什么奇怪的?相信等你见到他,会感到更奇怪的。你一定要做好思想准备啊。"

"呵呵,不至于吧。一个人能有什么奇怪的?"怀特不以为然地笑笑。

"如果不是人呢?"霍金教授反问。

"不是人,难道是鬼?我是个无神论者,您可别拿鬼来吓唬我?"怀特耸耸肩,算是表示对教授的话不认可。

霍金教授笑而不答。

"他在哪里?不会就在窗子外面吧?"因为迟迟见不着这位老朋友的庐山真面目,怀特有点迫不及待了。

"自己看。"霍金教授点了点头。

听教授这样说,怀特向窗子前跨了一步,并疑惑地向窗外望去。

可是,窗子外面空空如也,只有一只洁白如雪的波斯猫正在窗外那棵高大的法国桐树上,慢条斯理地来回踱着步子。

"哈喽!"突然,一个陌生的声音从窗外清晰地传来。

怀特将脑袋努力地伸出窗外。他环顾四周,但是,视线中并没有一个人。

"怀特先生,我在这里!"

循着声音望过去,怀特看清跟他说话的那个"人",他的汗毛都要竖起来了。

让怀特感到不寒而栗的是窗子外面主动跟他打招呼的那个"人",事实上,那不是一个人,而是刚才那只波斯猫。

正是那只在法桐树下优雅地踱着步子的胖胖的圆滚滚的浑身长满了雪白长毛的波斯猫。

"是……是……你在跟我打招呼吗?"怀特声音颤抖地问。

"是哦,我就是刚才跟你打招呼的那位。我是霍金先生的朋友。以前,我怕别人发现我跟教授的秘密,总是待在窗外跟教授交谈。不过,现在我不用担心了。因为,以后你也是我的朋友了哦!"怀特清楚地看到,那只波斯猫的嘴巴一张一合,开合的节奏和他听到的内容正好对上。

怀特使劲揉了揉自己的眼睛,又使劲在自己大腿上掐了一把。但是,眼睛所见和钻心的痛感告诉他,这不是梦!

接下来,那只会说话的被霍金教授称为卡卡的波斯猫,一个箭步就从那棵法国桐树上跃到了窗台上。

波斯猫的这一跃,再一次把怀特惊呆了。因为,怀特目测了这只猫跳跃的距离,大约有十几米远。而普通的猫一个箭步是跃不了这么远的。

"它简直是在飞!"怀特一边指着眼前这只猫,一边望着霍金教授,他闪烁不定的目光似乎在向霍金教授求证着什么。

霍金教授只是微笑地望着怀特。他用诚恳的目光告诉怀特,不要怀疑自己的眼睛!

"既然是朋友,那就进来聊聊吧。"过了一会儿,怀特一边强压住自己那颗怦怦直跳的心,礼貌地招呼着玻璃窗外这位不速之客,一边准备伸手打开紧紧关闭着的窗子。

然而,窗外那位不速之客还没等怀特摸到窗扇的把手,已经穿过玻璃自己走了进来。

卡卡穿过的玻璃完好无损,这又一次让怀特感到不可思议。

"天呢!这……这……怎么可能?"怀特结结巴巴地叫道,"教授,我真的不是在做梦吧?"

此刻,霍金教授一定感觉怀特的眼睛比牛眼还大,他不禁"扑哧"一下笑出声来。

"怀特,你不是在做梦,这一切都是实实在在发生在我们眼前的。"笑完之后,坐在轮椅里的霍金告诉怀特。

"天哪!这怎么可能?怎么会有这样的事情?看起来,这一切完全违背物理学!"怀特一边使劲揉搓着自己的眼睛,一边高声叫着。

"是的,就我们现在认知的物理知识来说,一切看起来都是不可思议的。问题是,我们这位朋友是远道而来的。"霍金教授平静地说。

"远道而来的?有多远?南极?北极?地心内部?还是海洋深处?"怀特把自己能想到的最远的地方都说了一遍。

"哈哈,这位新朋友可真有意思,他思索问题为什么老是局限在地球上呢？哦，霍金先生，说实话，让他来做你的助理真有点不够格呢！"看到眼前怀特这个"奇怪"的年轻人，卡卡也许是不耐烦了，它忍不住插话。

"咕咕……咕咕……"霍金教授喉咙里发出一阵奇怪的声音。

"咕咕……咕咕咕……"卡卡同样发出一阵奇怪的声音。

"你们在谈论什么？"怀特不解地问。

"哈哈，怀特，我们在用自己的语言交流。刚才我告诉我们这位来自开普勒452b的老朋友卡卡，你是一个非常优秀的年轻人，你看到卡卡表情怪异只是一时还接受不了一些眼睛看到的事情。卡卡则回答我，它已经给你进行了全身扫描，确定了你就是我们要找的那个人。看来，我们那个伟大的任务有希望了。"霍金教授说。

"教授，等一等，您刚才的话搞得我好糊涂，我有几个问题不明白：第一，您还没有回答我这只猫远道而来，来自哪里？第二，您说的开普勒452b是怎么回事？是前段时间科学界刚刚宣布发现的那颗地球'表兄'吗？第三，你说我是你们要找的人，那你们为什么要找我？你们找我来是要做什么？第四，你们所说的伟大任务是什么？"

"哈哈，你的助手怀特果然是一个思维敏捷的年轻人，他这么快就找到了这么多问题，而且每个问题都很有针对性。"卡卡说。

"咕……咕……咕咕……"霍金说。

"咕咕咕……咕咕……"卡卡说。

"天哪！你们这简直是在欺负我这个不懂你们语言的傻瓜，这样咕咕来咕咕去，到底是不是怕我听到你们谈话的什么内容吗？"

再一次听到霍金教授和波斯猫用他听不懂的语言交谈，怀特真有点着急了。他是一个急性子的年轻人，遇到问题马上就试图找到答案。

"呵呵，看来，这位新朋友生气了哦！我们不过是在一起这样习惯交流了而已，并没有刻意要避开你的意思。"卡卡说。

"是哦，刚认识卡卡的时候，我还不会说话，所以，我们就发明了这样的交流方式。卡卡是一位医术高明的朋友，经过一段时间的治疗，他彻底治愈了我说话的问题。但是，我们早已习惯了这样的说话方式。这是朋友之间的一种特殊情谊，一种默契。你懂吗？怀特。"霍金补充道。

"哦，原来是这样。那么，我刚才那几个问题能不能请你们给我解释一下。"怀特一边点头，一边焦急地问。

"好呀好呀，不过，你的问题那么多，我们即便从现在给你解释到天明恐怕也解释不完。俗话说，百闻不如一见，为了更直观地让你了解真相，我们还是到我的密室里去吧。"霍金教授说。

"密室？教授何来的密室？"怀特问。

在霍金教授这里干了几个月了，怀特可从来没见过他的密室。而且，他也从没听说过霍金教授还有什么密室。

"呵呵，年轻人，这没什么好奇怪的？从今天开始，你将会看到，一切皆有可能！"

卡卡一边说，一边变魔术一般变出 3 颗药丸。它自己率先吃了一颗，然后，一头钻进了身后的壁炉。

壁炉里的火苗儿猛窜了一下，紧接着又恢复了正常。

"哦！天哪！它怎么跳到火里自杀了！"怀特叫了起来。

"不，它没有自杀，它是到我的密室里去了。"霍金教授告诉怀特，"待会儿，也要以这样的方式进到我的密室里去。"

"天哪，这怎么可能？这无异于服毒自杀！我可不敢拿自己的生命开玩笑！"怀特苦笑着拼命摇头，不管刚才他看到了怎样神奇的一幕，此刻，要说服他亲自跳到壁炉里去，他却是说什么也不肯了。

就在怀特准备逃离这个令人生畏的地方时，壁炉里的火苗轻轻摇动了一下。紧接着，卡卡从火苗后面一跃而出，重新出现在了怀特跟前。

怀特抱起卡卡仔细检查了一遍，毫发无损。

"我就知道你不敢跳进壁炉，所以，我又回来了。看！我现在完好无损，你应该相信我了吧？"卡卡说。

"是的，我现在是有点相信了。可是，要做到穿过这壁炉而毫发无损，是运用了什么原理呢？你该不会是什么精灵吧？"怀特更加疑惑了。

"精灵？其实，这宇宙中根本没有什么精灵，一切都可以用科学道理来解释的。我用你最擅长的理论来告诉你吧，刚才，我是巧妙运用了霍金教授的'黑洞'原理。"卡卡说。

"黑洞？"

"是的。我们这个宇宙中存在 3 类黑洞。第一类是太初黑洞,只在宇宙大爆炸之后几微秒内存在;第二类是现今宇宙中存在的,相当于太爷爷辈的,不过,我们可以观察同一片星空,看是否有背景被挡住了就能确定它的位置;第三类是如今的人造黑洞,形成方式跟太初黑洞类似,目前,我们地球上就有一个人造核聚变反应装置,那个装置运行的时候是超高压高温的,足够生成微型黑洞,尽管时间很短,但对于粒子而言,是几辈子的事情,另外,欧洲的大型强子对撞机,据称有一次运行时也产生了黑洞,引得千里之外的印度不少人惶惶不安。"霍金教授给怀特解释道。

"嗯,这些理论在您的著作中多有提及。然而,卡卡是怎么运用黑洞得以在空间中自由穿行的呢?"怀特继续问。

"哦,这很简单。卡卡的尾巴上有一个比人造核聚变反应装置和强子对撞机先进得多的神秘小装置,能够根据需要,随时发现或者制造出合适的黑洞供我们在空间中旅行。刚才,卡卡从壁炉里跳进跳出,包括之前,它通过玻璃窗一跃而入,都是利用了黑洞原理。"

霍金教授是地球上研究黑洞的权威人士,对他的解释怀特当然非常信服。

"要是这样,我就放心多了。"怀特终于平静下来。

"好吧,那接下来就让我们开始去往霍金教授密室的旅行吧。"卡卡说,"不过,鉴于怀特先生是第一次尝试这样的旅行,为安全起见,还是请你一只手抓住我的尾巴,另一只手抓住霍金教授吧。"

"哦,可千万别忘记吃了这粒药丸。"霍金教授提醒道。

于是,怀特从地上捡起那两粒药丸,他自己将信将疑地吞服了一粒,喂霍金教授吃了另一粒。然后,左手紧紧抓住卡卡的尾巴,右手抓住霍金教授的手腕。

"好了,现在,可以了。"接下来,卡卡一边说,一边纵身一跳,他们 3 个立即消失在熊熊燃烧的壁炉里。

怀特实在是太紧张了,在卡卡准备纵身一跳的一刹那,他紧紧闭起了自己的眼睛。

第三章　神奇的旅行

等怀特睁开眼睛的时候，发现自己已经来到一个陌生的环境。

霍金先生仍旧在轮椅上歪着脑袋坐着。怀特的右手还紧紧地握着霍金教授的手腕，左手仍旧呈抓握的姿势，然而，刚才紧紧抓着的卡卡却不见了踪影。

此刻，怀特根本没有多余的精力顾及卡卡去哪儿了，因为，映入他眼帘的一幕幕神奇景象已经把他给深深吸引住了。

怀特曾是一位业余驴友，无论是莽莽苍苍雄浑万丈的雪域高原，还是黄沙漫天荒凉无比的沙漠，无论是汹涌澎湃波澜壮阔的大海，还是郁郁葱葱生机无限的原始森林，地球上的很多地方他都涉足过。

可是，眼下这景色，怀特却是连在梦中都不曾见过的。

怀特低头看了看——这是怎样一片神奇的土地呀！脚下到处铺着厚厚的细细的尘埃。在一种冷艳的蓝色光芒的照射下，这尘埃自怀特的脚下一直往外延伸出去，起起伏伏，绵绵不绝，如同冰封的大海，又如同蓝色的沙漠。

更远处，无边无际的尘埃中间耸立着一座座土丘一般的山体，还有一些环状的山谷。它们静静地待在无边的尘埃中，凹凸有致，泰然自若。

而无论是那绵延不绝的尘埃当中，还是山体山谷当中，都没有一棵草、一棵树。

这是一个辽阔而空旷的世界，一片无尽的黑暗和荒凉。

怀特望望天空，猛然看到头顶上悬挂着一颗大大的蓝色的星球。

怀特把眼睛揉了好几遍，又使劲在眼前挥了挥手。因为，他以为自己看到的这幅奇妙的景象是海市蜃楼。然而，当怀特嗅到一种说不清的气味，不知是壁炉中被水浇湿的灰烬散发出来的气味，还是火药爆炸后产生的气味，他意识到，眼前的景象是实实在在地存在着的，绝不是什么海市蜃楼。

怀特细细嗅了嗅，他发现，这股奇怪的味道就来自脚下这细细的踩上去感觉黏黏的尘埃。

"天啊，我们这是在哪里？我们所处的这个环境，怎么看起来这么诡异？"怀特小声嘀咕着。

"怀特，眼前的景象你确信没有见过？"听到怀特的话，霍金教授微笑着问他。

怀特摇了摇头，说："是啊，我虽涉世不深，却也走过地球上的千山万水，眼前这景象却从未见过。"

"那么，地球之外呢？"霍金教授问怀特。

"地球之外？"怀特的大脑在飞速寻找着记忆中的每一个画面。

忽然，怀特一拍脑袋，说："哦，我想起来了！1969年7月16日，巨大的'土星5号'火箭载着'阿波罗11号'飞船，从美国卡纳维拉尔角肯尼迪航天中心点火升空。美国宇航员阿姆斯特朗、奥尔德林、柯林斯驾驶着阿波罗11号宇宙飞船跨过38万km的距离，踏上了月球表面。当时，阿波罗11号传回的画面好像跟眼前见到的情景类似。"

"天啊！我们该不会是在月球吧？"接着，怀特惊讶地叫道。

说完这句话，怀特望了望霍金教授。让他感到震惊的是，霍金教授竟然微笑着点了点头。

"怀特，我们这是在月球，头顶上这颗蓝色的星球是我们的故乡——

地球。"霍金告诉怀特。

"什么？我们真的在月球？"怀特感觉自己的头一下子大了好几圈。

也难怪怀特如此震惊。要知道，能亲自登临月球虽千百次出现在许多地球人的梦中，可是在清醒的时候，却是连想都不敢想的一件事情啊！怀特也一样。

然而，此刻，怀特确实是在月球上站着。

怀特的眼睛、鼻子以及他身体的每一个感官都清醒地告诉他：现在，他的确是和霍金教授一起在月球上！

"真是不可思议，这么说，我们在这么短的时间里，通过那个壁炉，瞬间来到了月球上？"过了一会儿，等怀特激动的心情稍稍平静一些后，他惊恐地睁着一对大大的眼睛问。

"是的，这是黑洞的功劳！"霍金教授淡淡地说。

"哦！伟大的黑洞！伟大的教授！我终于来到了月球上！"那一刻，怀特真有一种要把霍金教授举起来的冲动。

"这样说来，教授您的密室在月球上？"过了一会儿，怀特疑惑地问。

"是的，我和卡卡建这个密室已经有一段时间了，我们在这里进行了大量的科学实验，掌握了一些以前不曾掌握的知识。"霍金教授回答。

"又是卡卡？"

"不错，自从认识卡卡后，我的研究就像插上了翅膀，突飞猛进。"

"卡卡是一只无所不能的猫？"怀特疑惑地问。

"可以这么说。"

"教授，我忽然想到一个问题：按理说，月球上没有氧气，我们不能呼吸。可是，我并没有感觉到呼吸困难。"

"你还记得我们出发前吃的那颗药丸吗？那是我新近研制出来的能量丸，是用月球上的氦－3制造出来的。你知道，氦－3是一种清洁、安全和高效的核聚变发电燃料，可提供便宜、无毒、无放射性的能量。我正是运用氦－3的这种特性，制造了维持我们人类生命的独特药物，服下它，你生命的整个过程就依靠它了，你可以不呼吸，不吃饭，甚至不睡觉都没问题，你身体需要的能量都可以源源不断地从这颗药丸里得到。不过，它还有一定的局限性，现在我们服用一颗药丸只能维持一周。将来，我还会继续研制，制造出能量更大的药丸。那样，我们就可以在星际间自由旅行了。”

“还有一个问题，这里没有空气，声音不能传播，可是，看起来我们之间的交流也毫无障碍啊？”怀特问。

“这是一个小问题，在从地球来这里的途中，卡卡已经在我们身上安装了一个小装置，那装置类似于无线电，能发送接收电波，电波再被翻译成我们的语言，我们就能正常交流了。”霍金教授回答。

“哦，我明白了，两个月前那天夜里的失踪……教授，您是不是到月球上来了？”怀特像突然发现了新大陆。

“呵呵，算你聪明！”霍金教授爽朗地笑了起来，“不过，那时候，能量丸处于试验阶段，药效只能维持不到一个小时，而我们又没有更多的存量，所以，当你报了警，警察赶到时，卡卡已经带我回到床上了。呵呵……怀特，你受骗了哦！”

“哎呀，教授您可真会玩儿，那几天里，我甚至怀疑自己是不是神经错乱了呢。”怀特挠挠后脑勺，不好意思地说。

“不过，从那一次开始，我的行动更隐秘了。随着能量药丸的药效越来越持久，此后，我甚至有时在月球上待数天，你都没能发现哦！”霍金笑着说。

“哦，是吗？我可真笨！”

“不，怀特你不笨，主要是我这个对手太强大了！”霍金做了个鬼脸，骄傲地说。

“呵呵……呵呵……”

“对了，您曾经说过要完成一个伟大任务，这个任务应该是星际旅行吧？”等他们两人笑完了，怀特忽然又想起了一个问题。

“哦，星际旅行只是我们这个伟大任务的一部分。接下来，我们要进行的这个事业事关人类的命运，事关地球存亡！”

“这听起来的确是一个令人振奋的任务。姑且不讨论这是怎样的一个任务，就我们现在掌握的知识来看，要完成这样一个任务，怕是遥不可及吧？”怀特担心地问。

“是的，你的担心不无道理。不过，我们现在有卡卡。通过在月球实验室的研究，我现在掌握的理论已经大大超过以前了。这么说吧，如果宇宙中整个科学体系有一头牛那么大的话，我们以前学到的知识连一根牛毛的大小也没有。而现在，我掌握的东西足有一根牛尾巴那么大了。呵呵，不过，这已经够我们完成那个伟大的事业了。"

"对了，教授，卡卡去哪儿了？"怀特突然发现了这个严重的问题，他们两个是卡卡带来的，如果它在半路丢了，谁带着他们回地球呢？

"没关系，卡卡现在去查看密室的情况了。最近，月球上也不平静，有几个星球上的智能生物已经注意到我们的存在。他们心怀不轨，我和卡卡很担心密室遭到袭击或破坏。因此，每次来这里，卡卡事先都要进行细致的检查。我们这是以防万一。"

说话间，卡卡已经回来了。由于月球的引力仅是地球的六分之一，在月球上行走看起来的确有一种不同的韵味。而此刻，卡卡就是迈着它那优美的太空小碎步回来的。

"教授，密室里一切正常。"卡卡向霍金教授汇报。

"好了，我们现在就去密室吧。"霍金教授提议。

接下来，怀特推着霍金教授的轮椅，跟在那只名叫卡卡的波斯猫后边，踏着轻盈的太空步向前走去。

大约过了一刻钟的时间，一幢闪着微弱的蓝色光芒的蛋形建筑出现在眼前。

"哦，真漂亮！看起来像中国国家大剧院的微缩版！"怀特一下子就被这个造型奇特的建筑吸引住了。

"呵呵，这是我跟教授的杰作！不过，更神奇的东西还在里面呢！"卡卡忽然停住脚步，用两只后脚站立，一边忙着摆出一个漂亮的造型，一边骄傲地说。

呵呵，卡卡真是一只本领超凡而又可爱的波斯猫！怀特一下子被逗乐了。

第四章 神奇的密室

说话间，他们已经来到密室跟前。

有"哗哗哗"的流水声传来。循着那声音望去，怀特发现水声是从那个蛋形建筑上传过来的。

怀特好奇地走过去，看到这个建筑有别于地球上的任何建筑，它那光洁的外墙是用一种流动的液体构造的。液体不住地流动着，发出"哗哗哗"的流水声。

怀特研究了一番，确信那液体不是水，也不是地球上见过的任何一种其他液体。

在征得霍金教授的同意后，怀特用食指轻轻戳了戳那墙壁。

怀特发现，手指碰到的地方立即凹了下去，等他的手拿开，那凹陷的地方又立即恢复了原形。

怀特疑惑地皱起眉头。

"那些流动的物质其实不是液体，而是一种特殊材料，我们地球上没有这种材料。你听到的声音是由这种材料高速运动产生的。"看到怀特疑惑不解的样子，霍金教授微笑着向他解释道。

"哦，这个建筑的构建打破了地球上所有建筑的设计理念，简直是太神奇了！"怀特赞叹道。

"是的，这一切都是为了保证安全。其实，那些流动的'液体'不过是一些运动的原子，由于密集的原子按照我们事先设计好的程序高速运动，原则上就填补了原子之间的空隙。于是，这个密室的墙壁就形成了一个绝对的整体。其他东西，哪怕另外一个原子也是不可能溜进去的。"霍金教授解释道。

"嗯，这个道理我明白了。然而，这个建筑如此密闭，我们怎么才能进去呢？"接着，怀特疑惑地问道。之前，怀特已经仔仔细细地环顾了一圈儿，然而，他并没有发现这个建筑的门在哪里。

"看起来这是一个没有门窗的建筑。"怀特随后补充道。

"如果轻而易举就能找到它的门窗，还能称之为密室吗？"霍金教授笑着说。

"是哦，但是我们总有办法进去的。"卡卡随声附和。

"跟我来！"接下来，卡卡示意怀特一只手抓住它的尾巴，另一只手抓住霍金教授的胳膊。

"还是黑洞？"怀特问。

卡卡点了点头。

由于有了前一次的经历，怀特的胆子大了许多。这一次他没有闭眼，他要看看卡卡是怎么带着他们在黑洞里穿行的。

接下来，他看到卡卡用前爪扒拉了一下月球的土地，尾巴轻轻摇了一下，头一低，就钻进了月球里。

先是身边的沙子退潮般向周围散去，给他们留出足够的穿行空间。后是岩石裂开一道道缝隙，容他们3个穿过。一转眼的工夫，他们已经站在了一个闪烁着五彩光芒的大房间里。

"真厉害！连沙子、岩石都为我们让路呢！"怀特兴奋地说。

"不，你看到的那只是假象。其实，沙子、岩石都没动，我们只是在它们的原子缝隙之间穿行罢了。"

"天哪！这怎么可能？"怀特惊叫。

"的确是这样。"霍金教授点了点头。

"那我们为什么不直接穿过密室墙壁的原子缝隙进到房间里，而非要在沙子和岩石的原子间穿行？"怀特问。

"我刚才说过了，密室墙壁上的原子在高速运动，如果我们贸然闯入，将会被那些原子击中，被伤得体无完肤。"霍金教授回答。

"然而，即便是在地下穿行，也是不可想象的啊！"怀特仍旧搞不明白他们是怎么进来的。

"哦，这个问题很简单。我们事先在这个蛋形建筑地下的某个位置留了一个比一个原子略微大一些的小孔。而那个小孔就是我们这个密室的所谓的门。我们刚才就是穿过那个门来到这个房间的。"

"哦！真不可思议！我们看起来这么大，怎么可能穿过只有一个原子大的空隙？"怀特不明白。

"记得有一位科学家说过，所有人类都可以装进一块方糖。这是因为物质内部有着不可思议的空间。与太阳系类似，在原子内部，电子围绕一个极小的原子核运动。这意味着如果我们把全世界所有原子内部的空间进行压缩，全人类将只有一块方糖大小。因为我们 99.9％ 是空的。黑洞内部的压力巨大，在里面，我们的身体被瞬间压缩，看起来要比一个原子小多了，因此，我们能在这么小的空隙间穿行。"霍金教授解释道。

"也就是说，我们进入黑洞时，身体瞬间缩小得甚至不如一个原子那么大了？"怀特接着问，"可是，我怎么一点也没有感觉到外面的压力呢？"

"这是同比缩小的原理。"霍金教授进一步跟怀特解释，"从今天开始，你要认清我们这个宇宙中存在的大和小的关系。记得 2006 年诺贝尔物理学奖获得者约翰·马瑟在美国国家宇航局戈达德航天中心发表演讲时指出，在'大爆炸'发生之前，整个宇宙的尺寸不过只有数十 cm。单从体积来说，这样的大小完全可以被我们握在手掌之中。约翰·马瑟表示：'这些原始物质的一部分（大约 10cm），可能构成现在仍处于扩张之中的整个宇宙。'他同时表示：'天体相互之间的距离都非常巨大。原子事实上也是空的。与原子本身相比，原子核的体积非常渺小。计算表明，现在的整个宇宙均诞生于某一体积不大的原始物质并不是不可能的。'从约翰·马瑟的研究我们可以看出，我们平常所说的大和小是相对的，宇宙的概念就是时间和空间，而且宇宙的概念是所有的时间和所有的空间的集合的意思，这样宇宙就有了绝对性、整体性，一切时空都被宇宙涵盖，没有其他的概念能和宇宙进行同等级的比较，在没有比较的情况下就没有大小的意义。"

这些理论怀特以前从霍金教授的《时间简史》中读过，因此，理解起来并不困难。

"哦，教授，您真厉害！真是伟大的教授！"怀特禁不住惊呼。

"呵呵，这没什么好奇怪的哦，谁让霍金的大脑是宇宙中最智慧的大脑呢。"卡卡也在一边插话。

"真是两个马屁精！"霍金笑着说。

怀特和卡卡对视了一眼，也笑了起来。

接下来，怀特开始专心致志地研究起这个奇怪的房间。对于他来说，这里的一切都那么的不可思议。

看起来，这整个房间里弥漫着一种蓝色的基调。大大小小的仪器布满了整个空间。

怀特虽然是一名优秀的物理专业研究生，曾经在世界上最顶尖的实验室做过研究。但是，面对这个密室里的这些从没见过的稀奇古怪的仪器时，他还是惊呆了。

"哦，不可思议的霍金教授！哦，不可思议的卡卡！"怀特在心里说，"你们到底还有多少秘密呢？"

"哦，这个密室里的色调看起来真漂亮！"怀特对卡卡说。

"这蓝色的光源其实来自你们那颗美丽的星球——地球。由于这密室的墙壁是允许单向光源射进来的，因此，它阻止不了地球的光线。不过，这样最好，因为我们的密室一年四季照不到阳光，来自地球的光芒正好提供我们照明。"

"什么？你说'你们的星球'？难道你不是地球上的？"怀特吃惊地问。

"是的，卡卡来自开普勒452b。这一点你们刚认识时，我不是告诉过你吗？"霍金不知道什么时候来到了身后。

"唔，是这样的。由于最近发生了太多不可思议的事情，有个问题我还一直没来得及问。开普勒452b是不是被开普勒太空望远镜发现的那'另一颗地球'？前不久美国国家航空航天局宣布的。"怀特吃惊地问。

霍金教授点了点头。

2015 年 7 月 23 日，美国国家航空航天局宣布发现了"另一颗地球"的消息，让地球人很激动。

据当时宣布的消息，距离地球 1400 光年的开普勒 452b 位于天鹅座，大小介于地球和海王星之间，约比地球大 60%，并且处于"宜居带"中。"宜居带"是指距离恒星不远不近的一个环带，行星在这里接收到的来自恒星的能量，允许液态水存在于行星的表面。开普勒 452b 跟它围绕着旋转的恒星的距离，与地球到太阳的距离相同。开普勒 452b 上的一年大约 385 天，约比地球绕太阳一周的时间多出 5%，其年龄大约为 60 亿年，正是年富力强的时候。

"这么说来，卡卡是一个外星人?"霍金教授的肯定让怀特感到非常惊奇。

"是的，卡卡是一个外星人，一个拥有超常智慧的外星人。"霍金答道。

"那么，你为什么要穿越 1400 光年的距离来到这里呢?"怀特疑惑地望着卡卡。

"因为一个伟大的使命!"卡卡神情凝重地说。

第五章　密室疑云

卡卡为什么穿越 1400 光年来到地球？它所说的那个伟大的使命究竟是什么？由于刚进入密室，有许多工作要马上开展，卡卡并没有给怀特做更进一步的解释。

看到卡卡和霍金教授忙得一副焦头烂额的样子，怀特心中纵有万千疑惑，在最初的这段日子里，一直没有找到合适的机会再问起这些问题。

言归正传，我们再回到霍金教授刚刚进入密室的那会儿。

"卡卡，你确信把密室都检查过了？没有留下任何死角？"霍金教授遥控着他的电轮椅对整个密室进行了一番检查后，径直来到卡卡跟前。

"是的，教授，我确信我连一个原子都没有放过。"卡卡回答。

"可是，你来看，这是什么？"霍金教授说。

接着，他把轮椅转了一个方向，对着那个方向叫道："卡尔——过来！"

"卡尔？谁是卡尔？"怀特问卡卡。

"自己看。"卡卡对怀特说。

说话间，一个看起来长着四只脚的"长相奇特"的"机器人"应声来到跟前，它把一个圆筒状的东西举起来。

卡卡认得这个圆筒状的东西。这是霍金教授刚刚研制出的粒子捕捉仪。

这是一台精密的仪器，它能检测到一个空间里的任何粒子，尤其擅长把那些粒子中的"异类"瞬间锁定并进行捕捉。

这台仪器是霍金教授为保证密室的安全专门设计的。他们上一次来月球的时候，就发现密室里存在着一些异常，至于这异常是什么，他们用尽了一切手段，也没能发现一点蛛丝马迹。于是，回到地球后，霍金就制造了这台粒子捕捉仪。

"请——看——这——里。"那台名叫"卡尔"的机器人用生硬的语言提示着卡卡和怀特。

按照卡尔的指示，他们很快发现了那个有问题的粒子。

在 5 亿倍放大镜的帮助下，他们清晰地看到安装在这个微小的粒子上的一台全息摄像机正一闪一闪地工作着。

"天哪，这是一台粒子摄像机！这些坏蛋竟然将这样一个家伙放在我们的密室里，我们的一切都置于他们的眼皮底下，而我们以前竟然没有发现。"卡卡气愤地说。

"你们说的坏蛋是谁呀？难道，在这个荒凉的月球上，我们也有对手？"怀特不解地问。

"怀特，月球并不像我们想象的那样平静。一直以来，这里是许多外星生物觊觎地球的缓冲地带。"卡卡回答。

见怀特一副疑惑不解的样子，霍金教授问他："你不是看过阿波罗 11 号宇宙飞船载着 3 位宇航员飞向月球的纪录片吗？"

怀特点了点头。

"但是，我从那些纪录片里并没有发现什么异常啊。"怀特随后说。

"你说的也有道理，因为，你看过的那些纪录片都是被剪辑过的。"霍金教授说。

稍微停顿了一下，霍金教授接着说："1969 年 7 月 16 日，美国的阿波罗 11 号宇宙飞船飞往月球时，作为受邀的为数不多的英国科学家，我有幸和首相一起，在伦敦科技中心观看了直播。在奔月途中，我们的太空人看到前方有个不寻常物体，起初以为是农神 4 号火箭推进器，便呼叫太空中心确认一下，谁知太空中心告诉他们，农神 4 号推进器距他们有 9600km 远。宇航员用双筒望远镜看，那个物体呈 L 状，再用六分仪去看，像个圆筒状。后来，当奥尔德林进入登月小艇做最后系统检查时，突然出现了两个 UFO，其中一个较大且亮，速度极快，从前方平行飞过后就消失，数秒钟后又出现，此时两个物体之间通过射出光束互相连接，又突然分开，以极快的速度上升直至消失。在宇航员将正式降落月球时，控制台呼叫：'那是什么？任务控制台呼叫阿波罗 11 号。'阿波罗 11 号竟如此回答：'这些宝贝好巨大，先生……很多……噢，天呀！你无法相信，我告诉你，那里有其他的太空船……在远处的环形坑边缘排列着……他们在月球上注视着我们……'"

"哦，他们一定是发现了外星人！"怀特惊讶地说。

"是的。可是，在第二天的电视转播中，这些镜头却被剪切掉了。"霍金教授说。

"他们一定是试图掩盖什么？"怀特说。

"这点毋庸置疑。不管美国试图掩盖什么，反正从那时起，我开始认识到月球并不像我们认为的那样平静。后来，在卡卡带我环游月球的时候，证实了这一点。以至于我们后来在建造月球基地的时候，发现有很多的智能生物在悄悄窥视着我们。"霍金教授说。

"这样看来，我们不仅有对手，而且这个对手足够强大！"怀特惊讶地说。

霍金教授点了点头。

"那他们来自哪里？是月球上的生命吗？"怀特接着问。

"不，月球上没有这么智能的生物，他们应该来自太空深处。不过，我们已搞清窥视我们的那些外星生物的来历，他们来自另一颗遥远的星球——18 号天蝎。"

"18 号天蝎？"

"是的，这是天蝎座中的一颗恒星，瑞士科学家曾于 1995 年在太阳系外发现过这颗星球，经过多年的研究，我已经推算出 18 号天蝎上面存在着智能生物。"霍金说。

"不仅如此，18 号天蝎上的智能生物已经发现地球并准备将地球据为己有。"卡卡进一步解释道。

"那么，你们是怎么知道这些情报的？据我所知，除我们之外的其他地球人可一点都不知道这些情况呀！"怀特吃惊地问。

"是的，地球人不知道自己正面临着外星人入侵的极大危险，这正是糟糕之处。也许，等大家都了解到这个信息，一切都悔之晚矣。所以，我们接下来的任务已经非常紧迫！"霍金教授说。

"难道这个伟大的任务是拯救地球？"怀特惊讶地问。

"是的！"霍金教授坚定地点了点头。

"就凭我们几个？"

"不仅如此，我们还面临着维护宇宙秩序的重任！"卡卡随声附和。

这个任务听起来的确非同一般。怀特不禁挺了挺身子，握紧拳头，目光如炬地望着头顶上那颗蓝色的星球，在那一瞬间，他突然感到内心汹涌澎湃。

"啊！有情况！"就在怀特仰望星空的一刹那，他看到一个黑影儿一掠而过，不禁叫出声来。

说时迟那时快，就在这一瞬间，卡卡已经遁入地下，飞出密室去追那黑影儿了。

"这些王八蛋比我们想象的还要猖狂，竟然主动找上门来了！"坐在轮椅里的霍金教授脸上露出愤怒的表情。

在怀特的印象中，霍金教授从没爆过粗口，也没有这么愤怒过。他如此愤怒，一定是遇到了重大的事情。

怀特不自觉地向后退了一步，待在那里不敢吱声。

"'王八蛋'是什么东西？"突然，一个陌生的声音从身后传来。

怀特猛地一转身，看到一个浑身长着红色毛发相貌丑陋的怪物，不知什么时候已悄悄站在身后。

"啊！坏人！"怀特一边大声叫着，一边顺手抓起一件不知什么仪器，就要向那怪物砸去。

然而，他刚刚举起的手猛地被电击了一下，一下子僵在了半空中。

让怀特瞬间失去行动能力的正是眼前这个怪物。

第六章　怪物惊魂

　　卡卡飞出密室后，被一个突然出现的怪物定在那里动弹不得的怀特脑海里猛然闪过一个不祥的念头。

　　"坏了！"怀特想，自己被这个怪物制服，卡卡又不在，坐在轮椅里没有行动能力的霍金教授不遭到怪物的袭击才怪！

　　"啊……啊……"怀特试着发出几个音节。他发现，自己的嗓子还能发出声音。

　　此时，怀特看到，那个浑身长着红色毛发相貌丑陋的怪物正一步一步向着霍金教授走过去。

　　然而，霍金教授看起来好像一点儿也不紧张，他只是歪着头微笑着坐在轮椅里，眼睛一眨不眨地盯着这个正一步步向自己走来的怪物。

　　不过，霍金教授除了这样，还能怎样呢？他早已丧失行动能力，就连动一动手指都感觉那么困难。

　　"混蛋！不要动霍金教授！"怀特突然声嘶力竭地吼道。

　　但是，怀特的愤怒一点也不起作用，那怪物回过头来微笑着望了怀特一眼，继续朝霍金教授走去。

就在这千钧一发之际，"嗖"的一声，卡卡突然从地底下冒了出来。

"卡卡，快抓坏人！"怀特大声叫起来。

卡卡定定地看着眼前这个怪物有几秒钟的时间。然后，后腿着地，张开前爪，情绪激动地向前扑去。

那个怪物也迎着卡卡扑过来。

然而，接下来的一幕并不是怀特预期的。

"妈妈——"

一句久违了的温馨无比的呼唤在密室的空间里传开。

"妈妈？"怀特几乎不敢相信自己的耳朵。

当怀特回过神来的时候，他发现卡卡已经紧紧地抱住了那怪物的大腿。

"你——是卡卡的妈妈？"怀特疑惑地问。

"不，卡卡是妈妈。"霍金教授在一旁笑着说。

"你们都认识？"听完霍金教授这句话，怀特真的是丈二和尚摸不着头脑了。

"是哦，这位是卡卡的儿子——月娃。"霍金教授说。

"月娃？"

卡卡笑着点点头。

"这位是月娃。这位是怀特先生。"霍金看了一眼月娃，又看了一眼怀特，介绍道，"来，你们认识一下吧。"

月娃伸出了毛茸茸的手。

瞬间，怀特举着的手一下子从半空中无力地垂了下来。是月娃解除了对怀特的控制。

出于礼貌，怀特赶紧把手伸出去。不过，怀特只是紧张地握了握月娃的手指。他感觉，月娃的手指毛茸茸的。

怀特突然想起自己曾经养过的一只金毛犬。那时，怀特每次从外面回来，金毛犬都要扑在他身上跟他亲热一番。此刻，怀特感到，握着月娃手指的感觉就跟握着他的金毛犬前爪的感觉是一样的。

"月娃，刚才那个黑影是你吗？"卡卡问。

"是哦，我只是想跟你们开个玩笑。"

"你可真顽皮，快把妈妈吓死了！"

"您说，这位是卡卡的儿子，可是，它看起来根本不像一只猫，而且，个头这么大？"在卡卡跟月娃谈话的间隙，怀特把嘴附在霍金教授的耳朵上，小声问。

"月娃是我在月壤中培育出来的，不是我生出来的。"很显然，怀特的话还是被卡卡听到了。

"你别看我个头大，其实，我的年龄只有66天。"当然，怀特的话也没有逃过月娃的耳朵。

要知道，卡卡和月娃都是本领超凡的人，所以，怀特小声说话也逃不过它们的耳朵，这没有什么好奇怪的。

在接下来的交流中，怀特大体弄明白了关于月娃的一些事情。

原来，在两个多月前，当霍金教授和卡卡创造出月球密室后，他们苦于无人在密室里值守，并承担保养和维护密室设备的职责，便培育了月娃。

月娃的诞生来自卡卡制造的一场小型爆炸。当时，卡卡从自己尾巴上取下了一个细胞，把它放进一个特制的小瓶子里。然后，把这个瓶子埋进月壤。

据卡卡介绍，这个瓶子不是一般的瓶子，是个能自动吸收能量的能量瓶。卡卡把瓶子埋进月壤，就是为了让能量瓶吸收月壤中的灵气，在最短的时间内凝聚更多的能量。

一天一夜之后，能量瓶里凝聚的能量已经达到极限，于是，自动发生了威力巨大的爆炸。

在这个爆炸中，能量瓶里的那个细胞瞬间升腾在爆炸形成的蘑菇云上，并发生了基因突变。

当然，这个基因突变是卡卡提前设计好的，目的是能够让它进行细胞分裂，并最终诞生一个生命。

然后，那个细胞在爆炸平静之后落入爆炸坑洞的沙石中。卡卡把爆炸坑填平，把月壤重新覆盖在上面。于是，那个生命就在月球深处孕育。

3天之后，一个巴掌大小毛茸茸的小东西破土而出。

月娃就这样被制造了出来。

"我最初的想法本来是要制造一个英俊的少年的。但是，因为这方面的技术仍有欠缺，大概是爆炸时温度控制不到位，最终让月娃变成了这个模样儿。"卡卡叹口气说，"唉——要是我父亲在，也许就不会这样了。"

"你的父亲，他是——"怀特还没把这个问题问完，忽然，他看到密室顶部出现了一束白色的强光。当时，那束强光正由远及近，向着密室这边快速移动过来。

"快看，那是什么？"怀特大叫。

"一只飞碟！快追！"很显然，正对着那个方向坐着的霍金教授也看到了那束白色的强光。

说时迟，那时快，卡卡和月娃一下子遁入地下。

1秒钟不到，卡卡和月娃已经飞出密室，直奔那飞碟而去。

第七章 真假密室

看来，这个"不速之客"也真不是吃素的。卡卡和月娃刚钻出密室，还没等飞升起来，那束强光猛然掠过密室顶，向远方逃逸而去。

过了一会儿，卡卡回来了。

"怎么样？追到他们了吗？"霍金教授问。

"他们的速度太快了！"卡卡叹息着摇了摇头。

又过了一会儿，月娃回来了。

"怎么样？"霍金教授紧张地望着月娃。

"咳，差一点就追上。不过，也不是没有任何收获，在快接近他们的时候，我释放了一只飞天流萤，它已经成功黏附在飞碟的底部。"

"飞天流萤？"霍金、卡卡和怀特异口同声地问。

"哦，是我自己制造的一个小玩意儿，它的大小跟地球上的一只萤火虫差不多，但是飞行速度却比我要快十几倍。更重要的是，这小玩意儿是一个功能强大的追踪器，即使那只飞碟飞到外星球，也能被我们及时发现并定位。"月娃解释道。

"那你现在测试一下，那只飞碟现在到什么地方了？"霍金教授说。

月娃闭上眼睛，皱着眉头思索了一会儿，说："飞天流萤传回的信息显示，他们现在应该在东南方向，月经28°，月纬74°。"

"不错，不错，我们的月娃不仅长大了，而且，还会发明创造了。"霍金教授意味深长地望了一眼卡卡，然后说。

卡卡回望了一眼霍金教授，轻轻点了一下头。

怀特意识到哪里不对劲儿，但他并没有流露出来。

"还不是被那些王八蛋逼的。"听到霍金教授的夸赞，月娃气愤地回答。

"月娃看来已经明白王八蛋的意思了？"怀特笑着调侃道。

"呵呵，别看哥丑陋，脑袋不糊涂！"月娃幽默地扭扭屁股，笑着说。

霍金教授、卡卡和怀特被月娃一下子给逗乐了。

"月娃，别太骄傲了，你的月球知识掌握得怎么样了？"卡卡问。

原来，在霍金教授和卡卡回地球的这段时间，他们给月娃布置了一个任务——学习月球知识。月娃年龄小，脑瓜聪明，掌握知识非常快，学好月球知识可为将来展开对月球的进一步探索打下基础。

"没问题，请母亲大人考核。"月娃说。

接下来，卡卡问了几个比较刁钻的问题，月娃果然对答如流。

卡卡笑了。

"卡卡，我看月娃现在的月球知识储备已经足够了。我想，下一步，我们要主动出击了。"沉思片刻后，霍金教授做出这样一个决定。

"好呀！我一定不负众望！"月娃兴奋地回答。

"你真的长大了，月娃。"卡卡吻了吻月娃毛茸茸的脚趾。因为卡卡仅是一只体型瘦小的猫，即使后脚着地站立起来，也仅仅够到月娃的膝盖部位。

"别看月娃的年龄只有66天，他可是个月球通。我们不在月球的这段时间，月球的角角落落已经被这小子研究得特别清楚。"卡卡自豪地告诉怀特，"下一步，我们在月球上的活动，还要仰仗这小子。"

怀特信服地点了点头。

接下来，经过一番讨论，他们4个制订了一份缜密的计划。具体内容包括这样几条：

一是月娃继续留守在蛋形密室，维持密室的正常工作；

二是将计就计，将捕获的粒子摄像机释放，让其继续在密室里侦察，不过，它侦察到的情报将是他们故意泄露给敌人的假情报；

三是由卡卡送霍金教授和怀特暂回地球，对下一步追踪18号天蝎的任务做出更详细更完备的计划；

四是最终锁定逃逸飞碟的位置，搞清18号天蝎那些坏蛋意欲何为。

接下来，霍金教授释放了那台粒子摄像机。

然后，他在月娃耳边如此这般地嘱咐了一通。

最后，他们启程向地球飞去。

在卡卡启动黑洞飞往地球的时候，怀特没有闭眼。有了前两次黑洞飞行的经验，怀特已经消除了所有恐惧。不仅不再感到恐惧，现在，望着身边那些原子飞驰而去，怀特甚至很享受这非同一般的旅行。

不过，怀特很快就发现了问题——卡卡在带着他们即将抵达地球的时候，突然来了一个180°的大转向，他们又朝着来的方向飞去。

"教授，卡卡这是带我们去哪里呀？您不是说要回地球吗？"发现问题后，怀特惊恐地问。

"别担心，卡卡正带我们去往月球上另一个更隐秘的密室。"霍金教授平静地说。

"教授，我们在月球上还有一个密室？"怀特几乎不敢相信自己的耳朵。

"对！我们还有一个更加隐秘的密室在月球上，那才是我们真正意义上的密室。"

"那我们刚才那个密室呢？"

"哦，那不过是用来迷惑敌人的。"卡卡插话。

"天哪！这个假的密室就已经让我眼花缭乱了，那真正的密室会是什么样子呢？"想到这里，怀特那颗激动的心简直要跳出来了。

"别急，一会儿就能看到了。"很显然，正在专心致志飞行的卡卡已经听到了他们的谈话。

"那刚才我们在一起的时候，为什么不直接说去另一个密室，而是说要回地球？再说，我们何必绕这样一个大圈儿，从月球上直接飞到那个密室不就完了？"怀特不解地问。

"我不想让月娃知道我们还在月球上。"

最后这句话，怀特没听清是谁说的，因为他突然听到耳边传来一声巨大的爆炸。

第八章　卡卡还魂

"爆炸了！完了！完了！"怀特闭起眼睛大喊。

怀特的担心不是多余的，的确，他们在刚才的飞行中遇到了一些麻烦。就在刚才转完方向即将抵达月球之时，一枚不知从哪里逃逸过来的粒子躲闪不及，跟飞在最前面的卡卡撞在了一起。

别看仅是一枚小小的粒子，在黑洞中，这枚粒子的力量却是巨大的。

卡卡担心粒子撞到后面的霍金教授和怀特，因此，当它高速袭来时，卡卡并没有躲闪。

于是，随着一声巨大的爆炸，卡卡被重重地击中。

由于当时距离月球已经很近了，他们3个没有在黑洞里灰飞烟灭，在最后关头，他们落在了月球上。

霍金教授的轮椅斜插在了月球土壤里，怀特的屁股重重地撞在了一片沙滩上。不过，他们2人仅仅是受了一点皮外伤，并无大碍。

可是，卡卡就没那么幸运了。由于它跟那枚粒子发生了直接撞击，而它又重重地撞在了月球上的一块岩石上，当怀特把霍金教授的轮椅从月球土壤里推出来，并惊魂未定地找到卡卡时，它已经完全没有了生命迹象。

"卡卡，卡卡……"怀特一边大声叫着，一边用两只手托着卡卡来到霍金教授身边。

"教授，卡卡死了，呜呜呜呜……"抚摸着卡卡软绵绵的尸体，泪水在怀特脸上流淌。

然而，霍金教授却非常平静。

"看来，只好用这个办法尝试一下了。"霍金教授沉思片刻，小声嘀咕着。

"怎么？卡卡还有救？"怀特吃惊地问。

"也许吧。数天前，卡卡曾经教过我一个起死回生的办法。看来，今天，要拿卡卡来试一试了。"

"那赶紧呀，教授。"

"怀特，你往前走，走到前面那个最大的悬崖上面，然后，把卡卡从悬崖上丢下去！"

"什么？卡卡已经死了。难道您要把它变成肉酱吗？"怀特非常不赞成霍金教授这个主意。

"对于一般的猫来说，也许这不是一个好主意。问题是，卡卡是一只来自外星的猫。怀特，相信我。也许，这是救活卡卡的唯一办法。"霍金教授平静地说。

怀特也没有更好的主意。他只好按照霍金教授的话去做。

"卡卡，对不住了。"

怀特哭哭啼啼地来到悬崖边，闭起眼睛，然后狠狠心，松了手。

卡卡的尸体急剧下降，眼看就要撞到悬崖下那块巨石上了。

突然，奇迹发生了。

卡卡尾巴一摇，一个巨大的旋涡形成，借助那旋涡上升的推力，卡卡从悬崖下一跃而起，一直飞到了悬崖上面。

而直到这时，怀特的眼睛还没睁开。

"怀特，你发什么呆？"一个熟悉的声音传来。

"卡卡，是你吗？"怀特睁开眼睛，端详着眼前的卡卡。看起来，它毫发未伤。

怀特一把将卡卡抱在怀里，再也不肯松手。

这时，霍金教授已经控制着他的轮椅来到他们跟前。

看到这一幕，霍金教授长出一口气，欣慰地笑了。

"教授，我刚才做了一个梦，感觉自己马上回到开普勒452b了。但是，突然听到怀特在后面叫我。"卡卡说。

"卡卡，刚才发生了一点意外，你跟一个粒子相撞了。幸亏你曾经告诉过我你在逃往地球过程中发生的那些事。好了，现在没事了。"霍金教授说。

"难道是刚才那声爆炸吗？哎呀，都怪我太大意了。"卡卡说。

"不，不怪你，你救了我们。"霍金教授说，"不过，你现在还剩下一条命。在以后的行动中，你一定要注意保护自己哦。"

这究竟是怎么回事呢？怀特呆呆地站在那里，霍金教授和卡卡的谈话他一句都听不懂。

"怀特，你忘了猫有10条命这一说法吗？"看着疑惑不解的怀特，霍金教授笑着问他。

"是的，我也听过这个说法。但是，我认为那只是传言。"怀特摇摇头回答道。

"其实，我也一直认为那是传言。不过，在后来认识了卡卡之后，我不再这样认为，因为卡卡曾经告诉过我，它在逃往地球过程中曾经丢过8条命。最后，都是好心人救了它。"

"是的，霍金教授说的没错。我是告诉过他这些事情，而且，我们开普勒452b的猫的确都有10条命。"卡卡在一旁补充。

"所以，您就想到了这个救活卡卡的办法？"怀特问霍金教授。

"对，这个办法的原理很简单。在卡卡的身体即将撞上悬崖下的岩石时，它的第六感感觉到万分危急的情况，于是，瞬间唤醒了它沉睡的第10条生命，从而让它采取了应急措施。就这样，一个活蹦乱跳的卡卡又出现在了我们眼前。"霍金教授进一步解释。

真是智慧的大脑！怀特不由得感慨。

"不过，我有一点需要更正，刚才激活我的不是即将撞上悬崖下的岩石的危险，而是，在即将接触到岩石时，我发现了藏在悬崖里面18号天蝎的基地！"卡卡说。

"什么？你发现了那帮坏蛋的基地？"怀特和霍金教授几乎同时惊叫起来。

"是的。"卡卡点了点头。

"真是因祸得福，得来全不费功夫。"霍金教授兴奋地说。

不过，接下来霍金教授语气一转，用低沉的声音说："卡卡，这个基地的发现验证了我当初的怀疑。"

"是的，月娃肯定被他们利用了。"卡卡说。

"怎么回事？你们说的我怎么听不懂。"怀特插话。

"月娃故意告诉我们18号天蝎基地藏身的错误位置，他想将我们的注意力引往其他地方。"卡卡对怀特说。

"怎么会这样？"怀特一下子想起当时在密室霍金教授跟卡卡那个意味深长的对望，他不禁吃惊地问。

"18号天蝎人在月娃身体里植入了一个芯片，让他来监视我们的行动。这个情况，我在刚看到月娃的时候就已经发现了。"卡卡说。

卡卡眼睛里有一个自动扫描装置。就像地球上医院里的透视设备一样，那个装置能窥探到人身体里的各种情况。

"但是，我们现在不要揭穿月娃，我想，他现在对我们还构不成什么威胁。说不定，将来他会反过来被我们所用的。"霍金教授说。

卡卡点了点头。

"那么，既然我们已经发现了18号天蝎人的基地，接下来，我们要不要摧毁它？"怀特问。

"不，凭我们现在的实力，还不能摧毁它。"卡卡冷静地回答。

"为什么？"怀特问。

"因为，根据我刚才掌握的情况来看，他们的基地非常坚固，而且防备森严。"卡卡分析。

"你刚才只是看了一眼。"怀特提醒。

"足够了。卡卡眼睛里植入了一个全息扫描系统，能够将瞬间看到的东西进行全息扫描，做出正确的判断。"霍金教授说，"我相信卡卡。"

"那我们接下来怎么办？"怀特问。

"按原计划进行！"

这个意见获得了大家的一致认可。

接下来，卡卡继续带领霍金和怀特进入另一个密室。

第九章 另一个密室

卡卡在带领霍金教授和怀特前往另一个密室的途中再一次发生了爆炸，这让怀特感到非常恐慌，并大声地叫了起来。

"什么完了？"当爆炸声和怀特的尖叫声归于寂静的时候，一个微弱的陌生的声音传来。

怀特疑惑地睁开眼睛。他发现，自己已经置身于一个陌生的地方。

"是谁在跟我说话？"怀特警觉地问。

"我！"

"你在哪？"

"我在你的脚下。"

怀特急忙看看自己的脚下，竟然趴着一只巨大的甲虫。

那甲虫看起来跟一只地球上的成年海龟差不多大。怀特之所以没把它认成海龟，是因为它的样貌像极了地球上一种长着青色背甲的小甲虫。只是，眼前这只比地球上的那种小甲虫不知要大多少倍。

怀特看到，这只巨大甲虫的嘴巴正一张一合地开合着。

从它嘴巴开合的节奏上，怀特确信正在跟自己说话的就是它。

"天啊！一只会说话的大甲虫！"怀特惊叫着向后退去。

"哈哈，真是胆小鬼！"是卡卡的声音。

"别怕，它也是我们的人。"怀特回头，看到霍金教授在自己身后说。

"我还以为你们都炸死了呢。怎么一下子都从身后冒出来了？"怀特吃惊地问。

"哦，你是指刚才那个爆炸？这一次不是跟粒子相撞，而是我们开启密室的一种方式。"霍金教授说。

"就是嘛，同样的错误哪能犯两次呀？你也太小看我了吧。"卡卡嘟着嘴，故意装出一副不高兴的样子。

"哦，不好意思，我不是低估你的能力。俗话说，一朝被蛇咬，十年怕井绳，我……"怀特不好意思地对卡卡说。

"也不能完全怪你，怪我们刚才没告诉你。我们是利用了一次小小的爆炸，开启了通往密室的门。这是我发明的开启密室的一种特殊方法。"霍金教授说。

"不怕把密室的门炸破？"

"没关系。凭霍金教授这么有智慧的大脑，怎么能犯这样低级的错误呢？"这声音是脚下那只脊背泛着淡淡青色的巨大甲虫发出的，大甲虫正一步步向怀特走过来。

看到那只大甲虫越来越近，怀特感觉自己的头皮一阵阵发麻，身子不自觉地向后退去。平时，他最讨厌这类昆虫了。何况，眼前的这只，是他从来没见过的大家伙。

再往后退是一面石壁，怀特已经无处可逃了，只好咧着嘴，踮起脚跟儿，斜靠在那里。

"你——离我远点！离我远点！"怀特慌乱地叫着。

"怀特，别怕，他是我们这个密室的看守。"霍金教授说。

"看守？它也是卡卡的儿子？"怀特疑惑地问。

"不，它是月球上土生土长的生物。"霍金教授说。

"月球上的生物？您不是说月球上没有生物吗？"

"确切说，它只是一个菌类，是月球沙子里一个类似甲虫的细菌。"

"笑话！有这么大的细菌？"怀特越发感到不可思议了。

"怀特，我们现在置身于一粒沙子里。"霍金教授表情严肃地说。

"我们现在在哪里?!"怀特再一次发问。

"我们现在就在新的密室里，我们的密室在月球上的一粒沙子里。"霍金教授说。

"天啊！这粒沙子该有多大！"怀特惊讶得嘴巴都能塞下一个汉堡了。

"不，这是一粒普通的沙子，跟地球上的沙子差不多大小。"霍金教授继续耐心地跟怀特解释，"怀特，在刚到月球的时候我不是已经给你讲过大和小是相对的了吗？你现在怎么还局限于以地球上的认知来思考问题？"

"啊，即便如此，那这个密室看起来也太简陋了！跟原来那个密室简直无法比呀。"怀特说。

怀特环顾四周，但见这个密室四周的墙壁都是坑坑洼洼的石板，石板的缝隙间生长着一些看起来颇有年岁的老藤，那些藤蔓在潮湿的雾气中若隐若现，雾气在宽大的叶子上凝成水珠，"吧嗒吧嗒"地敲打着月球表面下的石板，回声此起彼伏。有一些仪器散落在这个不大的空间，看起来一点次序也没有。

"看起来，这里更像一个山洞。"怀特说，"没想到这里的条件这么艰苦?"

"呵呵，华丽的东西未必是实用的。"霍金教授笑着说。

"就是，实用的东西未必艳光四射。"卡卡随声附和。

"啊，就算你们说的是正确的。但是，这个山洞看起来这么寒酸，它的保密性又体现在哪里呢？"怀特接着问。

"这不是一个那么简单的山洞。"卡卡解释，"霍金教授刚才说过，我们现在是在月球球心的一粒沙子里，是月球上亿万粒沙子中的一粒。"

"啊，听你这样说，我又想起了刚才那个问题：我们要比一粒沙子大亿万倍，是怎么钻到这里面来的？另外，保密性跟一粒沙子又有什么关系呢？"怀特刚舒展开的眉头不禁又皱了起来。

"还是刚才那个道理，大和小是相对的。至于大的怎么变成小的，其实，这是运用了物质的坍缩原理。怀特，这个原理是我从卡卡那里学来的。目前，我们地球上的理论体系里还没有关于这一理论的表述。我这样跟你说吧，当我们处在黑洞当中的时候，一次微小的爆炸，就能引起黑洞的坍缩。坍缩的结果是将原来看起来很大的物质进行压缩，最后压缩到甚至不到一个原子的大小。"霍金进一步解释道。

"哦，说实话，这个道理理解起来还真不那么简单。不过，有一点我弄明白了：我们现在变小了，甚至小到连一个原子的体积都不到了。对吗？"

"对！这就是我们虽然置身于一粒沙子的空隙里，但看起来空间还这么大的原因。"霍金教授微笑着说。

"那这个密室的保密性在哪里呢？"接下来，怀特又问了这样一个问题。

"我姑且不来回答这个问题，而是先问你一个简单的问题：我把一粒沙子随手丢在沙滩上，让你把它找出来，你能办到吗？"霍金教授问怀特。

怀特摇了摇头。

"那我让你在整个月球上找出其中被我指定的一粒沙子，你能办到吗？"霍金教授继续问。

"那我更无法完成这个任务了。"怀特回答。

"那我要让你发现处于某一粒沙子众多空隙当中的我们的密室，你感觉有难度吗？"霍金教授微笑着问。

"哦，这——看起来，应该比在大海里发现一根针还要难上一百倍吧？"怀特苦笑着说。

"这就对了，既然这样，你想，即使我们这里简陋一些，18号天蝎的那些坏蛋还能找到我们吗？"霍金教授笑着问怀特。

"高明！"霍金教授话音儿刚落，怀特一下子竖起了两只手的大拇指。

"教授，我还有一些问题不明白，比如，我们为什么要躲避18号天蝎？比如……天啊，我的脑袋要炸开了！"

此时，那只巨大甲虫正转身离开，朝密室深处走去。

几天来，如果说怀特弄清楚了一些问题的话，还不如说，在这次神奇的旅行中，他脑袋里产生的问题更多了。

而现在，那些问题在他的脑袋里挤来挤去。他感觉自己的脑袋都要爆炸了，已经彻底不能忍受了。

"怀特,你还记得我们带你来密室的初衷吗?"霍金教授问怀特。

"是的,你们曾经说过,我们肩负着一个伟大的使命,而这个密室里就有我想要的答案。"怀特回答。

"没错。我想,现在是应该让你了解真相的时候了。俗话说,百闻不如一见。去吧,跟着那只大甲虫往前走,那里有你要找的答案。"霍金教授说。

怀特点了点头。

"您不去吗?"怀特接着问霍金教授。

"有一些情况卡卡已经告诉我了,我就不去了。这几天,我太疲惫了,我先去睡一会儿。"说完,霍金教授控制着电动轮椅向密室的左侧走去。

怀特看到,一扇石壁自动开启,霍金教授缓缓进入另一个石洞中。

接下来,怀特紧赶几步,向着那只令他讨厌的大甲虫走过去。

第十章 来龙去脉

为了弄清事情的真相，搞清霍金教授所说的那个伟大的任务是什么，怀特跟在大甲虫后面，左转右转，很快来到一块石壁跟前。

有水从石壁上流下来，形成一个不大不小的水帘。由于月球的引力仅是地球的六分之一，那水流得非常缓慢，就如同我们在电视上看到的慢镜头一样。

大甲虫示意怀特走近一些。待怀特走过去，它笨拙地站起身子，用前爪一指前方，如镜的水帘上竟然出现了一段清晰的视频。

看起来，视频中播放的是几亿年前的地球。

镜头上，到处是蕨类、棕榈树等高大的史前植物，一群身形巨大的长颈龙正在湖里悠闲地游泳，剑龙则静悄悄地躲在灌木丛里，等着不远处呆头呆脑的苍兔送上门来……后面不远处，几只飞碟正闪烁着七彩的光芒，愈飞愈近。飞碟最后稳稳地停在湖边，一个身材魁梧、身穿一身银色紧身服的男人带着一个白胡子老头，还有另外几个人从飞碟里走了出来。

"这是几亿年前发生在地球上的事情，接下来镜头中那些事情发生的时间距离我们越来越近，不过，都是与我们这次任务有关的。请你慢慢欣赏吧。"大甲虫说。

而怀特，早已被眼前这些从未见过的真实视频深深地吸引住了。

几个小时的时间，水帘上的视频放完了。视频共4段，看完后，怀特陷入了深深的沉思中。

亲爱的读者朋友，如果我要把怀特看过的这四段视频原原本本地描写下来，估计10本《霍金归来》的篇幅也容不下。在这里，为了节省你们的时间，我决定每个视频只谈一个大概。这样，我们既了解到怀特看到了什么，又不至于因迷恋视频中的内容而丢弃了我们阅读的主线。

第一段视频：几亿年前，开普勒452b上的一群科学家在星际旅行中偶然来到地球。那时，地球上的恐龙正处于繁盛期，它们和其他许多史前动物的身影出现在地球的角角落落。有一天，开普勒452b的王卡卡·威尔来地球考察时，把自己的基因注入一只恐龙的身体，仿照自己的样子，制造出了第一个地球人。

此后，卡卡·威尔兴趣大增，运用这种办法，制造出了一个又一个人。这些人分男人、女人，后来在地球上繁衍生息，渐渐拓宽了自己的生存范围。

但是，恐龙威胁到人类的生存。于是，卡卡·威尔便牵引一颗恰好坠落到地球附近的小行星撞击地球，消灭了地球上的恐龙等比人类强大的动物，把人类和比人类弱小的动物留在了地球上。

做完这些事情后，卡卡·威尔就和其他科学家回到了开普勒452b。

第二段视频：数万年前，天蝎座中的一颗恒星18号天蝎上的一群旅行者偶然来到地球。他们看到地球适宜生存，就想将其据为己有。可是，地球上生存着人类。人类虽然智力低下，但是数量繁多，凭他们当时的装备一时半会儿又消灭不了地球人类。于是，他们中一个外号"刀疤"的外星人想到一个毒计，他在部分地球人身体里注入了一种"瘟疫"，这种"瘟疫"能激发地球人的欲望、贪念，让他们变得自私自利、暴怒无常，进而自相残杀。"瘟疫"逐渐传播,蔓延至每一个地球人。地球人平静的生活被打破,为了争夺有限的资源,为了既得利益,每个人开始各怀鬼胎。于是,开始出现阶级、国家,无休无止的战争。地球人一度陷入灭绝的境地。

然而,"刀疤"忽略了"瘟疫"的副作用,它在让人变得邪恶之外,竟然激发了人类的大脑发育。数万年之后,人类已经具有非常发达的智力。虽然不断增强的贪念和欲望最终会毁灭人类,但是,他们现在的科技已经不容小觑。

第三段视频:经过数亿年的时间,开普勒452b的能量已经耗费得差不多了。这颗星球已经越来越不适宜生物生存。这天,已经成为开普勒452b之王的卡卡·威尔突然想起星际旅行时遇到的那颗星球——地球,于是,他决心移民地球,并前往考察。

60年前,卡卡·威尔来到地球考察,却发现地球人已经今非昔比,他们不仅进化出智慧的大脑,而且拥有了发达的科技,强行占领这颗星球一定会爆发战争,会让开普勒452b和地球两败俱伤。更为可怕的是,卡卡·威尔通过一种特殊的仪器扫描后,发现当时年仅17岁的霍金拥有宇宙中最发达的大脑。经过推算,他还算出这个年轻人将来会成为宇宙中最伟大的科学家,最终会帮助地球人统治整个宇宙。

这无疑是一件可怕的事情。于是,未雨绸缪,亲自制造了地球人的卡卡·威尔用技术手段让霍金患上了一种罕见疾病——肌肉萎缩性侧索硬化症。卡卡·威尔没有摧毁霍金的大脑,因为他有一个非常长远的忧虑(这个谜底会在后来揭开)。

当然,卡卡·威尔让霍金成为一个残疾人,还有另一个理由。当时,他是带着自己的小女儿丽贝卡一起来地球的,在一次偶然的相遇中,这个年龄跟霍金相仿的漂亮小姑娘竟然和霍金一见钟情,两人互生情愫。

而卡卡·威尔却不相信什么一见钟情,他认为,丽贝卡和霍金的爱情不会长久。

可是,丽贝卡非常喜欢霍金,虽然父亲百般阻挠,她仍执拗地要跟这个英俊智慧的年轻人走到一起。

无奈，卡卡·威尔只得把她带回了开普勒452b。为了防止她私自来地球跟霍金幽会，还把她关在了开普勒452b地心深处一个叫绝情谷的隐秘花园里。

第四段视频：18号天蝎上那些邪恶的生物不仅想独吞地球，而且还在宇宙中搜寻着其他宜居星球。当他们在30年前发现了开普勒452b后，就用武力展开了对这颗星球的征服。最后，他们不仅掠光了开普勒452b上的宝贵资源，将开普勒452b上的生物赶尽杀绝，还囚禁了开普勒452b的王——卡卡·威尔。

幸亏当时丽贝卡被关在绝情谷里没被他们发现，不然，肯定也会死在那些邪魔的屠刀之下。然而，18号天蝎的那些恶魔始终未放弃绝情谷，一队队全副武装的机器人一次次向这里发起攻击，但是，始终未能发现攻入里面的突破口。

视频播放到这里，丽贝卡的命运紧紧抓住了怀特的心——她到底有没有被那些坏蛋抓住？

就在这时，画面突然消失了。怀特面前仅剩下那个流动的水帘。

怀特转过身去，卡卡正站在那里。

"咦——这是怎么回事儿？咋突然停了？"怀特问。

"你了解得已经差不多了。"卡卡回答。

"那丽贝卡到底怎么样了呢？"怀特着急地问。

"还是让我来告诉你之后的事情吧。那个花园被我的主人卡卡·威尔设置了堪称宇宙中最安全的防护设施，除非他本人，别人是没法进入花园的。因此，我可以很负责地告诉你，现在丽贝卡安全无忧。"

"哦，这就好，这就好。"

"对了，刚才你说卡卡·威尔是你的主人？"怀特紧接着又问。

"我来自开普勒452b，而卡卡·威尔是开普勒452b的王，他当然是我的主人。"卡卡回答。

"可是，你是怎么逃出来的呢？"

"唉！说来话长。"良久，卡卡长叹一口气，声音里带着一丝哽咽，

"为了逃离开普勒452b，我丢了自己的8条命！"

"哦，这个，霍金教授已经说过了。对不起啊，卡卡，既然是悲伤的经历，还是不要讲了吧。"

怀特是个善良的人，他为无意间提起了卡卡悲痛的往事而内疚。

"没关系的，怀特，这些，以后你会慢慢了解的。"卡卡抱歉地笑了笑。

"好了，我们言归正传。刚才，这几段视频虽不连贯，但里面包含的内容很容易理解。我已经解决了一些疑问。"怀特说，"看来，我们身上正担负的那个伟大使命之一就是拯救开普勒452b和地球啊！"

"是的，我们的使命非常艰巨！"卡卡面色凝重地告诉怀特。

"不过，我还有一事不明，你、教授、月娃甚至眼前这只讨厌的大甲虫，你们都是本领超凡的人，而我，一个名不见经传的小助理，又没有什么才能，跟着你们只会拖累你们，有什么资格协助你们去完成拯救开普勒452b和地球的任务呢？"怀特红着脸说。

"不，让你加入我们这个团队，是有道理的。你还记得4个月前霍金教授的那次助理招聘会吗？"

"我当然不会忘记，我甚至到现在还在纳闷儿，赫赫有名的霍金教授怎么会把我这样一个最不显眼的研究生招至麾下？"

"怀特，你是霍金教授千挑万选出来的，你肩负着特殊使命。不过，天机不可泄露，到时候，你自然会明白一切！"

卡卡这句话诚恳而果断，容不得怀特有任何怀疑。但是，由于卡卡说天机不可泄露，他没有继续追问下去。

在未来拯救开普勒452b和地球的艰辛过程中，怀特到底要扮演什么角色，在接下来很长的一段时间里，这个问题一直谜一样缠绕在他的心头。

怀特还想问些问题，但是，大甲虫在不远处呼唤卡卡，卡卡就起身离开了这里。

第十一章　会跳舞的藤蔓

是夜，霍金教授还在沉睡中，卡卡和大甲虫到密室外面继续收集 18 号天蝎的相关情报。

怀特怕出什么意外，静静地守候在霍金教授休息的那个石洞的外面。

岩壁上的水珠儿缓缓地滴下来，落在脚下的石板上，发出一声声悠长的"叮咚"，除此之外，这密室中再没有一点动静。

怀特感觉无聊极了，心想，要是来点音乐多好。

"最好是班瑞德的《月光》。"怀特自言自语，在地球上时，他就超级喜欢这首轻柔的曲子。

"一个人，在月球上，听着《月光》，那该是多么独特的一种享受！"怀特轻轻闭起眼睛，陷入无尽的想象当中。

"嗯……嗯……嗯……"

忽然，一息游丝一般微弱的声音轻轻飘进怀特的耳朵，那声音渐渐由弱变强，愈来愈响亮，愈来愈清晰。

"是《月光》！"怀特对这首曲子太熟悉了，他仅仅听了几个音符，就判断出这首优美的曲子的名字。

"啊！不是幻觉！"怀特认真地倾听了一会儿后，惊喜地睁开眼睛。

怀特眼前，浮现出奇怪的一幕：岩壁上那些藤蔓正在有节奏地轻轻摇动着，就像在跳舞。那美妙的音乐听起来就是从那些藤蔓间传来的。

"是谁？谁在那里？"怀特警觉地问。

没人回答。

不过，怀特的声音显然惊扰到了什么，藤蔓间那音乐的声音渐渐小了下去。

怀特紧张地屏住呼吸。

密室恢复了宁静。过了一会儿，那声音再次清晰起来。

怀特不动声色，他一边用耳朵悄悄寻找着那声音的方向，一边用眼角的余光四处搜寻着。他想弄明白是谁在密室里弹奏这首曲子。

但是，怀特足足搜寻了四五分钟，却什么也没有发现。

毋庸置疑，在月球上听《月光》，的确是一种不寻常的享受，怀特感觉，那舒缓的韵律实在太柔美了，胜过他以前在地球上听过的任何美妙的曲子。他渐渐陶醉其中。

一曲终了，怀特猛然惊醒。再去那藤蔓间寻找时，一切都恢复了平静。

"真是不可思议！"怀特摇摇头，说，"如此美妙的音乐真是世间少有！"

"不过，这里怎么会有地球上的音乐呢？"怀特百思不得其解。

"难道是霍金教授或卡卡事先存在密室里的？"

"不对，那藤蔓'跳舞'怎么解释？"

怀特费尽心思设计出一个又一个可能，最后都被他自己给否定了。

"既然能听《月光》，想必听 Suddenly 也没问题吧？"过了一会儿，怀特又冒出这样一个念头儿。

话音刚落，Suddenly 在密室里响起来。

"咦——怎么我想什么就来什么？"怀特感到真好玩。

"那么，来首中国的曲子《茉莉花》吧。"

"好一朵美丽的茉莉花，好一朵美丽的茉莉花……"

"再来首 Baby One More Time。"

话音刚落，《茉莉花》戛然而止，一支欢快的舞曲在密室里响起来。

"这曲子要是能配上舞蹈就更完美了。"怀特自言自语。

让人没想到的是，他还没说完，岩壁上那些藤蔓就随着欢快的节奏跳了起来。气氛渐渐热烈起来。

一时间，怀特暂时忘记了自己身处何地，忍不住也随着这节奏跳起舞来。

"谁在外面喧哗？"突然，霍金教授的声音从石洞里传来。

"嘘——"怀特把一根手指放在自己嘴唇上。密室里的音乐立即停下来，那些跳舞的藤蔓也立即安静下来。

"教授，您醒了？"怀特匆忙走进石洞。

"哦，怀特，是什么东西在外面喧哗？"

"教授，我发现了一个奇怪的现象：在这里，我想听什么曲子，就有什么曲子响起来，而且，那些藤蔓还会随着节奏跳舞。真是不可思议！"怀特兴奋地描述着刚才的情景。

"哦，其实，那不是什么藤蔓，而是卡卡培养的菌丝。现在，它们能随着音乐跳舞了，说明它们的听觉系统已经非常发达了。它们快要成熟了。"

"菌丝？成熟？"

"是的，你别忘了我们只是在一粒沙子里，沙子里哪会有什么藤蔓？那些看起来像藤蔓的东西不过是卡卡培养的一些菌丝罢了。不过，这不是一般的菌丝，这些菌丝成熟后能结出一些坚果。这些坚果，每个里面都藏着一个勇士。坚果成熟之时，就是他们破壳而出之时。这些勇士都是我们将来对抗18号天蝎的战士。"霍金教授解释。

"坚果、破壳、战士……"这些字眼在怀特脑海中飞速闪现，"那将会是什么样的战士？不会像小鸡小鸭一样吧？"怀特一边想，一边急忙跑到外面那些藤蔓前，他扒拉着藤蔓找了一会儿，果然发现藤蔓上有一些青色的果实。不过，从它们那青色的外皮上看，它们离成熟还有一段时间。

"那音乐是怎么回事？"怀特回来后，继续问霍金。

"音乐是岩壁发出的。这些岩壁也是有灵性的东西。岩壁、菌丝等这里的一切，跟我们的意念相通，能满足我们意念的需要……"

霍金教授的解释似乎有道理，但怀特并没彻底弄明白是怎么回事。也难怪，他现在掌握的知识还远远不够。

"怀特，通过刚才的视频，你是不是已经明白我们眼下的处境和面临的任务了？"待怀特将霍金教授从床上扶起来，并把他重新放在轮椅里之后，霍金教授问他。

"教授，我现在已经弄明白了一些事情。不过，有一些事情我却感到有些怀疑。比如——"当说到这句话的后半部分时，怀特一副欲言又止的样子。

"没关系，你说。"霍金教授微笑着说。

"比如……比如……您早年曾经遇到过外星人，并爱过一个叫丽贝卡的女孩？"怀特鼓足勇气，终于吐出了心中的这个疑问。

怀特知道，这些都是霍金教授的隐私。但是，这隐私实在太离奇了，他真的非常想知道从视频上看到的那段故事是不是真的。

第十二章　飞碟奇遇

"这些，都是真的。"当怀特红着脸当向霍金教授问起他少年时期是否遇到过外星人并爱上过一个叫丽贝卡的女孩时，霍金教授平静地说。

"可是，这么多年以来，这些事情您连半点儿都没有透露过啊。"怀特说，"这究竟是为什么呢？"

"呵呵，这里面其实没有什么原因。假如不这样，而是我主动把这些事情透露给你和其他的地球人，你们会怎么评价我呢？"霍金教授笑着问。

怀特认真想了一会儿，笑着回答："我们一定认为您神经错乱了。"

"对呀！这就是我不曾透露半点儿消息给你们的原因。但是，我不说并不代表那些事情不存在。"霍金教授说。

接下来，霍金教授跟怀特谈起60年前的那段经历。

1958年，霍金17岁。

那时，霍金还是一个健康快乐的阳光少年，拥有仿佛精雕细琢般的脸庞，英挺、秀美的鼻子和樱花般的唇色。他嘴唇的弧角相当完美，似乎随时都带着笑容。这种微笑，似乎能让阳光猛地从云层里拨开阴暗，一下子就照射进来，温和而又自若。他挺拔优雅，穿着得体的米色休闲西服，手上一枚金闪闪的戒指显示着非凡贵气，整个人都带着天生高贵不凡的气息。

那是一个秋日的傍晚，霍金从圣克莱尔中学放学，踏着肯特大街金色的落叶回家去。

那天，霍金的心情不太好。因为下午老师刚刚宣布了最近一次测验的成绩，他除了最拿手的物理得了满分，其他学科都亮起了红灯。老师找他谈了话，警告他一定要改变学习态度，否则，如此发展下去，一定会和钟爱的牛津大学无缘。要知道，考上牛津是霍金一直以来的梦想。

大街上空无一人，霍金低着头思考最近一段时间自己的变化。

"的确有一些心不在焉，我这是怎么了呢？"霍金自言自语。想来想去，他把原因归结于坐在他前面的一位漂亮女生。因为那段时间，他感觉自己的目光老是游离在那位女生长及后腰散发着淡淡香气的一头金发上。

"小伙子，怎么了？"

就在少年霍金苦笑着为这个令人脸红的理由摇头叹息的当儿，一个陌生的声音在他耳边响起。

霍金抬起头，看到一个装束奇怪的高大男人正站在他眼前。不远处，一个闪烁着七彩光芒的碟状物体正在低空中盘旋着。

"你是谁？"这个装束奇怪的陌生人和那个会发光会移动的碟状物让少年霍金警觉起来，他不禁问道。

"呵呵，别害怕。孩子，我来自一个遥远的星球。"男人指了指天空。

与此同时，那个碟状物降落在他们身边。

碟状物上朝向他们的一扇门缓缓开启，从里面走出一个漂亮的小女孩。

那是多么漂亮的一个小女孩啊！步态轻盈，长发飘飘，特别是那双含情脉脉、娇羞无比的眼睛，是霍金未曾见过的。

这个情窦初开的少年的心瞬间就被这个女孩俘获了。一刹那，他感觉自己的七魂六魄都飞到了女孩那里。

好像过了好长时间，霍金才回过神儿来。

然后，他听到男人在跟女孩交谈。

"你确信就是这个男孩吗，父亲?"女孩问。

"是的，就是他，刚才我检查过了。他的大脑非同寻常。"男人的回答略带一丝慌乱。

"我没想到，仅仅经过了几亿年的进化，人类就拥有了如此完美的大脑。特别是这个孩子，如果我们不采取措施任其发展下去，将来一定不得了，说不定还会成为宇宙之王!"那个男人接着说。

"父亲，他看起来真英俊。他是我见过的男孩中最帅气的一个! 说实话，我真的非常喜欢他! 求你别伤害他，好吗?"女孩对她父亲说。

"不! 丽贝卡，你不可以跟他在一起。"男人的回答斩钉截铁。

"不! 我不允许你伤害他! 他是我的!"那女孩也毫不示弱。

……

已记不清过了多长时间，那男人突然在霍金胳膊和腰部点了一下，接着，拽起那个叫丽贝卡的漂亮女孩就迅速走进了那个碟状物。很显然，那一刻，她是极不情愿的。

在女孩被那个男人胁迫着登上那个碟状物的一刹那，霍金看到小女孩回了一下头。霍金教授说，这么多年来，女孩那深含爱意又依依不舍的眼神一直清晰地烙在他脑海里。

再后来，那个碟状物腾空而起，瞬间消失得无影无踪，只留下霍金一个人傻傻地站在原地。

第十三章　少年情怀

"那段经历就是这样的，怀特。"霍金教授告诉怀特。

"当时，我不知道那个碟状物是什么。我也不知道那两个奇怪的人为什么住在那个碟状物里，而且，那个碟状物还会飞。直到后来，通过查阅大量的资料，我才弄明白，那是飞碟，是外星生物星际旅行乘坐的工具。而那两个人，就是跟我们有着一样相貌的外星人。"接着，霍金教授补充道。

"怪不得您在此后选择将宇宙作为自己的研究方向。原来，您遇见过外星人。"怀特像突然发现了新大陆。

"是的，我把整个宇宙作为我的研究方向，的确是因为我遇见过外星生物，确信外星生物的存在。当然，我把整个宇宙作为我的研究方向，还有一个更加重要的原因，那就是，从那天开始，我的脑海中再也没有那个导致我成绩下滑的女孩的影子，我不可思议地疯狂地爱上了那个叫丽贝卡的外星女孩。在此后的日子里，丽贝卡占据了我的整颗心，以致我再也没有喜欢过其他女孩子。我爱丽贝卡，即便她是外星人，我也要到茫茫宇宙中找到她。"霍金教授说。

"可是，我们都知道教授您后来娶了简，再后来又跟您身边的护士伊莱恩结合。如果您深爱着丽贝卡，又怎么能够先后跟两个女人结婚呢？"怀特疑惑地问。

"怀特，我先后跟简和伊莱恩结合，那只是我的婚姻，而不是爱情。你要知道，爱情跟婚姻是截然不同的。在我看来，婚姻代表的是责任，是生儿育女，是相互付出。而爱情就不同了，它是瞬间迸发的火花，是值得你用生命或其他一切去追求的东西。丽贝卡就是我的爱情。这些年来，她一直是我活下去的唯一理由。因此，后来我彻底改变了自己的学习态度，顺利地考上了牛津大学。我在牛津大学完成物理学学士学位课程后，又到剑桥攻读研究生。一直以来，我把整个宇宙作为我研究的目标，甚至我在病魔缠身的那些艰苦日子里，我仍然孜孜不倦地探索着，就是为了有一天，能够乘着飞行器到太空中寻找我心仪的女孩丽贝卡。"霍金教授无限憧憬地说。

"教授，您真是太伟大了！为了自己的爱情，您几乎付出了自己的整个人生。"怀特不无感慨地说。

"哦，这谈不上什么伟大，也许只是冥冥之中的一种安排。然而，不管是爱情也好，是安排也好，我遵从自己内心的想法，并为之付出了自己的努力。"

"可是，在那个年代，我们只是用粗笨的火箭登上过月球，甚至连火星都未能登陆，您怎么就确信自己将来能轻而易举地进行星际旅行呢？"怀特问。

"是的，在经过了几十年的探索而取得的成绩寥寥无几时，我也曾犹豫过。我曾经无数次地想，人生有限，业已步入老年之列的我，也许永远不能实现少年时的那个梦想了。不过，幸运的是，我在后来遇见了卡卡。"霍金教授回答。

"是啊，卡卡的出现改变了我们的认知，为您的星际旅行梦插上了翅膀。这真是一个奇迹！对了，你们是怎么遇见的？"怀特感叹。

"说来话长。那天下午，我在工作之余坐在窗前，又一次想起了丽贝卡，我为自己行将入土感到悲哀。突然，我听到一个陌生的声音在叫我。定睛一看，原来是一只波斯猫正站在窗台上，嘴一张一合的。我感到神奇，但是并不害怕，我微笑着跟它打招呼。从此，我们成了无话不谈的好朋友。

"后来，波斯猫告诉我它叫卡卡，来自遥远的开普勒452b。我问它认识丽贝卡吗？它支支吾吾地告诉我，它的主人正是丽贝卡。

"怀特，你要知道，当卡卡告诉我它的主人是丽贝卡的一刹那，我是多么激动！"

说到这里，霍金教授的眼睛里含着泪水，面部肌肉也因内心激动在不停地抽搐着。

怀特拍了拍霍金教授的肩膀，说："我能理解您的心情，教授。"

"后来，卡卡还告诉我其他一些情况：丽贝卡因为深爱着我被她的父亲囚禁在了绝情谷；开普勒452b遭到了18号天蝎的攻击，陷入巨大的灾难；卡卡·威尔被'刀疤'掠走；地球也正面临着威胁。当然，那些情况你在视频上已经看过了。"

"是的，我已经了解到一些情况。"怀特回答。

"因此，我要拯救开普勒452b，拯救地球，拯救丽贝卡。怀特，飞出地球，飞向茫茫宇宙，并最终飞向开普勒452b，这已经不再是单纯的爱情问题，还成为摆在我们面前的一个伟大使命！"霍金教授激动地说，"我必须在有生之年完成这个任务！"

"是的，这看起来的确是一个伟大的任务！"怀特随声附和。

"可是，教授，您的身体越来越老迈，身体状况也越来越差，即便有了卡卡的帮助，又怎能坚持星际旅行的漫漫征程，更别提将来还有可能跟您说的18号天蝎上的那帮坏蛋真刀实枪地干一仗？说实话，我真的非常担心您！"怀特忧心忡忡地说。

"哦，谈到我的身体，我忘了告诉你了。卡卡曾经告诉我，因为卡卡·威尔侦测到我的大脑是宇宙中最聪明的大脑，为了阻止我将来成为宇宙之王，威胁到开普勒452b的生存，就在60年前那个傍晚，在我身体里注入了一种病毒，那种病毒最终让我在21岁那年患上了一种罕见的疾病——肌肉萎缩性侧索硬化症。于是，我的后半生就跟轮椅结下了不解之缘。再后来，我连话也说不了了，只能依靠安装在轮椅上的一台声音合成器跟外界交流。"

"是啊，你生病的情况我们都知道。只是没料到，那是来自外星球的卡卡·威尔捣的鬼。可是，现在，你又突然能开口说话了，是怎么回事呢，教授？"怀特问。

"卡卡懂一些医术，是它帮我恢复了说话的功能。"霍金教授回答。

"既然卡卡有这样的本事，为什么不让它把您行动不便的疾患也医治好？如果那样，您不就不用坐在轮椅上了吗？"怀特继续问。

"俗话说，解铃还须系铃人。卡卡掌握的医学知识的确比我们地球上最高明的医生都要多。但是，要彻底医治好我的肌肉萎缩性侧索硬化症，却需要卡卡·威尔亲自为之。卡卡曾经说过，卡卡·威尔能够让宇宙生物轻易地患上这种罕见疾病，也只有卡卡·威尔能够治愈这种宇宙中罕见的疾病。"霍金教授回答。

"哦，怪不得——"怀特叹息。

"怀特，你不要难过。这也是我不辞辛苦去往开普勒452b的原因之一。我相信，等我帮卡卡·威尔收拾了残局，他一定会亲自治好我的病的。"

"他也一定会把他漂亮的女儿嫁给您！"怀特趁机调侃。

"哈哈哈……"

第十四章　千年凝魄

夜半时分，怀特又困又乏，就靠在霍金教授轮椅旁的石板上睡着了。

"怀特，快醒醒！"也不知睡了多久，怀特突然听到霍金教授叫自己。

"怎么了，教授？"怀特一边打着呵欠从睡梦中醒来，一边警觉地问。

"天快亮了，卡卡和大甲虫怎么还没回来？"霍金教授皱着眉头问，"它们该不会出什么事了吧？"

话音刚落，只听"噗"的一声，一声沉闷的爆炸声传来。

这是开启密室门的爆炸声。怀特已经进过一次密室，他当然熟悉这声音。

"教授，它们回来了！"怀特高兴地说。

卡卡和大甲虫的确回来了。然而，当它们出现在霍金教授和怀特眼前时，却让他们大吃一惊——大甲虫受伤了。

大甲虫是被卡卡费尽九牛二虎之力从密室外拖进来的。

在密室冰冷的地板上，大甲虫肚皮朝上一动不动地躺着。它的肚子上有一道深深的伤口。

"这是怎么回事？"看到这一幕，霍金教授惊讶地问。

"教授，我们去查看了18号天蝎的基地——就是怀特为了救我把我丢下悬崖时，我发现的那个基地。然而，就在我们准备返回时，一个机器人守卫发现了我们。大甲虫躲闪不及，被那机器人的激光武器击中了腹部。"卡卡回答。

怀特蹲下身来，小心翼翼地查看大甲虫的伤口，他看到那伤口里正有一些绿色的液体涌出来。

怀特用手指沾了一点那些液体，放在鼻子下轻轻嗅了嗅，一股淡淡的香气。

"咦，这些绿色的汁液是什么？怎么这么香？"怀特小声问。

"怀特，这些是大甲虫的血液。哎呀，连千年凝魄都散了，看起来，它伤得很重。"霍金教授看起来非常焦急。

"千年凝魄？"

"怀特，你应该知道，这只大甲虫并不是一只普通的甲虫。它在月球上已经生存了2000年以上的时间。"

"什么？2000年?!"

"是的，在这里，一般的甲虫只能生存几百年。只有极少数的甲虫能活过千年。在这极少数甲虫中，能有一两只活过2000年。而活过了2000年的甲虫，由于吸足了月球精华，体内的血液中就会产生一种名曰'千年凝魄'的物质。这是一种能散发香气的物质。只有具有这种物质的甲虫才会开口说话，拥有人类一般的智慧，并具有人类的思想。不仅如此，具有千年凝魄的大甲虫身体无比坚硬，能有效抵御普通武器的袭击。我们地球上的枪炮之类武器，根本不能伤其分毫。"霍金教授解释道。

"这么说来，18号天蝎人的武器要比我们地球上的武器先进得多了？"怀特问。

"那是当然。这只大甲虫的伤情就证明了这一点。"霍金教授回答。

"那怎么办？教授，我们总不能眼睁睁看着这只千年灵物死去吧？"虽然很讨厌这只大甲虫，但眼睁睁看着它死去，怀特心里还真不是滋味。

"当然。"霍金一边回答怀特，一边高声呼唤卡卡。

"卡卡，你找到办法了吗?"霍金教授大声问道。

怀特这才发现，卡卡不知什么时候已经悄悄离开。

"找到了，教授。"

说话间，卡卡已经从密室深处托着一本书回来了。

"我查阅了密室图书馆里的资料，还真找到了一个医治大甲虫的办法。"卡卡一边说着，一边把那本书叼到霍金教授的脚边。

怀特俯身捡起那本书。那是一本泛黄的线装书，有些地方已经破损了。

怀特轻轻吹去封面上的灰尘，翻开书页。然而，那书上的文字看起来像古老的中国文字，在怀特眼里就像"鬼画符"，他连一个字都看不懂。

无奈，怀特只得将书拿给霍金教授。霍金教授早年研究过中文，尚能认识书中的文字。他让怀特翻开目录，大体瞥了一眼，然后，让怀特翻到第 66 页。

霍金教授仔细看完第 66 页上的内容，非常高兴地说："好! 就用这个办法。"

怀特被搞得糊里糊涂，不禁又皱起了眉头。

卡卡见状，忙给怀特解释："这些书保存在这里应该有几千年了，我不确定它们是不是密室的创建者留在这里的。这本书里讲了一个医治千年凝魄散失的办法。"

"什么? 密室的创建者?"怀特感到很讶异，"难道你们不是这个密室的创建者?"

"是的。"

"那么，是谁先于你们建造了这个密室呢?"

卡卡摇了摇头。

"我找到它的时候，它就已经在这里了。看这个密室的建造手法和里面熟悉的布置，我确信这个密室来自我们开普勒 452b 人之手。至于是谁，我尚不敢确定。但是，我料定我们住在这里一定会非常安全。于是，我对它进行了一些改造就放心地住了进来。像这些书籍，是我们后来发现的，我不知道这些书是不是密室的创建者留在这里的。但，它们的确对我们有一些用处。"卡卡随后说。

"哦，大甲虫生命垂危，我们暂时先不要讨论密室的问题了。对了，教授，这本书上介绍的那个救活大甲虫的办法是什么？"怀特急切地问。

"书上说，在月海中有一个叫'雨海'的当中有一种叫紫薰草的东西，把那东西磨碎，敷在大甲虫的伤口上，就能让它恢复元气。"霍金教授说。

"太好了！那我们还不赶快到两海中去采集紫薰草？"怀特说。

接着，怀特兴奋地看了一眼大甲虫，心想，讨厌的老家伙，你有救了哦！

"等等！"

就在怀特拉着卡卡出密室的时候，霍金教授叫了一声。

"你还没有告诉我你和大甲虫此次外出获得了什么情报？"霍金教授看着卡卡。

"哦，差点忘了，我这边探寻到的情况是：18号天蝎基地的情况看起来还算正常，他们还没有行动。"卡卡回答。

"你那边？"

"是的，在基地，我跟大甲虫是分头行动的。它那边应该也获得了一些情报，不过，那要等大甲虫醒来再跟你汇报了。"卡卡说。

"哦，那你们抓紧去吧！"霍金教授说。

第十五章　月海疑云

　　月海，并非月球上面的海洋。之所以被称为"海"，是因为早期的观察者，发现月面有部分地区较暗。而在当时无法清晰观察到月球表面的情况下，观察者们按照其对地球的认识，猜测该地区为海洋，因而其反光度比其他地方较低。相对地，其他比较光亮的地方也就被称为"月陆"了。此外，还有被称为湖的"月湖"、被称为湾的"月湾"、被称为沼的"月沼"。

　　月海是月球上比较低洼的平原。据地球人探测，整个月球上共有 22 个"海"，其中向着地球的这一面有 19 个。最大的海是风暴洋，面积约 500 万 km^2，月面中央的静海面积约 26 万 km^2。较大的还有冷海、澄海、丰富海、危海、云海等。这些名字是古代天文学家定的。大多数月海具有圆形封闭的特点，周围是山脉。但有些圆形月海相互之间是连接着的。月海海面一般比"月陆"要低得多，如静海和澄海比月球平均海拔低 1700m 左右，最低的是雨海东南部，海底深达 6000 多 m。

　　紫薰草就生长在雨海最深点。这个位置看起来像一口深潭，因为密不透风，又几乎处于月心位置，所以，不管日光、星光，还是来自地球的蓝光都照射不到这里，亿万年来，这里也总是保持着温暖潮湿的环境。

紫薰草虽然被称为草，但并不是我们在地球上看到的那种草。它是由潭底岩壁上微弱的水汽当中存量极小的一种紫色的特殊物质，慢慢凝结而成的一种看起来像我们见过的木耳状的东西。

在前往雨海的途中，卡卡给怀特介绍了不少关于月海和紫薰草的知识。有关月海的知识，怀特以前在有关书籍中读到过。然而，这神奇的紫薰草，他还是第一次听说。

"紫薰草的事情我也是从刚刚那本书上读到的。"卡卡说。

"你说密室是你们开普勒452b上的某一位高人留下的？这么说，你们开普勒452b人很久以前就光临过月球？他们为什么来到这里？又为什么在一粒沙子里面留存了这么多秘密呢？"怀特问。

"是的。我父亲亿万年前就到达过地球，当然，他们一定也来过月球。然而，密室究竟是不是那时候建造的，这些书是不是那时候留下来的，我就不得而知了。"卡卡回答，"不过，事情终究会弄明白的。"

"哦，真是太奇妙了！这样说来，我们地球人以前的探月真是太肤浅了。那时，许多科学家曾经信誓旦旦地保证，月球是一个一片荒凉毫无生机的星球。没想到，仅仅是一粒沙子里面就藏了这样的玄机。真不知那亿万粒其他沙子里还存在什么秘密。"怀特感叹道。

"是啊！宇宙是奇妙的，我们对它的认知注定是有限的。"卡卡随声附和。

说话间，雨海已经在眼前。

卡卡带着怀特缓缓降落在一个直径约450m的年轻的撞击坑边缘。

"这个撞击坑前面大约1000m的地方，就是雨海。"卡卡对怀特说。

"我看这坑里的月壤厚度足有1m，行走起来这么困难，我们为什么不直接降落在雨海里。"怀特皱着眉头说。

"哦，这里有一道独特的风景！"卡卡指着前面说，"你仔细看看，那是什么？"

顺着卡卡的手指望过去，怀特看到两条清晰的车辙。

"你知道这是什么吗?"卡卡问怀特。

怀特摇了摇头。

"这个地方,是 2000 年 Z 国的探索者号着陆器携带鹰号月球车成功着陆的区域。那些车辙,就是鹰号月球车行驶过的痕迹。"卡卡介绍道。

"哦!我们地球人类的足迹!"听完卡卡的介绍,怀特仔细审视着那两道车辙,内心一阵激动。

"据说,鹰号月球车在这个撞击坑边缘的溅射毯上行走了约 200m,在历经两个月昼(约 28 个地球日)的照相和雷达探测中,获得了沿途高分辨率的影像和雷达探测数据。"怀特想起曾经看过的一篇 Z 国探月不久之后的报道。那篇报道对 Z 国探月给予了充分的肯定。

"如今看起来,那时的那些科学家真是太笨拙了!"接着,怀特苦笑着说,"你看我们,现在在月球上飞来飞去毫不费力。"

"你们对宇宙的探索刚刚起步,看起来跟我们开普勒 452b,跟 18 号天蝎是还有一些差距,但是,你也不要悲观,你们地球上有霍金教授这样的天才,因此,用不了多久就会赶上甚至超过我们的。"

时间紧迫,不容怀特和卡卡在撞击坑这里停留过多的时间。

卡卡带着怀特再次起飞。仅仅几秒钟的时间,他们已经飞进雨海。

卡卡带着怀特从雨海东南部那个低洼处开始下降,最后进入一个狭窄的井筒里,他们看到这个井筒的四壁上布满无数个洞穴,每个洞穴都深不见底。

卡卡选择其中的一个洞穴飞进去。

一阵阵奇寒袭来!

"阿嚏——"怀特打了一个喷嚏。

卡卡赶紧给他服用了一颗药丸,怀特才感觉温暖了一些。

"书上说,这里地处月心,应该温暖潮湿。不对呀?"卡卡感到非常疑惑。

"现在是多少度?"怀特问。

"零下 270℃!"

"什么?快达到零下 273.15℃ 的绝对温度了?!"怀特惊呼。

绝对温度是热力学的最低温度,在此温度下,构成物质的所有分子和原子均停止运动。

由于月球上没有大气，再加上月面物质的热容量和导热率又很低，因而月球表面昼夜的温差很大。白天，在阳光垂直照射的地方温度高达127℃；夜晚，温度可降低到零下183℃。

零下270℃是月球上从来没有过的低温，这一情况无疑是极为反常的。

"是啊，幸亏我给你服用了一颗暖心丸，要不，凭你这肉身凡体，早被冻僵了。"卡卡笑着说。

接下来，卡卡和怀特借助一个奇特的仪器，开始寻找紫薰草。

然而，他们找遍了这里的边边角角，也没能发现半点紫薰草的踪迹。

卡卡和怀特坐在底部一块平整的岩石上，百思不得其解。

那些紫薰草都到哪里去了呢？他们在思索着同一个问题。

"快看，这是什么？"突然，怀特在夜视仪的帮助下，看到眼前的岩石上有两条清晰的车辙。

"啊！鹰号月球车的车辙！"卡卡叫了起来。

"也就是说，鹰号月球车曾经到过这里？难道说——是鹰号月球车采走了紫薰草？"怀特小声嘀咕着。

接下来，卡卡对这里的环境重新进行了检查。最后，它得出一个结论——紫薰草的确被鹰号月球车采走了。

"看来，我们低估了地球人的智慧。"卡卡说。

"就算是这样，然而，那些Z国人怎么知道这里生长着这种东西？他们采走紫薰草又是为了什么呢？"怀特疑惑地问。

第十六章 载年寒冰

"对了！你还记得一件事吗？"就在怀特感到无比沮丧的时候，卡卡提醒道。

"什么事？"怀特问。

"鹰号月球车不是因为发生了故障，没有返回地球吗？"

在卡卡的提醒下，怀特想起当时的一则报道，当年，鹰号月球车在地面操控下驶入一个撞击坑。

考察岩石时，由于轮子在疏松凹陷的月壤中空转，在倒车时坑壁的月壤撞落到月球车太阳能电池板和散热器表面，导致供电骤减，车内过热，数日后鹰号月球车与地面彻底失去联系。

"对呀！我怎么忘了？"想到这里，怀特一拍大腿。

卡卡立即带着怀特起飞，并很快找到了那辆已经失去行动能力的鹰号月球车。

他们在鹰号月球车里仔细寻找，果然在里面发现了一些紫薰草。

卡卡和怀特没有停留，带上那些紫薰草直奔密室而去。

密室里，霍金教授正不停地呼唤着大甲虫，生怕它坚持不住，散尽千年凝魄死去。

怀特赶忙将一些紫薰草磨碎，并敷在大甲虫的伤口上。

奇迹出现了。短短几秒钟的时间，那大甲虫扒拉扒拉四条腿，一下子从地上翻过身来。

"我怎么了？你们为什么这么奇怪地看着我？"大甲虫奇怪地问。

"呵呵，你这个笨拙的大家伙差点丢了性命，要不是卡卡和怀特，你怕是早就一命呜呼了。"霍金教授笑着说。

"哦，谢谢卡卡！谢谢怀特！"大甲虫笨拙地对着卡卡和怀特分别点点头，算是对他们的答谢。

"对了，教授，我在受伤以前发现了一个重要的情报：18 号天蝎那些邪魔在基地深处储存了一些载年寒冰！"

"载年寒冰？是什么东西？"霍金教授、卡卡、怀特异口同声地问道。

"你们知道比亿大的那个单位叫什么？"大甲虫问。

"兆！"

"比兆大的呢？"

"京！"这个问题难不倒霍金教授他们。

"比京大的呢？"

"陔！"

"比陔大的呢？"

"秭！"

"对，秭之上乃壤，壤之上为沟，沟之上叫涧，涧之上称正，正之上才是载。这些单位每进一位皆以万万计量。那么一载有多大呢？换算一下很惊人，一载等于一亿亿亿亿亿亿亿亿亿亿亿！载年寒冰就是封存了一亿亿亿亿亿亿亿亿亿亿年的寒冰啊！"大甲虫解释道。

"那么，哪里才有这种寒冰呢？"霍金教授接着问。

"据说，载年寒冰在宇宙中最冰冷的地方。宇宙中最冷的地方当然是'回力棒星云'，那里的温度仅比绝对温度高 1℃。在绝对温度条件下，所有的原子都会冻结。'回力棒星云'位于半人马星座，距离地球约 5000 光年。"

"哦，你是怎么知道这些知识的？"霍金教授惊讶地问。

"这有什么好奇怪的？密室里不是有远古时期留下来的一些书籍吗？

闲暇的时候，我就读读这些书，那些书里自然有这些知识喽！"

"难道雨海深潭里的奇寒跟载年寒冰有关系？"听着大甲虫一副老学究的样子介绍着载年寒冰时，卡卡自言自语。

"怎么回事？"霍金教授问卡卡。

于是，卡卡把在雨海深潭里感受到的那反常的奇寒告诉霍金。

"对呀，那本书在你们走后我看了，那里的环境应该是温暖而潮湿的，怎么会那么寒冷呢？"霍金教授问。

"这没什么好奇怪的，雨海深潭位于月心，可以说是月球的'根'，它里面又分为无数个小的洞穴。那些洞穴就像人体的奇经八脉，跟月球的每一寸土地都息息相关。也许，当时你们恰巧进入了和储存载年寒冰那个地方相连的洞穴，所以，那里自然奇寒无比。

"不仅如此，由于载年寒冰是极寒之物，如果不能很好地封存，很小的一块就能影响到整个月球乃至地球的环境，让月球和地球变得严寒无比。

"然而，从我侦察 18 号天蝎基地了解到的情况，以及寒气已经辐射到雨海深潭的情况综合来分析，天蝎人还没有找到完全封存载年寒冰的好办法。"大甲虫解释道。

"那月球和地球岂不是很快就会变成冰球?！"卡卡不无忧虑地问。

"是的，如果他们在短期内找不到封存载年寒冰的载年玄铁，月球和地球必将在劫难逃！"大甲虫回答。

"载年玄铁？又是什么东西？"霍金教授问。

"与载年寒冰比起来，载年玄铁在宇宙中的分布应该更分散一些。书中记载，每一颗恒星，比如太阳的地心部分都有这种物质。载年玄铁是至阳之物，它凝固后形成的黑色玄铁坚硬无比，能很好地抑制低温外溢，是封存寒冰最好的容器。"大甲虫回答。

"那么，18 号天蝎人为什么要采集这些载年寒冰呢？"

"这个我就不清楚了。密室里的书我还没有读完，有一些问题我也是一知半解。"大甲虫摇了摇头。

第十七章　鹰号消失

　　寒冰和玄铁的事情还没弄明白，怀特又提出了一个新的问题。

　　"教授，我和卡卡在寻找紫薰草时，还发现了一件不可思议的事情。"怀特说。

　　"什么事情？"霍金教授问。

　　"2000年的Z国探月，并不是报道中说的那样。"怀特回答。

　　接下来，怀特把和卡卡在一起看到的雨海深潭有鹰号月球车车辙，紫薰草全部消失的离奇经历细致地描述了一番。

　　"不可能啊？据我了解，Z国的技术还没有那么发达，他们怎么能在地球上遥控这辆无人驾驶的鹰号月球车进入深潭底部，并采光所有紫薰草？"听怀特讲完，霍金教授感到非常惊讶。

　　"大甲虫留守密室。走，我们去看看那辆遗弃的鹰号月球车。或许，我们能从鹰号月球车上发现些线索。"霍金教授沉思了一会儿，做出这样一个决定。

然而，当霍金教授一行人来到雨海时，他们却发现，鹰号月球车已经不在原地了，地上留下了一条长长的车辙。

"咦——怎么回事儿？鹰号月球车竟然自己会走动？那篇报道上不是说，它在月球上只行走了两个月就出现故障了吗？"怀特问。

"那就应该是另有蹊跷，不怕，只要有车辙，我们难道还怕它飞了不成？"霍金教授说，"让我们顺着车辙找一找，看能不能发现些什么。"

卡卡带头走在前面，怀特推着霍金教授的轮椅，他们一行 3 人小心翼翼地顺着车辙往前走去。

"卡卡，你发现这新的车辙和原来 Z 国探月时留下的车辙有什么区别？"刚走了几步，霍金教授问卡卡。

"这个情况我已经发现了，我感觉新的车辙比原来的车辙在月壤上的痕迹要深一些。"卡卡回答。

"对！这说明了一个什么问题呢？"霍金教授问。

"鹰号月球车比原来重了！"卡卡说。

"我想，应该还有另一种解释：Z 国探月的时间是 2000 年，那原来的车辙也是 2000 年留下的，这一晃十几年过去了，月尘肯定覆盖了车辙，因此，那原来留下的车辙不就看起来浅了许多？"怀特插话。

"这个解释在地球上是可靠的。然而，月球上很少有风，月尘相对处于静止的状态，即使是几十年也应该忽略不计的。"霍金教授说。

"如果这样的话，那卡卡的解释就是百分百正确的。难道鹰号月球车上有人？是一个人在操纵着车子前进？"想到这里，怀特的心都要跳出来了。

"该不会是 18 号天蝎那些邪魔吧？"紧接着，怀特惊叫一声。

"应该不是 18 号天蝎那些邪魔。那些邪魔是超智慧的生物，他们来去无踪，是不会驾着这个粗笨的东西在月球上四处游逛的。"卡卡分析道。

"那就是另有其人！"怀特说。

"是的，我们还是小心谨慎一些为好。"同时，霍金教授提醒大家闭上嘴巴，把脚步放缓下来。

大约过了一刻钟的时间，个子最高的怀特首先发现了情况——前方不远处，一个黑点正缓缓向前移动。

卡卡"嗖"的一声跳到怀特肩上，它观察了一会儿后，确认那个东西就是鹰号月球车。

与此同时，鹰号月球车也发现了追踪者。它没有匆匆逃走，而是干脆停了下来，再也没有移动半寸。

这个情况，让霍金教授一行感到意外。

卡卡和怀特做好应付突发事件的准备。事到如今，只有硬着头皮上了。大家紧紧靠在一起，一步一步向前移动。很快，就来到鹰号月球车跟前。

然而，出乎所有人的意外，鹰号月球车除了当年留下的那个空壳，其他什么也没有。更别说有人在驾驶它了。

"难道，那家伙逃逸了？"怀特疑惑地问。

"不会，它一直在我们视线里的。"见没有什么危险，卡卡走过去，用手往前推了一下鹰号月球车。

"现身吧，老兄。"霍金教授仔细观察了一眼被鹰号月球车刚刚压出来的那道车辙，平静地说。

霍金教授话未落地，神奇的一幕出现了：一个白胡子几乎垂到地面的老翁一下子出现在鹰号月球车上。

第十八章 偶遇彭祖

"啊！坏人！"卡卡后退一步，正准备向眼前这个奇怪的老翁发起进攻，却被霍金教授喝退了。

"卡卡，他对我们不会有什么威胁的。看，他的双腿！"霍金教授说。

卡卡、怀特仔细观察了一会儿，竟然看到那老翁只有上半身，下半身不知哪里去了。

"你是谁？你怎么了？你为什么会在这里？"怀特一连问了3个问题。

"我是来自地球的彭祖。一天前，我遭到了一群相貌奇特的外星人的攻击，他们用一种奇怪的光将我拦腰截断。我在这里，是为了取回我上午刚采集的紫薰草，但是，它们竟然不见了！我失去了行走能力，所以，就驱动鹰号月球车四处寻找。"老翁回答。

"你是地球上的彭祖？"怀特惊讶地问。

"是哦，我生于中国的上古时代。商代末年，已经800多岁的我被一群奇形怪状的人掳来月球，转眼3000多年过去了。"那位自称彭祖的人说道。

"这人有病吧？地球人的寿命一般不会超过 100 岁，这人怎么吹嘘自己活了 800 岁？如果加上他所说的在月球上的 3000 多岁，这人快 4000 岁了？"卡卡摇了摇头，表示不理解。

"在我们地球上的确有一个叫彭祖的人，他是上古时期的中国人。"怀特对世界文化很有研究，他记得曾在一本书上读到过彭祖的故事。

"那是我在一本书看到的：相传，彭祖是中国人的始祖黄帝的第八代孙，于六月六日出生，其父陆终，母亲女馈。

"彭祖遍览群书，知识渊博，且深谙养生长寿之道。到商代末年，已有 800 余岁的彭祖仍不显衰老。商王请他做大夫，他推托不了，只好应允，却常常以有病为由，不上朝听政。

"及至后来，彭祖神秘失踪，商王穷尽全国之人力搜寻他，最后，竟连一根头发也没有发现。"怀特简单介绍道。

"这个年轻人所言极是。我就是那个在商代末年消失的彭祖。那天，我被一群相貌奇特的人强行塞进一个会焕发七彩光芒的圆盘状的东西里，从此，我就孤独地生活在了这荒凉的婵娟之上。"彭祖长长叹了一口气，无限悲伤地说。

"婵娟？"卡卡不解地问。

"古代中国称月球为'婵娟'。"怀特解释。

"即便如此，这里没有食物、水分，老人家是怎么活过 3000 年的呢？"霍金教授皱着眉头问。

"若不是我深谙养生之术，说不定早成为一具干尸。在这里，为了满足生存的需要，我经常从早到晚闭气内息，吸收日月之精华，导引行气，然后，揉擦眼睛，按摩身体，舐唇咽唾，才得以活过这漫长的 3000 多年。"彭祖说。

"唉！我本来以为此生再也无缘看见一个地球人了，哪曾想到会有今日？"接着，两行长泪顺着彭祖的脸颊流下来，一直流到他长长的白胡子上，又顺着白胡子一路往下，最后，掉在月球土壤上，一下子就溅出一个小小的坑洞。

"你刚才驱动着鹰号月球车走的时候，我们看不见你是怎么回事儿？"怀特忽然想起刚才的情景。

"不瞒诸位，我来到月球后，就住在不远处那口深潭里，那个深潭里面有大大小小成千上万个洞穴，就像一个巨大的蜂巢。我就住在其中的一个洞穴里，上百年才出来透透气。"

"你先等等，你是说月球内部是空的？"霍金教授打断彭祖。

"根据我的了解，基本上是这样吧。"彭祖说。

"这就对了！"霍金教授说。

"什么对了？"大家不解地问。

"在人类登上月球之前，科学家们推测：月球岩石的密度可能小于地球岩石的密度。然而，'阿波罗'登月计划带回来的月表岩石密度却大于地球岩石。实测表明，月表岩石的密度为 3.2—3.4g/km³，而地球岩石的密度是 2.7—2.8g/km³，而且月球越往里密度越高。第一次登月的宇航员为把一面美国国旗插入土中，历尽千辛万苦，两个人轮流铲土，但也只能把旗杆插入几 cm。后几次的宇航员是带着电钻到月球去的，但最多也只能打进 75cm，如果在地球则能毫不费力地打进 360cm。如果按照这一现象推测，月球的中心应该是一个由大密度物质组成的内核，这样一来，月球的总质量就会比现在计算的要大得多，相应的其引力强度也要大一些。考虑到月球表面距月中心比地表距地心要近得多，再加上它的总质量，引力会比我们想象的要大得多，可没想到月球的引力只有地球引力的六分之一，好像月球引力与其密度无关一样，这说明了什么？这只能说明月球是一个巨大的空心体。"霍金教授说。

"空心体？"怀特表示不相信。

"是的。1969 年，阿姆斯特朗和奥尔德林在登月中安放了'无源地震仪——月震侦察测量器'，以后的几次登月活动都安放了这种仪器。这些仪器自动工作，可以把测到的数据传回地球，这样，人类就可以直接掌握月球的震动情况。但是当月震发生之后，科学家却面面相觑了。'阿波罗'13 号宇宙飞行器在进入月球轨道的时候，宇航员用无线电遥控的方式使飞行器的第三级火箭撞击月球，其能量相当于 11 吨 TNT 炸药爆炸，地点选择在距'阿波罗'12 号安放的月震仪 140km 处。然而，奇怪的是这次人为制造的月震竟持续了 3h，月震的深度达 3.5—4km，直到 3h20min 后月震才渐渐消失。美国航空航天局的地震专家们惊愕不已，无法对这次月震为何能持续如此长时间做出科学的解释。但科学家不甘心，又利用'阿波罗'14 号的 S-4B 上升段的火箭去撞击月球，结果又引起了一次长达 3h 的月震，深度还是 3.5—4km。在此之后，又利用'阿波罗'15 号的火箭制造月震，震波竟传到了 1100km 远的风暴洋，甚至到达弗拉矛洛高原的地震仪。如果用同样的方式在地球上制造地震，震波只能传 1—2km，也不会出现持续 1h 之久的震动。

"如果我们用同等力量去敲击两个悬空的金属球，一个实心球，一个空心球，那么我们就会发现空心金属球的震动时间远比实心球要长得多。科学家目前所面临的问题就与此相类似。通过数次人为制造的月震显示，月球内部的结构肯定与地球不同，否则就不会发生类似的震动。从其震动的特点来说，十分像空心球体的震动。因此，就连最保守的科学家也认为，虽然不能得出月球内部完全是空洞的结论，但至少可以证明月球内部存在着一些空洞。

"但以上这些试验还不能得出最后的结论，因为光有月震的横波并不能完全说明问题，而人类在月球上安放的地震仪距离又太近，因而测不到月震的纵波。如果月球的确是中空的，那么纵波根本不会通过月球中心，而横波则会在月球壳体上反复震荡。科学家希望月球能发生一次较大的陨石撞击，通过测量纵、横月震波传播的时间差异，来证明月球内部是否中空。幸运的是，这种概率极低的事件竟然发生了。1972 年 5 月 13 日，一颗巨大的陨石撞击了月面。其能量相当于 200 吨 TNT 炸药爆炸后的威力，参与'阿波罗'计划的科学家给这颗陨石起名为'巨象'，'巨象'造成的巨大震动确实传到了月球内部，如果月球是个实心球体，那么这种震动应该反复多次。但是，事实再一次令科学家失望，'巨象'引起的震动传入月球内部以后，就如同泥牛入海，全无消息。发生这种情况只能有一种可能：震动的纵波在传入月球内部后，被巨大的空间'吃'掉了。"

霍金教授这个分析有理有据，不容置疑。

"那么，月球这个中空的部分是自然形成的还是外星人建造的呢？"怀特问。

霍金教授摇了摇头。

"那么，你接着往下说吧。"怀特看看彭祖。

"好！那一天，我刚好从洞口出来，那个会发光的圆盘状的东西恰好从头顶飞过，一束光射过来，我的下半身就没有了。

"我看到不远处恰好有一辆奇怪的车子，就千方百计将它弄过来。我胡乱捣鼓了一通，没想到这车子还能自己走路。不仅如此，它还能攀缘峭壁，能上能下。于是，我就小心翼翼地控制着它到潭底采集紫薰草。

"我怕那车子是那些坏蛋的，他们会找到深潭里来，于是采完紫薰草后，就又把它开上去，准备还回去。

"没想到，这时一只会飞的猫带着一个人突然来到这里。对，就是眼前这只猫和你！"彭祖指着卡卡和怀特说。

"我怕你和猫伤害到我，匆忙之下，就饮下了自酿的隐身水。

"过了一会儿，你们就拿走了我的紫薰草，害我白忙活了那么久。"

说到这里，彭祖显得非常生气。"我的紫薰草在哪里？快点还我！"彭祖指着卡卡，气得胡子都翘了起来。

"老人家，您别生气，那些紫薰草是您的，我们自然会还给您，只是，请您告诉我们，您采那些紫薰草干什么用呢？"怀特一边安抚彭祖，一边问。

"你没看我的下半身没有了。我要用紫薰草来医治伤口。不然，我这千年不死之身不就玩完了？"彭祖气呼呼地说。

"哦，老人家也知道紫薰草能医治伤口？"霍金教授关心地问。

"当然，要不然，我不白在这'婵娟'上待3000年了？在这里，我曾经搞过很多研究，把研究成果编成了很多本书。可是，后来，我这些书竟然离奇失踪了。我找遍了整个'婵娟'，也没有发现他们的踪影。"

"那些书可是一些线装的书？"霍金教授问。

"是啊，是啊，你看到它们了？它们在哪里？那些可是我3000多年的心血！"彭祖激动地说。

霍金教授跟卡卡对望了一眼，怀特跟彭祖对望了一眼。然后，他们又相互交换着对望了一眼。

"看来，我们在月球并不孤独啊？"霍金教授意味深长地说道。

第十九章 师徒相遇

听完彭祖的介绍，霍金教授他们愈发感到月球表面不安全，为了避免遭遇不测，他们带着彭祖很快回到了密室。

当时，大甲虫正懒洋洋地待在一块平整的大石板上看书，猛然看到霍金教授带回的这个白胡子老头儿，它快速爬过来，并把头深深地埋在地上。

"师父！"大甲虫高声叫道。

霍金教授、卡卡和怀特都愣住了。

彭祖也愣住了。

"你是？"彭祖皱着眉头问。

"徒儿是当年师父书中的一只甲虫。"大甲虫回答道。

"甲虫？"

"是的，徒儿当年刚刚出生。师父在月海深潭里著书立说，在一个偶然的机会，徒儿爬进师父书中。师父的书高深莫测，徒儿甚是喜爱，不知不觉在您的书中待了500年，学到了很多知识。"大甲虫解释道。

"既然是看我的书长大的，称我师父也不为过。可是，我怎么一直没有见过你？"

"徒儿愚钝，小的时候身体大小还赶不上一个细菌，尚不能开口说话，有心拜在师父门下，可是无法跟师父交流。直至后来，徒儿因读您的书籍渐渐开慧，即将能够开口说话之时，却被连书一起掳走，来到这沙粒当中的密室，跟师父您失去了联系。"

"你说什么？我们现在在一粒沙中？"彭祖疑惑地问。

"是的。这里是我们的密室。"霍金教授笑着说。

"怪不得我寻遍了'婵娟'，哦，也可以说是月球上的每一寸土地，都没能找到我丢失的这些书，原来它被人带到了一粒沙子中。一粒沙子那么小，而月球上的沙子不计其数，我怎么找得到呢？呵呵，高明！"彭祖伸出一个大拇指。

"是你把这些书带到这里的吗？"彭祖望了一眼霍金。

霍金教授摇了摇头，说："我们来到这里的时候，它们和大甲虫都已经在这里了。"

"那是谁把这些书带到这里的呢？且他们为什么要抢走我辛辛苦苦写的这些书呢？"彭祖问。

彭祖看看霍金教授，霍金教授摇了摇头。彭祖看看卡卡，卡卡摇了摇头。彭祖看看怀特，怀特更是把头摇得如同拨浪鼓一般。

"对了，你该记得一些情况的。"最后，彭祖把目光落在大甲虫身上。

大甲虫歪着脑袋想了一会儿，喃喃地说："那件事发生得实在是太突然了，我还没反应过来是怎么一回事儿，就被带到了这个陌生的环境。当时，我匆忙爬到书页的边缘，紧张地向外张望。只是看到了一只金色的大手，那只大手的中指上戴着一个蓝色的大钻戒，钻戒上仿佛还刻着一个字母。"

"什么字母？"卡卡一脸惊恐地问。

"哦，由于时间实在太短暂了，我没有看清是 M 还是 K？"大甲虫回答。

霍金教授看到了卡卡表情的异常，于是问："怎么，你认识这样一个人？"

"啊……不……不……我只是问问。"卡卡支支吾吾地回答。

"那后来呢？"怀特拍拍大甲虫的后背。

"后来，那只金色的大手把我待的那本书使劲一合，差点把我挤死。

随后，那本书就被丢在书堆里，上面陆陆续续又堆了一些书，等我费了九牛二虎之力再次爬出来时，已经是几十年后的事情了。然而，我确信的是，那个抢书的人当时并没走，他在密室里待了很长时间，我听到他一页一页翻书的声音。他应该是把这些书都仔细读了一遍，直到离开。"大甲虫回忆道。

"再后来呢？"怀特问。

"再后来，我爬了出来呀。"

"爬出来后呢？"

"爬出来后，我就细细地研读师父的书籍，直到现在。"大甲虫说。

"那你再见过那个长着金色大手的人吗？"彭祖问。

"没有，他自从离开这里，应该再也没回来过。"大甲虫回答。

"那你们是怎么来到这里的？"彭祖问霍金教授。

"我们也是偶然来到这里。对吗？卡卡。"

"是的，我们也是偶然发现了这里，后来，遇见了大甲虫，再后来看到了这些书。"卡卡应声道。

"卡卡，看来这里已经有人捷足先登。不过，事到如今，我们也只得做好防范了。"霍金教授沉思着说。

接下来，霍金教授吩咐怀特和卡卡去拿紫薰草。大甲虫这才发现师父的双腿没了，它一下子扑在彭祖身上，一行长泪顺着面颊流下来。

彭祖抚摸着大甲虫的脊背，笑着安慰它不要过于伤心。

"我看大家都称呼你大甲虫，想必你还没有名字。"彭祖一边抚摸着大甲虫的脊背，一边关切地问它。

"是的，徒儿还没名字。"

"既是老夫的徒儿，老夫就赐你一个名字吧。"彭祖眯着眼睛，捋着胡子想了一会儿，笑着说，"我看你的甲壳微微泛青，就叫青甲吧。"

"好呀，徒儿有名字了！徒儿有名字了！"大甲虫高兴地一下子翻过身来，蹬着四只又短又粗的小腿，在大石板上转起圈儿来。

青甲的这个动作，一下子把彭祖和霍金教授逗乐了。

说话间，卡卡和怀特已经把紫薰草拿来。青甲一下子从石板上翻过来，抢着帮忙捣药。

　　怀特嫌它笨拙，不让它弄。但是，青甲一定要亲自弄，它说自己苦苦等了上千年才遇到师父，一定要尽到徒儿的本分。怀特听它说得有道理，便将紫薰草递给了青甲。

　　青甲接过紫薰草，小心翼翼地将它们放在地上，然后，翻过笨拙的身子，把坚硬无比的甲壳压在上面，快速地旋转起来。

　　青甲的这个动作再一次把大家逗乐了。它的这个办法果然管用，没旋转几圈儿，那些紫薰草已经变成细细的粉末。

　　这时，卡卡早已从密室深处的瀑布上取来一些水。怀特将紫薰药粉和在水里，并给彭祖服下去。

　　奇迹就在一瞬间出现了，彭祖的下半身先是生出一双细细的小腿，然后迅速生长，短短一刻钟的时间，他就完好无损地站立在了众人面前。

第二十章　深夜长谈

是夜，怀特跟着青甲到藏书阁读书去了。

霍金教授和彭祖促膝长谈。卡卡慵懒地蜷缩在霍金教授的膝盖上，听着两人的谈话。

霍金教授大体给彭祖讲述了 3000 多年来地球的历史，讲了开普勒 452b 遭到 18 号天蝎攻击的事情，讲了地球即将面临的灾难和自己为什么来月球，以及下一步将要完成的伟大使命。

"想不到，在短短 3000 多年的时间里，地球上发生了这么多事儿！"彭祖感叹道。

"这都是人类的自私和贪念造成的。在人类的原始阶段，人类淳朴友好，大公无私，大家有福同享，有难同当，相互关爱，都过着和平安乐的生活。然而，数万年前，18 号天蝎的邪魔来到地球，为了达到独占地球的目的，给人类种下自私享乐的'瘟疫'，自此有了国家，有了阶级，有了资源的掠夺，有了战争，地球一度陷入混乱，人类多次面临灭亡的危险。现在的情况更糟糕，人类已经进入热兵器时代，甚至有了威力巨大的核武器，而科技的发展更加刺激了人类对于资源的渴求，煤炭、石油、天然气、水等资源很快就会被人类消耗殆尽，人类必将陷入对能源更加疯狂的掠夺，到那时，稍有不慎，就可能引发核战争，人类的灭亡只是早晚的事情。我曾经预言过，地球人类的存在也许撑不过1000年了。很多地球人不以为然，但我认为，这绝不是危言耸听！"谈起地球命运的过去和未来，霍金教授的情绪非常激动。

"这个结局，是我在2000多年前就预料到的。要是我仍在地球，也许现在的世界格局会好一些。"彭祖说。

"先生的意思是？"霍金教授不明白。

"要知道，我不仅仅是一位养生专家。我尚在地球上的时候，就发现了人类的自私、贪念，这必将是灭亡人类的最可怕的'瘟疫'。因此，在地球上的800多年时间里，我不断参悟人生道理，苦心研究治世哲学。就在我799岁那年，我顿悟了，我终于研究出了一套清除人们自私贪念的好办法。可是，就在我即将游说世界推行我的人生道理和治世哲学之时，我却被那些奇形怪状的外星人掳来月球。"彭祖不无遗憾地说。

"自私享乐的'瘟疫'是18号天蝎的'刀疤'给地球人种下的，而先生想凭着自己的智慧将之清除，让人类重新回归自然淳朴，这自然是'刀疤'他们所不愿看到的。也许正是因为这个，'刀疤'才把您老人家掳来月球吧？"卡卡插话道。

"对呀！如果这样分析，这个原因完全是站得住脚的。唉！我在月球上3000多年的时间里，苦苦思索他们掳我来月球的原因而不得，没想到最后竟然被一只猫道破了。"彭祖长叹一口气。

"它可不是一只普通的猫，它来自开普勒452b——那颗已经被18号天蝎破坏掉的星球，它是来向我们寻求帮助的。"霍金教授介绍着。

"我说呢！普通的猫怎么会说话？"彭祖说，"那么，你们为什么还不抓紧时间到452b上去？待在月球做什么？"

"不瞒老人家说，我在逃往地球的时候，乘坐的宇宙飞行器被18号天蝎的'刀疤'他们给摧毁了，虽然我有借助黑洞瞬间穿越的本事，但也仅限于像地球到月球这样的一些短距离，要知道，地球离开普勒452b足有1400光年，如此远的距离，不借助宇宙飞行器是根本无法到达的。"卡卡长叹一声。

"什么是光年?"彭祖问。

"光年是个距离单位,一光年就是光在1年的时间里走过的距离。光从月球到地球的时间约需1.28s,而从地球到达开普勒452b却要走1400年,您能想象这有多远吗?"卡卡回答。

"这还真有点困难!"彭祖沉思了一会儿说。

"岂止是有点困难,我们的困难还有很多,比如,我们现在还没有能跟18号天蝎作战的战士,比如,我们还没弄明白18号天蝎为什么采集载年寒冰?"霍金教授说。

"哦!战士。您不说我都忘了,我去看看藤蔓上那些坚果快成熟了没有。"卡卡对霍金教授说,接着,它一弓背,一下子就从霍金教授膝盖上跳了下来。卡卡说的藤蔓就是怀特曾经感到惊奇的那些会跳舞的藤蔓。

"载年寒冰?哦,这个我知道,那是一种极寒之物,我在我的书中介绍过。对了,那天18号天蝎的人射伤我的时候,我好像还听他们提起过这种东西。"彭祖说。

"他们说什么?"霍金教授兴奋地问。

"当时,那个相貌丑陋的家伙在举起激光器向我瞄准的时候,嘟囔了这么一句:'他妈的,载年玄铁没找到,竟然又碰见这个奇怪的老家伙,都3000年了,这家伙竟然还活着,干脆干掉他!'接着,他就朝我发射了激光。于是,我便装死倒在了地上。

"载年玄铁?看起来,他们已经知道了这东西是封存载年寒冰的物质。可是,他们为什么要将千辛万苦采集来的载年寒冰进行封存。封存以后,他们又想做什么呢?"霍金教授再一次陷入了沉思。

第二十一章 寒冰危机

"教授!"

就在霍金百思不得其解的时候,卡卡风一样跑了过来。

"遇到什么事情了,卡卡?"霍金教授抬起头来。

"教授,坚果的情况现在很危险!"卡卡回答。

"怎么回事?"

"看起来,它们都蔫蔫的,一点精神都没有。我刚才试了一下,即使最欢快的音乐也不能让它们跳起舞来了。"

"怎么会出现这种情况?"

"我刚才已经基本查明原因了,现在,我们这个密室里的温度下降了好几度,它们怕是受不了这寒冷,开始出现萎缩的现象。"卡卡说。

"是吗?刚才专心跟彭祖先生谈话了,我还真没注意到温度的变化。"霍金教授说。

"彭祖先生,您觉得冷吗?"霍金关切地问彭祖。

"我在月球上基本不吃不喝,只靠闭息养气生存,自然感受不到温度变化。"彭祖说。

"阿嚏——"这时，怀特从藏书阁跑出来。

"怎么回事儿？这里怎么这么冷了？阿嚏——"怀特抱怨道。

"是啊，怎么这么冷了？"青甲也跟在怀特身后向这边爬来。

霍金教授下半肢早已没有知觉，他只感到脸部有一些冰冷的刺痛。

"看来，载年寒冰的低温已经影响到我们这里了。如果他们再找不到载年玄铁，怕过不了多久月球就要成为冰球，地球在不久的将来也难逃此劫。"霍金教授说。

怀特脑海中立即浮现出在电视上看过的《冰河世纪》的镜头，他不禁又打了寒战。

"老夫在月球 3000 年，倒也收藏了一些稀罕物件，那些东西有些是天上落下来的，有些是外星人遗弃在这里的，不知里面有没有载年玄铁。"彭祖说。

"理论上讲，载年玄铁是恒星核心的熔岩凝固而成，如果一颗恒星燃尽并坠落了，掉下来的东西应该就是载年玄铁。月球已在这里数亿年，天上掉下的东西不计其数，说不定在你的收藏中真能找到这东西。要不，我们去找找看吧？"霍金教授分析一番后提议。

"眼下也只能这么办了。"卡卡说。

接下来，青甲和怀特留守密室。卡卡带着霍金教授和彭祖前去寻找载年玄铁。

霍金教授飞出密室的时候，脸部突然感到一阵彻骨的寒冷，失去了知觉。

"教授，您怎么了？"卡卡看到霍金教授有异常，关心地问。

霍金没有反应。

卡卡仔细观察了一下，发现霍金的身体被冻僵了。它赶紧给他服下一粒暖心丸，霍金教授才慢慢苏醒过来。

"看来情况真的非常严重！"缓过神来的霍金教授口齿不太清楚地说。

"是啊，再不采取措施，我们连立足之地都没有了。"卡卡说。

彭祖居住的地方就在雨海深处的深潭里。时间不长，他们就来到了雨海并找到了那千百个洞穴中彭祖居住的那一个。

这是一个不大的洞穴，但是，里面满满当当地堆满了各种奇石、废旧机器以及叫不上名来的各种零件。

"彭祖先生，想不到您还有这雅兴？"看到彭祖琳琅满目的各色收藏，霍金教授笑了。

"呵呵，我在月球上闲得无聊，出来透气时就东走走西逛逛，看到奇怪的玩意儿就拣了来。时间长了，就收集到这么多东西。"彭祖不好意思地说。

"你也摆弄它们吗？"霍金教授问。

"这些现代化的东西我搞不明白是怎么回事儿，我从不摆弄它们，堆在这里权且当艺术品而已。"彭祖说。

"呵呵，真是浪费了！这些可都是好东西呢！"卡卡兴奋地说，"接下来能给我们解决很大问题哦。"

"是的，这些东西堪称外星智能生物遗弃物大杂烩，可以帮我们进行很多科学研究。当然，如果彭祖先生肯让我们来研究的话。"霍金教授看了一眼彭祖。

"哈哈，你们进行的是拯救452b和地球的伟大事业，我这一堆破铜烂铁堆在这里也没什么用，如果有需要，你们尽管拿去好了！"彭祖很慷慨地说。

"谢谢！"霍金教授和卡卡异口同声地说。

虽然这些东西很吸引霍金教授和卡卡，但是，他们没有忘记来这里的初衷。

卡卡扒拉来扒拉去，最终将目光落在一块黑色的大铁块上。

卡卡的眼睛突然对着那黑色铁块射出一束蓝色的强光。

"这块黑色的铁块的密度超过我见过的任何金属，会不会就是载年玄铁？"卡卡看看霍金教授。

"密度是多少？"霍金教授问。

卡卡掐指算了算，把数字告诉霍金教授。

"对！就是它！我曾经对恒星核心的岩浆进行过研究，这种岩浆冷却后的密度应该就是这个值！我们终于找到它了！"霍金教授兴奋地说。

第二十二章　精密布局

"你们现在回地球吗?"在确定了那个黑色铁块就是载年玄铁后,彭祖问。

"不,我们暂时还不回去,因为还有很多事情要做。"霍金教授回答。

"老人家是不是想家了?"卡卡问。

"如果让你离开自己的家3000年,你会不想家?"彭祖笑着反问。

卡卡重重地点了点头。因为,此刻没有谁比它更想念自己的那颗星球。它想念那颗巨大的古不拉树,它想念卡卡·威尔,它想念那些爱好和平的人……它无时无刻不在想念。

它离开家已经太久了。

"彭老先生的心情我很理解。虽然我还要在月球上待一阵子,但是,我可以安排卡卡专门带您回一趟地球的。"霍金教授说。

"当然,卡卡的心情我也理解,不过,为了确保我们的任务万无一失,我们还要做些准备工作。"接着，霍金教授转向卡卡。

卡卡再次重重地点了点头。

当然，彭老先生听说能回地球，也激动得不知道说什么好。就在一瞬间，两个人的手和一只猫的爪子紧紧握在了一起，他们眼睛里都含着泪花儿。

霍金教授为什么激动呢？因为就在这一刻，他再一次强烈地想起丽贝卡。丽贝卡怎么样了呢？自从卡卡告诉他丽贝卡的遭遇，那张年轻漂亮的面孔就一直在他的脑海中拂之不去，而每一次想到丽贝卡因为他被囚在了绝情谷，这个问题如此强烈地撕扯着他那颗脆弱的心，霍金教授就感到椎心泣血的痛。他真的恨不得立即飞往开普勒452b。但是，眼下很多事情还没有头绪，他还不能马上行动。这种煎熬如果不是当事人真的难以体会。

卡卡许是看透了霍金教授的心事，它把头轻轻靠在他的臂弯里，用头上柔软的毛发轻轻蹭着他的袖子。自从卡卡认识了霍金教授，它经常在他思念丽贝卡的时候做出这个动作。有时，它会表现出一副欲言又止的样子，然而，每当霍金教授询问它想说什么的时候，它又总是轻轻地摇摇头。唉！令人费解的卡卡。

卡卡带着霍金教授和彭祖飞回密室的途中，他们谁都没有说话。也许，他们都还没从刚才的情绪中回过神来吧。

就在他们进入密室的一刹那，怀特和青甲急急忙忙地跑过来。

"教授，气温又下降了好几度，藤蔓上的叶子有的已经开始枯萎了！"怀特焦急地说。

"那藤蔓是集月球千年灵气所生，想必没有这么脆弱，只要气温回暖，过不了多久就能恢复过来的。只是，不知道地球现在的情况如何？"霍金教授忧虑地说。

"卡卡，你马上带着彭祖到地球去一趟。一来，满足彭祖回地球的心愿；二来，也好打探一下地球现在的情况。"霍金教授吩咐道。

"遵命！"卡卡后腿着地，前爪抱拳。这段时间，它跟着彭祖学到不少地球上的文明礼仪，时常做出一些引人发笑的动作。

"既然载年玄铁已经找到，我们为什么不抓紧时间把它交给18号天蝎人，一旦他们封存了载年寒冰，这月球、地球变冷的危机不就解决了吗？"怀特对霍金教授说。

"道理虽说讲得通，可是，我们怎么把这玄铁块拿给那些坏蛋呢？难道由你去敲开他们的门直接送进去？他们会相信你吗？再说，我们现在还没弄明白他们封存寒冰的目的，如果他们封存了载年寒冰去干危害更大的事儿，那我们岂不是助纣为虐？"霍金教授的分析很有道理，怀特的脸红了一下，不再言语。

"不过，我倒是想到了一个人。"接着，霍金教授话锋一转。

"谁？"怀特问。

"月娃！"霍金答道。

"哦，在我们第一次飞往这个密室的时候，我记得你们曾经说过，不想让月娃知道我们还在月球上。难道——月娃有什么问题吗？"怀特忽然想起那天开启密室门爆炸前不知谁说过的那句话。当初怀特是要搞清这个问题的，不过，后来爆炸一发生，他就把这个问题忘记了。

"月娃涉世不深，难免会出一些差错。其实，从第一眼看见它我就知道它被 18 号天蝎那些邪魔做了手脚，成了他们窥探我们的工具。"霍金教授说。

"什么？"怀特惊讶得不知说什么。

"你还记得粒子捕捉仪的事情吗？"

"记得，我们借助这个精密仪器不是捕捉到一个粒子摄像机吗？"

"对呀！不仅如此，我还在月娃身体里捕捉到另一个东西——18 号天蝎的芯片。"霍金教授说。

"芯片？"

"是的，他们在月娃身体里植入了这块芯片，月娃就受他们的控制了，后来，我发现那个密室里丢失了一些情报，我怀疑就是月娃泄露给 18 号天蝎的。"

"哦！真可怕，他们的间谍竟然就潜伏在我们身边！"怀特惊叫道。

"不过，这事儿也不怪月娃，它还是一个不足百天的孩子，植入芯片想必也不是它情愿的。"霍金教授说，"为什么当时我没有一下子揭穿这件事，我当然有自己的考虑。这不，机会不是来了吗？我们正好可以将计就计，拿月娃来用一下。等到月娃完成任务，我们再清除它身体里的芯片，它不就又是我们的人了？"

"哦！真是伟大的霍金！天才的大脑！"怀特惊呼。

"又拍马屁！"霍金教授白了怀特一眼。

怀特不好意思地伸伸舌头，做了一个鬼脸。

第二十三章　彭祖回家

先说卡卡带着彭祖飞往地球这件事。

在起飞之前，细心的卡卡首先做了一些准备工作：一是考虑到彭祖已经3000多年不在地球了，地球人的语言已经发生很大变化，而且各国的语言都不相同，它在彭祖耳朵里安装了一个小小的装置。有了这个小装置，任何语言都能翻译成彭祖听得懂的语言，而且彭祖说出的每句话也能被跟他交流的人听懂；二是考虑到彭祖仍旧穿着远古时期的服装，蓄着长长的胡子，实在跟现代人格格不入，卡卡就把他变成了一个现代人的模样。你还别说，被卡卡一番改造的新彭祖身材魁梧，西装笔挺，看起来还真是一个大帅哥。

卡卡让彭祖抓住它的尾巴，闭上眼睛。

彭祖问："这样就能回地球了？"

卡卡点点头。

彭祖不信，他说："这不是小孩子过家家的事情。从月球到地球那么远！我来的时候可是坐在一个能发七色光的大圆盘子里的。"

卡卡笑着说："能不能回地球，试试不就知道了吗？"

彭祖只好紧紧抓住卡卡的尾巴，将信将疑地闭上眼睛。

"起！"卡卡吆喝一声。等彭祖再睁开眼睛的时候，他们已经出现在了霍金教授在地球上的那个实验室的壁炉前面。

"这是哪里？"彭祖睁开眼睛看着眼前这个陌生的环境问。

"先生，地球站到了，请下车！"卡卡后腿着地，站起身，一只前爪向后一摆，做出一个搞笑的请的姿势。

彭祖放开卡卡的尾巴，好奇地看着霍金教授实验室的东西。在他眼里，那些东西奇形怪状，一个都不认识。

"别动！举起手来！你有权保持沉默！"突然，几个黑洞洞的枪口对准了彭祖。

举枪对着彭祖的是英国军情六处的警察。

最近，有人发现霍金教授和助手怀特离奇失踪，案情惊动了英国军情六处。为此，英国军情六处派出大量警力调查这个案子。然而，一晃四五天过去了，案情却毫无进展。

这天，调查局的警察正对霍金教授实验室里的物品进行重新检查，试图发现一些蛛丝马迹，没想到冷不丁从壁炉里钻出一个男人和一只猫。于是，几个警察一拥而上，拿黑洞洞的枪口包围了彭祖。

彭祖没见过枪，也不知道这些人在做什么，他奇怪地朝这个枪口里望望，又朝那个枪口里望望。

"你是谁？"一个警察威严地呵斥。

"我是彭祖呀！你干吗这么凶？"彭祖反问。

"你是哪里人？"

"我嘛，开始是住在中国的武夷山，后来去了月球，现在又回到了地球呀。"

询问彭祖的警察皱起眉头，疑惑地望着彭祖。

"年龄？"这个警察继续问道。

"容我算算。在地球上是 880 岁……在月球上是 3000 岁……哦，我的年龄应该是 3800 岁。"彭祖一边掐着手指头计算，一边回答那警察。

"什么？！"几个警察面面相觑。

"肯定是个神经病！"其中一个警察说。

"不对，外面天罗地网，警戒级别那么高，一个神经病怎么能够进来？"另一个警察不同意这个警察的观点。

听警察说自己是神经病，彭祖非常不高兴，他刚想跟他们争论，却被卡卡抓了一下脚，示意他不要说话。

接下来，几个警察争论得面红耳赤。直到把他们的长官吸引过来。

"怎么回事？"那位长官问。

其中一个警察向长官汇报了这里的情况。

"既然情况暂时弄不明白，就先把这个奇怪的家伙关起来吧！"长官下命令。

于是，彭祖被两个警察用枪押起来，推搡着向前走去。

"这只猫怎么处理？"一个警察发现了卡卡。

"一起来的？"长官问。

"是的。"警官回答。

"既然是一起的，就一起关起来吧。"

卡卡和彭祖最后被关进了一个铁笼子里。

待押送他的警察走远，彭祖使劲掰那铁笼子上的铁条，铁条纹丝不动。

"这应该是一间监舍！商周时期我见过这东西，不过那时的监舍都是木头的。"彭祖研究了一会儿后说。

"恭喜你，这一次你说对了！"卡卡做了个鬼脸说。

"太无理了！他们为什么把我们关起来？我们又没干杀人放火的事儿。"彭祖非常气愤。

"霍金教授不是到月球上去了吗？"卡卡提示彭祖。

"到月球上去怎么了？"彭祖大声说。

卡卡示意彭祖小点声。

"这关我们的事吗？"彭祖压低声音。

"这不关我们的事，可是在他们看来，霍金教授失踪了。他们正在寻找线索，寻找可疑的人，而我们恰好出现在这里，他们自然就怀疑到我们头上，于是，他们就把我们抓起来了。懂了吗？"卡卡小声给彭祖解释。

彭祖轻轻摇了摇头，又点了点头，算是明白了吧。

"可是，我们怎么出去呢？"彭祖问。

"有我在，不用担心。"卡卡告诉彭祖。

彭祖点了点头，不再说话。

突然，一阵烤鹅的味道飘进铁笼，彭祖的眼睛一下子瞪得大大的。

"哇！太香了！我都3000多年没闻过这味道了。"彭祖兴奋地说。

"想吃吗？"卡卡问。

"想！简直太想了！"卡卡看了彭祖一眼，它看到老先生的口水都要流下来了。

"这简单！"卡卡说。

接下来，卡卡用爪子轻轻点了一下锁着铁笼子的锁，那锁一下子就被打开了。

卡卡开了铁笼，两个人循着香味儿蹑手蹑脚地来到一间厨房。厨房里有一名厨师正在为办案的警察准备午餐。卡卡拿爪子一指，那厨师就定在了那里。

彭祖一个箭步跨过去，抓起刚烹饪好的一只烤鹅，大口大口地吃起来。

彭祖那吃相真叫一个酣畅淋漓。也难怪，他都快3000年没食人间烟火了，该有多么想念地球上的食品，更别说是这香喷喷的烤鹅了。

彭祖把整只烤鹅都吃了下去。意犹未尽的他接下来还吃了几片面包，喝了一些果汁。

卡卡也吃了一点东西，不过，他真的感觉地球上的食物不如开普勒452b上的好吃。

"接下来，我们去哪里？"彭祖抹抹嘴问。

"既然这里看起来这么不安全，要不我带着你回你老家中国的武夷山算了。"卡卡提议。

"老家当然是要回去的，我们中国人最有故土情结了。"彭祖说。

于是，卡卡带上彭祖向武夷山飞去。不过，这一次卡卡故意飞得特别慢，它想让彭祖看看地球发生的变化。

彭祖一边跟着卡卡飞，一边欣赏着地球的景色。彭祖一边欣赏一边不住地问卡卡，这是地球吗？怎么变得认不出来了？

"你都3000多年不在地球了，地球当然不一样了。"卡卡不住地给彭祖解释。

"景色的确不错，就是那些冒着黑烟、白气的烟筒、汽车，那些流着污水的大管道太讨人厌了。这些东西弄得地球乌烟瘴气，比起我那时青山绿水的环境可差多了。"彭祖嘟哝着。通过卡卡的介绍，这会儿，他已经认识了汽车、高楼等一些新事物。

"快看！那是什么？"彭祖忽然指着前面不远处一个长着一对银灰色翅膀的巨大物体问卡卡。

"呵呵，那是飞机，是你们地球人目前最为先进的运输工具。"卡卡笑着说。

为了让彭祖看得更清楚，卡卡加快了速度，很快就与那飞机并行了。

彭祖好奇地向飞机里面看了一眼，他看到一个小孩子正把脸贴在舷窗上向外张望。那孩子肯定也是看到了彭祖，这会儿，正手舞足蹈地跟他打招呼。

彭祖被这个孩子逗乐了，他刚想伸出手跟那孩子打个招呼，卡卡一加速，那架飞机立即被他们远远地抛在了身后。

转眼间，武夷山已在脚下。卡卡带着彭祖降落。

武夷山现在已经被高楼大厦、马路、茶园等占领了，彭祖找了好久也没找到他当年栖身的山洞。

接下来，彭祖还跟他的第一百好几代孙见了面，当他介绍自己是彭祖的时候，他那些孙子都笑着跑开。没有人相信这个西装革履满嘴"胡话"的人。

彭祖真是感到忒郁闷，忒孤独，忒心烦意乱。最后，他做出了一个大胆的决定："这里的一切已经不属于我了，走！我们仍回月球！"

于是，卡卡带着彭祖，重新飞到月球上。不过，再次回到月球的彭祖已经感到不再孤独，因为，那里有霍金教授他们了。

第二十四章　间谍月娃

卡卡这次回地球也没闲着，它对地球的气温数据进行了分析。结果显示，一股来自月球的寒流正悄悄向这颗生机盎然的星球逼近。

"也许再有一年的时间，这股寒流就能到达地球，地球一旦遭遇这股极强寒流，将比过去任何冰河世纪的温度还要低。到那时，植物不复存在，动物不复存在，人类也将面临极大的考验。"密室中，卡卡不无忧虑地跟霍金教授汇报。

"难道，这就是 18 号天蝎储存载年寒冰的目的？他们是想借严寒来摧毁地球吗？"怀特问。

"如果仅是出于这个目的，他们将寒冰随便丢弃在月球上，或者把寒冰带往地球就可以了。为什么还要想方设法地寻找载年玄铁来封存寒冰？"霍金教授回答。

"事情绝对没有这么简单！"卡卡说。

"看来，是派月娃上场的时候了。"霍金教授沉思了一会儿说。

事不宜迟，卡卡立即带上霍金教授飞到蛋形密室去。

"妈妈！"看到卡卡，正在蛋形密室里专心工作的月娃立即亲切地扑过来。

"月娃！"卡卡伏在月娃毛茸茸的脚面上，亲了亲它。

"你又长高了，月娃，已经是一个大小伙子了。"霍金教授微笑着对它说。

"是哦，是哦，我现在学习也很刻苦，很快就能成为你们的得力帮手了。"月娃高兴地说。

"真是好孩子！月娃，我们现在就有一个重要的任务交给你。"霍金教授神情严肃地说。

"哦，请吩咐！"

接着，卡卡变魔术一般变出一个包裹，它一层一层将那包裹打开，一块黑色玄铁露了出来。

"月娃，我现在要陪霍金教授马上回一趟地球。这是一块载年玄铁，是个极重要的东西，由于来回携带不方便，暂时放在密室里，请你一定要保管好它！"卡卡神情更加严肃地说。

"什么？这就是载年玄铁?! 哦……不，载年玄铁是……是什么东西？"月娃先是惊讶继而一脸狐疑地问。

"这个，你就不要问了，你只要保管好它就好了。能完成任务吗?"霍金教授问。

"能！没问题！"月娃拍着毛茸茸的胸脯信誓旦旦地保证。

接下来，卡卡和霍金教授又交代月娃一些无关紧要的事，就匆匆告别了。

其实，这块载年玄铁是假的。不过，霍金教授已经事先在这铁块里安装了一个极为隐秘的监听装置。

作为18号天蝎的间谍，月娃当然知道自己的主子正在寻找载年玄铁，这是18号天蝎当前交代给他的一个最重要的任务。

因此，霍金教授和卡卡前脚刚走，月娃就悄悄溜出了蛋形密室。

一转眼的工夫，月娃就来到了18号天蝎基地。

看门的机器人守卫拦住了月娃，月娃拿出一面巴掌大小的腰牌轻轻一晃，机器人守卫赶忙退下，月娃顺利进入基地内部。

第二十五章 地心之火

沙粒密室里的霍金教授和卡卡他们正专心致志地守候在监听设备的另一端。

"嘭嘭嘭嘭……"随着霍金教授小心翼翼地开启监听设备的开关，月娃那端传来一个清晰的声音。

"这是月娃走路的声音，月娃没有飞行，而改为步行，说明它已经进入基地的内部，或许，它快要到达目的地了。"卡卡小声对霍金说。

霍金教授点了点头。

的确，此刻，月娃正大步行走在 18 号天蝎基地的秘密基地里。随着一道道大门的开启，他最后顺利进入"刀疤"所在的主殿。

这是一个看起来非常宽敞的大殿，大殿上方一盏盏闪着七彩光芒的球状巨灯不停旋转，一束束刺眼的光线在装饰得金碧辉煌的大殿里射来射去，让人眼花缭乱。

大殿前面是几十级镏金的台阶，顺着台阶望上去，一张巨大的镶嵌着金色后背的龙椅威严地矗立在那里。一个身材高大、戴着乌金面罩的巨人两手按着龙椅的扶手，笔直地坐在那里。此人就是18号天蝎的王——"刀疤"。

"小毛娃子，你来做什么？""刀疤"问。

"大王，我有重要情况禀报！"月娃低着头唯唯诺诺地回答。

"什么情况？"

"大王，我找到了您梦寐以求的载年玄铁！"

"什么？""刀疤"几乎不相信自己的耳朵。

"载年玄铁！"月娃朗声道。

"快快呈上来！"由于激动，"刀疤"的半个屁股从龙椅上往前挪了一大截，差点从龙椅上掉下来。

一个赤发鹰嘴、戴着白色面罩的侍从赶忙从月娃手中接过铁块，快步走上大殿。

"大王，请看！"那侍从将铁块交给"刀疤"。

"刀疤"把那铁块拿在手里，前前后后端详了一番，露出了满意的笑容。

"嗯！不错！这就是我要找的东西。我要把这载年玄铁打造成一个瓶子，把载年寒冰封存在里面，这样，地球的地心之火就唾手可得了！我就能在宇宙中大发一笔横财了！哈哈哈哈……"

这一切，当然没有逃过监听设备这端霍金教授和卡卡他们的耳朵。

然而，当霍金教授听到监听设备里传来"地心之火"几个字时，眉头瞬间皱了起来。

"地心之火是什么？"霍金教授看看卡卡。

卡卡摇了摇头，看看青甲。青甲也摇了摇头。

"不过，这个问题我师父可能知道。"青甲小声嘀咕。

青甲为什么不敢大声说话？因为师父彭祖正在闹情绪，地球一行对他的打击实在太大了。

"那可是我的家啊！3000多年不见，它怎么变化那么快呢？变得我都不认识它了。变得快也就罢了，不认识也就罢了，为什么他们都认为我是神经病呢？别人认为我神经病也就罢了，为什么我的子孙也这样认为呢……"密室深处，彭祖老人正如同一个顽童一般，掩着面不停地哭闹。怀特则待在一旁不住地安慰他。

这时，霍金教授他们匆匆来到彭祖身边。

"老先生，别闹了，我有一事要请教。"霍金教授拍拍彭祖的肩膀说。

"不嘛……不嘛……他们为什么这样对我?"见众人都过来了，彭祖闹得更欢了。

"老先生，此事关乎地球的命运!"卡卡大声说。

"地球都不要我了，它的命运跟我何干?"彭祖仍旧耍赖。

"也关乎宇宙的命运啊! 你想，宇宙要是完了，我们连立足之地都没有了啊!"卡卡继续说。

彭祖终于把手从脸上移开。

"你说什么? 有这么严重?"彭祖惊讶地问。

"啊! 老先生，您知不知道地心之火是什么?"霍金教授表情严肃地问。

"这个……这个……地心之火吗? 我曾经研究过阴阳八卦，当然知道它是什么!"彭祖说。

接下来，彭祖就阴阳怪气地对地心之火进行了一番阐述。虽然他的阐述晦涩难懂，但霍金教授他们最终还是弄明白了。

原来，这地心之火是地球的生命之火。

据彭祖的解释，地心之火处于地球最中心的部位。有了它，地心当中的岩浆才能燃烧。正是因为地心当中滚滚燃烧的岩浆，地球才能产生源源不断的能量。正因为有这源源不断的能量，地球才得以生机勃勃，各种动植物和人类也才得以繁衍生息。

"赶快加固密室里保存真载年玄铁的洞穴，严密监视18号天蝎的动向，可不能让他们窃走载年玄铁! 否则，地球可真要玩完了!"霍金教授马上下命令。

卡卡带起青甲、怀特就朝密室深处的那个山洞飞去。

可是，当他们进入山洞的时候，却傻眼了——载年玄铁，不见了!

第二十六章　玄铁之谜

载年玄铁去哪儿了？

这个责任其实应该由霍金教授和卡卡来承担。因为，他们低估了 18 号天蝎人的智商。他们以为 18 号天蝎人找不到载年玄铁。其实不然，那帮恶魔故意透露出他们要找载年玄铁的消息，而并没有付诸行动，就是为了让霍金教授帮他们找到载年玄铁，并借此来评估地球人的智力水平。

这段分析理解起来的确有点困难。那么，我们还是先从月娃送载年玄铁这件事开始说吧。

其实，那天，月娃将假的玄铁送上，"刀疤"只看了一眼就看出了这块载年玄铁是假的。不仅如此，他还看出霍金教授在载年玄铁里安装了窃听器。18 号天蝎的科技水平不容小觑，像"刀疤"这样见多识广的恶魔，完全具备这个鉴别能力。

然而，"刀疤"却不动声色，他在月娃面前演了一出戏，就是为了搞清楚真的载年玄铁在哪里。

是霍金教授放进去的那个窃听器帮了"刀疤"的

忙。"刀疤"只在上面做了一点小小的手脚，就让那个窃听器为他所用。

"刀疤"听到了霍金教授后来跟彭祖的谈话，听到了霍金教授最后下达的那个命令。

据此，"刀疤"弄明白了真正的载年玄铁就在霍金教授手里。不仅如此，他还借助一个特殊仪器——声音分析仪的帮助，锁定了霍金教授所在密室的位置。

对于"刀疤"他们来说，有了这些信息已经足够了。

于是，接下来他们果断行动，抢在卡卡他们进入藏有载年玄铁的洞穴之前，窃走了真的载年玄铁。

这就是事情的真相。

然而，霍金教授却一时没弄清是怎么回事儿。

这天深夜，霍金教授、卡卡、怀特、青甲还有彭祖围在一个火堆前面，一起研究这个离奇的失踪事件。

这段时间，载年寒冰的寒气愈发厉害了，这月球内部的沙砾中间感觉起来已经像个大冰箱。

藤蔓的叶子继续枯萎，坚果看起来也比以前小了许多。这都是载年寒冰的原因。但是，霍金教授他们无计可施。

"这究竟是怎么回事呢?"经过一番热烈的讨论，每一个人脑海中被缠绕着的仍旧是这个问题。

"难道'刀疤'发现了玄铁是假的?"卡卡问。

"假的载年玄铁迟早是要被发现的，我们的目的也不是用这假载年玄铁来糊弄'刀疤'。"霍金教授说，"我们主要是想通过这种方式来发现'刀疤'寻找载年玄铁的目的。"

的确，在这一点上，"刀疤"也犯了个错误，他真的不经意透露了寻找载年玄铁的目的。那曾经是霍金教授苦苦思索而不得的一个至关重要的问题。

"是啊，我们的确是弄清了'刀疤'寻找载年玄铁的意图。但是，却丢失了真的载年玄铁。"怀特遗憾地说。

"是的，他们有了载年玄铁，就会封存载年寒冰，封存了载年寒冰，就会取走地心之火。哦，我那又恨又爱的地球老家!"彭祖苦着脸说。

"然而，取走载年玄铁的也许另有其人呢？月娃不知道我们还有这个密室，他们也无从知道我们的藏身之处，怎么能轻易偷走载年玄铁？"青甲分析道。

"你的分析不无道理。然而，如果我们低估了他们的智商，而他们又借助我们的窃听器做了手脚的话，说不定——"

卡卡这句话正中要害。但是，并没有获得大家的一致认可。

"你们快来看呢？藤蔓恢复生机了！"

不知什么时候，青甲已经爬上了藤蔓，大家走过去时，它正一个坚果一个坚果地仔细检查呢。

果不其然，那些枯萎的叶子正开始变绿。低垂的叶子开始渐渐直立，比刚才有精神多了。那些坚果慢慢变大，恢复如初。卡卡把耳朵贴在一个坚果上，甚至听到了它"怦怦"的心跳。

怀特尝试着点了一支曲子，随着那轻盈的节奏，藤蔓又跳起了欢快的舞蹈。

"太好了！太好了！藤蔓又活过来了！"青甲手舞足蹈，躺在地上不停地转圈儿。它跟这些藤蔓朝夕相处，感情很深，藤蔓的复活它最开心是理所当然的。

然而，霍金教授却神情凝重地说："我们现在的处境应该更复杂了。藤蔓起死回生，只能说明一件事情：卡卡刚才那番分析是正确的，是'刀疤'他们窃去了载年玄铁！他们现在肯定是把载年玄铁做成了瓶子，并封存了载年寒冰。"

卡卡急忙飞出密室，它检测了一下，密室外的温度也恢复了正常。

"地球危险了！"当卡卡重新回到密室给霍金教授汇报这一情况的时候，霍金教授长叹一口气，焦急地说。

就在卡卡返回密室关闭密室门的一刹那，一个黑影儿一掠而过。

说时迟，那时快，卡卡一转身，重新飞到密室外面。

由于那个黑影儿猝不及防，被卡卡抓了个正着。

卡卡定睛一看，抓到的"黑影儿"不是别人，而是月娃。

"月娃，怎么是你？"卡卡吃惊地问。

"妈妈，我……我……"月娃支支吾吾，不知怎么回答。

"既然来了，就到密室里坐坐吧。"说着，卡卡开启密室的门，带着月娃一起飞进密室。

卡卡进来的时候，霍金正背对着它苦苦思索着一个最为迫切的问题——如何防止18号天蝎人窃走地球的地心之火。

"外面的情况怎么样？"听到卡卡的脚步，霍金教授问。

"教授，果然不出您所料，外面的气温已经恢复正常。"卡卡回答。

"教授，我在回来的路上遇见了月娃，一起把它带回来了。"卡卡接着说。

"哦，是吗？月娃这次立了功，咱们一定要慰劳它一下。"霍金教授一边说着，一边将轮椅转过来。

霍金教授微笑地望着月娃，眼睛里满是赞许的神情。

"教授，我错了！"忽然，月娃"扑通"一声跪下来。接着，它就18号天蝎人如何在它身体里植入芯片，如何利用它获取情报的事情陈述一遍。

"怎么回事？你把月娃身体里的芯片去掉了吗？"见月娃在自己面前声泪俱下地哭诉着自己的"间谍"经历，霍金教授望着卡卡问。

"是的，教授，我已经将它身体里的芯片去掉了。月娃现在已经恢复正常，重新是我们的人了。"卡卡说。

霍金教授对卡卡赞许地点了点头，然后对月娃说："起来吧，孩子，这件事情也不怪你，是18号天蝎人看你年幼无知才在你身体里做了手脚。以后注意点就行了。"

月娃终于破涕为笑。

"妈妈，教授，我有一个重要情况要汇报。"接着，月娃一边说，一边从怀里拿出一个圆盘状的东西。

"我从18号天蝎人基地出来的时候，一个长相奇特的人给了我这个东西，那人说，把这东西埋在地球南极点，地心之火就可安全无忧。"月娃说。

卡卡赶忙把那东西拿给霍金教授。这个看起来只有一个普通餐盘一样的东西，除了正面刻着一个清晰的八卦图之外，并无什么特殊。

"那人可说了自己是什么来历？说没说这个圆盘又是什么来头？"霍金问月娃。

月娃摇了摇头，说："那人把这东西交给我就匆匆离去了，其他什么也没说。"

"你刚才说那人长相奇特，能说说他有什么特征吗？"卡卡问。

"那是一个高大的男人，看起来好像背着个什么东西，至于背着什么我没看清楚，不过，当他交给我这个圆盘的时候，我看到他的手指是金色的。"月娃回答。

"又是金色的手指。"卡卡喃喃自语。

"怎么了？卡卡，有什么地方不对劲儿吗？"看到卡卡异样的表情，霍金教授问。

"这金色的手指让我想起了一个人，但是又不确定。"卡卡若有所思地说。

第二十七章　时光机器

夜深了，霍金教授和卡卡还在研究那个圆盘。

"这个东西或许真的能够阻止 18 号天蝎人窃走地心之火，但前提是，那个长着金色手指的人是个好人，他知道 18 号天蝎人的计划，也知道地球即将面临的危险，他是真心实意地要帮助我们。如果这是 18 号天蝎人设下的一个局，而我们又按照那人说的做了，我们很可能会陷入更加被动的境地。"霍金教授说。

"唉！如果有一台时光机器，让我们能够飞到未来看看未来的世界，看看未来的地球到底有没有毁于 18 号天蝎人之手，也许我们今天就不用这么担心了。"望着无限忧虑的霍金教授，怀特突然冒出这么一句。

"对呀！时光机器！我怎么忘了？"卡卡叫起来。

"你有时光机器？"霍金教授疑惑地望了一眼卡卡。

"没有。"卡卡摇了摇头。

"不过，没有我们可以自己造呀！"卡卡接着说，"彭祖先生那里不是收藏了很多外星生物遗弃的机器零件吗？说不定就有我们需要的材料。"

"对呀！我怎么把这事儿忘了？走，我们去看看！"霍金教授的眼睛立即亮了。

很快，霍金教授和卡卡就来到了彭祖居住的那个洞穴，他们在一大堆废铜烂铁里寻找，果然发现了制造时光机器需要的材料。

卡卡负责将这些东西运回密室。接下来就是改造、组装。这件事难不倒霍金教授和卡卡，他们都是机械制造的专家。

没用多长时间，一台看起来像一门老式大炮的大家伙就摆在了众人面前。

"这是时光机器的发射装置，要去时光旅行的人只需钻进这个筒子，设置好要去旅行的时空并启动机器，人就会被发射出去。为了更大限度地保护人的身体，人刚从这个筒子发出去的时候是缓慢的，甚至赶不上发射炮弹的速度，然而，在加速度的作用下会越来越快，并最终超过光的速度。那样，人就可以在时空中旅行了。"卡卡趴在那个"大炮"的炮筒部位给众人介绍。

"怎么回来呢？"怀特好奇地问。

"这也很简单。想在时空中旅行的人要事先在手里握一个遥控器，喏，就是这个！想回来时，就按下这个红色的按钮，那人就会原路返回，钻进发射出去的这个筒子里，并落在这个圆形的接收器里。"卡卡一边演示一边介绍。

"哦，真好玩，真好玩！我想体验一下。"听到卡卡的介绍，青甲手舞足蹈地嚷嚷着。

"你想去哪里？"卡卡问。

"我想回到师父的书籍被人抢走的那个时间，我想看清楚抢我们书的那个人手指上的那个字母到底是什么？"青甲说。

"这没问题。"

接下来，卡卡在时光机的仪表盘上进行了一番设置。怀特则一把将青甲从地上拎起来塞进筒子里。

然而，青甲的体型看起来有点庞大，怀特费了老大劲儿也没能塞进去。卡卡见状，飞起来照着青甲的屁股就是一脚，青甲疼得大叫。不过，它终于被强行塞进了发射器。

随着卡卡按下按钮，青甲从发射器里飞了出来，速度越来越快，瞬间消失在人们的视线中。

"坏了！青甲忘了带遥控器！"忽然，卡卡大叫。

没有带遥控器就意味着青甲将永远留在过去时空，这是大家都不能接受的。于是，怀特自告奋勇，一把抓起遥控器跳进了发射筒。

"来吧，卡卡，把我发射出去，我要把青甲接回来！"怀特大叫。

除此之外，再也没有其他办法。于是，卡卡再一次按下了启动按钮。

时间没过不久，时光机接收器里忽然传来嘈杂的声音。

"大甲虫，快躲开，你身上实在太臭了！"是怀特的声音。

"你这个死猪，你不要压着我的腿！"青甲也在愤怒地吼叫。

卡卡急忙打开接收器的门，青甲和怀特一起滚了出来。

他们为什么吵架呢？原来，这时光机接收器的空间实在太小了，实在容不下他们两个。

"怎么样？看清楚那戒指上的字母是什么了吗？"卡卡紧张地问。

"这次看清楚了，是个 K！"青甲回答。

"我也看到那人了。不过，我到达的时候，那人正准备离开，我只看到他的后背。那人的后背好奇怪，看起来像个大大的龟壳。"怀特说。

听完青甲和怀特的话，卡卡若有所思地点了点头，又摇了摇头。

"卡卡，现在你可以告诉我那个长着金色手指的人是谁了吧？"霍金教授问卡卡。

"不瞒您说，我在开普勒 452b 的时候，我们的王卡卡·威尔的身边有个叫凯威尔的将军就有一双金色的手。凯威尔是开普勒 452b 的第一勇士，卡卡·威尔曾经赐给他一枚拥有神奇力量的戒指，而那枚戒指上就刻着一个 K 字。凯威尔深深爱着丽贝卡，卡卡·威尔也有意将丽贝卡许配给凯威尔。可是，在后来的那次地球之行中，丽贝卡和教授您一见钟情。凯威尔绝望之下，离开了开普勒 452b，飞往宇宙深处，后来，直到开普勒 452b 遭到 18 号天蝎人的袭击，我们也没见过他的身影。"卡卡说。

"既然那人也有一双金色的手，而且戒指上也有一个 K 字，十有八九就是凯威尔了。可是，我刚才还看到你摇了摇头，那是为什么呢？"霍金教授问。

"因为怀特刚才说那人的后背像龟壳一样。以前的凯威尔不是这个样子的。我怀疑是不是另有其人。"卡卡回答,"再说,如果那人真的是凯威尔,他为什么要盗走彭祖的书?我们为什么在栖身的那个沙子中的密室里发现了他盗走的那些书?他又为什么帮助我们?这一切的一切目前来看似乎都没有道理啊。"

"是的,有些事情我们暂时还搞不明白。不过,我想,一切的一切都会在未来明朗起来的。你还是不要为此纠结了。"霍金教授说。

"是啊,一切的一切总会明朗起来的。好了,我们还是不要讨论这个问题了,还是先来关注一下眼前这台时光机吧。"卡卡说。

"看来,这台时光机回到过去是没问题的。不知道去未来效果如何?"霍金教授问。

"那就试一下呗!"

"好呀,还是我来!"青甲感觉还没过足瘾,听说还能去未来,就早已站在发射筒下等着了。

"这次你想走多远?"卡卡问。

"刚才回过去走得太近了,不过瘾,这次去未来我想走得远一些。"青甲说。

"好吧。"

接下来,卡卡在时光机仪表盘上操作一番,它将青甲要去的时间设定为公元 3555 年。

"这次足够远了,在 1500 多年后呢!"卡卡说。

"哦,好期待,1500 多年后,地球会是什么模样呢?"青甲嚷嚷道。

"也许,已经没有人了吧?"霍金教授小声说。

此刻,霍金教授的心情非常紧张。因为,一旦青甲带回地球"死翘翘"的消息,那就印证了 18 号天蝎人取走了地球的地心之火或对人类发动毁灭性攻击这件事。这是霍金教授不愿看到的。可惜,凭他们目前的实力,还不足以跟 18 号天蝎人对抗。

"这次不许踢我了!"当怀特拎着青甲再次准备往发射筒里塞的时候,青甲挣扎着吼叫。

不过,还没等它说完,卡卡那一脚已经飞了过来。

接着，卡卡摁下时光机仪表盘上的一个绿色按钮。那是飞往未来的开关。

青甲被顺利地发射出去。

霍金教授、卡卡、怀特紧张地等在时光机旁边。要知道，这仅仅是一次测试，而测试有成功的可能也有失败的可能。在月球，大家朝夕相处的日子里，彼此之间已产生深深的感情，他们可不想自己的"兄弟"出什么意外。

那只笨拙的大甲虫能不能顺利地归来？大家心里都没谱儿。

时间一分一秒地过去，转眼已经半个多小时了，青甲还没回来。

又过了大约半个小时，时光机接收器里还没动静。

"这次没有忘记带遥控器啊，怎么还没回来？"怀特忍不住问。他看到霍金教授的眉头越皱越紧，卡卡也不住地擦汗。

"要不要让我再去一趟？"怀特拍拍卡卡，小声问道。

卡卡摇了摇头。

就在这时，时光机接收器里传来"扑通"一声。卡卡赶忙过去把它打开。然而，就在接收器被打开的一刹那，卡卡几乎惊呆了。

第二十八章　未来来客

从时光机里滚落出来的正是青甲。然而，除了青甲，还有一个皮肤黝黑的人。

这时，霍金教授和怀特也都来到了跟前。

"你是谁?"怀特指着那个人问。

"啊！不要杀我！"猛然看到霍金教授他们，那个皮肤黝黑的人把双手高高地举起来大叫着说。

"我在问你叫什么名字，怎么会杀你?"怀特笑着说。

"你……不杀我?"那人疑惑地问。

"当然，我为什么要杀你?"怀特说。

"哦，我叫恩迪亚耶。"那人将手慢慢落下来，小声回答道。

"你是哪里人?"霍金教授微笑地望着他。

"非洲，塞舌尔群岛。"

"你生活在 3555 年的非洲塞舌尔群岛?"霍金教授问。

恩迪亚耶点了点头。

"是什么人在追杀你？"霍金教授接着问。

"J365。"

"J365？"

"恩迪亚耶所说的J365是一群机器人！"青甲抢着说。"我到达未来的时候，他们正在那个小岛上疯狂地用激光武器胡乱扫射着。地上尸横遍野，实在太恐怖了。"

"是啊，当时，我正躲在一块岩石后面，J365杀光所有人后，正一步步向我逼来。正在这关键一刻，这只巨大的甲虫忽然滚落在我的脚下。"恩迪亚耶说。

"是啊，我看情况实在危急，就一把拽起这个人，并按下了返回开关。"青甲说。

"于是，你就带着他一起回来了？"霍金教授望着青甲。

"是哦，不然的话，他一定会被那些机器人弄死的。"青甲说。

"看起来，你在那边待的时间不长，可是为什么在这里等了这么长时间你才回来？"卡卡疑惑地问。

"天啊！那可是1500年后的未来呀，这个来回得耗费多长时间呀。"青甲说。

卡卡红着脸笑了笑。也难怪，这时光机是用外星生物遗弃的那些废铜烂铁制造的，速度慢一点也是情有可原的。

等一会儿，一定要再好好改进一下。卡卡想。

"啊，这样也好。我正好可以向这个来自未来的客人了解一些情况。"霍金教授微笑着说。

"恩迪亚耶，你能告诉我机器人为什么追杀你吗？"霍金教授问。

"这个吗？说来话长。"恩迪亚耶惊魂未定地回答，"你知道，我是一个爱护环境、爱好和平的人。在那一刻，我真是深深地为我们人类犯下的错误感到悲哀，我甚至写好了一封信，要寄回过去时空，让我的祖先看看他们犯下的错误有多么严重。"

这几句话听起来让人摸不着头脑。不过，当霍金教授听到恩迪亚耶写了一封信时，他问："那封信你带来没有？我可以看一下吗？"

"好呀。"说着，恩迪亚耶从怀里掏出一个电子屏状的东西，他轻轻点了屏上的一个按钮，一些 3D 的文字出现在众人面前。

那封信是这样写的：

过去时空的先民们：

写这封信的时候，地球上生存着的人可能已经不多了。作为其中一员，就在刚才，J365 的激光扫射仪已对准了我。

我们人类正遭遇着一场前所未有的灭顶之灾。我们正被人类自己研制出来的第 365 代机器人大肆屠戮，这种代号为 J365 的机器人在智能上已远远超过我们人类，人类用了上千年的时间才征服了月球和火星，可他们仅仅用了十几年就征服了整个银河系。

一个月前，在 J365 的首脑会议上，通过了一项捕杀人类的决议，他们的分析报告中列举了人类的 1088 宗罪证，在这里我想择其主要的几条列举如下：

1. 将埋藏在地下数亿年的极其宝贵的煤、石油、天然气等资源进行了极其粗劣的毫无节制的开采、挖掘，利用率低下，严重污染了环境，在上百年的时间里掘尽挖光，断绝了子孙后代的"口粮"；

2. 无节制地排放化学物质、废物、污染物等，将占地球表面积近 4/5 的水资源全部污染殆尽；

3. 大肆砍伐森林，损坏植被，严重破坏生态平衡，造成地球沙漠化；

4. 人口膨胀，大规模无节制地搞建筑、硬化路面，造成地球土地资源的严重紧缺；

5. 残杀与人类同被称为"动物"的生灵，造成了地球上大部分物种的灭绝；

6. 经常为一些小利益发动战争，残害人类自己，特别是造成了无数无辜生命的死亡；

7. 研制储备包括核武器和生化武器在内的具有强大杀伤力的军用物资，构成了对地球安全的潜在威胁；

8. 进行太空侵略，侵占外星资源，并企图寻找外星人，有挑起宇宙战争的潜在危险。

……

由于时间关系，我不可能再列举了，凡此以上 1088 宗罪状，条条都可以判处人类极刑。J365 经过慎重研究，认定人类是一种破坏力极强极凶残，并且毫无前瞻性发展目光和存在极大威胁性的动物，其存在将构成对地球乃至整个宇宙的毁灭。因此，J365 决定将人类、外星生物、计算机病毒和啮齿类动物列为"四害"，进行灭绝性的捕杀行动。

茫茫宇宙，我已经无处可逃，我想躲到天上，可太空中布满了我们人类制造的太空垃圾，那些毫不规则的大大小小的垃圾碎片随时都可以把我撞得粉碎；我想躲进海里，可海水都被我们人类破坏成了一潭死水，别说那里面被人类排放了大量的剧毒的化学物质，单是那寂静（那里已经没有任何生物，那种被称为"鱼"的生物早在几百年前就已经绝迹了）就比死亡不知要恐怖多少倍。

我的兄弟姐妹早已被 J365 先进的猎杀工具猎杀了，就像几万年前我的祖先们轻易猎杀一只野兔一样，在强大的 J365 的霸权统治下，人类对此无能为力。

我不能再往下写了，J365 的扫射仪又一次瞄准了我。

我希望我写的这封信能通过时光隧道——这种我们人类自认为先进的传输工具，送到过去时空，送到我的祖先那里。我虽然不能确定它是否会送到 21 世纪，但如果你侥幸看到了，请你代为向我的先民们传阅，因为 21 世纪的你们有一个热爱地球的良好开端，我希望你们要以此信为警诫。如果你们不想重蹈未来的我们的覆辙，就一定要携起手来，共同爱护我们这个美丽的地球！

来自未来时空的最后的地球人于公元 3555 年

众人正在专心致志读着这封信，只听恩迪亚耶"啊呀"一声倒在地上。

怀特赶紧跑过去俯身扶恩迪亚耶，却发现他已经口鼻流血死去。

原来，在未来时空，青甲带着恩迪亚耶准备返回的时候，一个J365恰好赶到。在青甲按下返回按钮的一刹那，J365一把抓住恩迪亚耶的裤角，于是，J365也被带到了现在的时空。卡卡打开接收器的时候，恩迪亚耶和青甲一起滚落出来，J365却被留在了接收器里。

可是，就在恩迪亚耶给霍金教授他们展示他那封信的时候，J365用激光武器杀死了恩迪亚耶。

恩迪亚耶倒地的一刹那，卡卡一跃而起，向着那发射激光武器的地方发射了一束更强的激光，J365冒着烟儿倒了下去。

少顷，恩迪亚耶和J365灰飞烟灭，再也寻不到半点痕迹。

"这是怎么回事儿？他们怎么一下子都消失了？"怀特不解地问。

"也许，他们是来自未来时空的人，因此，他们的尸身无法保留在现在的时空。"霍金教授回答道。

"幸亏我在关键时刻用特殊技术抓住了这个东西！"怀特举着恩迪亚耶那个用来写信的电子显示屏说，"不然，怕是什么也不能留在我们这个时空了。"

与此同时，卡卡正在面色凝重地检查着时光机。

检查结果非常糟糕，由于刚才两束激光先后穿过了时光机，这台能穿越过去和未来的机器已经被严重损毁了。

卡卡看着被毁坏的时光机，懊悔极了。

第二十九章　未来密码

　　霍金教授本来还要问恩迪亚耶一些问题，现在看来已经不可能了。

　　另外，时光机已经在卡卡和 J365 的交战中损毁，再派一人飞到未来去也是不可能的了。

　　因此，恩迪亚耶留下的那个电子设备成为霍金教授破解"未来密码"的唯一资料。

　　这天深夜，在月球深处的密室里，霍金教授他们正在对电子屏上的那封信进行解读。

　　"这个东西真好玩，有点类似于我们现在的电脑、手机。但是，比我们的电脑、手机要先进多了。"怀特把玩着那个电子设备说。

　　"这是 1500 年后的东西，当然要比现在的东西先进了。"霍金教授说，"刚才你已经研究了那么久，有什么发现吗？"

　　"除了这封已经打开的信，我现在还无法获取电子设备里其他的信息。"怀特摇摇头说。

　　卡卡拿过那东西，研究了半天，说："这东西用的是未来的一种非常高端的加密方式，凭我们现在的技术还不能给它解密。"

"既然如此，解密的问题先放一放，我们还是来看看这封信里隐藏的信息吧。"霍金教授提议。

接下来，几个人开始对这封信的内容进行仔细推敲。

"这封信开头的意思很明白：在 1500 多年后，即公元 3555 年，地球上还有人类存在。不过，人类正遭遇着一场前所未有的灭顶之灾。那就是人类亲手制造出的机器人 J365 的智能已经超过人类，他们因对人类过度破坏环境、过度开采能源的做法不满，遂展开了对人类的大捕杀。"怀特率先发言。

"是的，这是信的表面意思。当你说出这层意思的时候，我感到非常欣慰。"霍金教授说。

"为什么?"卡卡问。

"这说明：一、18 号天蝎人没有在这 1500 年的时间里出现，至少是没有彻底消灭地球人类；二、地球人还存在，说明 18 号天蝎人没有取走地球的地心之火。"霍金教授分析道。

"这同时说明，我们还有充足的时间来应对 18 号天蝎人，至少还有1500 年的时间，来阻止他们的阴谋。"卡卡补充道。

"对呀! 我怎么没想到?"怀特一拍大腿，"不过，从信的后半部分看，我们人类真是太不争气了，J365 列举出的 1088 条罪状，每一条都危害到地球的安全，危害到人类自身的生存。他们明明知道这些事情不好，为什么还要争着抢着去干那些事儿呢?"

"这都是 18 号天蝎人给人类种下贪婪自私的'瘟疫'惹的祸。贪婪与自私是将地球人类带向灭亡的罪恶之源!"霍金教授愤恨地说。

"所以，恩迪亚耶在信的末尾强烈呼吁我们 21 世纪的人类要热爱地球、爱护地球。"怀特说。

"恩迪亚耶说得很对，我们只有从现在开始，担负起保护地球的责任，全人类共同爱护这个美丽的星球，我们才不至于在未来陷入万劫不复的深渊。"霍金教授情绪激昂地说。

"怀特，既然这封信阴差阳错地来到了我们手里，我们就一定不能袖手旁观。走，你跟我回一趟地球，我们要让地球人都来读读这封信，以此唤醒人类的良知，尽可能避免人类未来将遭遇的悲剧!"霍金教授说。

第三十章 回到地球

霍金教授在回地球之前，做了周密的安排。

他让卡卡把他和怀特送回地球后立即返回月球，他要让卡卡继续在月球上研究时光机，并想法制造出能飞到开普勒 452b 和 18 号天蝎的宇宙飞行器。

青甲留守密室。虽然这密室已经没有什么秘密可言了，但是，藤蔓上的坚果还在孕育中，一时半会儿还不能丢弃。

霍金教授本来想带上彭祖一块回地球。然而，上次他老人家回地球时心灵受到了巨大伤害，这次说什么也不想回去了。

霍金教授临行前向彭祖要了一些隐身水和隐身水解药。

怀特问霍金教授拿这些隐身水有什么用，霍金教授对怀特耳语一番，怀特笑了。

时间没过多久，霍金教授和怀特重新出现在了他在地球上的实验室里。不过，他和怀特都饮了隐身水，地球人根本看不到他们。

他们刚从壁炉里出来的时候，军情六处的最高长官约翰·索沃斯正在屋子里对他的下属训话。

"一个瘫在轮椅里像一堆烂泥一般的废人，难道还能插翅飞走？你们这群废物，都找了好几天了，可是连霍金的半根毛都没发现，你们都是死人吗？"索沃斯粗鲁地吼道，"还有那个卷毛怀特，没事总是戴一副破眼镜充当有学问的人，整天跟在霍金教授后面像个跟屁虫，这样一个傻瓜还能从地球上消失不成？"

约翰·索沃斯这几句话彻底把怀特激怒了，他决定教训一下他。于是，怀特悄悄走到索沃斯跟前，一把将他的帽子扯下来。

"谁？"索沃斯本能地喊道。

可是没有人回答。

怀特举着索沃斯的帽子在屋子里走。那些警察只能看到帽子而看不到怀特。他们以为是索沃斯的帽子自己在走。

一群警察一拥而上，满屋子追逐起那顶帽子来。

怀特在暗处，总能找到缝隙溜到没人的地方。因此，那帮警察费尽了九牛二虎之力，还是没能追到帽子。

直到怀特累了，不愿再跑了，就在那顶帽子内侧随手写了一个字母，重新把那帽子的帽檐朝后戴在索沃斯头上。

当然，这都是霍金教授和怀特提前谋划好的。

看到帽子重新回来了，索沃斯夸张地一把抓住帽子，再也不敢松手。

索沃斯的那帮下属看到索沃斯窘态百出，终于忍不住笑出声来。

索沃斯的脸红一阵儿，白一阵儿。

"哼，等一会儿再收拾你们这帮小兔崽子！"最后，索沃斯气愤地摔门而去。

回到办公室，索沃斯摘下他的帽子，里里外外地好一番研究，最后，他才发现自己帽子的内侧被人写上了一个"K"字。

当天深夜，趁实验室里没有警察，霍金教授安排怀特将里面的摆设进行了调整，来了个大变样儿。

第二天早上，当一帮警察走进实验室的时候，他们看到沙发的位置挪动了，橱子也不在原来的地方了，他们简直惊呆了。

　　他们对实验室进行了仔细检查，最后，在一个橱子上发现了一个大大的"K"字。

　　"昨天晚上肯定有人造访了这里。可是，外面警备森严，几乎连只鸟儿也飞不进来，是谁这么好的身手，不仅能轻松进来，还把这里布置一新呢？"警察们既感到不可思议，又感到恐慌。

　　情况立即上报给索沃斯。

　　索沃斯亲自来侦查了一番，也没搞清是怎么回事儿。

　　"教授，我们现在可以现身了吗？"当那帮警察惊恐不已地搜寻实验室的时候，怀特小声问霍金。

　　"不，现在还不是时候。"

　　"难道我们还要继续恶搞？"怀特问。

　　"对！"霍金教授回答。

　　"那我们的下一个目标？"怀特问。

　　"下一个目标我们要搞点大的动静。"霍金教授说。

　　"怀特，我记得你说过你最痛恨的人是首相的夫人，对吗？"霍金教授接着问。

　　"那个老女人史莱姆的确是个讨厌的女人，矫揉造作也就罢了，还总是对国事指手画脚。"怀特回答。

　　"哇！你不会是在打首相夫人的主意吧？"接着，怀特吃惊地望着霍金教授问。

　　"呵呵，我们不这样搞，他们怎么会相信我们接下来说的话？"霍金教授笑着说。

　　听了霍金教授的话，怀特耸耸肩，吐了吐舌头，没再说什么。

第三十一章　奇怪的信

　　整整一个上午，军情六处的警察都在实验室里寻找造访者留下的线索。但是，他们一无所获。

　　最后，索沃斯无奈地摇了摇头，说："除非是外星人，我想，地球上任何一个人都没有如此大的本事。"

　　当然，索沃斯的说法是错误的。地球上就有两个人有这样的本事，他们一个是霍金教授，一个是助理怀特。

　　就在那帮愚蠢的警察在那里忙得不可开交的时候，怀特早已推着霍金教授来到另一个房间。

　　这天傍晚，霍金教授让怀特写一封信。

　　"写给谁？写什么？"怀特问霍金。

　　"你愿写给谁就写给谁。你爱写什么就写什么。"霍金教授说。

　　"什么？"怀特摸了摸霍金教授的额头，皱着眉头说，"教授你没发烧呀，怎么会说出这样的胡话？"

　　"怀特，这不是胡话。不仅如此，我还要加上一句：你一定要写得足够烂，切记一定不要让人认出你写了什么。"霍金教授说。

不知道写给谁，愿写什么就写什么，而且还不能让人认出来——天啊！这是一封什么信啊！怀特握着笔，一时不知道从哪里下笔。

霍金教授望着发呆的怀特，"扑哧"一声笑了出来。

霍金教授示意怀特靠近一些，然后伏在他耳朵上小声嘀咕了几句。怀特一拍大腿，豁然开朗。

接下来，怀特挥笔乱画，写了一封"鬼画符"一般的"信"。不过，这封"信"的末尾，怀特写下的那几个字明眼人一眼就能看出来：et－K。

这天深夜，霍金教授跟怀特交代一番后，怀特拿上那封"信"，带上一把电动剃发刀向首相府走去。

由于怀特是隐身的，他很顺利就进入首相卡拉佐和夫人史莱姆的寝室。

当时，首相和夫人都已进入梦乡。卡拉佐鼾声如雷，史莱姆蜷着身子卧在一侧。

怀特笑了一下，他把那封信搁在首相床侧的一张小方桌上，然后，拿出剃刀。

第二天早上，有一件大事震惊了英国：首相夫人史莱姆的头发莫名其妙地消失了，成了一个光头。不仅如此，首相寝室里还发现了一封奇怪的信。

卡拉佐立即召唤军情六处的最高长官索沃斯前来问话。

"索沃斯，霍金教授的案子怎么样了？"卡拉佐问。

"首相先生，霍金教授的案子毫无进展。"索沃斯毕恭毕敬地回答。

"怎么回事？"

"我感觉这是我从警以来遇见的最奇怪的案子，劫走霍金教授的犯人真是做得天衣无缝，现场没有留下任何痕迹。"

"索沃斯，现在又出现了一些新的情况。"卡拉佐说。

不知是由于紧张，还是天气的原因，站在首相面前战战兢兢的索沃斯大汗淋漓，他不停地用手绢擦着额头上的汗水。

"请首相先生明示！"听见卡拉佐说发现了一些新的情况时，索沃斯挺了挺身子。

"昨晚，我夫人史莱姆的头发被人剃掉了。"卡拉佐神情凝重地说。

"找警卫队问过情况了吗？"索沃斯问。保卫首相安全是警卫队的职责，索沃斯可不想把什么责任都揽在自己身上。

"已经找警卫队问过了，现场监控也调取过了，一切迹象表明，昨晚警备森严，一切正常。所以，我找到了你。"卡拉佐平静地说。

"现场还发现了一封奇怪的信。希望对你破案有所帮助。"卡拉佐边说边把怀特留在首相寝室里的那封信递给索沃斯。

索沃斯双手颤抖着从信封里抽出那封信。他只看了一眼就差点晕了——天啊！这写的是什么？

不过，索沃斯也不是等闲之辈，毕竟已在警界摸爬滚打几十年。刚才那短短的一瞥，他还是发现了一些很有价值的信息。

"首相先生您看，et－K！"索沃斯指着那封信的底端给卡拉佐看。

"哦，我也看到这几个字母了，不过，这给我们传递了什么信息呢？"卡拉佐一脸不屑地问。

"et，不是外星人的英文简写吗？et－K，可以理解为一个名叫 K 的外星人。如果这样推测，一切的一切就都顺理成章了。"其实，在这几天里，联想到发生的一桩桩事情，索沃斯已经开始怀疑会不会是外星生物作案。首相夫人史莱姆的头发被人悄无声息地剃掉，特别是发现了这封署名 et－K 的奇怪信件，更加坚定了索沃斯的想法。

"首相先生，我认为此事是外星人干的！"索沃斯擦了一把汗，一字一顿地向卡拉佐汇报。

卡拉佐僵硬地笑了一下，然后，让索沃斯讲讲他的理由。

于是，索沃斯把近期发生的几件离奇的事讲给卡拉佐。比如，一个老头儿和一只猫出现在霍金教授房间里、从监狱里失踪、吃掉厨房里的烤鹅、一个孩子在飞机上看到了一个飞翔的老头儿、中国武夷山地区有人发现一个自称彭祖的人、自己的帽子无缘无故飞起来、实验室里的摆设深夜大变样等情况详细地向首相卡拉佐汇报了一遍。

听索沃斯汇报这些离奇情况时，卡拉佐开始还饶有兴趣，不过，接下来他越听面色越凝重。

"如果你所述属实，这看起来的确是一些很棘手很严重的事件。"

"首相先生，我敢以我的人格甚至我的生命保证，霍金教授和他的助手怀特被外星人劫持了，而我们正遭到那些外星生物的袭扰。"索沃斯一边不停地擦汗，一边声音颤抖地说。

卡拉佐毕竟是一国首相，面对这个严重的情况，并没有十分慌乱。他非常严肃地沉思了足有3分钟，然后，声音低沉地说："索沃斯，你的分析不无道理，的确不排除这种可能，但是，我们还需要进一步确认。"

第三十二章　霍金现身

"外星人"做过的那几件离奇的事情没有留下任何有价值的线索。那封署名 et－K 的信成为唯一的突破口。

为了不引起国人甚至全世界的恐慌，卡拉佐命令索沃斯暂时封锁相关信息，然后，召集全世界最著名的痕迹专家对那封奇怪的信进行解读。

然而，这群世界顶级的痕迹专家，使出浑身解数，彻夜不眠地工作了好几天，也没能破解信之所云。

"如果真的是外星人留下的笔迹，也许，只有宇宙学家霍金教授能看明白吧。"最后，这些专家当中最权威的那个人无奈地摇着头说。

"这不是往伤口上撒盐吗？"情况汇报给索沃斯，索沃斯咬着牙在心里说，"要是霍金教授在，我还找你们这帮傻瓜做什么？"

当然，这些情况都在霍金教授和怀特的掌握之中。因为他们现在还在隐身，没人能阻挡他们的脚步，他们想去哪里就去哪里，包括首相办公室和那些痕迹专家所在的工作室。

"怀特，我想，是该我们现身的时候了。"这天，霍金教授微笑着对怀特说。

怀特心领神会，于是，他推着霍金教授悄无声息地回到实验室，并饮用了那瓶隐身水的解药。

当时，一帮警察正在实验室里忙碌，猛然看到完好无损的霍金教授和怀特出现在眼前，他们简直惊呆了。

好几天的时间，军情六处最精锐的警察部队甚至翻遍了地球的每一个角落都没能发现蛛丝马迹。可是，好几天以后，霍金教授和他的助理竟然毫发无伤地出现在了实验室里。这真是让人摸不着头脑。

情况立即上报给索沃斯和首相。

索沃斯和首相也感到非常震惊，但他们同时也感到高兴。因为，那封奇怪的信正等待霍金教授来破解。

"霍金教授，您真是害苦了我们，这段时间您去哪里了？"在首相卡拉佐的办公室，索沃斯苦笑着问霍金教授。

"哦，最近发生了一件离奇的事儿，我和怀特被一伙身份不明的外星人绑架了！"霍金教授面无表情地坐在电轮椅里，通过眼球控制着轮椅上的语音发生器。霍金教授没有暴露已能开口讲话的功能。

"怎么回事儿？"听到这里，卡拉佐和索沃斯感觉自己的头皮都麻了。

"那天，我们正在实验室研究一份报告，一伙长相奇特的人把我们劫持到一个闪着七色光芒的碟状物里，后来，那碟状物飞了起来，越飞越快。最后，我们被带到一个陌生的地方。我们意识到被外星人劫持了，就尝试着主动跟他们交流。后来，好像是那些外星人首领的一个人对我们说，他们要占领地球，并取走地球的地心之火。霍金教授问他们为什么要这样做，他们说，你们人类贪婪自私，不仅严重破坏环境、无节制开采能源，而且为了一些小小的利益不惜诉诸武力，将地球搞得千疮百孔，实在是不适合在地球上生存的物种。"

"我们不同意外星人首领的说法。于是，他们就用那碟状物带着我们去往未来时空，我们见证了未来地球的样子。"由于霍金教授说话不方便，怀特代为介绍，接下来，他重述了一遍当初恩迪亚耶对未来描述的那番话。

"我们的猜测果然没错!"索沃斯和首相面面相觑。

"难道——外星人也骚扰到首相阁下了?"怀特故作惊讶地问。

"岂止是骚扰?"卡拉佐气愤地说,接下来,他让索沃斯把发生的那些离奇的事情向怀特和霍金教授说了一遍。

怀特好几次差点笑出声来,不过,最后他都忍住了。毕竟,这是在首相面前。

最后,卡拉佐让索沃斯把那封奇怪的信拿给霍金教授,拜托他翻译一下。

霍金教授只看了一眼,就露出了惊恐的表情,他用语音发生器说:"这是外星人的信件!"

当然,霍金教授也推辞了一番,他说自己虽然是个宇宙学者,但见到外星人的文字还是第一次。不过,霍金教授最终还是接受了帮忙翻译这封信的任务。

第二天,霍金教授和怀特待在屋子里专心致志地"研究"外星人来信。

第三天,怀特将翻译稿的打印件呈报给索沃斯和卡拉佐。这份翻译稿当然不是翻译那封信的内容。说实话,怀特在那封信上画了什么,连怀特自己也搞不懂。这个翻译稿不过是霍金教授按照自己的意思写给卡拉佐的一封信,内容包括外星人即将对地球开展行动,窃取地球的地心之火,人类的未来即将面临机器人的威胁,一定要保护环境、和平共处,等等。

当完成这些事情后,怀特疑惑地问霍金教授:"我们干吗不一回地球就告诉他们事情的真相呢?何必费这么多周折?"

"如果那样的话,你认为他们会相信我们说的话吗?"霍金教授笑着反问怀特。

怀特仔细想了一会儿,明白了。

"还是教授英明!"怀特用无限崇敬的语气赞叹道。

"又拍马屁!"霍金教授白了怀特一眼。

第三十三章　深夜长谈

看到"外星人来信"翻译内容的这天深夜，卡拉佐专门来到霍金教授的住处跟他进行了一次深谈。

天快亮了，他们的谈话还没结束。

"看来，在茫茫的宇宙中，我们人类真的不孤单，仅在太阳系中，也许就有成千上万颗星球上居住着类似我们的智能生物。"卡拉佐说。

"是啊，起初，人类相信脚下的土地是宇宙的中心，自己则是上帝唯一的子民。然而随着科学愈来愈发达，人们开始被迫承认地球仅仅是宇宙中极其渺小的一点，人类自身也不可能是宇宙中唯一的智能生物。许多严肃的科学家甚至认为火星上很可能就有生物。"霍金教授说。

"我们一直对外星人抱有各种幻想，不惜向太空发出各种信息试图与外星文明取得联系。"卡拉佐说。

"科幻作家威尔斯描写火星人入侵地球的作品《大战火星人》播出的时候，曾经造成社会性的恐慌。我认为，这不是杞人忧天。的确，当那些科学家们兴致勃勃地把地球的位置、人类的特征等信息投向太空的时候，谁能保证从外星来的就是和平的橄榄枝，而非轰鸣的宇宙舰队？"霍金教授说。

"是啊，确实丛林里有可能生活着善良的大灰狼。不过，有一个问题却是最坚定的外星生物友善论的支持者也无法忽视的：哪怕整个丛林里全都是善良的大灰狼，只要有一只是邪恶的，可偏偏就是这一只，听到了小红帽的呼救怎么办？谁又能保证邪恶的大灰狼真的一只都不存在呢？"卡拉佐说。

"你说得很对，就拿食草动物和食肉动物来说，没有攻击性的食草动物通常不会主动暴露自己的方位，而只有具备强大攻击性的食肉动物才会肆无忌惮地显示自身的存在。这是弱肉强食的丛林法则的简单推论。如果把宇宙也看作一个原始丛林，那么人类显然还没有到达足以食肉的层次。最明显的理由是，人类还没有真正可行的载人航天技术，而任何一个能够飞来地球的外星种族，至少在这一点上要遥遥领先于人类。"霍金教授说。

……

东方已经露出了鱼肚白，然而，卡拉佐和霍金教授却毫无睡意。他们现在谋划的不是一国之小事，而是宇宙的未来，自感责任重大。

"既然宇宙是个潘多拉的魔盒，教授何必还要不顾一切地去打开它呢？"卡拉佐不无担心地问霍金教授。很显然，霍金教授已经告诉卡拉佐自己的计划。

"那是我的使命！从眼下来说，地球虽然现在尚无危险，但不能确保以后不出意外；从长远来说，天蝎人这只丛林中的大灰狼已经露出尾巴，茫茫宇宙中很多的星球正面临着严峻的考验，我理应担负起拯救它们的责任，更何况，开普勒452b已经遭到18号天蝎人的破坏，他们需要我去拯救，丽贝卡也在等着我。"霍金教授说。

听完霍金教授的话，卡拉佐赞许地点点头。

第三十四章 失踪事件

就在卡拉佐接过霍金教授那 3 个锦囊的时候，手机突然响了，电话是首相办公室打来的。

电话那头，一个焦急的声音传来："首相，我们又一架飞机神秘失踪了！"

"什么?!"卡拉佐猛地皱起眉头。

"这次多少人?"卡拉佐接着问。

"三百多人。"电话那头的人向他汇报。

……

电话打完后，卡拉佐神情沮丧地坐进沙发里。

"怎么了?"霍金教授问。

"最近，地球上接连发生飞机和其他航天器神秘失踪的事件。截至目前，包括咱们国家先后损失的 3 架飞机在内，全世界已经失踪了 11 架飞机、3 颗卫星和 1 个宇宙探测器。失踪人员数千。"卡拉佐回答。

"调查了没有?"

"调查了，但是，没有发现任何残骸或生存的人员。这给我们造成的压力非常大，现在，全世界的航空业几乎陷入瘫痪，没有人再敢乘坐飞机出行。"

"寻找残骸或失踪人员只是调查的一个方面，在这方面没有什么发现，那么，在其他方面有没有找到什么线索？"

卡拉佐无奈地摇了摇头。不过，他接着又说："也不是没有任何发现，据昨天调查人员传回的消息，他们发现了一个奇怪的现象。"

"什么现象？"霍金教授问。

"所有失踪的飞机或航天器似乎都是在同一个平面上失去了联系。"卡拉佐说。

"什么意思？"

为了更清楚地说明这个奇怪的现象，卡拉佐随手拿了一张纸，他把这张纸抚平立在桌子上。

"比方说，这个桌子面以上就是地球上面的天空，这几天消失的飞行器几乎全部消失在这张纸上。"卡拉佐一边演示一边解释，"也可以这么说，这张纸就像一张无形的网，兜住了所有穿过它的飞行器，然后，这些飞行器就莫名其妙地失去了踪迹。"

"哦，这样说我就明白了。可是，为什么会这样呢？以前可从没发生过这样的事情。"霍金教授说。

"你说，这件事情会不会跟外星人有关？"过了一会儿，卡拉佐不无忧虑地说。

霍金教授沉思片刻，说："这件事情看起来的确有些奇怪，不过，据我掌握的信息，月球上的 18 号天蝎人目前还没做好对地球展开进攻的准备，这件事应该不是他们干的。"

"难道还有其他外星人？"卡拉佐吃惊地问。

"说不准。"霍金教授回答。

第三十五章　拿破仑的芯片

　　霍金教授跟卡拉佐谈论了半天也没弄明白是什么导致了飞行器的频繁失踪。不过，霍金教授答应在返回月球的时候查看一下这张无形的"网"到底是什么，并拿出一个解决方案。

　　"那就有劳霍金教授了。"卡拉佐说。

　　霍金教授笑着说："作为一个有责任的地球人，保护地球是我义不容辞的责任。首相先生不必谢我。"

　　"那还有需要我帮忙的地方吗?"卡拉佐问。

　　"说到帮忙，我还真的想起一件事儿。"霍金说。

　　"你尽管说。只要我卡拉佐能做到的，一定会尽最大努力。"卡拉佐拍着胸脯保证。

　　"我想跟首相先生要一样东西。"

　　"什么东西?"

　　"一个芯片。"

　　"芯片? 什么芯片?"

　　"拿破仑头颅中的那个芯片。"霍金教授说。

　　"哦，这个?"听霍金教授想要的是拿破仑头颅中的芯片，卡拉佐看起来有点为难。

大家都知道拿破仑·波拿巴。众所周知，拿破仑是世界史上最出色的军事家之一，他对当时的军事知识深有研究，善于将各种军事策略运用到实战之中，尤其是主张将火炮集中使用，以及充分发挥骑兵的机动作用。

拿破仑出生于科西嘉岛，是 19 世纪著名的军事家、政治家，法兰西第一帝国的缔造者，法兰西第一共和国第一执政，法兰西第一帝国皇帝。

拿破仑于 1804 年 11 月 6 日加冕称帝，把共和国变成帝国。在位期间称"法国人的皇帝"，也是历史上自胖子查理后第二位享有此名号的法国皇帝。对内他多次镇压反动势力的叛乱，颁布了《拿破仑法典》，完善了世界法律体系，奠定了西方资本主义国家的社会秩序。对外他五破反法联盟的入侵，沉重打击了欧洲各国的封建制度，捍卫了法国大革命的成果。他在法国执政期间多次对外扩张，发动了拿破仑全面战争，兼任意大利国王、莱茵邦联的保护者、瑞士联邦的仲裁者、法兰西帝国殖民领主（殖民地有法国殖民地、荷兰殖民地、西班牙殖民地等），欧洲各国除英国外，其余各国都向拿破仑臣服。他还分封他的兄弟约瑟夫、路易、热罗姆分别为那不勒斯、荷兰、威斯特伐利亚国王，形成了庞大的拿破仑帝国体系，创造了一系列军政奇迹与短暂的辉煌成就。

拿破仑于 1814 年和 1815 年两度战败并被流放。1821 年，拿破仑病逝于圣赫勒拿岛。1840 年，他的灵柩被迎回法国巴黎，安葬在法国塞纳河畔的巴黎荣军院。

拿破仑死后，法国政府斥资 14 万美元对挖掘出的拿破仑骨架进行研究。

一天，主持这个研究的杜波依斯博士竟然惊奇地发现在拿破仑的颅骨中藏着一个芯片。

他说："我原本是想知道他是否患有垂体疾病，导致他身材矮小，但该研究却发现了一些更惊人的事实。""当我检验头骨内部，我的手刷过一细微的凸出物，然后我用放大镜看该区域——发现的东西让我惊讶不已，该物体是某种超先进的微晶片。"

后来，俄罗斯应用飞碟学学会会长、俄罗斯科学院院士弗拉季米尔·阿扎扎对这个神秘芯片进行了研究。经过查阅拿破仑的档案，发现当拿破仑还是一个炮兵上尉期间，他曾从军营中神秘地失踪过几天，当拿破仑归营后，他无法向司令官解释自己为何失踪。从那以后，没过多久，他就当上了将军，当上了法兰西皇帝。阿扎扎由此认为，这个芯片是外星人植入拿破仑脑中的，外星人正是借助这个小小芯片控制了拿破仑，并帮助他从一个炮兵上尉一跃成为纵横法国和欧洲的风云人物，叱咤风云达 22 年之久！

拿破仑是法国人，他的遗骨也保存在法国，霍金教授为什么要向英国的首相卡拉佐提出拿走拿破仑头骨中的芯片呢？原来，两个月前，法国批准拿破仑的遗物参加世界名人遗迹巡展，其中就包括拿破仑的头骨和头骨中的那个芯片。一个星期前，巡展恰好来到英国。也许，这也是霍金教授选择这个时间回地球的原因吧。

"那枚芯片现在是在英国，但，那毕竟是法国的东西。我们怎么能说取走就取走？"卡拉佐为难地说。

"的确，芯片是法国的东西，但，我们将要进行的是拯救地球、拯救全人类的事业。我想，即便法国知道我们拿走了那枚芯片，也会支持我们的做法的。"霍金教授说。

"道理虽然如此，可我总有偷盗的感觉。"卡拉佐说。

"首相先生请放心，我们也不是白拿他的东西，喏，这个芯片也是从外星人那里得来的，大小形状与其他芯片一模一样，我们拿走拿破仑头骨中的芯片时，可以暂时先把这个芯片放进拿破仑的头骨里。"霍金教授拿出卡卡从月娃体内取出的那个芯片，说。

"好吧。"卡拉佐点了点头。

接着，卡拉佐安排军情六处的索沃斯去做这件事情，也算是对他破案不利给予的一个弥补的机会。

清晨，卡拉佐匆匆告别霍金教授，到首相办公室去了。今天是为期一周的"世界能源大会"的最后一天，作为发起国的首相，上午他要听取能源部长费洛雷斯·基洛加关于大会形成决议的报告，并在这个决议上签字。

卡拉佐有一个想法，他要在签字之后，利用大会总结发言的机会把外星人这个话题提出来，引起世界各国的高度重视，以便全世界各国人民团结起来，共同抵御外星人入侵。

第三十六章　远方来的"病人"

　　就在霍金教授和卡拉佐深谈的这个夜晚，还发生了这样一件事。

　　这天，能源部长费洛雷斯·基洛加召集世界各国的能源科技精英，就加大能源开发力度问题，一直讨论到深夜。

　　但是会议无果而终。因为会议上产生了两种不同的声音：一种主张继续加大开发力度，以刺激日益低迷的世界经济发展；另一种建议减缓开发力度，以保护日益恶化的地球环境。发出两种声音的两个派别各有各的道理，这让基洛加很难定夺，最后，他只得宣布暂时休会。

　　由于离家较近，散会后，基洛加没有坐车，而是直接步行回家。当他顶着肆虐的沙尘暴，一步一挨地到家时，已经是夜里一点多。

　　回到家，疲惫不堪的基洛加急忙冲进浴室。站在淋浴头下，经济、环境、开发、减缓等字眼儿还不停地在他脑海中纠缠着。

当基洛加洗完澡出来的时候，他忽然听到一阵轻微的敲门声。

"谁？这么晚了。"基洛加一面小声嘀咕着，一面小心翼翼地打开门。

门打开的一刹那，基洛加惊呆了，只见门外站着一个绿色的小矮人，她大约有一米高，细腰长腿，肩膀上方长着一个大大的脑袋，脑袋上方有一根似章鱼的触手般细细的管子在不停地摇摆，似乎在善意地跟基洛加打着招呼——对！她一定是善意的，因为，基洛加从她发着宝石蓝光的大大的眼睛里看到了微笑。

"先生您好，我来自遥远的马赛星球，正领着孩子做星际旅行。可是，不知什么缘故，在路过地球上空的时候，我的孩子突然病了。我看到整个地球上只有您家的房子还亮着灯，所以，就将孩子带到您这里，想请您看一下他出了什么问题。"小矮人一定是通晓地球人的语言，她的话基洛加听起来一点都不费劲儿。

而直到这时，基洛加才看到，在小矮人的身边，原来还有一个更小的小矮人，他的身体呈现淡淡的黄色，样子虽然跟他的母亲差不多，但是头上的"触角"却耷拉着，一看就没有精神。

"我都快急死了！这是在其他星球没有遇到过的事情，我的孩子身体一向很好。他健康的时候，身上总是闪烁着迷人的绿色，头上的触角也总是高高地挺立着，可是，就因为路过了地球上空，一切都改变了——唉！我真担心孩子有什么万一。如果回不了马赛星球，我该怎样向他的父亲交代？呜——呜——"这小矮人有着跟地球人一样的哭声，不过，她的眼泪是金色的。

基洛加毕竟是见过大世面的人，他见小矮人并无恶意，而且还有求于自己，立即镇定下来。

"哦！要看病必须找医生才行。"基洛加说。

"医生？医生是什么东西？"小矮人疑惑地问。

"他们是专门给人类看病的。"

"哦，由于我们马赛星球的人从不生病，我们那里根本就没有医生。"小矮人嘟囔着。

"好吧，既然孩子病了，你们又是远道而来的客人，我一定会安排最好的医生为你的孩子诊治的。"基洛加一面说着，一面拨通了附近最出色的医生凯特先生的电话。

几分钟后，救护车载着基洛加和两个小矮人驶往凯特先生所在的医院。

经过一番全面的检查，结果出来了。这时，凯特先生微笑着对小矮人说："孩子没什么大碍，不过是上呼吸道感染而已。"

"怎么会得上呼吸道感染呢？"小矮人不解地问。

"因为地球大气中飘浮着许多灰尘及有害物质，而这些物质又通过呼吸道进入了孩子的气管中。"凯特先生解释道。

"空气中怎么可能会飘浮着有害物质呢？"小矮人大有打破砂锅问到底的决心。

"这个问题……哦，看来，你只有请教我们的能源部长基洛加先生了。"凯特先生笑着说。

基洛加当然知道这个问题的答案，自从工业革命以来，人类开始大肆挥霍地球上的能源，煤石油、天然气等能源毫无节制的利用，造成了地球上严重的环境污染，致使空气质量越来越差。但是，基洛加只是红着脸不好意思地笑了笑，没做进一步解释。他可不想让这位远道而来的客人把这个糟糕的答案带回马赛星球。

不过，即使基洛加不作答，也难不倒小矮人。只见她拿出一个不知名的仪器，简单地按了几个键，就找到了答案。于是，她惊叫起来："啊！地球原来是一颗肮脏的星球！"

小矮人一面叫着，一面用手捂住孩子的鼻子。接着，小矮人头上的触角发出一片绚丽的光，这片光越来越大，渐渐将他们母子两人包裹起来。然后，那团光开始向上升腾，越升越高，直至消失在茫茫夜色里——小矮人他们逃也似的离开了地球。

其实，这两个小矮人不是别人，他们是卡卡和月娃。

卡卡和月娃变化成地球人熟悉的外星人形象，亲自拜访基洛加并自导自演了刚才那件事，就是为了让基洛加改变摇摆不定的态度，并最终做出有利于地球人的决定。

当然，卡卡和月娃来到地球主要还是为了接霍金教授和怀特回月球。

那天晚上，回到住处，基洛加一夜未眠。第二天早上，他继续召开世界能源科技大会，在会上，他力排众议，最终把这样一个决定写进决议：减缓各国能源开发利用，保护日益恶化的地球环境，将绿水、蓝天、青草、白云无条件地还给人类。

这个决议无疑也是卡拉佐希望看到的，因为，通过跟霍金教授的一夜长谈，卡拉佐已经深刻认识到，保护地球、保护能源已经成为一件刻不容缓的大事情。

那天，卡拉佐还在总结发言中讲述了霍金教授失踪的离奇经历，以此来呼吁世界各国团结一致，共同抵御外星生物的入侵。

卡拉佐的讲话在地球上掀起了巨大波澜。至此，人们才知道霍金教授和助理怀特失踪的事情，也才知道地球正面临着外星人侵略这一危险情况。

然而，当世界各国的许多媒体记者纷纷涌入英国采访霍金教授的时候，他和怀特已经带着那个索沃斯从拿破仑头骨中取出的芯片，被卡卡接回了月球。因为，宇宙中还有更重要的事情等着他们去完成。

第三十七章 无形的大"网"

霍金教授曾答应卡拉佐在返回月球的时候，调查清楚地球飞行器神秘失踪的事件。因此，当卡卡要带着霍金教授他们准备从地球上启程的时候，霍金教授建议卡卡不走壁炉那条路，而是选择了从那些飞行器失踪的空域经过。

这一次，卡卡带着他们飞得很慢。他们边飞边观察周围的情况，试图发现地球飞行器失踪的秘密。

但是，天空中看起来一切正常。

"卡拉佐首相告诉我那张'网'是垂直立于天地之间的，要不，我们改变一下飞行路线，看看横着飞能发现些什么。"霍金教授提议。

于是，卡卡带着大家来了一个 90°的转弯，改向上飞行为向右飞行。

飞了一段距离后，仍旧没有发现什么异常。

"要不，咱再向左飞飞试试。"霍金教授说。

卡卡折回身子往回飞去。

突然，月娃"啊"的一声，等卡卡他们听到声音往回看去时，他已经被远远地甩在了身后。

卡卡急忙折身回来，却看到月娃仿佛被什么东西挂住了，正停在半空不停地惨叫。

卡卡拉了他一把，但是，一点儿都动弹不得。

卡卡不敢大意，他让霍金教授和怀特待在原地别动，自己拿出一个仪器仔细观察。

"不好！这果真是一张巨网！"卡卡大叫。

"怎么回事儿？"霍金教授紧张地问。

"这张巨网一头拴在月球上，一头挂在地球那端，几乎占据了地球到月球之间的整个空间！"卡卡说。

"可是，为什么我们看不到它呢？"霍金教授问。

"因为这张网上的丝是一种隐形的特殊的物质，不借助我这个特殊的仪器是看不到的。"卡卡回答。

"怪不得那么多飞行器从这里经过都没有发现它。"霍金教授说。

卡卡拿出另一个仪器对着这张网扫描了一番后说："仪器显示，这种丝线不仅隐形，而且具有极强的硬度，我认为就算一颗小行星撞在它上面也休想逃脱，更别说那些飞行器了。"

"可是，这张网为什么没有拦住我们呢？"怀特问。

"因为它上面有许多网格，只要不触碰到那些线就不会被拦住。我们体型小，刚才恰好从那些网格里面穿了出来。不过，体型巨大的飞机是无法从那些网格里逃脱的。"卡卡解释。

"那月娃为什么被拦住了呢？"怀特继续问。

"月娃体型相对大一些，刚才它伸展开的手臂恰好碰到了丝线上。所以，被拦住了。"

"哦！是谁建造了这张网？建造这张网的目的是什么？那些失踪的飞行器又到哪里去了呢？"怀特一连提出了3个问题。

"你们先别忙着说话，快点把我救下来呀！"月娃急得大喊。

卡卡使劲拽了月娃一把，但是，月娃纹丝不动。

"看来，这些网格线不光硬度高，还具有非常强的黏性。"卡卡说。

"那可怎么办？难道我要在这网上待一辈子吗？救我！"月娃恐惧地

喊着。

"月娃，冷静些，总会找到办法的。"霍金教授安慰月娃。

接下来，卡卡仔细观察了一下黏着月娃的那根丝线。它发现那丝线只是黏住了月娃手臂上的一些毛。

"这好办，把月娃的毛剪掉就可以了。"卡卡说。

接着，卡卡变魔术般变出一把剪刀。

然而，就在卡卡刚把月娃粘着丝线的那些毛发剪掉的时候，那根丝线突然剧烈地抖动起来。

"不好！快跑！"说时迟那时快，卡卡一把拽起大家，一下子逃到了安全地带。

等大家回过神儿来，才发现，一架小型客机撞在这张网上了。

霍金教授让卡卡快去救人，可是，卡卡一动没动。因为，它通过刚才那个仪器看到，就在飞机撞上网的一刹那，一只巨大的蜘蛛快速地爬了过来，三下五除二就把那架飞机吞进了肚子。

而在肉眼凡胎的霍金教授他们看来，只是发现那架飞机一下子消失了。

"飞机去哪儿了？"霍金教授问。

"它被一只巨大的蜘蛛吞食了！"卡卡睁着一双惊恐的大眼睛说。

"蜘蛛？"大家异口同声地问。

"是啊，一只隐形的蜘蛛！光一条腿就有几百 km 长，体积足有上万 km^2，那架飞机相比它来说，就如同一只蚊子跟一个成人一样。"

怀特拿过卡卡手中的那个仪器看了一眼，那个看起来巨大无比的怪物吓得他差点没背过气去。

霍金教授他们不敢久留，于是，逃也似的离开了这个危险之地。

第三十八章 深空一号

　　飞往月球后，霍金教授他们研究了半天，最后一致认为，那只巨型蜘蛛应该来自外太空。然而，由于敌情尚未明确，他们暂时还找不出消灭它的办法。

　　为了暂时放松一下紧张的神经，卡卡建议大家先去参观一下它刚刚建成的宇宙飞行器。

　　在霍金教授和怀特回地球的这段时间里，卡卡利用彭祖收藏的那些废铜烂铁，在青甲和月娃的帮助下，已经制造了一艘漂亮的宇宙飞行器。

　　"这样也好，头脑清醒了还更有利于事情的解决呢！"霍金教授说。霍金教授的意思是想暂时忘记大蜘蛛的事，因为，他感觉自己昏昏沉沉的一点思路都没有。

　　于是，卡卡带着大家前去参观它那个伟大的"作品"。

　　卡卡带着霍金教授他们七拐八绕，最后通过雨海的那口深潭，来到月球内部的一个洞穴里。那个洞穴是蜂巢状的中空的月球内部一个不起眼的小洞穴。

"我选择这里作为制造宇宙飞行器的基地,一是这里离彭祖居住的那个洞穴比较近,方便挑选运送需要的材料;二是这里的环境非常复杂,能够躲避 18 号天蝎人的追踪。"卡卡介绍。

"嗯,不错,刚才咱们费了那么大劲儿才来到这里,看来,18 号天蝎人一时半会是找不到这里的。"霍金教授赞许地点了点头。

说话间,他们已经来到那个洞穴前。洞穴的门是两尊威武的"石将军",一左一右,气势非凡。

卡卡拿出一个巴掌大的遥控器,按下一个绿色的按钮。

随着两尊"石将军"分别向两个方向缓缓退去,一个闪着银色光芒的巨大的圆盘状的物体出现在大家眼前。

"这就是我制造的那个宇宙飞行器。"卡卡指着面前这个巨大的物体说。

"嗯,不错!是我少年时看过的那个飞碟的样子。"霍金教授赞许地说。

"我也见过这东西。不过,那是在科幻杂志上。如今看来,那些杂志也不完全是杜撰,原来,在这宇宙中真的有飞碟这种东西。"怀特兴奋地嚷嚷道。他边说边走上前去,好奇地这里看看,那里摸摸。

"这个飞碟看起来非常精密,也非常漂亮,不知道它依靠什么能源飞行?其飞行原理是什么?"怀特问。作为一个科学工作者,这些问题,往往是他们最为关心的。

卡卡也乐为人师。接下来,它就飞碟飞行的原理给大家做了简单的介绍。

卡卡说:"作为外星人,我们进行空间旅行所使用的能源很多,空间技术也千差万别,有用核能的,光能的,反物质的,离子动力的,等等,但这些都不是最先进的能源技术。目前,外星人用得最多的能源是富含正电子的空间能射线、空间中的能质正电粒子,就是我们人类正在探索的'真空能'。它们能将空间能质粒子矩阵'无限'地压缩并存储起来。经过高度压缩的空间能质具有非常强大的能量。

"采集空间能的核心材料在大多数星球上都可以找到,这些能量被存贮在一个名叫碧玺的类似水晶体的东西里。飞碟在星球上采集一次能量,能飞行十几光年的距离。能量一旦耗尽,只要降落在一颗合适的星球上补充一下能量，就又可以飞行了。

"在小型的飞碟上是不携带能量采集装置的，只携带能量存储器，而在大型飞碟上，有些会携带能量采集装置，当需要的时候在任何地点采集空间能。但是这种装置不稳定，有一点微小的偏差就很容易出现问题。一般能携带上这个装置的飞碟是非常先进的。

"在地球表面飞行和在深太空飞行的原理不太一样，因为在地球表面能射线比较弱，它们更多的是控制地球的磁力线，用磁力来抵消引力。而在外太空，飞碟是使用能射线来驱动的。这也是为什么大型飞碟一般不会靠近地球，而只派侦察船飞往地球空间。飞碟在外太空飞行分为两个阶段，一个是加速阶段，一个是空间转换阶段。因此，飞碟都有两个引擎，一个用来加速，一个用来空间转换。在这两个引擎的作用下，飞碟就能在宇宙中自由飞行了。"

卡卡的这番宇宙飞行理论真是让大家开了眼界。

怀特感叹道："怪不得我们地球人目前的深空探索受到那么大的局限，原来这里面还藏着这么多玄机。"

"知识无极限，这茫茫宇宙中蕴含的道理又岂是朝夕之间就能掌握的？"霍金教授随声附和。

"我们地球人习惯给新的物件起一个响亮的名字，不知这只飞碟有名字了没有？"怀特问。

卡卡摇了摇头。

"那就叫'深空一号'吧。"霍金教授沉思了一会儿说。

"好呀好呀，深空一号！只是不知妈妈什么时候能让我们乘着这深空一号到宇宙中旅行呢？"月娃一边拍手一边说。

"是哦，真的好期待哦！"青甲也嚷嚷着。

卡卡面有难色地望望大家，低声说："我刚才说过，储存'真空能'的是一种特殊的水晶体——碧玺。我目前还没找到碧玺，因此，深空一号还不能起飞。"

第三十九章　碧玺在哪里

正在大家为碧玺的事情愁眉不展的时候，青甲提议："去问问我师父吧，他老人家既然知道载年寒冰和载年玄铁，也一定知道哪里有碧玺。"

青甲的话提醒了卡卡，卡卡立即松开眉头，兴奋地说道："对呀，我怎么把彭祖给忘了，他老人家知识渊博，说不定能给我们指条明路。"

接着，卡卡带上青甲、月娃到彭祖老人那里去了。

卡卡他们到达彭祖居住的那个洞穴时，这老头儿正闭着眼睛在洞穴中打坐。

听说了卡卡的来意后，彭祖眯着眼睛说："这碧玺是水晶家族中最高的精灵，它密度、硬度极大。碧玺晶体拥有数条色带的结晶彩虹，色泽从最明亮的红色到最幽深的蓝色。碧玺那富有想象力的颜色蕴含着灵感的力量，能够为注视者的心灵带来无限的洞察力和创造力，因此，许多人将碧玺称为'沉思之石'。"

"老人家，您就别卖关子了，就请您告诉我们到哪里才能找到碧玺吧？"月娃看到眼前这个长胡子老头儿说话有气无力、慢条斯理的样子，终于有点不耐烦了。

谁知，彭祖听到月娃的话后，干脆闭口不言了。很显然，他有点生月娃的气了。

卡卡踩了踩月娃的脚，示意他不要乱说话。

然后，卡卡向前迈了一步，轻声对彭祖说："老人家，我和霍金教授刚刚回了一趟地球，咱们上次回地球时见过的那些人都说十分想念您呢。特别是武夷山您的后辈们，都说怪自己瞎了眼，竟然连老祖宗都不认识了，要是早就认出彭老先生您，一定会把您留在地球好生伺候。"

"真的？那帮龟孙子真的这么说？"听卡卡这样说，彭祖一下子睁开了眼睛。

卡卡点了点头。

"那帮龟孙子还算有点良心。"彭祖嘟囔着，"对了，刚才你是要问什么来着？"

"碧玺。"

"哦！碧玺呀，这个东西宇宙中很多星球上都有，不过，最近的一颗星球离我们也有上百光年远，目前你们没有宇宙飞行器，也只能望星兴叹。"彭祖捋着长长的胡子说。

"废话，这不等于没说吗？"月娃在心里说。

"不过，也不是没有办法。既然那些位置相对固定的星体我们暂时到达不了，就只好从送上门来的星球想想办法了。"彭祖掐着手指算了算说。

"送上门来的星球？"

"是啊，明天晚上，有一颗彗星将从月球旁飞过。这颗彗星上面就有一些碧玺，你们可以想法儿搞一点。"

"哦，太好了！"

接下来，卡卡还向彭祖讲了他们回月球时遇到的那只可怕的大蜘蛛。

"彭老先生，您知识如此渊博，可是像这么大的蜘蛛您见过没有？"月娃问。

彭祖摇了摇头。

不过，彭祖对这个能够吞食各种飞行器的巨大怪物并不放在眼里。他说："既然是我彭祖不知道的东西，想必也没有多大本事。你们要记住，宇宙中的生物也不全是超能的，有很多生物很可能是有勇无谋的傻大个。"

"您见过这样的傻大个？"月娃问。

彭祖摇了摇头。

"那你凭什么认为这只大蜘蛛就是这样一个傻大个？"

"如果不是这样，它长那么大个干什么？"彭祖笑着说。

彭祖的话不无道理，然而，在卡卡听来，却感觉怪怪的。至于哪里出了问题，卡卡一时也搞不清楚。

第四十章 初战巨蜘蛛

离开彭祖回到密室后，卡卡将有关情况汇报给霍金教授。

"彭祖深谙阴阳八卦，没想到他竟然连彗星何时经过月球也能算出来，道行真是非同一般！"霍金教授感慨道。

"教授您也知道彗星经过月球这个情况？"卡卡问。

"是的，昨晚我花了半个晚上的时间才推算出有一颗彗星即将从月球旁飞过。"霍金教授回答。

"这颗彗星上有碧玺这个情况您也推算出来了？"

"这个情况我倒不知道。不过，既然彭祖先生说有，应该错不了。"霍金教授说。经过前面的一些事情，霍金教授已经不再嘲笑怀疑彭祖的那些所谓玄学了。毕竟，这个老人生存在这个宇宙之中接近 4000 年了，他的修为已然进入一个高深莫测的境界。

"可是，即便飞过月球的那颗彗星上真有碧玺，我们又怎能取一些到月球上来呢？"卡卡问。

"妈妈不是会飞吗？直接飞到上面取一些下来不就完了？"月娃说。

"这个办法不可行。你想，彗星的速度多快呀！转瞬即逝的事儿。等我飞到上面，等我找到那些碧玺，再等我取出一些，再等我从彗星上下来，怕是这颗彗星已经飞到外太空去了。我还回得来吗？"卡卡说。

"要不，发射一件重磅武器上去，将那颗彗星击毁？"怀特说。

"这也不失为一个办法，而且我们目前也有这个能力造这样一件重型武器。问题是，一旦那颗彗星被击毁，我们需要的碧玺怕是也会化为粉尘了吧？"卡卡说。

"这也不行，那也不行，难道我们就眼睁睁看着这颗彗星从月球旁飞走？"月娃焦急地说。

"那是万万不可的，这颗彗星是我们目前唯一的机会，我们怎么能让它溜掉？"霍金教授说。

"对了！我们何不借助那只大蜘蛛的巨网？"卡卡忽然灵光一现，"我们把那只巨网取来，支在彗星必经的路上，像网鱼一样把它拦住，问题不就解决了？"

"是哦，这的确是一个好办法。问题是，谁去跟那只蜘蛛商量，让它把网借给我们？"月娃说，"如果让我去，我一定不去，我一看见那个大家伙就毛骨悚然，更别说跟它商量借网的事儿了。"

"我们肯定不去跟它商量，我们要想法消灭它，因为它在那里存在一天，就危害地球一天。想想被它吞掉的几十个飞行器，难道我们还要让它在那里逍遥自在吗？何况，返回地球的时候，我还答应过卡拉佐，要帮忙解决飞行器失踪的问题。"霍金教授说。

"想法儿是美好的，可现实却非常残酷！你想，那么大一个家伙，我们怎么才制服得了呢？"怀特说。

"你忘了彭祖说过的话了？他曾经说过，宇宙中的生物也不全是超能的，有很多生物很可能是有勇无谋的傻大个。"卡卡说。

"是哦，我没有忘记，彭老先生的后半句是：不然，它们长那么大个干什么？"怀特说。

"因此，我们可以尝试着去跟它较量一番。"卡卡说。

"就凭我们？"怀特问。

"哦！我、月娃加上青甲，我认为足够了。"卡卡自信地说。

怀特疑惑地摇了摇头。

月娃也吓得往后躲。

　　看到它俩的这副窘态，卡卡笑了："我们将来可是要到宇宙中挑战更大的对手的，就凭你们这样，你们认为能完成任务吗?"

　　这是卡卡用的激将法。

　　这句话果然起到了作用，月娃一步跨上前来，拍着胸脯说："愿为妈妈效劳!"

　　卡卡拍拍月娃的脚趾，说："这就对了!虽然我们看起来并不生猛，但是，我们拥有一颗智慧的头颅。而这颗智慧的头颅就是我们战胜对手最强大的力量啊!"

　　接下来，卡卡让月娃请来青甲。它们简单地准备一番后，飞出月球向着那大蜘蛛而去。

　　霍金教授则让怀特推着，来到月球上的一个制高点，进行观战。

　　借助卡卡手中的一个特殊仪器，它们很快发现了隐形大蜘蛛的踪迹。

　　近了，更近了。

　　这时，卡卡二话不说，找准那大蜘蛛的后背发射了一束激光。

　　然而，毫无效果。那束看起来威力无比的激光并未损伤大蜘蛛半根毫毛。大蜘蛛许是感到身体痒了一下，就不耐烦地抖动了一下身子。

　　蜘蛛这一抖身，在卡卡附近的那些丝线剧烈飘动起来，要不是卡卡它们躲得快，一准儿就被粘住了。

　　那只巨大的蜘蛛兴许也看到了卡卡他们，但是，它对他们一点兴趣也没有，甚至连正眼看他们一眼都没有。毕竟，对这只巨型蜘蛛来说，眼前的这3个小不点实在不够它塞牙缝的。

　　见大蜘蛛并不反抗，月娃和青甲小心翼翼地来到蜘蛛前面。

　　他们看到那只蜘蛛正在饶有兴味地咀嚼着一架飞机，半根飞机翅膀从它的嘴中露出来。蜘蛛口中的黏液顺着那半截飞机翅膀流下来。

　　月娃和青甲仔细观察着大蜘蛛。他们看到大蜘蛛的上颚部分透明发亮，看起来非常柔软。

　　于是，月娃和青甲悄悄来到大蜘蛛的上颚上。

　　月娃拿出一个能发射激光的小仪器，照准大蜘蛛的上颚刺了一下。

　　没想到，这一刺竟然一下刺进了大蜘蛛的肉里。像被电击了一样，这只大蜘蛛立即丢掉口中的飞机翅膀，咆哮起来。

第四十一章　智降巨蜘蛛

　　大蜘蛛突然发怒，可把月娃和青甲吓坏了。他们赶忙飞离这个是非之地，从那些网格之间飞了出来。

　　首战失败，卡卡、月娃、青甲垂头丧气地回到月球。

　　不过，当看到卡卡他们时，霍金教授却显得非常高兴。

　　"您为什么这么高兴，教授？"卡卡不解地问。

　　"呵呵，你们虽然失败了。但是，却找到了大蜘蛛的软肋。下面，就看我的了。"霍金教授说。

　　"看您的？"

　　"是哦，我已经派怀特去准备制造飞机模型的材料了。"霍金教授说。

　　正说着，怀特已经开着一辆不知从哪搞来的大拖车，将一车的材料卸在了他们面前。

　　"我们为什么要制造飞机模型？"月娃不解地问。

　　"大蜘蛛不是喜欢吃飞机吗？我们就送给它一件大礼物。"霍金教授笑着说。

　　接着，霍金教授把他的下一步行动计划跟大家进行了一番详细解说。

听完霍金教授这番话，卡卡他们佩服地竖起大拇指。

"嗯！姜还是老的辣！"青甲说。

青甲这样说，霍金教授不愿意了。"你让他们评评理儿，我有那么老吗？至少我跟你比起来，不知要年轻多少岁呢！"

"呵呵呵呵……"大家笑成一团。

卡卡造一架宇宙飞行器都不在话下，制造一架飞机模型更是小菜一碟了。

接下来，在大家的共同努力下，一架能够自己飞行的逼真的飞机模型很快就摆在了大家面前。

与真正的飞机不同的是，这个模型的机舱位置被卡卡他们安装了一套自动发射系统。

这套系统是这样的：发射装置上下各有一个类似针和线的东西，大蜘蛛撕咬模型时，一旦触发这个装置，"针"就会自动发射出来，"针"能穿透大蜘蛛身上最薄弱的地方——上下颚，然后，连在"针"上的"线"就会跟着穿进去，最后上下两条"线"在一个特殊装置的引导下，连在一起，并自动打结，锁紧。这样一来，大蜘蛛的嘴巴就会被紧紧地束缚住。而大蜘蛛一旦不能张开嘴巴，即便有天大的本事，也无法施展开了。

当然，这里所说的"针"和"线"都是高科技的东西，并不是传统意义上的针和线。由于大蜘蛛体型巨大，这里的"针"足有十几米长，"线"也是使用宇宙中的一种特殊材料制成的，虽然不粗，但是强度极高，堪比大蜘蛛网上的丝线。

飞机模型造好后，卡卡他们带着它来到大蜘蛛的网前，然后放飞了它。

跟设计的方案完全一样，不一会儿，那架飞机模型就触碰到大蜘蛛的网上。

大蜘蛛见有"猎物"上门，摇摆着巨大的身子很快来到模型跟前。

大蜘蛛许是饿过头了，它并没有仔细研究这架"飞机"跟以前的飞机有什么不同，一口就把它吞进了嘴里。

大蜘蛛的上下颚一用力，正好触碰到机舱当中的那个自动装置。于是，"针"带着"线"迅速从它最薄弱的上下颚飞出。只一眨眼的工夫，大蜘蛛的嘴巴就被牢牢地锁住。

大蜘蛛疼得嗷嗷叫，在大网上翻腾。

这时，卡卡和月娃又看准时机，共同把大蜘蛛的腿给绑在一起。

这样，大蜘蛛就彻底动不了了。

接下来，卡卡又用一个特殊装置，割掉大蜘蛛的巨网，连同大蜘蛛一并运回月球。

第四十二章　神秘的蜘蛛

　　回到月球后，怀特和青甲被霍金教授安排去密室察看那些藤蔓上坚果的情况了。因为，霍金教授认为坚果中的那些"精灵"已经成熟，马上就要出世了。

　　"就这几天的事儿。"霍金教授对怀特和青甲说。

　　怀特和青甲感到这件事情非常好玩，于是，一溜烟儿就跑去密室了。

　　那只被五花大绑的蜘蛛被卡卡和月娃拖进雨海附近一个巨大的陨石坑里。

　　大蜘蛛的体型实在太大了，几乎占满了整个陨石坑。它趴在那里东张西望，大口地喘着粗气，把嘴巴附近的一些沙石都吹到了半空中。

　　卡卡让月娃看着大蜘蛛，自己飞进深潭里的洞穴，将彭祖和霍金教授带出来观看这个巨大的战利品。

　　彭祖虽然听月娃描述过大蜘蛛的样子，但是真正看见这个大家伙，还是惊得接连往后倒退了好几步。幸亏卡卡一把拉住了他，要不然，这个白胡子老头一定会跌个仰面朝天。

"彭老先生寿长 4000 年，也不曾见过这等怪物?"霍金教授笑着问。

彭祖连连摇头。

为了弄清楚这只大蜘蛛的来历，卡卡拿出一个会发光的仪器，一边在天空中飞，一边对它进行了全身扫描。

卡卡费了好大劲儿，才扫描完这个大家伙。

"怎么样? 弄清它的情况没有?"待卡卡重新回到地面上，霍金教授关切地问。

卡卡点了点头，又摇了摇头。

"怎么回事儿? 有什么奇怪的地方吗?"见卡卡皱着眉头，一副欲言又止的样子，霍金教授禁不住问。

"我怀疑这台扫描仪是不是出了问题? 怎么显示器上显示这只大蜘蛛来自另一个宇宙?"卡卡说。

"另一个宇宙?"月娃疑惑地问。

"是啊，这看起来实在有点可笑，宇宙不是唯一的吗? 怎么还会存在另一个宇宙?"卡卡说。

"这有什么好笑的?"彭祖插话。

"先生高见?"霍金教授望着彭祖。

"受你们的影响啊，我最近也喜欢上了研究宇宙问题。你还别说，这个研究领域还真让人感兴趣。存在另一个宇宙是我最近的研究成果。"彭祖捋着长长的胡子，慢条斯理地说。

"先生寿与天齐，自然博古通今，只是这存在另一个宇宙的说法实难苟同。"霍金教授说。卡卡对着霍金教授点了点头，表示认可霍金教授的观点。

"非也!"彭祖拿手把胡子往一边一推，露出了一口洁白的牙齿。这是彭祖的标志性动作，表示接下来他要开始长篇大论了。

"说到这里，你可能感到奇怪，我们所在的这个宇宙不是唯一的吗? 怎么平白无故又出来了一个宇宙?

"其实，我们现在观测到的宇宙空间类似一个泡沫，在宇宙之外还存在无数个泡沫，也就是说，存在无数个宇宙。所有的宇宙有着同样的或者说类似的机制进行各种限制，每个宇宙都经历了一次大爆炸，它们都是在大爆炸中诞生，并且存在着相同的物理定律。

"这是有科学依据的。几天前，我在对宇宙微波背景辐射的研究中，发现了神秘的同心圆现象，可以认为宇宙诞生之前还有宇宙，并且提供了在前一个宇宙中所发生事件的痕迹。不瞒你们说，我现在已经发现了12个同心圆辐射'痕迹'。

"在这个更为广大的'多元宇宙'中，我们的宇宙只不过是极渺小的一个单元罢了。其他的宇宙中可能无法产生银河系、恒星、行星和生命，甚至根本无法产生物质。然而我们所认为的必备条件也许并不唯一，同时修改若干常量或定律，组合得出的物理学定律体系与我们的条件大相径庭，却可能营造同样宜于生存的和谐世界，甚至可以有生物在其中诞生。"

彭祖手舞足蹈地讲完这番理论后，霍金教授满脸惊讶。

"先生新研究的理论和我的推测不谋而合。只是我有一点想不明白，先生早先对物理知识几乎一窍不通，几日不见，怎么一下子成为一名宇宙学家了？"霍金教授问彭祖。

"说来话长，由于你们都是现代科学界的精英，我怕跟你们在一起显得落伍，那天突然冒出一个想法——恶补宇宙知识！谁知正当我自言自语地说不知从哪学起的时候，一个黑影儿从我身后一闪而过。当我回过神儿来的时候，发现手中多了一个东西。喏，就是这个！"彭祖一边说，一边从宽大的袖子里拿出一个巴掌大小的电子设备。

卡卡拿过那电子设备，前后左右研究一番后说："这是一本电子书，里面囊括了宇宙中几乎所有的科学。"

霍金教授对这个东西很感兴趣，示意卡卡拿给他看一看。

月娃动作快，一把从卡卡手里抢下电子书，拿到霍金教授眼前。

"就算这里面的知识非常丰富，彭祖先生也不可能在几天之内全部掌握啊？"霍金教授疑惑地问。

"是啊，这还真是个问题。彭祖先生，您是怎么这么快就学会了这么多知识的？"卡卡望着彭祖问。

彭祖摇了摇头，说："我也不知道怎么了，我感觉最近自己的脑子非常清晰，看过的东西就忘不掉。我以前从来不是这样的。"

"我说呢。我上次向您请教碧玺和大蜘蛛的问题时，就感觉您说话怪怪的，原来原因在这里。"卡卡说。

"那么，你当时看清楚送给你电子书的那个人的模样了没有？"卡卡接着问。

彭祖再次摇了摇头："那人的速度太快了，我只看清楚他长着一双金色的大手。"

"哦！又是他！"卡卡禁不住叫出声来。

"是啊，这双金色的大手一直在暗中帮助我们，然而，他为什么不愿现身呢？"霍金教授再一次皱起眉头。

"这些问题咱先暂时放一放，如果宇宙真如彭祖先生说的那样是多元的，那么，这只巨大的蜘蛛来自哪个宇宙？它是怎么千里迢迢来到我们这个宇宙的？它又来这里做什么呢？难道，这只大蜘蛛也跟 18 号天蝎人有关？"卡卡一连问了好几个问题。它疑惑地望望彭祖，彭祖摇了摇头；它又望望霍金教授，霍金也摇了摇头。

第四十三章　捕捉彗星

那颗拥有碧玺的彗星正在悄悄地向月球靠近，时间非常紧迫，已经容不得霍金教授他们思索更多的问题了。

在霍金教授的遥控指挥下，卡卡和月娃连夜把从大蜘蛛那里抢来的那张网支在彗星必经的路上。

在卡卡忙着支网的时候，霍金教授已经计算出这颗彗星撞在网上的力量有多大。

"卡卡，按照这颗彗星的体积和速度来测算，它撞在网上的力量将非常巨大，虽然你有非凡的神力，但凭你一己之力，必定拉不住它。"霍金教授说。

"教授，这个情况我已经想到了，我这就去密室叫怀特和青甲来帮忙。"说完，卡卡后腿一蹬，立即消失得无影无踪。

密室里，在轻柔的音乐声中，怀特和青甲正全神贯注地盯着藤蔓上的那些坚果。

多日不见，卡卡看到那些坚果的体积增加了几倍，大小跟怀特差不多了。

而且，坚果的颜色也变了，已经由原来的青色变为现在的深黄色。

坚果随着音乐有节奏地摆来摆去，就像在给这音乐打拍子一样，看起来好玩儿极了。

"怀特，青甲。"卡卡小声叫着。

"嘘——"青甲对着卡卡吹一口气，示意它小点声。青甲对这些坚果倾注了很多心血，它跟它们最有感情了。现在，它们要分娩了，它真不想它们受到一点干扰。

于是，卡卡悄悄伏在青甲耳朵边说明来意。

青甲又把卡卡的话悄悄说给蹲在它右侧的怀特。

事情紧急，纵使青甲和怀特有千万个不舍，也不能耽搁拦截彗星这件大事。

当卡卡带着青甲和怀特飞到巨网跟前的时候，他们已经看到那颗彗星正从遥远的天际，拖着细细的尾巴向月球飞来。

卡卡让月娃和青甲拉住巨网靠近月球的这头儿，然后，它一个腾挪飞到空中，紧紧地拉住巨网的另一头儿。

为了以防万一，卡卡还把一根网线拴在了那只大蜘蛛身上。当然，这个工作已经提前做好了。

怀特手无缚鸡之力，卡卡只是安排他照顾好霍金教授。

彭祖不爱看热闹，感觉自己又帮不上什么忙，一个人回到洞穴里继续学习去了。

那颗彗星看起来越来越大，越来越亮，尾巴也越来越长。这是彗星离月球越来越近的缘故。

霍金教授和怀特紧张地屏住呼吸。

卡卡、月娃、青甲使劲往后仰着身子，把网紧紧地攥在手里。它们都是力大无穷的主儿。但是，面对即将飞来的这个庞然大物，却没有百分百的把握。

说时迟那时快，一眨眼的工夫，彗星已经触在了那张巨大的网上。

然而，由于彗星的速度实在太快了，那张网似乎根本就没有起到作用，它仍旧保持着刚触网时的那个速度。

不过，这张网毕竟是由来自另一个宇宙的特殊材料制造的，彗星的质量再大、速度再快，也休想从网中一穿而过。

彗星带着巨网越收越紧，产生的拉力越来越大，瞬间达到极限。

在关键时刻，卡卡他们使出吃奶的力气，狠狠拉住巨网。

然而，彗星的力量更大，它拉着巨网飞速地向前跑。月娃和青甲扒着月球表面的脚在月球上画出一道又深又长的痕迹。

大蜘蛛也被从陨石坑里拖了出来，擦着月表飞速向前冲去。

留在月娃、青甲和大蜘蛛后面又深又长的痕迹是个危险的信号，那说明，凭它们几个的力量，是无法拉住这颗彗星的。

霍金教授和怀特急得大叫。但，无济于事。

眼看彗星就要带着卡卡它们冲出月球了，在这关键时刻，一个全身闪着金色光芒的金甲战士突然呐喊着从天而降。

金甲战士脚尖刚点着月球的地面，身体迅速变大，瞬间就变成一个高达上百 km 的巨无霸。

"巨无霸"伸出铁塔一般的大手，一把扯住巨网。

接着，"巨无霸"大喝一声，即将飞离月球的彗星一下子被拉了回来。

数秒钟后，被拉回来的彗星重重地撞在月球上。

一股巨大的冲击波随之袭来。

"巨无霸"向前一个跨步，把霍金教授他们护在身后，然后，两手叉腰，任凭那冲击波向他扑来。

彗星撞击月球产生的这股冲击波威力实在太大了，几乎摧毁了经过的一切，然而，由于"巨无霸"的保护，霍金教授他们毫发未伤。

不巧，大蜘蛛身上的绳索在刚才的摩擦中断了。在冲击波袭来的时候，它瞅准时机，乘机溜掉了。

第四十四章 ｜ 喜得坐骑

　　大蜘蛛是顺着冲击波的方向逃走的。借着那股巨大的冲力，它逃跑得非常快，那么大一个身体，瞬间就消失在大家的视线中。

　　"快追！不要让它跑掉了！"卡卡急得大喊。可是，经过刚才一番折腾，它感觉自己浑身无力，尝试着起飞了几次都没成功。

　　那个金色的金甲战士看出卡卡的意图。见冲击波已经过去没什么危险了，他脚尖一点，一个箭步向着大蜘蛛冲去。

　　这金甲战士的速度真是非同一般，不一会儿，就赶上了那只大蜘蛛。

　　大蜘蛛一看不妙，突然从屁股里放出一些丝线。

　　要知道，这只大蜘蛛拉出的丝线可不是一般的丝线，硬度、黏性极大，连彗星都挣脱不了。

　　然而，金甲战士的身手那叫一个敏捷！他在这些丝线之间辗转腾挪，根本就不把它们放在眼里。

　　大蜘蛛见自己的丝线奈何不了金甲战士，而金甲战士又马上追上自己了，就猛然来了个"回马枪"，挥舞着自己的两对威力巨大的前螯向他扑来。

大蜘蛛的那两对前螯看起来像两座大山一样，甚是吓人。站在月球上观战的霍金教授他们都为金甲战士捏了一把汗。

谁知，金甲战士并不躲闪，当大蜘蛛的那两对巨型螯足即将碰触到他身体的一刹那，金甲战士伸开双臂，猛然发力，那金色的臂膀就像两条弹簧一样越变越粗，越变越长，竟然一下子把大蜘蛛的前螯给撑开了。

大蜘蛛再想合上前螯，谈何容易？

这时，霍金教授他们看到金甲战士抚摸了一下大蜘蛛的头部，并伏在大蜘蛛的耳边嘀咕了几句。

神奇的一幕发生了：那只巨大的蜘蛛猛然像泄了气的皮球一样，越变越小，最后，成为一个小黑点消失在霍金教授他们的视线里。

金甲战士也收起法身，恢复原来的样子。

等霍金教授他们再看到金甲战士的时候，他正骑着那只大蜘蛛优哉游哉地凯旋。

正在大家疑惑这个金甲战士是什么来历的时候，青甲迎着他兴奋地走上前去。

"金锋，你终于出来了！"青甲一边激动地说着，一边和那个金甲战士紧紧拥抱在一起。

"怎么回事儿？"霍金、卡卡、怀特、月娃异口同声地问。

"他是我们的人！是我们密室藤蔓上长出的娃儿！"青甲激动地说。

"哦！是金锋！你来得可真是时候！"那一刻，所有人都喜极而泣。

由于早在密室之时，金锋就认识了诸位，所以，他跟眼前的人并不陌生。接下来，金锋从大蜘蛛上一跃而下，逐一跟大家拥抱。

金锋是霍金教授提前给那些坚果里的生命起好的名字，由于那些坚果有五个，他便按照金木水火土的顺序给他们编了号。"锋"取"先锋"之意，喻指他们将来都是英勇无比的战士。

"其他的弟兄呢？"稍后，怀特问。

"他们还要晚几天才能成熟。"金锋回答。

"哦，那你是怎么找到这里来的？你怎么知道我们要拦截彗星？"怀特接着问。

"我在坚果里听到了你们的谈话啊！我怕你们出什么意外，所以就急匆匆地出来了！"金锋回答。

"那你是怎么会有这么大的力气的？"月娃对这个突如其来的家伙拥有如此大的神力多少有点嫉妒。

"哦！不瞒诸位，咱们所在的那个密室，其实是太阳系的精灵之室。也就是说，这个密室里住着整个太阳系内所有星球的精灵。我本是金星的精灵，那几个尚未成熟的我的兄弟也依次是木星、水星、火星、土星的精灵。是很久以前，一位长着金色大手的人把我们巧妙移植到藤蔓上的，我们也才有了今天的生命。"金锋说。

"哦，又是金色的大手！"霍金教授和卡卡异口同声地说。

"可是，你还没有回答我的问题呢。"显然，月娃对金锋的解释不满意。

"这有什么难理解的？既然金锋说自己是金星的精灵，就有着金星质量一般大小的力量。对吗？"卡卡望着金锋说。

"是的，我们兄弟数木星最大，所以木锋的力量也是最大的。"

月娃这下明白了，它不禁酸酸地小声嘀咕："怪不得呢，原来人家是行星的化身。"

卡卡这时正站在一块巨石上，它倾了倾身子，伏在月娃的耳边说："别酸了，孩子，我们这里的每个人都有自己独特的本事，没必要羡慕他人。"

月娃点了点头。

"那你是怎么驯服这只大蜘蛛的呢？而它，又怎么一下子变这么小了？要知道，当时我们制服它可是颇费了一番周折的。"怀特不解地问。

"哦，这个吗？这个大家伙不过是虚有其表罢了，跟我一样，它也是能大能小。刚才在交战中，我发现它根本不是我的对手，于是我就伏在它耳边告诉它，只要肯做我的坐骑，我就不会伤害它的性命。于是，它就现了原身。"金锋回答。

"太好了！太好了！金锋有了这样一匹神勇的坐骑，一定会如虎添翼的。"霍金教授感叹道。

接下来，霍金教授他们没有继续谈论更多问题，因为，他们要尽快找到那颗彗星，并采集碧玺，以便为飞向深空做准备。

第四十五章 损毁的基地

那颗撞在月球上的彗星并不难找，很快，霍金教授就锁定了它的位置。然而，当霍金教授他们在一片废墟当中看到它的时候，却惊呆了。

彗星正好撞在了18号天蝎人的基地上！

霍金教授他们看到，那颗形状颇不规则的彗星斜斜地插进了18号天蝎人的基地，四周一片焦土。烟雾和灰尘正在空中弥漫，焦煳的气味儿呛得人直流眼泪。

"不知18号天蝎人怎么样了？他们都死了吗？如果没死，他们会不会报复我们?"怀特紧张地问。

"嗯，这个问题是当前最重要的一个问题，我们必须搞明白。"霍金教授说。

接下来，霍金教授派月娃和青甲前去侦察18号天蝎人的情况，卡卡、金锋和怀特到彗星上寻找碧玺。

月娃面有难色。

"哦，我怎么把18号天蝎人曾经利用过你这件事儿给忘了呢?"霍金教授不好意思地笑了一笑说。

于是，霍金教授让青甲和金锋前去侦察18号天蝎人的基地。月娃留在地面上帮助卡卡和怀特寻找碧玺。

其实，霍金教授并不是真的忘了月娃曾经当过 18 号天蝎人的间谍这件事，他是想借此来验证一下，月娃身体里是否还有 18 号天蝎人植入的其他芯片。当然，也是给月娃提个醒儿，以后一定要睁大眼睛，再不可被敌人利用了。

老谋深算的霍金！

先说青甲和金锋侦察 18 号天蝎人基地这件事。

在准备出发之前，霍金教授嘱咐他们一定要找到存放载年寒冰的那个地方，看看封存载年寒冰的那个瓶子还在不在。如果在，就把那个瓶子带回来。霍金清楚，只有这样，才能阻止 18 号天蝎人取走地球的地心之火。

青甲和金锋欣然领命。

由于青甲早先已经来基地探查过一次，对路线比较熟悉，所以它主动在前面带路。金锋则骑着大蜘蛛小心翼翼地跟在后面。

青甲在地下生存了数千年，在黑暗的泥沙中穿行是它的特长，因此，即便基地已经成为一片废墟也阻挡不住它的脚步。

他们在月球内部七绕八绕，不一会的工夫就穿行了几百米。

这时，青甲和金锋发现，基地靠近月球表面的地方破坏得确实非常严重，建筑里面的设施都化为了粉尘。然而，再往里走，破坏程度却越来越小了，及至进入"刀疤"当初住过的那个大殿，除了几根柱子倒塌外，其他东西基本完好无损。

"这里的损毁相对轻微，会不会有 18 号天蝎人还留在这里呀？"金锋问。

这句话还没说完，青甲和金锋忽然听到微弱的呻吟声传来。

他们细细搜寻，竟然在一根倒塌的柱子下面发现了一个生命垂危的 18 号天蝎人。

那个 18 号天蝎人被倒下的柱子重重地砸中腹部，口中、鼻中涌出大量的鲜血。不过，青甲发现这个 18 号天蝎人的面部肌肉还在微微抖动，那呻吟声也是从他喉咙里发出来的。

"应该还有救活的希望。"青甲对金锋说。

接下来，金锋用力将压着 18 号天蝎人的那根柱子挪开。

18 号天蝎人的呼吸越来越轻松，终于睁开了眼睛。

为了以防万一，此时，金锋早已把 18 号天蝎人的手脚捆了起来。

在金锋做这一切的同时，青甲已经将整个大殿搜查了一遍，它发现，大殿里没有留下任何有价值的东西，所有电子设备里存储的文件也已经全被删掉。

"他们都到哪里去了？"金锋用铁钳一般的大手扼着被俘的 18 号天蝎人的脖子愤怒地问。

18 号天蝎人一开始一言不发，但是随着金锋渐渐用力、一阵"嘎吱嘎吱"的响声在空旷的大殿中响起的时候，18 号天蝎人终于痛苦地用手指，指天空。

"哦，原来逃跑了？这帮胆小鬼！我还以为他们多么强大呢。"金锋嘲笑道。

"在突如其来的灾难面前，逃跑无疑是最好的选择。这不是胆小不胆小的问题。问题是，在逃跑以前，他们瞬间销毁了所有有价值的东西，这足以证明他们是非常强大的。只是，不知道那个瓶子还在不在?"青甲说。

接下来，青甲和金锋决定兵分两路：青甲继续向基地深处搜寻，寻找封存了载年寒冰的瓶子；金锋带 18 号天蝎人俘虏回地面，继续对其进行审问。

第四十六章 九头巨蛇

　　金锋把那18号天蝎人横在大蜘蛛背上，带着他回地面去了。

　　青甲不敢停留，继续小心翼翼地摸索着向基地更深处探寻。

　　青甲发现，基地更深的地方几乎没被破坏，它很快找到上次来侦察时发现的一个标志，顺着这个标志往前走，几乎没费多少时间，青甲就来到了原来存放载年寒冰的那个位置。

　　两扇黑漆漆的大门立在眼前，门缝儿窄得连最锋利的刀刃都插不进去。

　　"以前不是这个样子的！"青甲记得上次来时，那些载年寒冰只是凌乱地被堆放在一个洞穴的一角儿。四周散发着阵阵奇寒之气。

　　"现在感觉温度正常了，但是，这个铁家伙是什么时候弄上的？"青甲自言自语。

　　青甲仔细观察了一会儿，看见门的上方有一排小小的孔。他数了数，一共有9个小孔。

青甲后腿着地，费力地站起身来，想通过那几个小孔看看里面的情况，可是，它的个子实在太小了，费了老大劲儿也未能如愿。

接下来，恼羞成怒的青甲在地上抱起一块大石头，它想，反正现在基地里的18号天蝎人都逃跑了，我且砸开这石门看看里面到底还有没有载年寒冰。

然而，就在青甲抱着那比它大十几倍的巨石费力地向石门走去的时候，几股烈焰猛然从正面喷来。

那几股烈焰真是厉害！青甲还没反应过来是怎么回事儿，怀中的石头瞬间被高温熔化为一堆灰烬。

青甲一看情况不妙，立即撒丫子闪电般地向外跑去。

幸亏青甲跑得快，要不，它一定被那火焰烧成一只甲虫烧烤。

青甲蹲在一个拐角处，大口地喘着粗气。

"是什么东西敢对我这甲虫爷爷这么无礼呢？"青甲稍稍平静一些后，就悄悄将头探出那个拐角儿，偷偷瞥了一眼。

就这一眼，青甲惊得差点没背过气去。

原来，那黑漆漆的大门上，正盘着一条青黑色的九头巨蛇，虎视眈眈地向这边瞭望着。刚才那火焰，就是从九头巨蛇的口中射出来的。

"我说怎么有那么多股火？原来这家伙有9个头！"青甲抚摸着自己的胸口小声嘀咕着。

青甲不敢跟9头巨蛇交锋，决定回去搬救兵。

当青甲小心翼翼地转过身子准备开溜之时，却突然发现眼前有一个黑乎乎的东西。

青甲瞬间被吓到。它一下子俯下身去，前足紧紧抱住头，头紧紧缩在青色的壳里。

"蛇仙饶命！蛇仙饶命！……"青甲浑身颤抖着说。

"青甲，你怎么了？什么蛇仙？"一个熟悉的声音从耳边传来。

青甲小心翼翼地把头伸出来，却看到金锋正站在跟前。

原来，金锋把18号天蝎人俘虏送回后，霍金教授怕青甲有什么意外，就派金锋回来继续助它一臂之力。金锋骑着大蜘蛛费尽周折终于找到青甲，却发现青甲这个怂怂的样子。青甲刚才看到的那个黑乎乎的东西只不过是大蜘蛛的一条腿。

此时，金锋就是青甲的"救命稻草"，它急忙躲到金锋的后面。

"蛇！蛇！九头巨蛇！"青甲指着前面惊恐地说。

"蛛儿，你先去看看情况。"金锋吆喝大蜘蛛。经过几天的驯化，大蜘蛛已经完全听命于金锋，成为金锋的得力助手。

大蜘蛛抖擞一下精神，迅速转过那道弯儿，出现在九头巨蛇面前。

九头巨蛇见大蜘蛛来犯，立即喷出几股烈焰。大蜘蛛躲闪不及，被烈焰烧到了前足，立即吼叫着退了回来。

金锋大怒，他双手在空中一画，扯出一条方天画戟。他大喝一声，呼啸着来到九头巨蛇面前。

九头巨蛇仍旧喷出九股烈焰。

金锋毫不示弱，他把那条方天画戟舞得虎虎生风。舞动的方天画戟形成一面铜墙铁壁，烈焰无法近金锋半步。

不过，巨蛇吐出的毕竟不是一般的烈火，而是一种赤热之物。这赤热之物喷在方天画戟上，方天画戟抵挡不了这高温，渐渐变了形。

金锋一看情况不妙，大喝一声退了回来。

不过，刚才大蜘蛛和金锋的挑战彻底激怒了巨蛇，它看金锋退了，就猛地往前一蹿，直奔金锋他们而来。

慌乱中，金锋一把将青甲提起来放在大蜘蛛背上，自己端着被火焰烧得歪七扭八的方天画戟断后。

然而，这基地里的地形非常复杂，大蜘蛛根本跑不起来。

九头巨蛇步步紧逼，很快就将金锋他们逼在一个角落里。

这下彻底完了！我们3个要被这家伙烤成烧烤了！青甲蜷缩在大蜘蛛背上想。

不出所料，九头巨蛇见金锋他们无处可逃了，就一起鼓动9个嘴巴。接着，9条火龙从巨蛇的9张嘴里喷出，呼啸着向金锋他们扑来。

第四十七章　降服巨蛇

当九头巨蛇口中的九条火龙喷来的时候，金锋、青甲和大蜘蛛都绝望地闭上了眼睛。

然而，接下来他们惊奇地发现，火焰并没有喷在他们身上。

咦——这是怎么回事儿？

他们恐惧地睁开眼睛的时候，看见一个浑身冒着火的人正不紧不慢地向那9头巨蛇走过去。9头巨蛇射过来的烈焰，正是被这个人给挡住了。

9头巨蛇毫不示弱，它一次次鼓动嘴巴，喷出的烈焰一次比一次猛烈。

然而，那个人似乎对火一点感觉都没有。

说话间，那人已走到9头巨蛇跟前。9头巨蛇感觉不对劲儿，收起火焰就想开溜。但是，已经来不及了。

那人一把扯住9头巨蛇的尾巴，大喝一声，一下子把它拽了回来。

9头巨蛇垂死挣扎着，9个头同时露出尖利的牙齿，一起向那人咬去。

那人不紧不慢，一只手捏住一只头，把它们打了个死结。

其他的蛇头不甘就范，仍旧张牙舞爪地继续向他扑来。于是，那人就把那 9 只蛇头不慌不忙地全结在了一起。

这样一来，9 头巨蛇就彻底失去了战斗力，只有趴在地上喘气的份儿。

见九头蛇没有了攻击力，那人也收起了身上的火焰，恢复了原身。

大家定睛看去，看到站在面前的是一个非常英俊的少年，红色的头发呈火焰状，一身红色的战甲熠熠生辉。

"请问阁下尊姓大名？为何出手相救？"金锋一边向那人施礼，一边问道。

让人没想到的是，那人突然转过身来，抱拳向金锋施礼道："大哥，我是你的兄弟火锋啊！"

"火锋？"金锋对着这个自称火锋的人端详了一番，两人紧紧拥在了一起。

这一幕，青甲和大蜘蛛看得一愣一愣的。

"火锋，你不是还要等几天才能成熟吗？"青甲走上前去，拍拍火锋的腿说。

"是啊，不过，要再等几天，我怕你们被这大蛇烧得连灰也找不到了。"火锋俯下身来，抱抱青甲说，"我在坚果里感觉到你们情况危急，心头一急就提前跳出来了。"

"你是怎么知道我们有难的？又是怎么找到这里来的？"青甲问。

"你难道忘了吗？我们兄弟连心啊！"金锋解释道。

原来，藤蔓上的 5 个兄弟均出自太阳一脉，虽属不同的行星，但是，心灵相通。他们中的任何一个兄弟不管身在何处，遇到何种困难，其他的 4 个兄弟都能感知到。这一点，金锋跟青甲讲过，但是，青甲刚才被那九头巨蛇一折腾，都给忘到九霄云外去了。

"对了，刚才那九头巨蛇喷出的火焰那么厉害，你怎么一点都不害怕？"兄弟们叙完情谊后，青甲疑惑地问火锋。

"呵呵，我是火的化身，既然叫火锋，就一定能对付各种各样的火。不瞒你们说，刚才那蛇吐出的火不是一般的火，是宇宙中杀伤力最强的火，叫宙火，火过之处，片甲不留。这就是连金锋大哥的方天画戟也几乎被熔化的原因。不过，在我这里，那火就是小菜一碟了。"

"宙火？这个名词我似乎从师父的书中看过，这种火好像宇宙之中最厉害的火？"青甲问。

"怪不得连我也搞不定呢。原来如此。"火锋说。

"先不管它来自何处，你打算怎么处理这条蛇呢？"青甲问。

火锋看了一眼金锋的大蜘蛛，笑着说："既然大哥有了大蜘蛛这个坐骑，我想，就让九头巨蛇做我的坐骑算了，我会玩火，它会喷火，我俩在一起，也算是天作之合。"

大家表示赞同。

于是，火锋把那巨蛇的各个头解开。九头巨蛇自知不是火锋的对手，只得乖乖地做了他的坐骑。

第四十八章 飞行器起航

这九头巨蛇本是 18 号天蝎人派来保护载年寒冰的。火锋制服了它，打开藏着载年寒冰的石洞就轻而易举了。

到石洞跟前，那九头巨蛇的九个头分别插在黑漆漆的大门上的九个小孔里，然后，向同一个方向一旋转，洞门豁然开启。

原来，这九头巨蛇不仅是石洞的护卫，还是石洞的钥匙。18 号天蝎人的这个设计真是堪称一绝！

石洞内部的情景展现在青甲面前的时候，青甲简直惊呆了。因为，石洞里不只是一只瓶子，而是大大小小摆放着十几只瓶子。

青甲逐一检查，发现这些瓶子都是真的。

"18 号天蝎人为什么准备这么多瓶子呢？难道，他们不只是盗取地球的地心之火，而是有更大的计划？"就在青甲自言自语疑惑不解的时候，石洞里突然刮起一阵黑烟。

待大家睁开眼睛，眼前的十几只瓶子全都消失了。

"怎么回事儿？瓶子哪去了？"青甲急得使劲儿拍打自己的腿。

然而，金锋和火锋都摇着头说刚才那阵黑烟来得实在太快了，又加上那黑烟那么浓，自己什么也没看清。

青甲何尝不是这样呢？

面对这个始料不及的情况，青甲他们决定立即返回月球地面报告霍金教授。

等青甲他们来到月球地面上时，才知道，月球地面上也刚刚发生了一件事儿：几个18号天蝎人突然从地底冒出来，抢走了那个正在被审讯的18号天蝎人俘虏。

"看来，载年寒冰也是被那伙人抢走的！"青甲汇报完在地下的情况后说。

"是啊，他们一定是先悄悄潜入地下，抢走了载年寒冰，又捎带着抢走了这个18号天蝎人俘虏。"卡卡说。

"18号天蝎人为什么储存了那么多的瓶子呢？难道，他们的目标不仅是地球的地心之火？"听完青甲的汇报，霍金教授陷入了沉思中。

"月球地面上的情况怎么样呢？你们从那个俘虏口中得到什么消息没有？"青甲问卡卡。

"我们费尽九牛二虎之力，才让那个俘虏开口说话，不过，他仅仅说了几句话就被那伙18号天蝎人救走了。"卡卡回答。

"他说了什么？"青甲问。

"他说，'刀疤'取地心之火是受龙威的驱使，龙威答应'刀疤'做宇宙之王。"卡卡回答。

"龙威？谁是龙威？"青甲问。

"我们正要问这个问题，但是，那几个18号天蝎人突然从地底冒出来抢走了他。"卡卡说。

"这帮混蛋！我要是发现了这帮家伙，一定放火烧死他们！"火锋突然气愤地骂道。

直到此时，霍金教授他们才发现站在金锋后面骑在九头巨蛇脖子上的火锋。

"这位小兄弟是？"沉思中的霍金教授此时已回过神儿来，他望着眼前这位英俊的少年问。

"先生，我是火锋啊！"火锋急忙从巨蛇脖子上一跃而下，抱拳向霍金教授施礼。

"是啊，要不是火锋及时赶到，我们怕是被这九头巨蛇烧得连灰也找不到了呢。幸亏火锋及时赶到，收了它。"青甲望一眼不远处那条摇头晃脑的九头巨蛇说。

"哦！火锋也出来了！"卡卡走过去，抱了一下火锋的腿说。

"好呀，好呀，我们的力量又增强了！"说话间，怀特正从那个冒着青烟的彗星上走下来，跟在他后面的月娃怀里正抱着一块大大的碧玺。

"找到了？"霍金教授和卡卡喜出望外。

"找到了，彭祖先生果然能掐会算。"怀特兴奋地说。

接下来，一行人浩浩荡荡地去往雨海深潭里的那个洞穴，他们要将碧玺做成能量存储器。

在去往洞穴的路上，怀特向前看了一眼，他看到，金光闪闪的金锋趾高气扬地站在大蜘蛛背上，火锋英俊潇洒地骑在九头巨蛇的脖子上，身材高大的月娃打着眼罩儿东张西望地跟在身后，青甲撅着屁股铆足了劲儿紧紧跟上步伐，卡卡轻盈地飞在空中，忽高忽低，不停地侦察着周围的情况。

怀特欣慰地笑了。

"你笑什么？"霍金教授问正在推着他前进的怀特。

"我们现在已经拥有了这么大一支队伍！何愁不能完成那个伟大的使命呢？"怀特动情地说。

"是啊，我们很快就能飞往开普勒452b了。"霍金教授说。

"到了开普勒452b，您的身体就能恢复健康了。"青甲不知什么时候听到了霍金教授和怀特的谈话，插了这么一句。

"还有，霍金教授就能见着他朝思暮想的丽贝卡了。"怀特调侃道。

听怀特这样说，飞在前面的卡卡偷偷回头望了一眼。怀特发现，卡卡正无限深情地望着霍金教授。怀特在脑海中仔细搜寻着各种目光，他认为卡卡那目光是属于情人的。

怀特笑着摇了摇头。他想，一只猫怎么会爱上霍金教授呢？这一定是错觉。

接下来，卡卡仅仅用了一天的时间，就成功制作出了能量存储器。"真空能"不难寻找，月球上就有很多空间能质粒子，卡卡借助一个专门的容器将它们收集在一起，装进了能量存储器。

"好了，现在，我们可以向宇宙深处飞行了！"卡卡拍拍手说。

"真是太及时了！目前，地球的危机暂时解决，整个地球不管是国与国之间，还是人与人之间，空前团结，大家同仇敌忾，尽最大力量做着各种准备，以防止遭到外星人入侵。"怀特说。

"另外，月球上那颗彗星误打误撞，瞬间摧毁了 18 号天蝎人的基地。18 号天蝎人以为遭到了不明生物的袭击，仓皇逃离了基地。而且，短时间内，18 号天蝎人是不会建立起新的基地来了。"青甲接着说。

"嗯，你们说得很对，眼下，正是向深空进军的最佳时机！"霍金教授的脸上也露出了兴奋的神情。

经过一番紧张而忙碌的准备后，这天黎明时分，随着霍金教授一声令下，深空一号离开月球缓缓上升，并最终在太空中消失得无影无踪。

第四十九章　遭到追踪

在茫茫的宇宙中，深空一号正全速向前飞行。

卡卡在驾驶舱里气定神闲地操纵着深空一号。

霍金教授和彭祖在休息室里读书。

彭祖不喜欢热闹，本来不想跟着来的，可是这个胆小的老头儿担心霍金教授他们摧毁了 18 号天蝎人的基地，18 号天蝎人会回来报复，就一同跟着上了飞行器。这样也好，在漫漫旅程中，他可以跟霍金教授共同探讨一些宇宙问题，也不至于显得寂寞无聊了。

在另一个房间里，怀特、青甲和月娃则好奇地趴在飞行器的舷窗，睁大眼睛定定地看着外面飞逝的景色。

那么，金锋和火锋去哪儿了呢？他们呀，正各自骑在大蜘蛛和九头巨蛇的背上，一个在深空一号的前面，一个在深空一号的后面，担负着最为艰巨的警戒任务。

大蜘蛛和九头巨蛇不借助宇宙飞行器也能飞行？当然，这个不用担心，它们是来自另一个宇宙的神物，如果没有这点本事，它们就不会从另一个宇宙来到我们这个宇宙，又来到月球上了。

不过，这些外宇宙的生物也不是万能的。它们的续航能力有限，每当飞过十几光年，就要寻找一颗适合生物居住的星球休息一下，补充一下能量。这正好跟深空一号一样，前面我们说过，目前我们的宇宙飞行器每储存一次能量，只能飞行十几光年，待能量即将耗尽时，就要降落到一颗合适的星球上进行能量补充。因此，大蜘蛛、九头巨蛇和深空一号的行动基本上保持一致。

此刻，怀特他们还在飞行器舱窗旁兴致勃勃地观察着外面的景色。

他们看到，在深邃的夜空中，有无数颗星球迎着飞行器飞过来，又瞬间被飞行器远远地抛在身后。

"这感觉就像在夜晚驾驶着一辆快车行驶在地球的高速公路上，真是太刺激了！"怀特兴奋地说。

"然而，这飞行器的速度可要比你说的汽车快多了，也许一秒钟就能绕地球几百圈！"青甲说。

"是哦，真是不可思议！以前，连飞碟存在不存在都搞不明白，今天，我们竟然真的乘上了飞碟！"怀特感慨。

"嘀嘀——嘀嘀——"就在怀特和青甲动情地谈论着各自的感受之时，一个奇怪的声音突然传来。

"什么声音？"怀特警觉地问。

"坏了！我们遭到了18号天蝎人的跟踪！"月娃紧张地说。

"怎么回事儿？你怎么知道我们被18号天蝎人跟踪？"怀特不解地问。

"你还记得我们在月球蛋形密室里初次跟18号天蝎人的飞碟遭遇那件事情吗？"月娃问。

"是哦，当时，我第一个发现了18号天蝎人的飞碟，你和卡卡紧接着飞出了密室，不过，那个飞碟最终逃掉了。"怀特说。

"是的，的确如此。不过，你还记得我在那个飞碟上安装了一个叫飞天流萤的追踪器吗？"月娃问。

"记得。难道那个追踪器还在18号天蝎人的飞碟上？而你，就是接收到了这个追踪器传回的信号，才得出了我们正遭到18号天蝎人追踪这一结论?"怀特疑惑地问。

"是的。"月娃抬起手腕给怀特看了一下,"我手腕上有个接收信号的小装置,一旦飞天流萤进入 1 光年的有效距离,这个小装置就会'嘀嘀嘀'地响起来。"

"也就是说,他们现在距离我们在 1 光年之内?"怀特吃惊地问。

"是的。而且,据我观察,18 号天蝎人的飞行器比我们的快,他们正向我们步步紧逼。"月娃回答。

"哦,这可真是一个让人担忧的坏消息,我们必须马上将这个情况汇报给霍金教授!"青甲提议。

接下来,月娃、怀特、青甲匆匆走进霍金教授的休息室。

此时,霍金教授和彭祖正在为一个宇宙问题争论得面红耳赤。

"发生了什么事情?"看到月娃、怀特和青甲急匆匆一脸惊恐的样子,霍金教授一边示意彭祖不要讲话,一边关切地问。

"教授,我们正被 18 号天蝎人追踪!"怀特说。

"现在的距离已经不足 1 光年了!"青甲接着说。

"什么?! 18 号天蝎人追来了? 早知道这样,我还不如待在月球上呢。"彭祖一听,吓得一下子从椅子里跳了起来。

"先不要紧张。"霍金教授神色凝重地望了彭祖一眼,那意思很明白,你先给我坐下,这么大年纪了,别老是这样一惊一乍的。

彭祖面色苍白地乖乖坐进了沙发。

怀特把情况详细地给霍金教授做了汇报。

"嗯,这个情况的确值得重视,我跟卡卡商量一下,看下一步采取什么行动。"说着,霍金教授丢下他们,遥控着电轮椅进了驾驶室。

霍金教授走进驾驶室的时候,看见卡卡的身子正使劲往后仰着,使劲地把操纵杆向后拉着。

"教授,是不是你也发现了 18 号天蝎人在追踪我们?"卡卡气喘吁吁地问。

"是啊,怎么? 这个情况你也知道了?"霍金教授问。

"你自己往身后看看!"卡卡对霍金教授说。

霍金教授透过身后的一面舷窗看了一眼,立即睁大了惊恐的眼睛。他看到了十几只飞碟已经逼近深空一号。

卡卡使劲向后扳动操纵杆，就是为了尽最大努力提高深空一号的飞行速度，以甩掉那些追踪者。

"怎么一下子出现了这么多飞碟？难道追踪我们的除了18号天蝎人，还有其他的外星生物？"霍金教授问。

卡卡也不说话，只是仰着身子在那里拼命扳动操纵杆。过了好大一会儿，满头大汗的卡卡终于挺直了身子。

"教授，我们现在已经达到了最快的速度，那些坏蛋被我抛在了身后。"卡卡惊魂未定地说。

霍金教授拿眼角儿的余光向窗外望了一眼，发现舷窗外那些星球像闪电一般消失在深空一号的后面，果然比刚才的速度快多了。

"卡卡，是不是除了18号天蝎人，还有其他外星生物在追踪我们？"霍金教授问。

"这个倒未必。"卡卡回答。

"为什么？"

"一般来说，一艘宇宙飞行器都不是一个独立的个体，是由许多子飞行器组成的，子飞行器的速度要比母飞行器的速度快很多，且分工明确，能独立执行任务。我认为，刚才十几只飞碟就是18号天蝎人的母飞行器释放出来的。"卡卡回答。

"哦，那么我们这个飞行器也是由不同的飞行器组成的了？"霍金教授问。

"那当然！"

突然，怀特急匆匆闯进驾驶室，大声向霍金教授汇报："坏了！金锋和火锋都不见了！"

霍金教授和卡卡同时向窗外望去，果然不见金锋和火锋的踪影。

第五十章 | 紧急降落

把金锋和火锋给弄丢了，霍金教授和卡卡他们非常着急。

"一定是刚才的突然加速，把他们甩在了后面。"怀特说。

"也可能是他们发现情况不妙，拦截了那些飞碟并跟18号天蝎人发生了战斗。"霍金教授说，"可是，我感觉他俩可能不是那群18号天蝎人的对手。"

"怎么办？我们要不要将深空一号开回去帮忙？"怀特问。

卡卡摇了摇头，说："我们现在还不清楚18号天蝎人追踪我们的目的，如果他们是想消灭我们，我们主动返回去无异于自投罗网。这个主意不好。"

"可是，如果我们丢下他们不管的话，他们就算不被18号天蝎人夺了性命，也可能会被我们永远遗弃在茫茫宇宙中。要知道，他们是在深空一号的导引下前进的，离开了深空一号，他们将成为无头苍蝇，彻底失去自己前进的方向。"怀特说。

"他们是我们情同手足的好兄弟，我怎么忍心丢下他们不管。就在刚才，我已经想到一个好主意。"卡卡说。

"什么主意？"霍金教授和怀特异口同声地问。

"你们看这里！"卡卡指着深空一号上的一个显示屏对霍金教授和怀特说。

霍金和怀特靠近显示屏，仔细观察着上面的情况。

"也没看出什么来呀。"过了一会儿，怀特摇着头说。

"怎么会没情况呢？你看这个绿色的圆点儿，正离我们越来越近。"霍金教授说。

"这又能怎样呢？"怀特疑惑地问。

"这说明我们现在已经离一颗宜居星球越来越近。"卡卡解释道，"我现在使用的这个仪器是我们开普勒452b的王——卡卡·威尔花费了数亿年的时间才研制出来的，在宇宙中旅行，它能在不计其数的星系中，发现那些宜居的星球。据说，在我们这个宇宙中，这个技术目前只有我们开普勒452b有！"说最后这句话的时候，卡卡显得颇为自豪。

"所以，卡卡·威尔能在宇宙中自由旅行，在开普勒452b、地球以及其他存在生命的星球之间来去自如。"霍金教授说。

"是的，当初18号天蝎人占领开普勒452b，其主要的任务就是要窃走这个仪器的制造技术，但是，我们的王——卡卡·威尔早已料到18号天蝎人的图谋，他在18号天蝎人即将到达开普勒452b之时，销毁了所有的宜居星球搜索器，并把这个仪器的制造图纸植入我的脑神经当中。在月球上制造深空一号的时候，我同时制造了这个仪器，并把它装在了我们的飞行器上。"卡卡说。

"那么，那些18号天蝎人会不会是冲着这个仪器来的？"霍金教授问。

"有这个可能，但是可能性很小。因为这个秘密只有我和卡卡·威尔知道。我相信，卡卡·威尔是不会将这个秘密告诉18号天蝎人的。"卡卡说。

"他们自己不会搜寻宜居星球吗？为什么要千方百计抢我们的搜索器？"怀特问。

"是啊，这个问题问得好。可是，你要知道，没有搜索器，在茫茫宇宙中找到一颗宜居星球比大海捞针还难。"

"生命不可能在任何一颗恒星上诞生，却会在环境适宜的行星上诞生，而且行星离开恒星的距离必须恰到好处，同时特别强调液态水的存在是生命存在的前提，这两个条件是十分苛刻的。"

"就拿地球来说吧。如果地球离太阳的距离比现在靠近百分之五，生命就不可能存在；再远百分之一，地球会彻底冻结。恒星周围具有能维持生命所必需的气象条件的行星是极为罕见的。计算表明，在宇宙中能满足这一条件的充其量也只有 100 万颗行星。"

"100 万虽然还是一个不小的数目，但只有能同它们进行某种形式的接触才能最后证实外星球生物的存在。据我所知，目前你们地球上最强有力的联系手段当推无线电信号。毫无疑问，不要说几十亿年前的蓝藻，就是人类本身，在 100 多年前也还没有能力发送无线电信号。如果再次乐观地假定，有高度文明的外星人在和平繁荣的环境中生活了 100 万年，科学技术十分发达，财力充足，有能力不停地向空间发送强大的无线电信号。那么，进化成智慧生命需要 40 亿年，100 万年只占其中的万分之二点五。因此，100 万个行星中能做到这一点的就只有 250 颗了。250 颗行星平均分布在银河系中的话，离地球最近的也有 1400 光年。截至 2013 年，就地球上的技术水平，根本无法与之联系。唯一的可能是它们比你们先进，你们来接收它们的信号。

"你们人类生活在自以为宽广的地球上，而地球只是太阳系中的一颗很小的星球。如果将太阳系大小比作万步，人类努力探索太空至今，也还只走出一步而已。而太阳系于银河系来说，则更是微乎其微。银河系浩瀚 10 万光年，而宇宙又包含了无数个银河系，我们可以观测到 120 亿光年的距离，而 120 亿光年以外是怎么样的呢，据我所知，你们还无法知道。"

"这么说来，在茫茫宇宙中找到一颗宜居星球还真不容易，怪不得 18 号天蝎人要想方设法抢夺我们的搜索器。"怀特感慨地说。

"是啊，技术就是力量，这是放之宇宙而皆准的道理！"霍金教授说。

"看起来咱们的话题有点扯远了，你刚才说你有主意了，那么，那个主意是什么呢？"怀特望着卡卡问。

"哦，这话题并没有扯远，我们有了这台宜居星球搜索器，就可以找到最近的一颗宜居星球，喏，刚才你看的那个绿色的光点就是一个宜居星球，它正离我们越来越近。"卡卡说，"接下来，我要派出一个小飞行器，让月娃和青甲飞到后面探探情况，如果金锋和火锋正在跟 18 号天蝎人交战，他俩也可以增援一下。而我们，就暂时降落在这颗宜居星球上，等待金锋和火锋他们赶上来。"

"这果然是一个万全之策！"怀特伸出一个大拇指，夸赞道。

事不宜迟，卡卡立即让怀特把月娃和青甲叫进来。

卡卡如此这般地跟月娃和青甲交代一番后，就让他们进入了深空一号底部的一个机库。那里，正整齐地停放着好几个小的飞行器。

当卡卡通过驾驶室里的大屏幕看到月娃和青甲登上了其中的一个飞行器后，就轻轻地按动了面前的一个红色按钮。机库的门瞬间打开，月娃和青甲乘坐的那个飞行器一下子被释放，喷着蓝色的火焰逆着深空一号的飞行方向冲了出去。

月娃和青甲刚走，卡卡驾驶的深空一号就飞抵那个宜居星球的上空。

在太空中远远望去，赤橙黄绿青蓝紫 7 条耀眼的光带环绕在宜居星球的周围，把这颗星球装扮得如梦如幻。

"哦，看起来，这真是一个漂亮的星球！"卡卡赞叹道。

"是啊！真是太漂亮了！"这时，连不爱看热闹的彭祖也从休息室里伸出了脑袋。

"这么漂亮的星球该有个名字吧。不然，我怎么把它写进我的旅行地图里去。"彭祖接着说。

自从登上深空一号后，彭祖就开始编制他的旅行地图了。他说作为地球人宇宙旅行的开拓者，他要把自己一路上经过的地点及所见所闻记录下来，为后来的星际旅行者提供方便。

"既然这星球有 7 条耀眼的光带，我们就叫它'七彩星'吧。"霍金教授说。

"好呀，好呀，一个非常美妙的名字！"接着，彭祖从宽大的衣袖里拿出电子记事本，用手写笔在上面写下：七彩星。

当彭祖写完最后一个字的时候，卡卡已经将深空一号降落在七彩星的一处高地上。

第五十一章　七彩星球

　　"这颗星球看起来这么漂亮，我们下去随便走走吧？"卡卡提议。

　　"好呀。"霍金教授和怀特表示赞同。毕竟，从月球上起飞以来，他们已经在飞行器里待了这么长时间，感觉都快憋坏了。

　　于是，怀特推着霍金教授，跟在卡卡后面，走出了飞行器。

　　不过，彭祖没有跟着一起出来。他说自己感觉有些头晕，想待在休息室里休息一会儿。霍金教授他们只好尊重他的意见。

　　刚刚出了深空一号的舱门，卡卡他们立即被眼前的自然景观震撼了。

　　"在古代中国，曾流传着这样一个神话故事：地球上空曾经有 10 个太阳，后来被一个叫后羿的中国大力士射掉了 9 个，天空中的太阳就只剩下了 1 个。你们看，我们眼前的情景与那个神话故事多么相似啊，在我们头顶上竟然自北往南徐徐游移着 7 大卫星，这些卫星，每一个看起来都像我们在月球上看地球那么大，个个占据着相当大的空间。真是奇妙极了！"怀特走出飞行器后，立即被头顶上的7个"太阳"吸引住了，他兴奋地对霍金教授和卡卡说。

"你看，这7颗卫星分别发射出赤橙黄绿青蓝紫不同的颜色，这也许是从远处看起来这颗星球被7条光带环绕的原因吧。"霍金教授说。

"不仅如此，我还发现了一个奇妙的现象：行走在七彩星的地表上，软软的，不但舒坦，而且还很安全。你们不信可以试一试，即便你使劲往前或往后倾斜身子，都不会倒下去的。"卡卡惊奇地说。

怀特好奇地往后仰了一下，他感觉身子后面就像有一双大手托着他一样，即便自己跟地面的角度成了30°，也不会一下子摔在地上。

"真是太舒服了！"怀特一次次尝试着倒下去，向前、向左或向右，却怎么也摔不到地上。

"这是因为7大卫星都有引力，但引力不大，恰好互相排斥又互相吸引，人就像一颗铁钉，周围都是大块磁铁，在相互排斥的空间，人就悬浮于引力之外。"霍金教授解释道。

踏着纤尘不染、不干不燥、不潮不湿的地面继续往前，一会儿，一片花草出现在霍金教授他们面前。

这是一些他们从没见过的植物，他们立即被深深地吸引了。

这些花草树木异常繁盛，颜色不像地球植物那样，单一的或绿或黄或青或紫，它们是各种色彩集中在一棵植物上，并随时变幻，有如变色龙。又完全不同于变色龙，因为各个植物是独立变幻色彩的，不是其他植物的颜色复制品。独特的地方不单是色彩，它们的气味也各有特色，置身其中，浓郁而不混浊的芬芳沁人心脾。

怀特面前有一株不大不小看起来像虞美人的植物，正开着艳丽的花朵。怀特俯下身去，想闻闻那沁人心脾的芳香是不是它散发出来的。然而，当他的鼻子即将触碰到那朵花时，他忽然发现"虞美人"向前跳动了一下。

植物也能动？怀特疑惑着去观察那"虞美人"的根部，却发现所有植物的根须如同地球上鸟类的爪子一般，裸露于地表之上。

怀特再次尝试着用手去触摸"虞美人"的花朵，果然发现它的根须会跳动。不过,这第二次触摸显然让它感到愤怒,它跳动的幅度明显比刚才大了。

卡卡也发现了这个奇怪的现象,它也好奇地用前爪去触碰眼前的一棵"虞美人"。然而,让人没想到的是,它的爪子还没碰到它的叶子,这一整片"虞美人"立即尖叫着向前跑去,瞬间就消失得无影无踪。

"天啊!它们不仅会走会跑,而且还会发出声音。我们应该称它们为植物还是动物呢?"霍金教授惊讶地说。

"它们一定是害怕我们伤害它们,而这个信息瞬间传遍了整片花草,所以它们一下子全都尖叫着逃掉了!"怀特说,"不过,看起来这些花草对我们倒没什么敌意。"

"我们先不要这么乐观,在这个未知的星球,一切都可能发生。"卡卡不同意怀特的观点。

话音儿未落,卡卡突然听到一阵"噼里啪啦"的响声由远及近向这边传来,愈来愈响。它定睛一看,发现四周涌来一些绿色的"潮水"。那些"潮水"来势之猛让人猝不及防,瞬间就把霍金教授他们包围在中间。

直到这时,霍金教授才发现包围他们的原来是一些绿色的藤蔓。跟那些"虞美人"一样,它们都长着会走路的"脚",不过,它们的脚比"虞美人"多了去了,由于是藤蔓植物,它们身子底下那些密密麻麻的"脚"看起来跟地球上的蜈蚣真有一拼。

藤蔓将霍金教授他们包围在一个小圈子里后,开始昂起头疯狂地向上爬去,顷刻间就编成了一个密不透风的"牢笼"。

"天啊,它们把我们关进这个笼子,该不是要慢慢地消化掉我们吧?"怀特脑海中忽然闪现出在地球上见过的猪笼草。而眼前这些会走路的藤蔓,看起来要比猪笼草的威力大得多啊!

想到这里,怀特害怕极了。

不过,面对这突如其来的情况,卡卡却并不慌乱。接下来,它变魔术般变出一把锋利的刀子,它用刀子使劲向其中的一根藤蔓割去,那藤蔓一下子被割断了。然而,就在卡卡自认为找到了突围办法的时候,那断了的藤蔓竟然一下子又合在一起,看起来就如同没有被割过的一样了。

卡卡又尝试着向一根藤蔓发射了一束激光,情形跟刚才一样,那烧焦了的藤蔓瞬间就恢复如初了。

"这些藤蔓的自我修复能力极强，依靠蛮力强行打开一条通道简直不可能。"卡卡摇摇头说。

"这可怎么办呢？难道我们只能在这里坐以待毙了？"怀特望望霍金，又望望卡卡。

"唉！要是青甲在也许情况会好一些。"卡卡摇了摇头，说，"青甲在月球那个密室里侍弄藤蔓几百年，它一定知道对付它们的办法。"

"要不，就制造个小黑洞逃出去？"霍金教授对卡卡说。

"我来试试吧。"

接下来，卡卡让怀特和教授紧紧抓住它的尾巴。然后，它启动了黑洞制造器。"牢笼"里瞬间形成一个巨大的气旋。

卡卡带着怀特和教授使劲往外一冲。但是，结果出人意料，卡卡不仅没能逃出去，而且头还重重地撞在了那些藤蔓上。

卡卡立即抱着头痛苦地蹲在地上。怀特查看了一下卡卡的伤情，还好，只是蹭破了一点皮。

"幸亏只是制造了一个小小的黑洞，冲力不大，不然，我的脖子都被折断了。"过了好一会儿，卡卡的痛苦才稍稍缓解了一些。

卡卡忍着疼痛拿出一个小小的仪器，对着藤蔓扫描了一下，说："天哪！这些藤蔓竟然不是由原子组成的，它们虽然看起来是一些中空的管状物，但是，在这些管状物的管壁中，却连哪怕是一个最微小的空隙都找不到，怪不得我们无法逃出去呢！"卡卡惊叫道。

时间就这样一分一秒地过去了。接下来，卡卡想尽了一切办法，然而，最终也没能成功突围。

在这个藤蔓织成的"牢笼"里，霍金教授他们被折腾得筋疲力尽，但是，眼下却连一点招儿也没有了。

第五十二章 藤蔓之谜

也不知过了多久，卡卡突然发现有亮光从外面射进"牢笼"。

这束亮光无疑是救命之光，卡卡立即振作起来。但是，卡卡并不敢轻举妄动。

借着这微弱的亮光，卡卡仔细观察着，它忽然发现，困住自己的那些藤蔓竟然都变成了枯黄色的。

"难道它们枯萎了？"卡卡一边这样想着，一边随手扒拉了一下那些藤蔓。让人没想到的是，卡卡只轻轻用了一下力，那些藤蔓就无力地瘫软下去。"牢笼"瞬间垮塌了。

等大家从那些毫无生命力的藤蔓中间站起身来的时候，他们惊奇地发现，不久前还坚不可摧的那些藤蔓已经全部枯死了。

霍金教授他们踏着这些藤蔓的"尸体"在四周走了走，发现枯死的不只是藤蔓，连早先看到的那些奇异的花草也没有了生命的迹象。

"那七彩的光环也不存在了！"怀特抬头望了一眼。

"是啊，看起来这里的一切生机都在渐渐消失。这究竟是怎么一回事儿呢？"霍金教授皱着眉头，百思不得其解。

"卡卡——教授——"

忽然，怀特听到有人在呼唤他们。

循着声音望过去，霍金教授他们惊喜地发现月娃、青甲、金锋、火锋他们正站在不远处的一座小山上。看样子，月娃、青甲他们正在焦急地寻找霍金教授他们。

卡卡立即向月娃他们发射了一颗信号弹。这是他们早就约定好的联络方式。

时隔不久，深空一号在外的全体成员会合在七彩星球。

"教授，你们藏得可真够水平，我们几乎找遍了这颗星球也没有发现你们。"月娃不满地说。

"嗨，别提了。"怀特沮丧地说。接下来，他就将在七彩星球上的遭遇向月娃、青甲它们讲述了一遍。

"对了，该不是你们杀死了这些植物吧？"讲完遭遇后，怀特转而问月娃他们。

月娃摇了摇头，说："我们来到这颗星球的时候，这里就已经这样了，根本没有看到你所说的什么七彩光环，也根本没看到什么会走会跑的植物。"

"不是你们杀死了它们，难道是它们自己寿终正寝了？"卡卡疑惑地说。

"好了，先不讨论这个问题了，你们那边的情况怎么样？"霍金教授问月娃他们。

这时，金锋抢先一步走过来，对霍金教授说："其实，在咱们的飞行器突然加速时，我和火锋也发现了18号天蝎人的追踪。为防不测，我和火锋就主动退了回来，试图把那十几只飞碟拦住，并消灭他们。可是，看起来，他们根本无心跟我们交战，当九头巨蛇主动向他们喷射火焰的时候，他们竟然绕开我们偷偷溜走了。"

"这个情况倒颇耐人寻味，按理说，你们两个和十几个18号天蝎人交战是不占任何优势的。可是，他们为什么放弃了这千载难逢的好机会？"

霍金教授说。

"他们为什么不跟你们交手？绕开你们后又溜到哪里去了呢?"卡卡接着问。

"我和月娃赶去增援的时候，恰好看到他们从我们头顶上掠过，因此，我判断他们的目标仍是我们的深空一号母舰。"青甲分析道。

"难道——"卡卡大叫一声，话未说完就急忙向深空一号停靠的地方飞去。

第五十三章 敌人光顾

卡卡是担心 18 号天蝎人摧毁深空一号。一旦发生这样的事情，他们可真的是前不着村后不着店，要老死在这奇怪的七彩星球上了。

卡卡飞走后，霍金教授他们也骑在大蜘蛛和九头巨蛇的背上急匆匆向深空一号赶去。

深空一号被卡卡藏在了离此几百 km 的一片沼泽地中。卡卡选择这片沼泽地，一是由于这里比较隐蔽，18 号天蝎人不容易发现；二是沼泽地附近富含能质粒子，便于深空一号补充能量。

几百 km 对大蜘蛛和九头巨蛇来说根本不在话下，仅仅几分钟的时间，这两个巨大的怪物就把霍金教授他们带到了那片沼泽地。

深空一号还在原来的位置，看起来似乎也没遭到坏人的袭击。

不过，等怀特推着霍金教授走进飞行器内部的时候，却发现卡卡正一脸茫然地跌坐在地上唉声叹气。

"发生了什么，卡卡?"霍金教授紧张地问。

自从认识卡卡以来，霍金教授是第一次看到卡卡这么一副狼狈相。在以前那些日子里，不管遇到什么困难，卡卡总会表现出一副沉稳自信的样子。

卡卡这样，一定是遇到了什么重大的事情。霍金教授这样想。

"教授，都怪我麻痹大意，我们不该离开深空一号。"过了好一会儿，卡卡才渐渐回过神儿来。

"怎么回事儿？这里看起来一切正常啊！"霍金教授说。

"是的，18号天蝎那帮混蛋虽然没有破坏我们的飞行器，然而，宜居星球搜索器却被他们窃走了！"卡卡说。

这个消息让霍金教授心头一紧。

霍金教授知道这个宜居星球搜索器对卡卡来说有多么重要。要不是开普勒452b有这个东西，他们或许就不会遭到18号天蝎人的攻击；要不是有这个东西，卡卡就不能飞越那么远的距离来到地球。而一旦失去这个东西，深空一号飞往开普勒452b的任务将变得非常艰难。

"这的确是一个非常不幸的消息！"霍金教授对卡卡说，"那么，彭祖老人没事儿吧？"

霍金教授忽然想到了彭祖。

"别提了，彭祖老人也被他们掳去了！"卡卡沮丧地说。

听说师父丢了，青甲急忙跑进休息室。果然，它看到休息室里空空如也，那个被彭祖用来编制星际地图的电子屏被随便丢在桌子上，还在不停地闪着荧光。

"先不要着急。大家想想，还有什么弥补的办法吗？"过了一会儿，霍金教授渐渐镇定下来。他望望卡卡，又望望青甲，然后，小声地问。

没有人说话，周围的空气仿佛凝滞了一般。

"对了！我想起来了，当初在制造宜居星球搜索器的时候，为防万一，我在里面安装了一个微型的遥控爆炸装置。"卡卡突然兴奋地从地上跳起来，直奔驾驶室而去。

"你要做什么？"霍金教授随后跟了进来。

"找到遥控器，炸毁那个搜索器呀！"卡卡兴奋地说，"幸亏我提前留了这么一手。"

这时，卡卡已经从镶嵌在驾驶室操作台上的一个抽屉里取出遥控器。

"不！不要！"就在卡卡即将按下遥控器上那个红色按钮的当儿，霍金教授大喊。

卡卡猛然停了下来。

"为什么？"卡卡疑惑地问。

"你想呀，我们距离开普勒452b还有非常远的距离，如果此时炸毁了宜居星球搜索器，我们还怎么发现茫茫宇宙中那些宜居星球？发现不了宜居星球，我们怎么补充飞行器的能量？补充不了能量，我们还怎么飞往开普勒452b？"霍金教授说。

"可是，搜索器现在已经落在了坏人的手里呀，它对我们来说，已经毫无意义了。"卡卡说。

"不！"霍金教授大声说。那语气充满自信，不容置疑。

卡卡轻轻地把那个遥控器放在操作台上，它想，霍金教授既然不让它炸毁遥控器，就一定有他的道理。

"你还记得月娃安装在18号天蝎人飞碟上的那个飞天流萤吗？"霍金教授问卡卡。

"啊，我当然记得。正是借助这小东西，月娃发现了18号天蝎人对深空一号的追踪。"卡卡点了点头说。

"飞天流萤既然能帮助发现追踪我们的目标——18号天蝎人，也能变成我们追踪18号天蝎人的工具啊！"霍金教授说，"18号天蝎人窃走宜居星球搜索器就是为了发现宇宙中的宜居星球，他们接下来的目标必是下一颗宜居星球，我们在飞天流萤的引导下，紧紧跟着他们的飞碟走，不就能发现下一颗宜居星球了吗？"

"对呀，当我们进入下一颗宜居星球的时候，再想法儿把搜索器取回来，把彭祖老人救出来。"听霍金教授这样说，卡卡立即走出了失落情绪。

"嗯，如果搜索器实在取不回来，再把它炸毁也不迟。"霍金教授说。

"对！就这么办！"

第五十四章　土锋出世

　　霍金教授派出金锋、火锋侦察后发现，目前，18号天蝎人还没有离开七彩星球。至于18号天蝎人为什么还滞留在七彩星球上，金锋、火锋不得而知，霍金教授也没有找到一个合理的原因。

　　"也许，他们跟我们一样，需要给飞碟补充完能量后才能起飞吧。"霍金教授说，"姑且不管什么原因，我们正好可以利用这段时间研究一下七彩星球为什么突然间失去生机这个问题。"

　　"这个问题还用研究吗？七彩星突然失去了生机，一定是因为18号天蝎人盗走了七彩星的地心之火。"卡卡说。

　　"我也是这样考虑的。不过，我们怎么才能知道18号天蝎人有没有取走七彩星的地心之火呢？"霍金教授问。

　　"最好的办法就是派人到七彩星的地心里面看一看。"怀特回答。

　　"是啊，除此之外，暂时还找不到其他办法。不过，我们这些人当中，谁有进入地心的本事呢?"霍金教授问。

接下来，霍金教授望了一眼卡卡。霍金教授认为，在这些人当中，也许只有卡卡才能完成这个任务吧。

但是，卡卡摇了摇头，它说:"我虽然会制造一些微小的黑洞，能在空间之间进行瞬间转移，但是，地心里的温度高达数千度，我目前没有抵御如此高温的本事。"

"要不，派火锋去吧?"怀特提议。

火锋也摇了摇头，他说:"我虽然不怕地心里的高温，然而，地心离地面那么远，我没有遁地穿行的本事，怕是也无力完成这么艰巨的任务。"

"唉，要是土锋在就好了!"金锋虽然待在一边并未说话，但是，心里却也为探寻地心之火的事情着急。

"我来也!"

就在大家陷入面面相觑的尴尬境地时，突然，伴随着一声大吼，一个披挂着一身土黄色战甲的少年从天而降。

面对这突如其来的情况，金锋、火锋立即把霍金教授他们护在中间，摆出一副迎战的架势。

没想到，那披挂着土黄色战甲的少年落地后并不出招，而是抱起拳头弯下身子给众人深深地施了一礼。

"你是?"金锋疑惑地问。

"大哥，我是土锋啊!我在月球上听到了你们心灵的呼唤，所以就从坚果里破壳而出，来到了你们身边。"眼前的少年说。

"土锋?你真的是土锋?那么远的距离，你也能瞬间找到我们?"霍金教授又惊又喜。

"我也不知道怎么回事儿。按理说，从月球飞到这里，应该会耗费一些时间的。但是，我刚刚从月球上飞起来的时候，就感到仿佛有一股气流在推着我走，那股气流的力量威力无比，一眨眼就把我送到了这里。"土锋回答道。

"一股气流?"霍金教授疑惑地问。因为在霍金教授的研究理论体系中，还没有发现威力这么大的气流。

"哦，也可能不是气流。因为就在推动我的那股力量消失之时，我好奇地往后看了一眼，看到两道金光一掠而过，立即消失得无影无踪。"土锋说。

"那两道金光是不是两只手？"卡卡问。

"嗯，有点像。"土锋回答。

"又是他？"听到这里，霍金教授望了望卡卡。

卡卡点了点头。

"教授，我现在就去察看一下地心之火的情况吧。"土锋主动请缨。

"好吧，一定要注意安全！"霍金教授说。

"呵呵，教授尽管放心好了。不是我土锋吹牛，凡是遁地的事情，不管是松软的土层还是坚硬的岩石，不管是奇寒的严冰还是滚烫的岩浆，只要是在土里，就没有我到达不了的地方！"土锋拍着胸脯说。

接着，土锋一跃而起。

遁地时，他的头先着地，就像跳水运动员向水里扎猛子那样。还没等大家反应过来是怎么回事儿，土锋已经不见了。

卡卡查看了一下土锋着地的那个地方，一点撞击的痕迹也没有。

"果然好本领！"卡卡赞叹道。

第五十五章　拯救七彩星

没过多久，土锋从地下返回地面。

"怎么样？"他刚一上来，众人就把他围在了中间。

土锋摇了摇头，叹息道："七彩星的地心之火丢失了，七彩星内部岩浆的温度正渐渐下降，估计过不了多久，这颗星球就会变成一颗冰冷的星球，生活在这里的所有生命即将死亡，这颗星球将变得死寂而荒凉。"

"现在，你们应该明白 18 号天蝎人为什么在月球基地里储存了那么多瓶子了吧？"霍金教授问。

"看来，18 号天蝎人的目标不只地球一个，而是宇宙中更多的宜居星球。比如说，这颗七彩星球。"卡卡说。

霍金教授点了点头。

"看来，我们的任务比想象中的还要艰巨啊。"怀特说。

"18 号天蝎人这帮混蛋！"月娃、青甲攥着拳头，异口同声地骂道，"他们实在是太可恶了！"

"是啊，18 号天蝎人的确可恶。但事已至此，难道，我们要任由七彩星这颗美丽的星球衰微下去吗？

就没有什么办法了吗?"怀特问。

美轮美奂的七彩星球曾经带给怀特那么多视觉享受和不一般的体验,他可不想眼睁睁地看着它变成一颗冰冷死寂的星球。

霍金教授和卡卡又何尝不是这样想呢?此刻,他们正在苦苦思索着拯救七彩星球的办法。

"七彩星正渐渐失去生机,原因是它丢失了地心之火。"过了一会儿,霍金教授喃喃自语道。

"这个情况我们都知道呀。"怀特疑惑地望了一眼霍金教授。

"地心之火对于七彩星来说非常重要,主要是能为七彩星提供源源不断的能量。"霍金教授并不理睬怀特,继续自言自语。

"啊,这个道理我们也明白。"怀特说,"教授,您到底想说什么呢?"

"我想说的是,七彩星的能量来源只有地心之火吗?"霍金教授说,"还有没有其他渠道能为七彩星提供能量呢?"

"卫星!"怀特和卡卡异口同声。

"是啊,作为一个独立的星球,七彩星的 7 颗巨大的卫星就是 7 颗巨大的能量源啊!"霍金教授说。

"可是,我们怎样才能将这些卫星的能量输送给七彩星呢?"怀特问。

卡卡皱着眉头想了一会儿,忽然有了一个主意。

"教授,我们何不利用一下那些藤蔓呢?在我们被那些藤蔓困住的时候,我已经研究过了,每一条藤蔓都是一根密闭的管子。"卡卡兴奋地说。

"你的意思是——"

显然,霍金教授并不明白卡卡的意思。

"我们被这些藤蔓困在里面的时候,不是发现它们的修复能力极强吗?即便是用那么强的激光把它烧焦,它都能立即恢复原状。它们的生命力如此顽强。我想,如果给予这些枯死的藤蔓一些能量,它们就一定能迅速活过来的。"卡卡回答。

"难道,你的意思是说,把这些藤蔓连接到七彩星那些卫星的地心里?"霍金教授惊讶地问。

"嗯!"

"哦!这个主意太疯狂了!"霍金教授笑着说。

"哦，我明白了，这不和我们地球人输液的道理类似吗？"怀特说。

"嗯，就是这么回事儿！我们把这些枯死的藤蔓连接起来，一头连在那些卫星的地心里，一头连接在七彩星的地心里，卫星上的能量就会源源不断地输送到七彩星上来了。这样一来，不仅藤蔓获得了能量得以复活，七彩星也不会马上死去呀。"卡卡兴奋地说。

"嗯，办法倒是个好办法。不过，这也是个权宜之计。那些卫星毕竟体积很小，并没有太多的能量。"霍金教授说。

"即便是权宜之计，也比眼睁睁看着七彩星死去好呀。再说，也许过不了多长时间我们就能打败18号天蝎人，到那时，我们把地心之火取回来，重新安放在七彩星内部，七彩星不就重获生机了吗？"卡卡说。

"好！就这么办！"霍金教授说。

接下来，众人一起努力，把那些枯死的藤蔓接在一起。然后，把藤蔓的一头绑在大蜘蛛身上，让它带着它们到七彩星的卫星上去。大蜘蛛非常擅长这个任务，当初，它在地球和月球之间织成那么大一张网就没费多大劲儿。

土锋在七彩星上钻出七个孔之后，就来到卫星上等待。等大蜘蛛刚爬上来，他就把藤蔓装进了卫星的地心深处。

奇迹瞬间发生了，那些枯死的藤蔓一接触到卫星的地心之火，立即返黄变绿，焕发出了勃勃生机。

七彩星这边，金锋或火锋一起努力，把藤蔓的另一端顺着土锋钻好的空穴，伸进七彩星的地心里。

一条红色的光环立马出现在了众人的头顶上。这说明，那颗闪着红色光芒的卫星中的能量正通过藤蔓的管道进入七彩星的地心。

接下来的工作如法炮制。

没过多久，众人的头顶就重新出现了七条艳丽的光环。

七条藤蔓连着七颗卫星，看起来，七彩星颇有些病得不轻的感觉。不过，这颗被18号天蝎人弄坏的星球已经暂时摆脱了继续衰微下去的危险，它虽然还没有恢复到霍金教授刚刚看到它时那美丽的样子，但仍在继续往好的方向变化。

看到这一切，怀特他们真是高兴极了，一群人不禁围在霍金教授身边又唱又跳起来。

第五十六章　大败而归

　　就在怀特他们正围着霍金教授开心地唱歌跳舞的时候，留在深空一号上值班的月娃突然听到飞天流萤信号接收器发出"嘀嘀"的提示音。它知道，18号天蝎人的飞碟起飞了。

　　于是，月娃向天空中发射了一颗信号弹。

　　这是一颗微波信号弹，普通人根本发现不了。然而，卡卡的耳朵里藏着一只微波接收器，它瞬间就感知到月娃在呼唤自己。

　　这个信号是月娃跟卡卡事先约定好的。

　　事不宜迟。卡卡立即招呼大家迅速向沼泽地赶去。

　　此时，深空一号早已补充完能量。

　　几秒钟后，深空一号喷着蓝色的火焰腾空而起，循着飞天流萤的信号快速地向前冲去。

　　深空一号中，怀特站在舷窗前，依依不舍地跟七彩星挥着手，他看到，那美轮美奂的奇异光芒越来越淡，越来越模糊，并最终消失在他的视线里。

　　卡卡聚精会神地驾驶着深空一号，在星际间像闪

203

电一般穿梭前行。

月娃则陪伴在卡卡的身边，随时告诉它 18 号天蝎人飞碟的方位。卡卡不敢跟得太近，太近了被 18 号天蝎人发现就麻烦了。但也不敢离得太远，距离超出了信号接收的有效范围，就可能把目标丢失。

好在卡卡的技术超级棒，否则，真不知在这段行程中又会生出什么事端。

"嘀嘀……嘀嘀……"也不知过了多长时间，月娃腕上那个飞天流萤信号接收器的声音忽然变大了。

"妈妈，请把速度降低一些吧，接收器的声音逐渐变大，说明我们与 18 号天蝎人飞碟的距离正逐渐缩短。"月娃提醒道。

卡卡往上一推操纵杆，深空一号的速度渐渐降了下来。

然而，飞天流萤接收器的声音仍在渐渐增大。

"速度都这么低了，接收器的声音为什么还这么大？"月娃皱起了眉头。

"这很好解释。第一，有可能我们被 18 号天蝎人发现了，他们正在前方某个位置等着我们；第二，18 号天蝎人找到了一颗宜居星球，他们已经在那颗星球降落了。不过，我这一路上驾驶得很谨慎，他们发现我们的可能性很小。"卡卡说。

"既然这样，那我们就赶快飞到那颗星球上去吧，你不是还要抢回宜居星球搜索器，救出彭祖吗？"听说下一个"站点"到了，月娃很兴奋，它不禁催促起卡卡来。

"不慌。为防万一，还是先让金锋到前面侦察一番为好。"卡卡一边说，一边将深空一号悬停在空中。

金锋得到命令，双腿一夹大蜘蛛的肚子，大蜘蛛呼啸着向前飞去了。

让人没想到的是，金锋这一去竟然没了音讯。卡卡待在驾驶舱里等了好久，也不见金锋回来。

于是，卡卡又派出了火锋。

火锋跟金锋一样，骑着 9 头巨蛇飞走以后，也不见了踪影儿。

"怎么回事儿？难道他们遭到了 18 号天蝎人的伏击？"这时，霍金教授已经遥控着他的电动轮椅进了驾驶舱，他担心地问。

"有这个可能。看来，我要亲自出马到前面去看看了。"卡卡说。

"还是派别人去吧！你走了谁来驾驶飞行器?"霍金教授说。

"派谁去呢? 在我们这个队伍中，金锋和火锋是战斗力最厉害的，连他们都一去无回了，我若派出青甲和月娃，还不等于拿鸡蛋碰石头。"卡卡说。

霍金教授想想也是。不过，他着实为卡卡担心，因为一旦卡卡遭遇了不测，他们可就真的一点办法也没有了。

"哎——我们不是还有土锋吗?"正在这两难之时，怀特忽然想到了土锋。

"对呀！土锋也是一等一的高手，虽然他目前还没有自己的坐骑，然而，想必本事也不在金锋、火锋之下。"卡卡高兴地说。

"土锋!"卡卡叫了一声。

可是，没人应答。

"土锋!"怀特使劲叫道。

仍旧没人回答。

"你们呼唤土锋做什么?"青甲疑惑地走进驾驶舱。

"金锋、火锋没有回来，想必已经遭到不测，我想再派土锋到前面查看一番。"卡卡说。

"他呀，早已经出发了!"青甲说。

"到哪里去了?"卡卡疑惑地问。

"去前面侦察情况了呀！他原本跟我在一起的，火锋走后不久，他忽然对我说，心灵感应告诉他，金锋和火锋遇到了危险，要他马上去帮忙儿。我告诉他，还是先禀报霍金教授或卡卡一声吧，他说来不及了。接着他就跳出了舷窗，闪电一般飞去了。"青甲将土锋前去增援的事情前前后后讲了一遍。

"嗯，我们的猜测果然没错。"卡卡说。

"土锋兄弟有心灵感应，相信土锋的判断不会错。不过，既然金锋和火锋都不是敌人的对手，土锋去了不会也回不来吧?"霍金教授很为土锋的莽撞举动捏一把汗。

然而，就在这时，正趴在舷窗上向外观望的怀特看到了惊奇的一幕：土锋正骑在一只巨大的穿山甲背上拖着金锋和火锋往这边飞来。

等土锋走到深空一号跟前，眼前的情景彻底把大家惊呆了。

第五十七章　疯狂的巨树

原来，大蜘蛛和九头巨蛇不知被什么东西弄得遍体鳞伤，已经奄奄一息了。金锋和火锋也无力地趴在大蜘蛛和九头巨蛇身上，看起来也已经生命垂危了。

"快！快拿紫薰草来！"霍金教授和卡卡同时叫道。

紫薰草是卡卡在月球雨海那口深潭里采的灵药。在月球上时，它曾经神奇地治好了青甲的伤，救了彭祖的命。

说话间，青甲已经将磨好的紫薰草拿来。

怀特将药分别喂给 4 个伤者。

"你们是不是遭到了 18 号天蝎人的袭击？"在等待金锋他们苏醒过来的时候，霍金教授问土锋。

土锋摇了摇头。

"不是 18 号天蝎人？"见土锋摇头，卡卡的眉头瞬间皱了起来。

"是的，袭击我们的不是 18 号天蝎人，而是一棵大树！"土锋回答。

"什么？大树?!"霍金教授的嘴巴一下子张得老

大。在霍金教授的脑海里，树一向是安静与和平的象征，它们怎么变成杀人的"恶魔"了呢？

接下来，土锋将情况向霍金教授和卡卡做了汇报。

"我发现金锋和火锋的时候，是在一颗巨大的宜居星球上。那个星球上长着一棵遮天蔽日的大树。看起来，它是那个星球上唯一的一棵树。那棵大树像极了生长在地球沙漠里的一种特殊的树木——光棍树。"土锋说。

"哦，光棍树！我曾在一本杂志上看过关于这种树的介绍。光棍树是属于大戟科的一种肉质木本植物，原产于东非、南非的热带干旱地区。整株树无花无叶，仅剩光秃秃的枝干，犹如一根根棍棒插在树上。故人们戏称为'光棍树'，也有人叫它'绿玉树''神仙棒'。光棍树的茎中含有乳白色的汁液，故又有人叫它'牛奶树'，它茎干中的乳白色汁液可以制取石油。"怀特说。

"是的，那棵树的样子看起来跟光棍树极为相似。不过，它实在太大了，我在太空中远远地望去，整颗星球几乎都被它覆盖了。开始的时候，我还以为是草原，可是等我走近了，我才发现那只是一棵树。"土锋说。

"哦，一颗星球上只长一棵树，这点听起来很有意思。"怀特说。

"那接下来呢？"霍金教授问。

"我本来以为那只是一棵树而已，接下来，我就想降落在那颗星球上，我想，这一路上也没发现金锋和火锋的踪影儿，他们一定是来到了这个星球上。可是，就在这时，我突然发现了一个奇怪的现象：那棵树的所有枝条突然剧烈地抖动起来，不仅如此，伴随着一阵阵似虎啸龙吟的声音，那些枝条开始扭曲地朝我的方向伸过来。看起来，每一根枝条都有上千 km 长。无数根枝条在空中乱舞，就像魔鬼的巨爪一样恐怖。我简直吓坏了。"土锋说。

"那些枝条是奔着你去的吗？"卡卡问。

"是的，等稍稍冷静一些后我才发现，那些'愤怒'的枝条原来是冲着我来的，它们正试图抓住我。"

"那棵大树袭击性这么强，金锋和火锋该不是在你之前就被它抓去了吧？"霍金教授问。

"是的，我在太空中一边不停地躲闪着那些枝条，一边在那广阔的树冠里搜寻金锋和火锋的身影儿。亏了大蜘蛛和9头巨蛇也都是大块头，不久我们就发现了它们。"

"金锋、火锋都是本领超凡的人，大蜘蛛和九头巨蛇也不是等闲之辈，你发现他们的时候，他们一定在跟这棵巨树进行殊死的搏斗吧？"卡卡问。

"他们到底与巨树搏斗没有我没看见，我发现他们的时候，他们已经各自被数不清的枝条紧紧缠绕起来。大蜘蛛和九头巨蛇虽然体型巨大，但在这棵树跟前，却显得那么微不足道。当时的情景就跟一条巨大的章鱼抓住了一条小鱼一样。不仅如此，那些树枝还不停地扭动着，疯狂地摇摆着，大有不把他们置于死地不罢休的劲头儿。"土锋绘声绘色地描述着当时的情景。

"那棵大树那么厉害，你是怎么救下他们的呢？"霍金教授问。

"是的，那棵大树实在太厉害了！如果硬拼，我肯定不是它的对手。这是我当时的第一想法。"

"那后来你是怎么做的呢？"怀特迫不及待地问。

"后来，我灵机一动，我想，既然是树就一定有根，既然有根就一定有泥土。于是，我就巧妙避开那些枝条，一下子钻进了土里。"

"你连七彩星的地心都能钻进去，想必在这大树的根部也一定游刃有余吧？"霍金教授问。

"是啊，只要进了土地，主动权就到我这边来了。"

"接下来的事情怎么样呢？"怀特问道。

"到了地底以后，我被那棵树的根震撼了，它就像它的树冠一样。那些密密麻麻的根又粗又长，几乎占据了所有的泥土。不过，那些根倒没有什么威胁。像地球上的树根一样，它们只是大树吸收养料、输送养料的工具。面对这些毫无威胁的树根，我忽然有了一个主意，我想，如果把这些根全部斩断，巨树一定会死亡。巨树死了，金锋和火锋不就得救了？"土锋说。

"看起来这个主意有点损哦，那棵大树虽然抓住了金锋、火锋，但一定也是事出有因，在没有弄明白原因之前你就夺走它的生命，我怎么感觉有些残忍呢？"怀特打断土锋的话，插了这么一句。

"当时我也是这么想的，不过，不立即采取行动牺牲的就有可能是我们的人。"土锋说。

"土锋做得对,一个人虽然要时常保持善良之心,但是也要分什么时候。接下来的情况怎么样呢?"霍金教授问。

"要弄断大树的根,这件事我感觉易如反掌。接下来,我开始使劲拉扯其中的一条根。不过,我刚刚将那条根从泥土里抽出来,忽然,发现了一个通往地下的巨大通道。"

"通道?不是你抽出大树的根以后形成的通道吗?"卡卡问。

"不,那个通道来自另一个方向,看起来要比我拉出的这条根粗多了。我很好奇,当然也是为了探明情况以防意外,于是,我就顺着那个通道前行。没想到那个通道竟然一直通到那颗星球的地心里去了。就在这时,我突然发现前面出现了一群身形巨大长相奇特的人,手里端着激光枪,正不停地吆喝着什么。"

"身形巨大长相奇特的人?其中一个人是不是戴着黑色面罩?"月娃不知何时进到驾驶舱里,当听到土锋说到那个人时,他猛然想到了在18号天蝎人基地见过的"刀疤"。

"是的,我躲在暗处悄悄观察了一下,的确有一个人戴着黑色的金属面罩,面罩上仿佛还有一道长长的疤痕。"土锋回答。

"是不是还有一个人长着巨大的鸟嘴?"青甲问。

"哦,是的,是的。"

"嗯,是18号天蝎人无疑了!"月娃望望霍金教授,又望望卡卡。

"那么,18号天蝎人在吆喝什么呢?"霍金教授问。

"一群黄色的小人!当时,他们正被那几个凶神恶煞推搡着往前走去。他们表情痛苦,是极不情愿的。"土锋回答。

第五十八章 黄色小人

"我仔细看了一下，那些黄色的小人看起来只有地球人的三分之一高，他们的身体是橙黄色的，头和身子各占二分之一。从背影来看，他们像极了一种两头粗中间细的葫芦。不过，他们都在撅着屁股干活，没人向后看过来，因此，我没有看清楚他们的脸是什么样子的。"青甲说。

"哦，一群黄色的小人！这个线索值得重视。看起来，他们应该不是 18 号天蝎人。那么，他们是谁，又来自哪里呢？他们怎么会受到 18 号天蝎人的奴役？"卡卡皱着眉头说。

"嗯，很显然，18 号天蝎人奴役他们是为了让他们开挖通往地心的通道，以便于盗取地心之火。"霍金教授说，"至于他们是谁，又来自哪里，我想，他们很可能是生长在那颗星球上的生物。"

"我很赞同霍金教授的分析。"土锋说，"因为，当我后来进入大树的树冠拯救金锋和火锋的时候，我看到那棵巨树的枝条上结满了外形跟黄色小人一样的果子，那些绿色的果子被一根长长的藤吊在枝条上，看起来个头比黄色小人小一些。我据此判断，那些黄色小人也是这棵巨树上结出的果实。"青甲说。

"你的分析不无道理，正所谓瓜熟蒂落，我想，那些绿色的果子成熟后就会自动脱离巨树。不过，与地球上的果子不一样，脱离了巨树的果子不仅改变了颜色，而且变成了一种能活动、有思想的独特生物。他们在那棵巨树下繁衍生息，其乐融融，直到遇到了可恶的 18 号天蝎人。"怀特这样分析道。

怀特是个想象力非常丰富的年轻人，他不仅想到了黄色小人的成长过程，而且，还描述了一番他们的生活情景。

不过，怀特的推断获得了霍金教授的认可。他说，宇宙中的确有这样一种低等的动物，他们的生命基础依托于植物，过着与世无争的和谐生活。

"这样说来，这件事情已经基本明晰了：18 号天蝎人抢走了我们的宜居星球搜索器，然后，乘着飞碟继续往前飞行，在宜居星球搜索器的帮助下，他们发现了长着巨树的星球，随后，他们在那颗星球上降落。18 号天蝎人发现了黄色小人，于是就驱赶着他们开凿通往地心的通道。就在他们即将到达地心的时候，你发现了他们。"卡卡说。

"是的，我也是这样想的。"土锋说。

"如此说来，是 18 号天蝎人惹怒了那棵巨树，那么，大树为什么不袭击 18 号天蝎人，而是袭击对它毫无伤害的你们呢？"怀特问。

"我想，事情应该是这样的：18 号天蝎人刚刚进入那颗星球的时候，大树应该没有意识到 18 号天蝎人有敌意。不过，后来，18 号天蝎人抓了黄色小人，而且试图取走他们的地心之火，这彻底惹怒了巨树。而恰在此时，金锋和火锋先后赶到。巨树把金锋和火锋当成了跟 18 号天蝎人一伙儿的坏人，所以，就展开了对他们的袭击。"霍金教授分析道。

说话间，金锋他们 4 个伤已经痊愈，先后醒过来了。

卡卡一一查看了他们的伤口，发现他们已经恢复如初了。

霍金教授问金锋他们是怎么遭到大树袭击的。金锋摇了摇头，说他们也不知道巨树为什么会袭击他们。不过，他清楚地记得生长在巨树上的那些绿色小人非常愤怒，当他们被巨树的枝条缠住的时候，他们扑上来对他们凶狠地又啃又咬，嘴里还不住地喊着杀死这些强盗。

"嗯，巨树和那些绿色的小人一定是把你们当成了18号天蝎人的同伙。"霍金教授说。

"那么，最后那帮坏蛋究竟有没有取走地心之火，而你又是怎么救出金锋、火锋的呢？"霍金教授接着问。

"早先，我已经从你们口中对18号天蝎人有了一些了解，我知道这是一群丧心病狂的家伙。我想，凭我一己之力与他们正面冲突无异于拿鸡蛋碰石头。为了不造成无谓的牺牲，我就悄悄退了出来，准备先回去给你们通报一声，看能不能找到更好的解决办法。可是，当我回到地面上时，我惊讶地发现，那棵巨树已经整个倒伏在地上，全然没有了刚才的强劲与疯狂。那些巨大的枝条则如粗长的面条一般铺满了整个地面，一眼望不到边际。"土锋绘声绘色地描述着从地下回到地面时看到的情景，紧皱的眉头写满了心中的疑惑。

"这没有什么难理解的。就在你返身回地面的时候，18号天蝎人已经取走了地心之火！"霍金教授说，"地心之火是一切宜居星球上的生命赖以生存的能量之源，只有它的缺失才能给整个星球上的生命造成如此巨大的破坏！"

"于是，你开始在那些毫无生机的枝条之间寻找，后来发现了金锋、火锋他们，就把他们拖了回来。"这句话是怀特说的，因为，接下来的情景已经无须土锋述说。

土锋点了点头，又摇了摇头。

"怎么？难道我说的不对？"怀特问。

"不是不对，是不完全。就在我找到了金锋、火锋他们即将离开那颗星球的时候，一个昏迷中的绿色小人突然醒了过来。当时，他一把抱住我的腿，哀求着要我救他们。我问怎么才能救他们，他拼尽最后一丝力气吐出了四个字'圣——泉——之——水'！"

第五十九章　水锋出世

"圣泉之水?"当霍金教授从土锋那里听到这个词的时候,他疑惑地望了望卡卡他们。然而,没人知道这是什么东西。

这时,霍金教授突然想起了彭祖,他说:"要是彭祖先生在就好了,自从'金色大手'送给他那个电子学习机,他对宇宙知识的学习突飞猛进。凭他老人家掌握的知识,他应该知道这圣泉之水是什么?"

"虽然我们不知道这圣泉之水是什么。但是,有一点是确定的,就是这圣泉之水可以挽救那颗长着巨树的星球上的那些即将失去的生命,至少能挽救那些绿色小人的生命。"卡卡说。

霍金教授点了点头。然后,长叹一声:"唉!也不知彭祖被那些可恶的天蝎人掠去之后怎样了?"

"教授,您不必担心彭祖先生的安危。您想,他被天蝎人掠到月球3000年都还活得好好的。在这短短的几天里,怎么会发生意外呢?"卡卡安慰霍金教授。

卡卡的话虽然有些勉强,但,霍金教授还是点了点头表示认可。

就算不认可又能怎么样呢？现在，宜居星球搜索器还在18号天蝎人手里，那可是他们飞往更遥远深空的唯一一根"稻草"。

就在霍金教授长吁短叹的时候，卡卡突然发现他们的头顶出现了一片蓝色的云。那片云不是静止的，而是在飞速旋转着。

"快看！那是什么？"卡卡一边大叫着，一边招呼大家赶快进飞船。

可是，大家根本来不及做出更多反应，那片云已经在剧烈地旋转中越来越大，越来越低了。

瞬间，深空一号被包围在了云的中心地带。

这是一片水汽凝结在一起的云。说来也奇怪，这片云只是环绕在深空一号的周围，却并未淹没深空一号，就像给深空一号穿上了一件云的外衣。

卡卡没有贸然发动深空一号。因为，这片云来得太突然太猛烈，它暂时还搞不清这云到底有多深，里面到底有没有危险。

接下来，待在深空一号里的卡卡他们突然听到云层外面传来一阵厮杀声，像巨大的雷声"隆隆"滚过头顶，像猛烈的闪电划过天空，只听得云层外面瞬间乱作一团。

卡卡他们不敢轻举妄动，只是在驾驶舱里静静地待着。

不久，外面的声音渐渐弱了下去，直到彻底恢复了平静。

突然，云开雾散。卡卡他们抬头望去，那团水汽越来越小，最后聚成了一颗晶莹的大大的水球。

突然，水球爆裂。随着一声巨响，一个身披蓝色盔甲的少年腾空而出。

"大哥、二哥、三哥！"少年面对着深空一号，一边双手抱拳施礼，一边朗声叫道。

直到这时，卡卡他们才看到，金锋站在大蜘蛛背上，火锋骑在9头巨蛇脖子上，土锋左手牵着一只土龙，另一只手按着一只七彩的凤凰。3兄弟正由远及近，向着蓝色少年的方向飞来。

来到蓝色少年跟前，土锋松开了右手按着的凤凰。

"这个给你！"土锋大吼一声。那凤凰扑棱一下翅膀，径直飞到了蓝色少年脚下。蓝色少年脚尖点地，纵身飞到了凤凰背上。

那凤凰扑棱一下翅膀，绕着深空一号飞了一圈儿。那骑在凤凰背上的少年甚是威风。

土锋也不甘示弱，自己纵身骑在土龙背上，紧随凤凰其后，也绕着深空一号飞了一圈儿。

然后，金锋、火锋、土锋和那个蓝色少年哈哈大笑。

"这个蓝色少年一定是水锋！"卡卡他们正在飞船里望着眼前的情景疑惑不解的时候，霍金教授笑着说。

"水锋?!"大家一下子目瞪口呆。

"打开舱门吧！"霍金教授说。

卡卡按下驾驶舱前的一个按钮，深空一号的舱门缓缓开启。霍金教授率领着大家出了舱门。

"那骑凤凰的少年一定是水锋吧！"霍金教授望着天空朗声叫道。

那少年看到霍金教授一行来到跟前，急忙跳下凤凰。

"小生正是水锋！"少年抱拳，一一施礼。

"水锋，你不在月球上好好待着，怎么一下子跑这里来了?"青甲问。

"你们在这里受苦受难，我还怎么待得下去?"水锋回答。

"哦，你们兄弟心灵感应的功能真强大！"青甲笑着说。

"是啊，我的心灵收到了大哥、二哥、三哥的召唤，就急匆匆地赶来了！"水锋说。

"那刚才的云和厮杀是怎么回事儿?"霍金教授问。

"哦，这个嘛。"土锋抢先一步，说，"事情是这样的，水锋在月球上感应到我们需要圣泉之水医治生命垂危的巨树，于是，在来的途中，就顺便去了一趟圣泉，偷了一些圣泉之水。然而，水锋偷水一事不幸被看护圣泉的两只怪兽——凤凰和土龙发现。于是，它们一路追踪，就追到了这里。"

水锋接过土锋的话茬儿，接着说："我怕凤凰和土龙袭击飞船，于是就变幻出一片巨大的云隐藏了飞船。接下来，大哥、二哥、三哥发现了我被凤凰和土龙追赶，就一起出手相救，我们4兄弟和那两只怪兽战在了一起。最后，我们制服了凤凰和土龙，于是，就把它们抓来做了坐骑。至于后来的事情，大家已经看到了，我就不再讲了。"

"啊，好，好，我们不仅又添了一员虎将，而且还得了两匹坐骑，真是双喜临门啊！"卡卡欢呼道。

"不对，应该是三喜临门！"霍金教授笑着说，"刚才土锋不是说，水锋带来了圣泉之水吗？"

"是哦！是三喜临门！"卡卡激动地说。

"那么，就让我们来见识一下这圣泉之水吧！"怀特不知何时冒了出来。

"好啊！"说话间，水锋已经纵身跳到空中。

水锋岔开双腿凝神静气地站立，然后，手掌上提，掌心相向，像中国人练太极拳那样，挥动双掌。突然，神奇的一幕出现了：一颗晶莹的水珠儿出现在水锋的双掌之间。水珠儿越来越大，渐渐变成一个水球。水球越来越大，瞬间变得如同一个足球场一般，而且，还没有停止的迹象。

"好了好了，快停下来，再变就要成为汪洋大海了！"霍金教授说。

水锋挥了挥手，那水球渐渐变小，最终消失得无影无踪。

"哦，真神奇！但不知这圣泉之水有何来头？"霍金教授一边禁不住发出赞叹，一边问。

"我是宇宙中水精灵的化身，对水有一些了解。据说，这圣泉是宇宙大爆炸之初形成的一眼泉水，它是宇宙之水的源泉。宇宙中的生命莫不起源于水，因此，这生命源头的水就如同仙草灵药一般，对宇宙中生命垂危的动植物都有一定疗效。"水锋介绍道。

"真是太好了！有了圣泉之水，巨树可以永葆青春了！"卡卡说。

听了卡卡的话，水锋摇了摇头，说："不！圣泉之水虽然对巨树有一定疗效，不过，这也是权宜之计。因为，水是蒸发之物，即便是圣泉之水也不例外。这水一旦耗尽，巨树仍会死亡。要让巨树永葆青春，必须取回被18号天蝎人取走的地心之火。唯有让那颗星球恢复正常，才能保证风调雨顺，也才能让巨树得以寿与天齐。"

"哦，就算是权宜之计也好，还是让我们赶快去救那棵巨树吧！再晚一些，我怕即便是圣泉之水也救不了它了。"怀特说。

怀特一向是个宅心仁厚的年轻人，他不想眼睁睁地看着巨树死去。何况，还有巨树上那些绿色的小人。要知道，他们可是这个独特星球历经亿万年才孕育出来的精灵。

"好！我们走！"月娃和青甲随声附和。他们已经在深空一号待了好久，都感觉有些迫不及待了。

第六十章　拯救巨树

"慢着！"当怀特提议要去救巨树，而青甲和月娃迈开大步准备走的时候，霍金教授大声叫道。

"为什么？"青甲和月娃停住脚步，疑惑地问，"巨树危在旦夕，我们现在有圣泉之水了，为什么不抓紧去救？"

"原因很简单，因为18号天蝎人在那里！"霍金教授一字一顿地说。

听霍金教授这样说，月娃抬起手腕，看了一眼飞天流萤信号接收器，然后愤恨地说："这帮混蛋！还不走？"

"不！我们暂时还不能让他们走。你想，我们的追踪器还在他们手上，彭祖先生也还在他们那里。"卡卡说。

"对呀，你不说我们都要忘了。"青甲和月娃说。

"你们这两个有热情没脑子的家伙！"怀特做了个鬼脸，指着青甲和月娃说。怀特这样其实是为了掩盖自己的囧相。要知道，马上去救巨树可是他先提出来的。

然而，青甲和月娃一点也不买他的账，一齐指着怀特的鼻子说："你，还好意思说我们？"

怀特的脸一下子红了。

"好了，好了，不要闹了。我们接下来分派一下任务吧。第一小分队，水锋、土锋和青甲，你们带上圣泉之水去救巨树；第二小分队，金锋、火锋和月娃，你们去侦察18号天蝎人的踪迹，如果发现彭祖，就见机行事，把他解救回来。"

"遵命！"

跟随在霍金教授身边的果然是一群能征善战的勇士，他的任务刚一下达，两支小分队迅速组成并火速出发。

"教授，您只给他们下达任务，我做什么呢？"怀特被大家的热情影响着，也有一股跃跃欲试的激情，然而，他没听见霍金教授叫自己的名字，所以内心不免感觉酸酸的。

"你暂时留守，怀特。"霍金教授淡淡地说。

"可是，您几乎从不给我下达任务，我真不知跟着你们有什么作用。"怀特噘着嘴不满地说。

看到怀特这个样子，霍金教授望了望卡卡，笑着说："看！不愧是地球上最伟大的统帅的后裔！"

怀特眉头一皱。

卡卡也笑了。然后，他说了一句让怀特感到莫名其妙的话："快了！快到时候了！"

"你们到底在隐瞒什么？从我一开始参加您的那次助理招聘会，就感觉怪怪的，及至后来发生的一些事情，你们似乎对我也有所隐瞒。难道，这些情况真的就不能告诉我？"怀特显然是生气了。

怀特一向是个温和儒雅的年轻人，这是他跟随霍金教授以来第一次发脾气。

然而，霍金教授只是微笑地望着他。

"对，你说得很对！怀特，有些事情我们的确对你有所隐瞒。不是隐瞒，是暂时还不能告诉你。不过，有一点很确定，这也是我以前告诉过你的，你对我们很重要。"霍金教授对怀特说。

既然这样，还能说什么呢？怀特无奈地摇了摇头，蔫蔫地走进深空一号。

那么，两支小分队离开后，任务完成得究竟怎么样呢？接下来，我们先说第一小分队。

水锋他们没有遇到任何的麻烦，很顺利地就到达了目的地。

现场的情况看起来糟糕极了。

巨树的枝条绵软无力地铺在地面上，无边无际。那些绿色的小人有的被压在了枝条下面，有的掩映在枝条之间，他们都在无力地呻吟着，看起来痛苦不堪。青甲拿前爪在一个绿色小人的鼻子下面探了探，发现它只剩下一丝微弱的气息了。

"我们快点把圣泉之水浇下去吧，不然，这些小生命要彻底玩完了。"青甲望了望水锋说。

听了青甲的话，水锋一个箭步跃到凤凰的背上。那只凤凰扑棱两下翅膀，一眨眼就飞到了半空中。

水锋岔开双腿，提起两掌，掌心相对，然后轻轻向两边一扯，一只水球越来越大，瞬间就大得望不到边际了。

在水锋变出水球的过程中，土锋早已在土龙的帮助下，在巨树的根部挖开了一个大洞。

突然间，天空传来一声巨响，伴随着电闪雷鸣，一股水柱从天而降，不偏不倚，正好注入土锋挖好的那个洞里。

待到最后一滴水顺利进入洞中，那地面上的大洞自然合拢。

接下来，奇迹发生了。先是巨树的枝条渐渐丰盈起来，开始缓缓地扭动，然后是枝条上的绿色小人渐渐苏醒过来，惊喜地睁开了眼睛。

土锋找到当初抱住他腿央求救救他们的那个绿色小人。他刚刚睁开眼睛。

"您果真救了我们？"那个绿色小人使劲揉了揉自己的眼睛，惊讶地问土锋。

土锋笑着点了点头，说："我的兄弟水锋找来了圣泉之水，你们的性命暂时无忧了。"

"真的？你们找来了圣泉之水?！"绿色小人惊得嘴巴张得大大的。

"嗯!"土锋点了点头。

"太不可思议了！据我爷爷的爷爷的爷爷说，那圣泉之水在很远很远的地方，而且有很多怪兽看守。你们竟然在这么短的时间里就取来了。"绿色小人说。

接下来，那绿色小人吹了一声口哨儿，整棵树上的所有小人都喧哗起来，"谢谢！谢谢"，成千上万张嘴整齐划一地喊着，几乎把天空都要震塌下来。

紧接着，巨树在他的"孩子"们的吵闹声中醒来了，他把身子缓缓地挺起来，最终恢复了原来的模样儿。

任务已经完成，水锋、土锋登上了各自的坐骑，接下来，他们要带着青甲飞向深空一号，向霍金教授交差。

"啾……啾……"忽然，一阵奇怪的声音传来。那声音听起来虽然悠长而深远，却让人内心不自觉地泛起一阵阵喜庆的感觉。

第六十一章　始祖爷爷

"这是怎么回事儿？"土锋问那个绿色的小人。

"呵呵，是我们巨树星上的始祖爷爷来了！"绿色小人回答。

"始祖爷爷？"

"是的。他是我们这颗星球上的第一个人，当然也是年龄最大的人。我们都亲切地称呼他为始祖爷爷。"绿色小人说。

"他怎么知道我们在这里？他来做什么？"

"我们这个星球上的所有人都是从巨树妈妈身上结出来的，所有人的心灵都是相通的。当我知道是你们救了我们时，巨树星上的所有人就都知道了这个消息。当然，始祖爷爷也不例外。他得知了这个消息，一定是前来感谢你们的。看！他已经到了！"绿色小人回答。

水锋、土锋定睛一看，果然看到一群黄色的小人正抬着一把椅子，椅子上坐着一个须发皆白的银色小人，急匆匆地向这边走过来。

那些黄色的小人口中都含着一种石制的东西，那"啾啾"的声音就是从那东西里发出来的。

"好奇怪的声音。"青甲说。

"这是我们巨树星上的一种乐器，只有最尊贵的客人来了，大家才会集体演奏这种乐器。"绿色小人说。

说话间，那群小人已经来到了土锋、水锋身边。他们起劲地吹着石乐器，又唱又跳，一下子把土锋他们围了起来。

两个黄色小人扶着银色小人从椅子上下来。

没想到，那银色小人突然"扑通"一声跪在地上，给土锋他们磕了一个响头。

土锋赶紧把银色小人扶起来。

"老人家，您这是做什么？"土锋诚惶诚恐地问。

"恩人！你们救了巨树星，救了巨树星的生灵，作为巨树星的长老，就算给你们磕一百个响头都不为过。"那银色小人感激涕零地说。

"老人家，您快别这么说了，我们从地球飞往深空，只是偶然路过这里，救了你们也不过是举手之劳，哪能受您如此大礼？"水锋也赶紧上前，他和土锋一人一只胳膊，把银色小人从地上扶起来。

"什么？你们来自遥远的地球？！"听水锋这样说，老人简直有点不相信自己的耳朵。

"嗯！"水锋和土锋同时点了点头。

"既是来自地球的朋友，你们可认识彭祖？"银色小人说。

"您老人家竟然认识我的师父彭祖？！"这时，青甲已经来到跟前。猛然听这个遥远的星球上的人问起自己的师父，青甲简直惊呆了。

"你是他的徒弟？"银色小人问青甲。

青甲点了点头。

"我们岂止是认识？"银色小人说，"3700多年前，在一位高人的帮助下，我曾经到过宇宙中的许多宜居星球。赫赫有名的地球我当然没有错过。我认为，地球是我到过的星球中最美丽的一颗。在那里，我邂逅了彭祖，我们促膝长谈，谈治国理政的思想，谈养生长寿的秘诀，结下了深厚的友谊。"

"这么说来，您老人家今年应该也有几千岁了？"青甲笑着问。

"岂止是几千岁？我有几亿岁了！我当年去地球的时候，彭祖刚刚一百岁，当时，他正为自己的生命即将结束而苦恼，是我教会了他一些养生保健的秘诀，才让他的生命机体重新焕发了生机。一晃 3700 多年过去了，不知他现在还好吗？"银色小人问。

"我师父仍健在，他本来是跟我们一起来的，可是在七彩星的时候，他被 18 号天蝎人绑架了。"青甲说。

"18 号天蝎人？可是那些抢走我们地心之火的坏蛋？"

"是的，就是那些坏蛋！这一路上，18 号天蝎人对我们围追堵截，他们不仅绑架了我师父彭祖，而且抢走了我们的宜居星球搜索器。他们实在是太可恶了！"青甲愤恨地说。

"宜居星球搜索器？是做什么的？另外，你们为什么从地球飞到了这里？接下来你们还要去哪里？"银色小人问。

接下来，青甲就开普勒 452b 如何遭到 18 号天蝎人的破坏，卡卡如何来到地球向霍金教授寻求帮助，霍金教授如何率领大家向深空飞去的事情简单地向银色小人讲了一遍。

"那宜居星球搜索器，是能帮助我们在茫茫宇宙中寻找到宜居星球，并能顺利到达开普勒 452b 的一个仪器，现在，连这个仪器也被 18 号天蝎人抢走了，我们接下来的行程将会变得非常艰险。"最后，青甲很无奈地说。

听青甲讲完，银色小人沉思良久，然后说："我虽然不认识卡卡和霍金教授，但通过你的描述，我知道他们正在进行的是一项正义的事业、伟大的事业。巨树星刚刚遭遇了一场劫难，劫后余生的孩子们一时半刻还离不开我，我暂时还不能跟你们一起飞往深空。但是，既然你们救了巨树星，我想作为回报，我也一定会尽我的能力。"

"长老的意思是？"青甲不解地问。

那银色小人也不说话，只是招呼两个黄色小人过来，伏在他们耳朵旁说了些什么。接着，那两个黄色小人飞也似的跑开了。

不久，两个黄色小人吃力地抬着什么东西来到银色小人面前。

青甲、土锋他们好奇地凑过去，细细地观察一番后，也并未弄清摆在那长老面前的是个什么东西。

"看起来只是一块粗糙的大石头。"青甲对土锋和水锋说。

"是哦，看起来和地球、月球上的石头没什么区别。"土锋和水锋说。

"你们当然不知道这是什么东西。"那长老笑着说。

"为什么？"青甲问。

"因为我还没有把里面的东西拿出来。"长老说。

接下来，那长老轻轻拿手指触动石头上的一个凸起，那石头"砰"的一声裂开了。

"这石匣中的东西你们该认识了吧？"那长老指着地面上的那半截石匣问青甲他们。

青甲他们把头凑过来，却见那半截石匣的底部放着一本线装的古书。

"哦，是一本书！"青甲一边轻轻翻动书页，一边惊喜地说，"这本用牛皮编订成的书和我师父的那些书一样精美！"

"呵呵，你说得很对！当年在地球时，我教给你师父长寿的秘诀，你师父教会了我怎样编写书籍。这本书籍就是用你师父送给我的牛皮做成的。"银色小人说。

"可是，这本书的内容我似乎看不太懂哦！"青甲皱着眉头说。

"赶快去救你的师父吧，我相信，彭祖老人一定知道我写了什么。"银色小人说。

就在这时，青甲他们突然收到来自深空一号的信号。霍金教授和卡卡在催促他们回去集合了。

接下来，青甲带上那本书，匆匆告别银色小人，和土锋、水锋迅速往深空一号赶去。

"见了彭祖，别忘了向他问好啊！"地面上，那银色的长老把手做成一个喇叭状，大声地向空中的青甲喊话。

"长老放心！我一定不会忘记的！"青甲也大声喊道。

第六十二章 霍金被绑

回到深空一号的时候，青甲发现月娃他们已经回来了。

"青甲，快上飞船！"月娃催促青甲。

从月娃凝重的面色上，青甲意识到一定是发生了什么大事。青甲不敢迟疑，一个箭步冲进了深空一号。

青甲脚刚沾地，卡卡就启动了飞船。接着，深空一号喷着蓝色的火焰向前飞去。

"发生了什么事？"等深空一号渐渐平稳下来，青甲疑惑地问月娃。

"趁我们不在飞船的时候，18号天蝎人绑架了霍金教授！"月娃说。

"什么？！"青甲惊得一下子把嘴巴张得大大的。

"他们为什么要绑架霍金教授？"青甲问。

月娃摇了摇头。

"你们见到我师父了没有？"青甲问。

"18号天蝎人戒备森严，我们根本就没办法靠近他们的飞船。"月娃回答。

"那宜居星球搜索器也没拿回来？"青甲问。

月娃沮丧地点了点头。

"彭祖先生被掠走的事情我们还没弄明白呢，霍金教授又被那些混蛋绑架了，接下来我们该怎么办呢？"这突如其来的一幕让青甲感到后背一阵阵发凉，霍金教授是他们这个团队的灵魂人物，失去了他，青甲感到自己成了一只无头的苍蝇，瞬间失去了方向感。

其实，跟青甲感觉一样的还有怀特。自从离开地球，怀特一直不离不弃地伴随在霍金教授左右，几乎从没离开过半步。今天，霍金教授突然被18号天蝎人绑架走了，怀特一时间感到无所适从。

"怀特！怀特！"一个声音从驾驶舱里传来。

"是卡卡的声音，怀特，卡卡在叫你呢。"青甲对怀特说。

毋庸置疑，霍金教授被绑架，卡卡就成了深空一号上的决策核心。听到卡卡的呼唤，怀特不敢迟疑，匆匆走进了驾驶舱。

驾驶舱里，卡卡正使劲往后仰着身子，手脚并用地拉着操纵杆儿。卡卡要尽一切努力提高深空一号的速度，尽量拉近与18号天蝎人飞碟的距离。因为深空一号一旦跟飞天流萤失去联系，就会成为这茫茫太空里的"游魂野鬼"。一旦成为"游魂野鬼"，别说完成拯救宇宙的伟大计划了，就连解救霍金教授和彭祖也会成为一纸空谈。

看到卡卡忙得满头大汗的样子，怀特站在驾驶舱里没敢吱声。

"是怀特吗？"过了一会儿，卡卡感觉到了站在身后的怀特。

"嗯，是我。"怀特回答。

此时，卡卡往后仰着的身子已经渐渐恢复了正常的姿态。

"现在好了，我们的深空一号已经达到最快速度，它正平稳地往前飞行。我想，是该我们谈谈的时候了。"卡卡回过头来，望了一眼怀特。

"霍金教授和彭祖都被18号天蝎人绑架了，我们下一步应该怎么做呢？"怀特问。

"嗯，我想，下一步要看你的了。"卡卡微笑地望着怀特。

"看我的？"怀特简直不敢相信自己的耳朵。

"是的。"卡卡严肃地直视着怀特的眼睛，说，"我真的没有开玩笑的意思。"

"可是——"

怀特后半句话没说就被卡卡打断了。卡卡不用听也知道怀特要说什么。卡卡从怀特紧皱的眉头中已经洞悉了他内心的一切。

"怀特，你与你身边那些普通的地球人不一样。"卡卡平静地说。

"不一样？"

"是的。"

"怎么可能？"

"怀特，难道你忘了刚成为霍金教授助理时的疑虑了吗？"卡卡问怀特。

"当然没忘。我到现在也没有搞明白，当初参加霍金教授助理招聘的时候，比我学历高能力强的年轻人那么多，霍金教授为什么最终选择了普普通通的我？不仅如此，在此后的很多时候，我还从你和教授那里听到了很多关于我的莫名其妙的谈话。远的不说，就说霍金教授被18号天蝎人绑架前给月娃、青甲他们分配任务那回，你们说的那些话我就没搞明白。你和霍金教授到底隐瞒了我什么呢？"怀特回答。

"怀特，请你理解我和霍金教授的苦衷，我们本来想不到万不得已，不将真相告诉你的。"卡卡说。

"苦衷？万不得已？"怀特皱着眉头问。

"是的。你知道，此次向深空挺进，我们的任务非常艰巨，面临着许多未知的困难，我们必须在行动前做出充足的准备，以应对各种想不到的情况。"卡卡说。

"是的，这一点我很理解。"怀特说，"就算是这样，你们带上我这样一个知识并不渊博且手无缚鸡之力的人有什么用呢？"

"不，你不是这样的人，我刚才说过了，你和你身边那些普通的地球人不一样，你是拿破仑·波拿巴的后裔！"卡卡说。

"拿破仑·波拿巴？"

"对！你们地球上19世纪著名的军事家、政治家，法兰西第一帝国的缔造者，法兰西第一共和国的第一执政，法兰西第一帝国的皇帝。"卡卡说。

怀特一下子张大了嘴巴，他简直不敢相信卡卡的话。

第六十三章 拿破仑之谜

　　怀特疑惑地望了卡卡一眼，他发现卡卡的眼睛正直直地望着自己，那坚定的目光不容他有任何的疑虑。

　　"哦！天呐！能告诉我是怎么回事儿吗？"怀特耸了耸肩，把两手一摊，期盼地望着卡卡。

　　"说来话长。"

　　接下来，卡卡就拿破仑·波拿巴的一些事情给怀特讲述了一番。

　　"首先，我要告诉你，你为什么会是拿破仑的后裔。众所周知，拿破仑在滑铁卢之战中遭到惨败后，被囚禁在了南大西洋中的一个火山岛——圣赫勒拿岛上。圣赫勒拿岛离非洲西岸 1950km，离南美洲东岸 3400km，面积仅有 121m²。几百年来，你们地球上的很多人都认为那个小岛孤悬海中，在拿破仑到达那里之前空无一人。其实不然，在拿破仑到达那里之前，曾经有 600 多名中国人来到这里。这 600 多名中国人，更确切地说是清朝人，由 3 名年长的头领管理，一切规矩如在大清国土。拿破仑到达这里后，这 600 多名中国人当中的 23 人被分配到囚禁拿破仑的房子里工作。

"这些中国人为什么甘心为拿破仑工作？事情还要从 1817 年说起。那天，在率团访华的归途中，英国人阿美士德登上了圣赫勒拿岛，拜访了昔日的拿破仑皇帝。在阿美士德讲述了他受到中国皇帝的'冷遇'和以武制华的想法后，拿破仑说出了'中国一旦醒来，世界将为之震动'的话语。

"当拿破仑与阿美士德谈论中国的时候，有一个叫陈晋的年轻人正好在场。他听了拿破仑的断语，认为拿破仑可以成为大清国的盟友。从此，陈晋便成了拿破仑的耳目，在假装不懂外语的掩护下，为拿破仑收集情报。拿破仑也对陈晋信任有加，向他传授了如何挫败英国人的机宜。

"孤岛生活中，拿破仑还深爱上了一位美丽的中国姑娘倚莲，她是一个中国头领的侄女。这位荒岛上最美的中国姑娘成为拿破仑最后的爱人。在离国万里之外，陈晋周旋在英国、法国和中国人之间，上演了一幕幕惊心动魄的故事。当然，倚莲姑娘也与昔日的法国皇帝演绎了一段爱情传奇。"

"这么说来，你所说的那位倚莲姑娘就是我的先人了？"怀特打断了卡卡的话。

"不错，倚莲姑娘和拿破仑生了你的爷爷，你应该叫拿破仑太爷爷。"卡卡回答。

"啊，就算你说的是真实的，那我和咱们正在进行的太空飞行又有什么关系呢？"怀特沉思了片刻，接着问道。

"嗯，当然有关系！你还记得上次回地球时，霍金教授跟英国首相卡拉佐索要拿破仑骸骨中那个芯片的事情吗？"卡卡问怀特。

"哦，那件事我还记着，我当时还奇怪，霍金教授为什么给卡拉佐提那么一个奇怪的要求呢？要那样一个芯片有什么用呢？"怀特说。

"呵呵，你问得很好。我们先暂时不说那个芯片有什么用。先来谈一谈拿破仑跟外星人有什么联系。你知道，你的太爷爷拿破仑刚入伍时并不出色，他出生入死参加了上百次战斗，也仅仅得到了一个炮兵上尉的小职务。不过，后来发生的一件事彻底改变了拿破仑的命运。1794 年 7 月的一天，正在行军途中的拿破仑突然神秘失踪了。接下来的几天，他所在的那支队伍想尽了一切办法，也没有发现他的踪迹。然而，就在大家将要放弃他的时候，他竟然突然出现在了众人的面前。司令官问拿破仑去哪儿了，然而，拿破仑无法向司令官解释自己去了哪儿。从那以后，没过多久，他就当上了将军，当上了法兰西皇帝，从一个炮兵上尉一跃成为纵横法国和欧洲的风云人物，叱咤风云达22年之久。"

"啊，这件事情我也耳闻过。听说，是俄罗斯应用飞碟学学会会长、俄罗斯科学院院士弗拉季米尔·阿扎扎在检查拿破仑颅骨中的芯片时发现了这一令人目瞪口呆的'秘闻'。弗拉季米尔研究后提出了自己的观点——拿破仑在'神秘失踪'的几天里遭到了外星人的绑架。不过，他的这个观点并没有得到地球人的认可，他们仅是把这当成了茶余饭后的谈资。"怀特说。

"不过，我要告诉你，这件事情是真的，拿破仑的确遭到了外星人的绑架，绑架他的不是别人，正是我们开普勒452b的王卡卡·威尔！"卡卡说。

"什么？卡卡·威尔绑架了拿破仑?!"听卡卡这样说，怀特简直不敢相信自己的耳朵。

"是的。你们地球自16世纪以来，因18号天蝎人在人类身体中植入的自私、贪婪'瘟疫'的肆虐，各个国家之间纷争不断，战争、死亡无时不在威胁着地球人的生存。这天，卡卡·威尔来到地球，当看到地球上发生的一切时，他感到非常失望。他原本以为自己亲手制造出的地球人会跟开普勒452b上的人一样，能够和平相处，幸福生活。没想到，仅仅过了几亿年，地球人类竟然变成了这个样子。

"卡卡·威尔试图改变这一切。他认为，结束战争的最有效手段就是战争。于是，他决定找一个合适的人选，用强大的力量来结束这一切。经过千挑万选，卡卡·威尔选中了拿破仑。于是，他就把正在行军中的拿破仑带到了自己的飞船上，并在他的头颅中植入了一个芯片。这个芯片是卡卡·威尔亲手制作的，它不仅能让人精力充沛，充满自信，而且还能激发人的军事才能，让人具有无穷的智慧。"

卡卡滔滔不绝地讲述着，说起拿破仑，这个从遥远星球来的外星猫可比怀特知道的东西多多了。

"哦，的确如你所说，我在一本杂志上读到过关于拿破仑精力旺盛的相关文章。文章中说，拿破仑1天只睡5个多小时，通常晚上11点上床睡到凌晨2点，起床后在办公室工作到凌晨5点，然后再睡个短觉到7点。这位小个子法国皇帝异常活跃，几乎是一刻也不能安静，总是精力充沛地工作着。拿破仑工作效率极高，他有一句口头禅，'在我的字典里没有不可能这个词'。难道，这一切都与他头颅中的那个芯片有关系？"怀特说。

"是的，都是那个芯片的作用。"卡卡点了点头。

"以后的事情你都知道了，在那个芯片的帮助下，拿破仑，这个欧洲的枭雄，当他的权势在欧洲达到巅峰的时候，整个欧洲都为之战栗！如果不是反法同盟的出现，他势必将会统一欧洲，统一世界，从而结束地球上长达几千年的战争，并建立起大一统的世界格局，最终把地球建设得像我们开普勒452b一样美好。然而，卡卡·威尔这个美好的愿望最终在滑铁卢战役中化为泡影！"卡卡不无遗憾地说。

"是的，我曾经读过那段历史。1815年6月18日傍晚，布吕歇尔率普军赶到战场，联军兵力转为优势，并立即开始反击。拿破仑一世这时已无后备兵力，预定的援军未能赶到。法军难以抵御，从而全线崩溃，拿破仑一世逃离战场。在这次会战中，法军伤亡约3万人，被俘数千人；联军伤亡2万人左右。法军战败后，'百日王朝'覆灭。拿破仑一世于6月22日宣布退位，被流放到大西洋上的圣赫勒拿岛。"怀特插话道。

"对！你说得很对。预定的援军未能赶到是这场战役失败的主要原因。可是，你知道预定的援军——格鲁西元帅率领的3.4万的兵力，在战争的最后一刻也没有出现吗？"卡卡问。

"史书上是这样记述的：按照拿破仑一贯的作战策略，先是用大炮猛轰，然后派骑兵冲锋，最后才由步兵出击。在战争打响前，拿破仑把步兵指挥权交给了格鲁西元帅。格鲁西元帅不习惯独立行事，只是当他看到皇帝的天才目光时，他感到心里踏实，才不假思索地把这个任务应承下来。然而，格鲁西元帅墨守成规，当听到滑铁卢的炮声时，他以没接到皇帝的命令为由拒不增援。其部下4军团司令吉拉尔将军一再力谏，都被其拒绝。格鲁西元帅按兵不动，造成了拿破仑的骑兵冲锋之后没有步兵支援。下午6点，拿破仑孤注一掷，把最后的4000名近卫军都调入进攻的行列，成败就在此一举了。他把兵士排成 70 人一队，爬上陡坡，拼死向前冲去。当他们离开英军防线不到 60 步时，敌军将领威灵顿突然站起来大声疾呼全线出击！英军的后备队排山倒海般地向法军扑去。拿破仑简直不敢相信自己的眼睛。他的部队已经全部用上了，再也派不出一兵一卒，只好眼睁睁地看着自己的士兵任人宰割。拿破仑拿着望远镜，目睹这惨痛的一幕，无奈地叹了一口气说：'一切都完了！'晚上 9 点，普军突破法军防线，拿破仑的部队乱成一团，无法坚持下去，只得四处溃逃。拿破仑泪流满面，脸色苍白，带了 1 万名残兵退回巴黎，从此结束了他的戎马生涯。"

"嗯，你对历史知识研究得不错。但是，你想过没有，跟随拿破仑戎马一生的格鲁西元帅在多年的征战中，俨然成为拿破仑的左膀右臂，他对拿破仑的作战策略了如指掌，怎么会在关键时候按兵不动呢？"卡卡问怀特。

卡卡的话颇有道理，不过，这个问题怀特从来没考虑过。

"是呀，格鲁西元帅怎么会在关键时候按兵不动呢？"怀特问。

"我来告诉你真相吧。当时，不是格鲁西元帅按兵不动，是格鲁西元帅和他的 3.4 万人马被 18 号天蝎人做了手脚，他们根本动不了了。"卡卡回答。

"哦，天呐！这个解释听起来真是太玄幻了！"怀特禁不住叫出声来。

"但，这就是真相。在数万年前，18 号天蝎人试图用自私、贪婪的'瘟疫'来消灭人类。到了你们地球的 17、18 世纪，自私、贪婪的瘟疫肆虐起来，地球人的灭亡就在旦夕之间。可是，这时卡卡·威尔却试图借拿破仑的手结束纷争，改变世界秩序，并最终消灭让地球人自私贪婪的瘟疫，这是 18 号天蝎人所不愿看到的。所以，他们瞅准战争的时机，让最有可能帮助拿破仑扭转战争被动局面的格鲁西元帅和他的 3.4 万人马瞬间失去了战斗力。这对天蝎人来说易如反掌。当时，卡卡·威尔已经回到了开普勒 452b，当他收到芯片传递给他的战况时，滑铁卢战役已经结束了。"

"那这样说来，卡卡·威尔和 18 号天蝎人早就较量上了？"怀特问。

"是的，作为正义和邪恶的力量代表，卡卡·威尔和 18 号天蝎人在数万年前就已经成为宿敌。卡卡·威尔怀有一个美好的宇宙梦，亿万年来，在宜居星球搜索器的帮助下，他遍访我们这个宇宙中宜居星球，目的就是让我们这个宇宙中所有宜居星球上的生命都过上美好快乐的生活。而18号天蝎人的做法跟卡卡·威尔截然不同，他们只是觊觎着宇宙中丰富的资源，时时处处跟其他星球上的生命体作对，妄图破坏正常的宇宙秩序，达到消灭我们的目的，进而独霸宇宙。"卡卡回答道。

"这帮混蛋，真是太可恶了！他们只要在宇宙中存在一天，我们就一天不会得到安宁，因此，我们一定要用我们的智慧和勇气来彻底消灭他们！"怀特咬牙切齿地说。

"是的，这是每一个有良知的宇宙人的责任！"卡卡随声附和。

"卡卡，通过你刚才讲的那些，我现在已经搞清楚了自己为什么是拿破仑的后裔，也弄清了我的太爷爷拿破仑是怎样成为帝国皇帝的，也明白了他是怎样在滑铁卢之战中遭到了惨败的。不过，我现在仍有一个问题不明白，拿破仑做的那一切和我有什么关系？"过了一会儿，怀特疑惑地问卡卡。

"这个问题问得好！是啊，你的太爷爷拿破仑做的那一切和你有什么关系呢？"卡卡笑着说，"下面，就让我来告诉你这个秘密。"

第六十四章　特殊使命

　　卡卡要告诉怀特，怀特和拿破仑有什么关系。这真是一个令人非常激动的时刻。怀特搓着双手站在那里，这个即将揭示出的秘密真让他感觉有些紧张。

　　这时，卡卡起身从驾驶舱前面的一个小抽屉里拿出一个小盒子，他轻轻打开那个盒子，盒子里面静静躺着的正是霍金教授从英国首相卡拉佐那里索要来的那个芯片。

　　"当年卡卡·威尔制造出的这个芯片，是为拿破仑量身定做的。"卡卡一边往外取那个芯片，一边告诉怀特。

　　怀特不明白卡卡的意思，他皱着眉头望着卡卡，等着卡卡的进一步解释。

　　"这个芯片里面设置了一个密码，这个密码不是一组普通的数字，也不是什么字母，而是拿破仑家族的基因。"卡卡说。

　　"基因？"

　　"对！也就是说，这个芯片只有植入拿破仑或者有着拿破仑血统的后裔身上，芯片的密码才会被解开，这个芯片也才能发挥出它的作用。这样做的目的，是防止18

234

号天蝎人或者别有用心的地球人得到芯片，做出危害人类的事情。"卡卡解释道。

"你的意思是，接下来，你要把这个芯片植入我的头颅中吗？"怀特问。

"是的。"卡卡望着怀特，说："我知道这件事对你来说有点强人所难，毕竟植入芯片后，你的思维和秉性都会有所改变，你将变得像拿破仑一样，拥有超凡的军事才能和旺盛的精力。也就是说，你将变得不再是你。这对你来说，的确有些难以接受。"卡卡说。

不过，怀特真的没有这样想。他想，拿破仑是无数地球人心中的偶像，能成为拿破仑一样的人，也许是个不错的体验。

怀特虽然这样想，但是并没有流露出来。

卡卡没有窥探到怀特心里的想法，仍在喋喋不休地说着："怀特，我和霍金教授虽然费了很多精力在地球上找到你，也把你带到了这茫茫宇宙之中，但是，我们曾经有个约定，不到万不得已的时候，一定不要告诉你这个秘密，一定不会把芯片植入你的头颅中。我们认为这是对你最起码的尊重。可是，现在的情况非常糟糕，霍金教授和彭祖都被绑架了，18 号天蝎人抢走了我们的宜居星球搜索器，正在疯狂地盗取地心之火，如果继续让你保持沉默，我们那个伟大的任务怕是要成为一纸空谈了。"

"卡卡，不用说了，你刚才说过，每一个有良知的宇宙人都负有保护宇宙安宁的责任。比起你们所做的牺牲，我这点改变算什么？"很显然，卡卡的一番话，瞬间让怀特心中的那团激情之火燃烧起来。

"怀特，你愿意接受这个芯片真是太好了！我想，被卡卡·威尔封存在天王星的 3000 奇兵很快就能跟随你征战宇宙了。"卡卡笑着说。

"3000 奇兵？"

"是的，为了协助拿破仑征服地球，在拿破仑跟联军作战之时，卡卡·威尔曾经利用他所擅长的基因技术，并仿照地球人的样子，制造了3000 奇兵。然而，这 3000 奇兵尚未到达地球，滑铁卢战争就爆发了。随后，拿破仑因 18 号天蝎人的直接参与，遭到大败，再也没有了回天之力。无奈，卡卡·威尔就把这 3000 奇兵封存在了天王星。"卡卡说。

"哦，我们现在已经有了金、火、土、水四大先锋，再加上天王星的3000 奇兵，应该能够跟 18 号天蝎人有的一拼了。"怀特高兴地说。

"只是你所说的天王星在什么地方？我们怎么才能让那 3000 奇兵听命

于我们呢？"怀特突然想到一个问题。

"怀特，这个情况我也只是听卡卡·威尔说起过。天王星我没有去过，我们只能在夺回宜居星球搜索器后，在宇宙中慢慢寻找。至于怎么才能让那3000奇兵听命于我们？我想——"

卡卡这句话还没说完，突然，深空一号一阵剧烈地摇晃。卡卡使劲拉住操纵杆儿，费了好大劲儿才把飞船控制住。

"怀特，18号天蝎人已经对我们失去兴趣了，他们已经派出几只子飞行器，看来，要对我们发动进攻了。"深空一号稍稍平稳一些后，卡卡对怀特说。

"我们怎么办？"怀特问。

"没有办法，只能靠运气了！"卡卡说，"不过，为了以防万一，我必须尽快给你进行手术，把那个芯片植入你的颅骨中。"

"卡卡，还等什么？现在就是最佳时机，咱们开始手术吧。"怀特已经迫不及待了。

"好吧。"

说着，卡卡变魔术般变出一把激光手术刀。

不过，卡卡没有立即对怀特施行手术，而是先给怀特做了一番交代："怀特，由于这是一个特殊的手术，因此，在手术前，我需要先给你全身麻醉。这是一种特殊的麻醉剂，它能在你身上持续发挥作用12小时。也就是说，你要等待12小时才能醒过来。"

"没问题，来吧！"怀特一边说着，一边脱去自己的上衣。他搬了一把椅子过来，静静地躺在上面等待卡卡为他实施手术。

接下来，卡卡拿出一只注射器，在怀特的肱二头肌处注射了一些液体，怀特就昏昏沉沉地睡去了。

卡卡左手驾驶飞船，右手拿起激光手术刀，轻轻划开怀特的头颅，然后，将那个芯片埋进了怀特的颅骨。卡卡用手轻轻抚摸了一下怀特的伤口，那伤口立即愈合上了。整个手术仅仅用了十几秒的时间。

"好了！不过，要让怀特彻底变成一位英勇无畏的大将军，还需要12个小时。"卡卡一边拿毛巾擦拭着自己双手上的血迹，一边自言自语。

突然，深空一号又剧烈地晃动起来。

卡卡赶紧去抓方向盘。但是，已经来不及了。

第六十五章 卡卡殒命

当怀特醒来的时候，他发现自己正躺在一片沙滩上。

"卢斯塔姆！"怀特大叫。

卢斯塔姆是跟随了拿破仑15年的贴身侍卫。很显然，由于芯片的作用，醒来后的怀特把自己当成拿破仑了。

但是，没有人应答。

"卢斯塔姆！"怀特又大叫了一声。

仍旧没人应答。

怀特疑惑地站了起来，他看到四周全是无边无际的沙子。他正置身于一片茫茫的沙漠当中。

怀特疑惑地向前走了几步，猛然发现不远处的沙丘下，有一艘叫不上名的巨大机器正斜斜地插在沙子里，机器里还不停地往外冒着黑烟。那是他刚才还在乘坐的深空一号，就在10多个小时前遭到了18号天蝎人的袭击，卡卡驾驶着它没能躲过天蝎人发射的激光，深空一号就这样冒着黑烟一头栽在了这颗星球的沙漠里。不过，怀特现在的意识还很混乱，一时还认不出这机器就是曾经带着他们进行深空飞行的深空一号。

"我这是在什么地方？我怎么穿着这样奇怪的衣服？"怀特一边走，一边不住地上下打量着自己。

"我的战袍哪去了？我的马呢？"怀特不住地嘀咕着。

"滑铁卢？"怀特突然拍拍自己的脑袋，"对！一定是在滑铁卢！格鲁西！格鲁西！你为什么不来增援？要我抓到你，我一定会将你碎尸万段！"怀特恨得咬牙切齿。

"不对呀！这不是在滑铁卢！滑铁卢哪里有沙漠？"走了几步后，怀特疑惑地自言自语着。

怀特抬头望了一眼，他看到红、黄、蓝3颗星球正悬挂在天空中。

"我这到底是在哪里呀？怎么一下子出现了3个太阳？而且，还不是一个颜色？"怀特愈发疑惑了。

"怀特！怀特！"不远处，一个低低的声音传来。

怀特循声望去，看见不远处的沙丘上有沙子正不断地往下流淌着。很明显，有一个人被埋在了那沙子里。

"谁？谁在那里？"怀特大声喝问道。

"是我！"说话间，一个模样似雷公、浑身长毛的家伙抖动着身子从那沙丘上站起来。

"你是？你怎么长得这个样？"怀特问。

"我是月娃呀！怀特。"那"毛脸雷公"一边说着，一边从沙丘上滚下来，朝着怀特走过来。

"月娃？"突然，怀特感觉自己的脑袋很痛。望着眼前这个似曾相识的怪家伙，怀特苦苦搜索着自己脑海中所有熟悉的面孔。突然，一个模糊的身影出现在脑海中。接着，又出现一个，却是一只巨大的甲虫。然后，霍金教授的面孔，卡卡、金锋、土锋、火锋、水锋依次在脑海中清晰起来。

"你叫我怀特？"此时，月娃已经来到怀特跟前。怀特疑惑地问月娃。

"我不叫你怀特叫什么？怀特，你不是被摔坏了吧？"说着，月娃伸手摸了摸怀特的脑门。

"看起来很正常，也没有发烧什么的啊？"月娃疑惑地摇了摇头。

"月娃，怀特先生没被摔坏，是因为卡卡在他颅骨中植入了一个芯片，意识还没完全清醒过来，才会这样的。"就在月娃伸手去摸怀特脑门的时候，青甲不知从什么地方钻了出来。

在怀特刚刚手术完，深空一号遭到 18 号天蝎人袭击的时候，慌乱之中，卡卡把青甲叫进了驾驶舱，告诉了他一些情况。因此，面对看起来疯疯癫癫、语无伦次的怀特，青甲一点也不奇怪。

"哦！对！芯片！卡卡！"怀特大声地说出这样一句话。就像紧闭的窗子突然被打开，怀特想起了自己的真实身份，回忆起了自己经历的一切。

"坏了！我们的飞船遭到了 18 号天蝎人的袭击，不知卡卡怎么样了？"怀特一个箭步冲向深空一号。

在月娃和青甲的帮助下，怀特费了好大的劲儿才打开深空一号已经扭曲变形的舱门。

接下来，怀特他们又费了很大的劲才找到卡卡。

卡卡还待在驾驶舱的座位上，他的瓜仍旧死死地抓着操纵杆。

怀特拿手在卡卡鼻子底下探了探，发现他已经没有了呼吸。

"卡卡在关键时刻为什么不跳船逃生？"月娃流着泪说。

"就算不跳船，他制造个微型黑洞，也一样能逃走呀！卡卡完全有这个本事。"青甲说。

"他一定是想保住深空一号，保住我们的命，所以，直到最后一刻也没有临阵脱逃。"怀特哽咽着说，"这可是他的最后一条命！在逃经地球的时候，他已经丢了 7 条命，在月球上时，他丢了自己的第 8 条命。现在，他的第 9 条命也失去了，卡卡怕是再也不能复活了。"

"呜呜呜呜——"听怀特这样说，月娃大哭起来。

"闭嘴！哭有个屁用？我们现在最重要的任务是尽快找到霍金教授和彭祖，解救出他们，为卡卡复仇！"怀特突然厉声喝道。他颅骨中的芯片开始发挥作用了。

月娃停止了哭泣。怀特的话无疑是正确的。的确，在这关键的时刻，哭解决不了任何问题。

接下来，怀特和月娃、青甲一起用力，将卡卡的尸体从驾驶舱里取出来，埋在了沙漠中。为了纪念这只帮助他们进行深空飞行做出了突出贡献的波斯猫，他们还为卡卡制作了一块小小的墓碑，在墓碑正面刻下"卡卡之墓"4个大字。

埋葬了卡卡，怀特又回了一趟驾驶舱，他把炸毁宜居星球搜索器的那个遥控器放在了自己的上衣口袋里。

怀特有自己的想法。他想，深空一号已经被毁了，短时间内他们肯定不能离开这颗星球，如果18号天蝎人丢下他们独自上路，他就按下遥控器的按钮，炸毁那个搜索器。没有了宜居星球搜索器，即使18号天蝎人能在深空中继续飞行，也会因找不到宜居星球而不能取走更多的地心之火。这是尽量减少损失的最后一招儿。

"对了，金锋他们干什么去了？怎么没看见他们？"做完这一切，怀特突然想起金锋他们，疑惑地问道。

"18号天蝎人对深空一号发动袭击的时候，金锋率领土锋、火锋和水锋前去和他们作战了。"青甲回答。

说话间，天空飞来几个黑影儿。